W0239290

DARK AND DANGEROUS LOVE

SAISON 1

Collection New Romance ® créée par Hugues de Saint Vincent
© 2019, Hugo poche, Département de Hugo Publishing
34-36, rue La Pérouse
75116 Paris
Collection dirigée par Franck Spengler
Ouvrage dirigé par Roxane Maffre
www.hugoetcie.fr

Le Code de la propriété intellectuelle interdit les copies ou reproductions destinées à une utilisation collective. Toute représentation ou reproduction intégrale ou partielle faite par quelque procédé que ce soit, sans le consentement de l'auteur ou de ses ayants cause, est illicite et constitue une contrefaçon sanctionnée par les articles L.335-2 et suivants du Code de la propriété intellectuelle.

Couverture : © Shutterstock et iStock

ISBN : 9782755640953
Dépôt légal : juillet 2021
Imprimé en Espagne

MOLLY **NIGHT**

DARK AND DANGEROUS LOVE

SAISON 1

Traduit de l'anglais par Marie-Christine Tricottet

Hugo Poche

NEW ROMANCE®

À tous les lecteurs
et à toutes les lectrices
qui me suivent depuis le début.

PROLOGUE

Année 2439

Evelyn poussa sans bruit l'un des battants de la lourde porte métallique qui fermait sa chambre. Quelque part, elle se demandait si Atticus n'avait pas fait installer cette double porte spécialement pour elle, afin qu'il lui soit plus difficile de se promener en douce dans le palais, seule la nuit.

Elle la referma avec précaution et poussa un soupir de soulagement, se croyant en sécurité. Mais soudain, elle entendit la voix même qui hantait ses cauchemars – la voix de l'homme qui lui avait tout pris. Un petit cri d'effroi sortit de sa bouche et son cœur s'emballa de nouveau. Ses mains se mirent à trembler.

– D'où viens-tu ? demanda Atticus d'une voix neutre mais qui laissait transparaître une menace.

Elle se retourna lentement, terrifiée à la pensée de ce qui allait suivre, incapable de formuler une réponse à la fois plausible et satisfaisante. Toutefois, elle rassembla assez de courage pour lever les yeux et le regarder en face. Elle était consciente que la scène qui se déroulait devant elle pouvait sembler sortir tout droit d'un film d'horreur.

Atticus se tenait à l'autre bout de la pièce, adossé au chambranle de l'une des hautes fenêtres. La clarté de la lune découpait sa silhouette, projetant une ombre étirée sur le parquet noir et luisant. Elle était entrée sans allumer les lampes, si bien qu'il avait le visage dans la pénombre, mais elle n'avait pas besoin de plus de lumière pour savoir qu'il fronçait les sourcils.

– Je… je…, balbutia-t-elle.

– Inutile de chercher à mentir, dis-moi la vérité, Evelyn.

Elle s'adossa au mur, tentée de prendre ses jambes à son cou. Mais la partie rationnelle de son cerveau la persuada de ne rien faire. Non seulement elle serait incapable de battre un vampire à la course, mais de plus, elle tremblait de tout son corps et n'aurait pas la force de rouvrir la lourde porte de fer. Une longue pause s'ensuivit, et quand Atticus comprit qu'Evelyn ne lui donnerait pas la réponse qu'il connaissait déjà, il traversa la pièce à toute vitesse et se planta devant elle. Il passa son index doucement sur ses joues écarlates.

– Tu as froid.

– J'ai fait un tour dans les jardins pour me rafraîchir les idées.

Il se mit à rire. D'un rire doux qui, sortant d'autres lèvres que les siennes, aurait pu être agréable.

– Mensonges, gronda Atticus.

Brusquement, une de ses mains se referma sur la mâchoire d'Evelyn. Instinctivement elle commença à se défendre. Le désir irrépressible de fuir qui s'était emparé d'elle ne cessait de croître, seconde après seconde.

– Je sais d'où tu viens, et je sais avec qui tu étais ! lui siffla-t-il vicieusement à l'oreille. Tu oses me prendre pour un imbécile ?

Sans essayer de dissimuler la rage qui bouillait en lui, il se pressa contre elle. Elle pouvait presque ressentir la noirceur qui s'emparait de son corps et prenait possession de son esprit.

« *Vivre aux côtés d'Atticus, c'est comme côtoyer un lion qui a faim. On doit être sur ses gardes à chaque instant parce qu'il a le pouvoir de détruire tout ce qui nous est cher d'un simple claquement de doigts.* »

Les paroles de son cher Hansel résonnèrent dans la tête d'Evelyn, qui résista à son désir de se battre. Elle savait que, avec Atticus, combattre le feu par le feu ne ferait que décupler l'incendie. En temps normal elle s'en serait moquée, mais à ce moment précis, elle savait qu'elle avait trop à perdre. Si ce qu'avait dit Atticus était vrai et qu'il savait exactement avec qui elle était, alors il devait aussi savoir ce qu'ils avaient l'intention de faire. Il y avait trop de vies en jeu, Evelyn le savait. Et pour le bien des personnes qu'elle aimait, la jeune humaine réprima son désir de se défendre et le laissa appuyer sa tête dans le creux de son cou, pour aspirer son parfum entre deux souffles saccadés.

– Combien de fois faudra-t-il te dire que tu n'es pas autorisée à le toucher, à penser à lui ? Tu es à moi, Evelyn, tu dois accepter cette idée. Tu es à moi, rien qu'à moi.

CHAPITRE 1

Le patrimoine d'Evelyn Blackburn n'avait rien d'extraordinaire. Sa famille n'avait jamais été riche ni puissante, même avant l'Apocalypse de 2020, l'année où les vampires avaient fini par se révéler au monde et défié les humains pour leur ravir la domination de la Terre. Avant l'Apocalypse, ils n'étaient que de banals humains. Et comme tant d'autres, ils subirent la violence et le carnage de la longue guerre de dix ans que se firent humains et vampires.

De nombreuses vies furent détruites, beaucoup furent livrés au monde glacé et impitoyable de la rue, sans un sou, ne survivant que grâce aux déchets trouvés dans les poubelles, plus ou moins comestibles. Les années 2020 furent la période la plus sombre que la petite planète bleue – comme on l'appelait à cette époque-là – ait jamais connue. Les dirigeants humains égoïstes et corrompus se virent contraints de s'unifier pour protéger leur peuple, enfin surtout eux-mêmes. Ils ne faisaient aucun cas de la souffrance du peuple et ne se préoccupaient que de leurs propres existences et de ce qu'il leur fallait faire pour échapper au courroux des vampires. L'anéantissement, le chagrin, les tourments des âmes innocentes de cette époque en firent l'une des plus sombres de l'histoire de la Terre…

Mais notre récit prend naissance bien plus tard, après la guerre, après la destruction totale de la Terre et sa reconstruction. C'est l'histoire, pleine d'espoir, d'une jeune femme qui se sacrifie pour le bien de l'humanité…

Evelyn Blackburn était née le 1er septembre 2420, quatre cents ans après le début du règne des vampires sur la Terre. Elle avait de la chance, elle le savait et en éprouvait de la reconnaissance. Bien qu'elle fût humaine, elle était issue d'une famille respectée, bénéficiant d'une aisance relative, même si cette richesse s'amenuisait. La famille Blackburn faisait partie de cette minorité d'humains – moins de 0,01 pour cent des cinq milliards d'humains vivant au XXVe siècle – qui n'étaient pas tenus en esclavage par la classe dominante.

Les vampires contrôlaient l'économie et chaque centimètre de la planète d'une main de fer – c'est du moins ce qu'ils prétendaient. Ils possédaient le monde entier, chaque entreprise, chaque école, hôpital, usine… Ils possédaient tout. Ils contrôlaient le monde en maîtrisant la seule chose qui fait tourner le monde : l'argent. C'était horrible, mais c'était la vérité. L'argent faisait tourner le monde, et chaque vampire, chaque humain et toutes les autres espèces opprimées savaient cela. Ils laissaient l'argent, et l'attrait du luxe, contrôler leurs vies, déformer la réalité et occulter les choses qui comptaient vraiment.

Pendant l'enfance d'Evelyn, et même s'il y avait eu des périodes où son père avait dû se battre pour maintenir leur niveau de vie, les Blackburn avaient toujours mangé à leur faim et n'avaient jamais éprouvé les manques et les malheurs qu'endurait le reste des membres de leur espèce. Si sa sœur, Nora, et leur mère étaient capables de fermer les yeux sur cette souffrance qui les entourait et qui façonnait la société dans laquelle ils vivaient, Evelyn, elle, tenait de son père. Elle avait hérité de lui sa conscience sociale et sa capacité à faire preuve d'empathie et à comprendre ce que vivaient les moins chanceux. Elle était consciente que la façon dont les vampires traitaient les humains n'était pas juste, et elle les haïssait pour cela. De chaque fibre de son être.

Evelyn et Nora avaient toutes deux été éduquées à la maison. Jonathan Blackburn voulait protéger ses filles de la dure réalité de la vie, mais alors que Nora vivait dans sa bulle, indifférente au sort des autres, Evelyn avait découvert l'existence d'un monde extérieur à leur manoir luxueux et ses inégalités. Elle avait aussi compris que son père n'était pas en capacité de les élever comme il l'aurait voulu. Avec le temps, la fortune de la famille, autrefois prestigieuse, s'était réduite comme peau de chagrin pour se résumer au nom d'une ancienne lignée et à un manoir trop grand. Dans un monde où les humains n'étaient plus considérés que comme un garde-manger, il leur était difficile de préserver un semblant de respect et de maintenir leur niveau de vie sans subir les restrictions imposées par le gouvernement des vampires…

Car c'était ce que le monde était devenu. Un monde de hiérarchie, de peur et de préjugés. Les humains n'étaient plus maîtres de leur vie ni de leur destin… Ils avaient réellement pris conscience du peu de choix, de pouvoir et de liberté dont ils disposaient quand Lord Marcus, l'un des vampires royaux les plus puissants du XXVe siècle, avait « demandé » à Alice Blackburn – la nièce de Jonathan, la cousine de Nora et Evelyn – de l'épouser. Contre son gré, bien sûr…

CHAPITRE 2

Tous les contes de fées commencent par une invitation royale.

La plupart des humains vendraient leur âme pour avoir la possibilité d'assister à un événement surnaturel. Ils donneraient tout – jusqu'à la dernière de leurs maigres possessions – pour avoir l'opportunité d'approcher un vampire, de capter l'attention d'un membre de la famille royale qui aurait le pouvoir de les extraire de leur vie misérable.

Ce genre d'invitation n'était pas chose courante pour Jonathan et Lynette Blackburn, mais depuis qu'Alice avait épousé Marcus, leur statut social s'était nettement amélioré, étant ses seuls parents encore vivants. Alors que Lynette était tout excitée chaque fois qu'ils recevaient une invitation, Jonathan, lui, redoutait ces événements publics. Pas pour lui, mais pour ses filles. Il craignait que le sort terrible qui s'était abattu sur Alice ne se répète. Il redoutait que les monstres qui hantaient ses rêves ne viennent réclamer une de ses filles et ne la violentent.

– Je ne peux pas croire que tu obliges Nora et Eve à participer à ce truc. Sais-tu combien de suceurs de sang haut placés seront présents ce soir ? gronda Jonathan près de la fenêtre de leur suite avec terrasse.

Sa femme continua de coiffer minutieusement les boucles noires de Nora.

– Avons-nous vraiment le choix ? C'est l'anniversaire du Roi. Nous ne pouvons pas nous permettre de dire non. Alors cesse de tout me mettre sur le dos. Et puis, nous devrions nous sentir honorés d'être sur la liste des invités. Cela signifie qu'il sait que nous existons, nous ne sommes plus des inconnus, maintenant, Jonathan.

Cette dernière partie lui tira un large sourire. Jonathan soupira et détourna les yeux pour regarder par la baie vitrée de l'un des deux célèbres hôtels Shangri-La de la ville d'Utopia, anciennement New York, capitale de la Nation Vampire, aussi connue sous le nom de cité royale. C'est dans ce lieu majestueux que la fête d'anniversaire du Roi allait se dérouler. L'avenue trépidante de Manhattan, en contrebas, était particulièrement animée ce jour-là, le monde entier s'apprêtait à célébrer l'anniversaire du Roi Atticus. À chaque coin de la rue étaient accrochés des ballons et des banderoles, les flonflons d'une musique de fête montaient jusqu'à la suite des Blackburn, au cinquante-sixième étage.

– Et si mes pires cauchemars devenaient réalité et que l'un d'entre eux décide de me prendre une de mes filles ? J'ai déjà failli à la promesse que j'avais faite à la mère d'Alice… Je ne sais pas comment je supporterais…

– Calme-toi, papa, dit Nora. Tout va bien se passer pour Eve et moi. J'ai dix-huit ans et elle seize. Nous sommes des grandes filles, maintenant, vous n'avez rien à craindre, maman et toi. Et puis je ne vois pas ce qu'il y a de mal à attirer l'attention de l'un de ces vampires.

Elle se mit à rire. Jonathan soupira en pensant à quel point sa fille était ignorante de la cruauté de ce monde.

– Nora, je sais que cela peut te paraître cool, ou te faire rêver, de tomber amoureuse d'un être aux pouvoirs extraordinaires, mais ce ne serait pas une partie de plaisir. Les vampires sont dangereux, très dangereux.

– Ton père a raison, Nora, dit Lynette tout en fixant une longue mèche noire et bouclée sur le sommet de la tête de sa fille. Les vampires sont dangereux et ce sont des amoureux extrêmement possessifs. Rappelle-toi ce qui est arrivé l'été dernier. Marcus a tué un jeune homme simplement parce qu'il avait fait un compliment à Alice !

Nora leva les yeux au ciel.

– Maman, tu n'as aucune preuve de ce que tu avances. C'était un complot. En tout cas, Alice est mariée à un seigneur, un des plus puissants du monde. Et ça, c'est ce que j'appelle de la chance !

Jonathan soupira.

– Mais Alice n'aime pas Lord Marcus. Et s'il a peut-être quelques sentiments pour elle, il la veut avant tout par pur instinct de possession et par égoïsme. Simplement pour s'assurer qu'aucun autre ne l'aura jamais.

– Mais…

Avant que Nora ne puisse aller au bout de son argumentation, ils entendirent la porte d'entrée s'ouvrir et se refermer.

– C'est moi, cria Evelyn d'une voix débordante de joie et d'excitation en pénétrant dans la suite, le visage rayonnant de bonheur.

– Je suppose qu'elle est encore allée voir Ethan, plaisanta Lynette. Eve, nous sommes dans ma chambre !

– Je ne comprends toujours pas pourquoi Eve est tellement amoureuse de ce Redfern. Il est beau, d'accord, mais elle mérite mieux que ça.

Nora soupira, contrariée par le fait que sa sœur se contente d'un humain.

– Nora, les Redfern sont l'une des familles humaines les plus influentes et puissantes du monde. Et puis, vous avez grandi avec Ethan et sa sœur. Evelyn et Ethan sont amoureux depuis l'enfance. Tu devrais être heureuse pour elle qu'elle ait trouvé le véritable amour, dit son père d'un ton sévère.

– Vous êtes déjà en train de vous préparer ?

Evelyn fronça les sourcils en entrant. Retirant son manteau rouge, elle vint se placer à côté de sa mère devant la coiffeuse et contempla le reflet de sa sœur dans la glace.

– Tu es très jolie, Nora.

L'aînée des filles Blackburn sourit.

– J'espère bien. J'attirerai peut-être le regard d'un membre de la famille royale, ce soir, ou peut-être celui du Roi lui-même…

Le cœur de Nora s'emballait à l'idée de rencontrer le célèbre Roi Vampire.

Son enfance avait été bercée par le récit de légendes qui vantaient sa beauté et sa bravoure. La façon dont il avait bâti à lui seul le plus grand empire que la Terre ait connu. L'idée de le rencontrer, peut-être même de s'agenouiller devant lui, excitait Nora. Elle ignora le regard réprobateur de son père.

– Je te le souhaite, mentit Evelyn.

Elle aurait de loin préféré que sa sœur tombe amoureuse d'un humain plutôt que d'un vampire… Tout comme Nora, elle avait grandi en entendant des histoires horribles dépeignant la cruauté des vampires et de leur absence de cœur. Mais contrairement à sa sœur, Evelyn ne trouvait pas leur dangerosité attirante. Elle les trouvait terrifiants.

– Je n'aurai aucune difficulté à attirer le regard d'un membre de la famille royale. Enfin, si tu ne te mets pas en travers de mon chemin, bien sûr.

Nora plaisantait, mais derrière son sourire factice, ses paroles n'étaient pas dénuées de sincérité.

– Je n'en ai pas l'intention, dit Evelyn en souriant.

Jonathan, entièrement absorbé par la magnificence de Manhattan, ne prêta plus attention aux bavardages de son épouse et de ses filles. Il savait que certains de ses ancêtres avaient vécu dans la cité magnifique qui s'étendait sous ses yeux, avant la Guerre des Vampires. Il avait aussi vu des photos de Manhattan en 2015, l'étendue de la civilisation humaine, cinq ans avant l'invasion des Vampires. Tant d'années s'étaient écoulées depuis, et Jonathan voyait la différence entre les images et la réalité devant lui.

La ville de 2437 était belle, moins peuplée, civilisée et beaucoup plus propre. Grâce aux réglementations imposées par Atticus, Jonathan était prêt à lui accorder cela. Mais l'ordre nouveau et la paix n'allaient pas sans un coût. Des millions d'humains étaient contraints de vivre sous terre, condamnés à n'être qu'une poche de sang destinée aux vampires.

Les humains avaient perdu tous leurs droits et leurs privilèges. Dans les années 2400, seuls moins de trois pour cent des cinq milliards d'humains dans le monde étaient en mesure de recevoir une éducation digne de ce nom, et seuls une fraction infime de ceux-là bénéficiaient d'un emploi décent, ainsi que d'un salaire, qui leur permettait de ne pas travailler pour les créatures de la Nuit, courbant éternellement l'échine devant leurs « maîtres ».

– Est-ce qu'Ethan sera là, ce soir ? demanda Jonathan au bout d'un moment, prenant de nouveau part à la conversation familiale.

– Évidemment qu'il sera là, répondit Nora en levant les yeux au ciel sans laisser à Evelyn le temps d'ouvrir la bouche. C'est un Redfern. Ils sont partout. Eve est là, alors je doute qu'il manque ça et prenne le risque d'être éliminé par un concurrent.

Nora fit un clin d'œil à sa petite sœur, qui se contenta de lui donner une tape sur l'épaule pour rire. Jonathan sourit.

– Bien.

Il hocha la tête, satisfait. Ethan Redfern était un beau jeune homme, héritier d'une famille prospère dont la fortune égalait celle de beaucoup de vampires. Et il aimait Evelyn. De tout son cœur. D'un amour partagé. Un amour comme celui-là était rare, pur et éternel.

Jonathan jeta un regard vers sa fille aînée, Nora, et une bouffée familière d'inquiétude l'envahit. Bien qu'elle soit comme Evelyn d'une beauté stupéfiante, elle était obsédée par le pouvoir et l'argent. Depuis qu'elle était enfant, Nora voulait tout ce qu'il y avait de mieux et elle ferait n'importe quoi pour l'obtenir. Sa détermination était à la fois son meilleur et son pire trait de caractère.

CHAPITRE 3

– C'est dingue, murmura Nora tout excitée, à l'oreille de sa sœur, en entrant dans la grande salle de bal du Shangri-La, quelques pas derrière leurs parents. Je n'arrive pas à croire que nous soyons ici !

– Mmm.

Evelyn chantonnait en parcourant la salle des yeux à la recherche d'Ethan, sans prêter attention à ce que Nora disait. Contrairement à sa sœur, Evelyn détestait ce genre d'événements mondains surnaturels, où se pressaient un tas de monstres assoiffés de sang qui s'agglutinaient autour d'elles, à l'affut d'une proie.

Tout le monde, dans cette pièce, voulait obtenir quelque chose de quelqu'un.

Elle voulait échapper aux feux des projecteurs et aux regards des vampires. La seule chose qu'elle souhaitait, c'était retrouver Ethan, être près de lui et se sentir en sécurité et rassurée par sa présence. Voir son sourire radieux, entendre son rire charmant et ses remarques spirituelles.

– Je ne vois vraiment pas ce que tu trouves à Ethan, tu sais. J'ai toujours pensé que tu pourrais trouver beaucoup mieux. Un humain, c'est tellement banal, remarqua Nora.

Elle baissa les yeux pour vérifier sa longue robe qui moulait parfaitement ses courbes et dévoilait une partie flatteuse de son décolleté, contrastant avec la pudique robe blanche de sa sœur.

– Tu es belle, Evelyn, tu mérites mieux qu'un humain. En plus, tu es ma sœur.

– Je n'ai pas envie de tomber amoureuse de l'un de ces monstres suceurs de sang, murmura Evelyn suffisamment bas pour que seule Nora puisse l'entendre.

Les deux sœurs traversèrent la foule à la suite de leurs parents alors que leur père saluait de vieilles connaissances.

– Je sais qu'Ethan ne trouvera jamais grâce à tes yeux, mais il est plus que parfait aux miens, je l'aime et rien ne pourra jamais changer ça.

Les deux sœurs se regardèrent un bref instant dans les yeux avant que Nora ne se détourne avec un hochement de tête réprobateur.

– Tu es trop bien pour un humain, dit-elle avec froideur avant de s'éloigner.

Evelyn avait envie de dire à Nora qu'elles étaient humaines elles-mêmes et que, dans son esprit, c'était Ethan qui était trop bien pour elle.

– Qu'est-ce qu'elle a ? lui demanda Lynette alors que Jonathan poursuivait sa conversation avec l'un de ses amis.

– Je n'en sais rien… Je suis désolée mais, tu veux bien m'excuser une seconde ? bafouilla Evelyn en s'éloignant sans laisser à sa mère l'opportunité de répliquer.

Elle partit dans la direction opposée à celle que Nora avait empruntée. Des larmes lui piquaient les yeux, prêtes à se répandre en ruinant son maquillage.

Elle adorait sa sœur, mais Nora avait, intentionnellement ou non, une façon bien à elle de blesser les gens. Il ne se passait pas un jour sans qu'elle fasse de commentaires désobligeants sur Ethan pour tenter de décourager leur relation, sans jamais réussir à faire varier leurs sentiments. Ils se connaissaient depuis toujours et ce qu'ils éprouvaient l'un pour l'autre était trop fort pour être détruit par des mots. L'attention qu'Ethan accordait à chacun autour de lui et la douceur dont il faisait preuve avec Evelyn… Il avait fait d'elle une meilleure personne. À son contact, elle avait appris à faire preuve de plus de gentillesse et de compassion.

Evelyn prit une profonde inspiration, quitta la salle de bal bondée de vampires et d'humains pour aller prendre l'air sur le spacieux balcon. Elle ferma les yeux et s'appuya sur la balustrade pour écouter le murmure continu et diffus qui lui parvenait d'Utopia. Elle avait passé la plus grande partie de sa vie à l'écart des affaires du monde, des grandes villes, du stress causé par la politique et l'économie. En fait, la seule personne de sa famille accoutumée à l'agitation des grandes métropoles comme Utopia, c'était son père qui, dans le cadre de son travail, avait été en contact avec des centaines de vampires et d'humains. Evelyn n'aimait pas le bruit et la brutalité de la ville, mais elle appréciait un peu de changement dans sa vie paisible et routinière. Pour elle, se retrouver ici était une aventure.

– Une jolie petite humaine comme vous ne devrait pas se trouver seule dans un endroit aussi dangereux.

La voix dans son dos interrompit ses pensées et la fit sursauter. Elle se retourna d'un bond pour croiser le regard d'un homme aux yeux d'un brun profond. Il n'était qu'à quelques centimètres derrière elle.

– Oh, s'exclama-t-elle, surprise par cette proximité. Je suis désolée, je n'avais pas remarqué que je n'étais pas seule.

L'homme ricana et s'appuya contre la rambarde du balcon, à côté d'Evelyn.

– Moi non plus, murmura-t-il. Pour être franc, je suis plutôt agacé par votre intrusion dans mon havre de paix. Les balcons sont généralement les seuls endroits où je peux échapper aux soirées bruyantes.

En souriant, Evelyn entreprit de regarder plus en détail l'homme qui se tenait à côté d'elle. Son costume bien coupé n'avait rien d'extraordinaire, pourtant il se dégageait de lui une impression de pouvoir et de richesse. Il était grand, bien bâti et possédait une mâchoire puissante, ainsi que les pommettes les plus parfaitement dessinées que l'on puisse désirer. Brun, la peau hâlée, il avait l'air jeune, la vingtaine un peu dépassée, mais dans un monde où existait l'immortalité, les apparences pouvaient être trompeuses.

– Eh bien si je vous importune, je vais vous laisser tout de suite, proposa Evelyn.

Elle avait envie de s'éloigner de lui, de toute manière. Elle savait que ce type était un vampire et elle ne voulait pas risquer de l'offenser d'une façon qui pourrait lui attirer des ennuis.

– Non.

Au moment où elle s'apprêtait à partir, le type la saisit brusquement par le bras.

– Restez, ordonna-t-il. C'est affreusement ennuyeux, ces soirées… Tout devient ennuyeux au bout de mille ou deux mille ans, dit-il d'une voix grave et rauque. Et puis cela ne m'arrive pas si souvent de rencontrer des jeunes filles humaines aussi belles que vous.

En hésitant, elle revint prendre sa place. Non qu'elle en ait envie, mais parce qu'elle n'avait pas le choix.

– À combien de ces soirées avez-vous déjà participé ?

– J'ai arrêté de compter en atteignant cent mille, il y a quelques siècles de cela, plaisanta-t-il, ce qui fit sourire Evelyn.

Lorsque le regard noir de l'homme scruta le mouvement des muscles du visage de la jeune femme, une lueur de fascination scintilla dans ses yeux. Il examina son corps attirant. Il contempla ses traits, son élégance naturelle et l'exceptionnelle aura de lumière qui se dégageait d'elle… Quelque chose se déclencha en lui, quelque chose qu'il n'avait pas ressenti depuis bien longtemps.

– Ça doit être vraiment sympa de vivre si longtemps, d'avoir tout ce temps libre, d'être capable de faire ce qu'on veut quand on veut…

Tout à coup, toute bonne humeur s'effaça du visage du vampire et lorsqu'il répondit, son expression était empreinte de tristesse.

– Sympa n'est pas le mot juste, vous pouvez me croire. Si vous deviez vivre la vie qui est la mienne, vous ne la qualifieriez pas de sympa, parce que ce n'est pas le cas… C'est de la torture.

Il regarda l'anneau orné d'un rubis qu'il portait au doigt et caressa la pierre avec douceur.

– Si vous aviez vécu aussi longtemps que moi, vous auriez perdu cet appétit pour la vie et cet enthousiasme ; chaque jour devient semblable aux autres, vous ne ressentez plus rien que du vide et de l'engourdissement… Vous perdez toute raison de vivre autre que les obligations que vous devez…

Il fut interrompu avant de pouvoir finir son monologue.

– Vous avez le sentiment que la vie n'est plus un luxe, mais une punition, parce que vous n'avez plus rien à attendre.

Evelyn acheva sa phrase pour lui et se pencha par-dessus la rambarde du balcon de façon à le regarder dans les yeux.

– C’est ça ?

Elle lui fit un beau sourire qui creusa ses fossettes, un sourire si innocent, si doux et si lumineux qu’il fit renaître une émotion qu’il n’avait pas ressentie depuis bien longtemps dans le creux de son estomac.

– Oui, c’est tout à fait ça.

Il était stupéfait devant la capacité de la jeune femme à comprendre l’esprit d’un vampire. Il la regarda avec admiration, respect et émerveillement. Sa peau reflétait la lueur de la lune comme si elle irradiait. Il était séduit par la créature inférieure qui se trouvait devant lui. Elle était si jeune et si merveilleusement innocente. L’éclat qui émanait d’elle avait capté son attention au premier regard qu’il avait posé sur elle. C’était un éclat qui pouvait soit le mener à la rédemption, soit le jeter dans des abysses de noirceur.

– Vous me dévisagez, dit-elle de plus en plus mal à l’aise sous son regard insistant.

Elle s’agita, désireuse de fuir.

– Quel âge avez-vous ? demanda-t-il brusquement.

– Seize ans.

– Si jeune…

– Et vous ? demanda-t-elle par simple curiosité.

Il se contenta de sourire sans détacher son regard du sien. Il y avait quelque chose d’étrangement intimidant dans la façon dont il la fixait, comme s’il essayait de la comprendre, d’ouvrir son corps pour scruter la profondeur de son âme.

– Je dois y aller, dit-elle rapidement, mais une fois encore, sa tentative de départ fut brisée lorsque le vampire passa soudainement le bras autour de sa taille.

Il la serrait avec douceur mais fermeté.

– Je ne vous autorise pas à partir, dit-il d'une voix presque menaçante.

À ces mots, elle sentit des frissons d'effroi courir le long de sa colonne vertébrale. Mais elle était trop intelligente pour lui désobéir. Il continuait de la regarder fixement, de l'observer… mais elle évita son regard.

– Votre âme est plus vieille, affirma-t-il.

D'une main il tenta de toucher ses lèvres… mais Evelyn eut un mouvement de recul, son visage prenant une expression terrorisée. Il vit alors l'effet que sa proximité provoquait sur elle.

– Je ne vous ferai pas de mal, promit-il en laissant retomber sa main. Cela vous plairait d'aller faire un tour sur le toit ?

Il leva les yeux vers le ciel étoilé.

– Utopia peut être très belle, vue de là-haut. J'aimerais vous la montrer.

Evelyn se figea, étonnée de son invitation et de la rapidité avec laquelle les choses évoluaient… Elle ne se sentait pas en sécurité avec lui.

– J'aimerais vous connaître mieux, dit-il. Vous m'intéressez… et il y a peu de choses qui m'intéressent.

– Vraiment, je ne…

Au moment où elle allait lui opposer un refus, elle vit une ombre passer sur son visage, si noire que ses entrailles se contractèrent de terreur.

– Je ne suis pas un homme à qui l'on dit non, dit-il d'un ton menaçant.

Ses yeux s'assombrirent et Evelyn déglutit avec difficulté.

– Mais il faut vraiment que j'y aille, insista-t-elle.

Quelque part, elle culpabilisait parce qu'elle devinait beaucoup de solitude et de souffrance chez ce vampire. En même temps, il y avait cette aura sombre et dangereuse autour de lui. Lorsqu'elle croisa son regard une fois encore, elle y vit deux options. Dans l'un de ses yeux elle se vit avec lui, partageant une vie de joie, de rires et de bonheur. Dans l'autre, elle aperçut une vie de souffrance, de tristesse, de larmes et d'effusions de sang. Deux chemins.

Deux possibilités. Deux destins complètement différents.

– Très bien, marmonna-t-il en s'effaçant pour lui montrer qu'il la laissait partir.

– Merci. Bonne nuit, monsieur.

Elle n'osa pas lui demander son nom. Elle savait trop bien où était sa place en tant qu'humaine. Mais lui, en revanche, n'était retenu par aucune barrière sociale.

– Comment vous appelez-vous ? demanda-t-il au moment où elle s'éloignait.

À contrecœur, elle tourna sur elle-même.

– Evelyn Blackburn.

CHAPITRE 4

Deux semaines s'étaient écoulées depuis le bal d'anniversaire du Roi, et tout était normal, aucun événement significatif ne s'était produit depuis cette soirée.

Immédiatement après que cet étrange vampire avait laissé partir Evelyn, elle avait retrouvé Ethan. Elle avait été tentée de lui raconter ce qui s'était passé mais s'était ravisée, pour ne pas l'inquiéter.

Nora avait passé la soirée à danser avec différents vampires, tous bien placés sur l'échelle du pouvoir, et tous lui avaient accordé l'attention qu'elle souhaitait, mais, manifestement, aucun d'entre eux n'était intéressé par autre chose que prendre du plaisir avec cette jeune humaine… Nora ne déclinait pas les avances des vampires, bien sûr. Elle connaissait les règles : un humain ne pouvait jamais refuser à un vampire ce qu'il ou elle convoitait.

Deux semaines s'étaient donc écoulées quand la bruyante sonnette de la porte d'entrée retentit partout dans le manoir des Blackburn. Il pleuvait ce soir-là, quand des vampires se présentèrent à la porte. Bien que Jonathan Blackburn soit un homme d'affaires assez connu et l'un des rares humains encore respectés, il n'avait que rarement la visite de vampires, surtout s'ils appartenaient à la cour du Roi…

– Margret, vous pouvez allez voir ce que c'est, je vous prie ? dit Lynette à la servante.

Jonathan et elle, assis au salon, assistaient à la leçon de musique de leurs filles. Nora et Evelyn jouaient toutes les deux du piano. Lorsque leurs enfants ne les regardaient pas, Jonathan posait un baiser furtif sur le front de sa femme, pour lui rappeler à quel point il l'aimait. Ils formaient un tableau heureux, chacun était satisfait de sa vie exempte de soucis et de stress, tout était parfait… Aucun d'eux ne se doutait que la famille vivait ses derniers instants de bonheur véritable et qu'après cette soirée rien ne serait plus jamais pareil pour les Blackburn. Surtout pour Evelyn.

– Eh bien, Jonathan Blackburn, il semblerait que nous nous rencontrions de nouveau…

Le type qui fit son entrée dans le salon n'était pas une personne que le père de famille s'attendait à voir.

– On dirait que votre ego a gonflé, depuis notre dernière entrevue. Je me serais attendu, moi, un noble vampire, à être accueilli dans votre demeure par toute votre famille et non par une simple domestique humaine.

Il jeta un regard dédaigneux à la femme d'une cinquantaine d'années qui se tenait devant la porte, la tête baissée.

– Lord Marcus, s'exclama Jonathan surpris, en voyant entrer le mari de sa seule nièce chérie. Jonathan n'avait pas revu Marcus depuis au moins deux mois, la dernière fois où sa nièce, Alice, avait essayé de s'enfuir…

– Qu'est-ce qui vous amène ? demanda-t-il inquiet de cette visite soudaine. Est-ce qu'Alice va bien ?

Marcus ricana.

– Oui, ma chère Alice va très bien, et nous sommes très heureux ensemble, répondit-il d'un ton amer.

C'était une allusion au fait que Jonathan et toute sa famille étaient totalement opposés au mariage d'Alice avec Marcus et qu'ils avaient même participé au sabotage de leur union en se rendant complices de la fugue d'Alice. Plus exactement de sa tentative de fugue.

– Alors, sans vouloir vous vexer, pourquoi êtes-vous là, Monseigneur ? Et pourquoi êtes-vous venu en compagnie de si nombreux amis ?

Jonathan désigna d'un geste les quatre vampires, tous vêtus de costumes élégants, postés de façon asymétrique derrière Marcus, de façon à former un triangle. Jonathan remarqua que les quatre vampires n'étaient pas de la région, qu'ils portaient tous un sceau sur leur costume – un croissant de lune – montrant qu'ils étaient membres de la Cour suprême du Roi. Marcus eut un sourire narquois.

– C'est amusant que vous posiez la question…

D'un petit signe de tête, il intima l'ordre au vampire sur sa gauche d'avancer d'un pas… Aussitôt celui-ci s'exécuta et exhiba fièrement un parchemin d'or qu'il tenait dans son dos. Les parchemins d'or étaient spéciaux. Ils étaient faits pour annoncer les lois et les ordres du Roi. Immédiatement, tous les membres de la famille Blackburn ainsi que Margret, la servante, s'agenouillèrent et s'inclinèrent en signe de respect.

– Par ordre de Sa Majesté le Roi Atticus, Evelyn Maria Blackburn, fille de Jonathan Henry Blackburn et de Lynette Helen Blackburn, son épouse, se verra accorder dès sa majorité l'honneur d'être admise au palais royal. Elle fera partie du Conseil royal des vampires en tant qu'assistante humaine du Roi, pour le conseiller sur les sujets afférents aux droits humains.

– QUOI ? s'exclama Evelyn en se relevant d'un bond.

Elle se précipita sur le vampire pour regarder de ses yeux le rouleau qu'il tenait entre ses mains et vérifier qu'il ne commettait pas d'erreur.

– Evelyn Blackburn ? Vous voulez dire… moi ? Pour être admise au palais royal, en tant qu'assistante humaine ?

Marcus ricana.

– Jonathan, si c'est cette fille-là que vous allez envoyer au palais royal, vous feriez bien de faire attention. Si elle se conduit comme ça au palais, je doute qu'elle fasse long feu.

Jonathan Blackburn serra les dents, furieux, sans répondre aux propos malveillants de Marcus.

– Evelyn ? dit Nora en fronçant les sourcils. Pourquoi le Roi veut-il Evelyn en particulier au palais royal ?

Bien qu'elle s'efforçât de ne rien laisser paraître, Nora ne put retenir un soupçon de jalousie de percer dans sa voix.

– Pourquoi Evelyn ?

Marcus ricana une fois de plus en éludant sa question et demanda qu'on lui remette le rouleau doré.

– Jonathan Blackburn, en tant que chef de la famille Blackburn et au nom d'Evelyn Blackburn, acceptez-vous cet hommage comme témoignage de la compassion du Roi et de son amour pour la famille Blackburn en vous engageant à confier l'avenir de votre fille au Roi ?

Il parlait avec dédain en regardant de haut Jonathan Blackburn, toujours agenouillé, tête baissée.

– Oui, répondit Jonathan, les dents serrées.

Tout le monde pouvait voir à quel point il était difficile pour lui de prononcer ce mot qui scellait pour toujours le destin de sa fille en la livrant à un monstre…

– Très bien.

Marcus tendit le rouleau à Jonathan avec un sourire narquois, mais avant qu'il ne le pose dans sa main, Evelyn s'interposa et s'en empara brusquement pour le jeter sur le sol en marbre.

– Eh bien moi je n'accepte pas ! hurla-t-elle, rouge de colère.

Elle sentait une énergie incommensurable bouillir en elle, mourant d'envie d'être libérée.

– Je ne veux pas aller au palais, ni être assistante, ni je ne sais quoi ! Je ne connais rien à la politique et je…

Sa harangue fut brutalement interrompue par le revers d'une main entrant douloureusement en contact avec sa joue.

– SOTTISES ! rugit Jonathan Blackburn en giflant sa propre fille, ce qui eut pour conséquence de l'envoyer brutalement au sol. Je t'interdis de te conduire de cette façon devant un noble comme Lord Marcus, je t'interdis de jeter le parchemin d'or du Roi par terre comme si c'était un détritus, et par-dessus tout je t'interdis de te plaindre des bienfaits de Sa Majesté envers notre famille ! Être admise au palais royal est un honneur pour lequel des millions de personnes donneraient n'importe quoi !

– EH BIEN, JE LE LEUR LAISSE ! cria Evelyn en se relevant péniblement.

Ses larmes coulaient comme deux cascades sur ses joues.

– Je n'en veux pas ! Et je n'irai pas vivre dans ce palais ! hurla la plus jeune des Blackburn avant de sortir de la pièce en courant.

– Je vous prie d'excuser mon manque de sévérité envers ma fille. Soyez assuré que je l'amènerai à plus d'obéissance avant qu'elle n'entre au palais, promit Jonathan en se baissant pour ramasser le rouleau à deux mains.

Nora et Lynette restaient agenouillées, frappées de stupeur par la scène qui venait d'avoir lieu devant elles. Jonathan Blackburn, ce père toujours si aimant et mesuré, avait frappé sa fille cadette, qui avait toujours été sa préférée. Nora et Lynette le savaient à la façon dont il faisait toujours passer en premier les désirs d'Evelyn. Elles savaient qu'il lui donnerait tout ce qu'elle voulait, il suffisait qu'elle demande. Cet accès de violence soudain lui ressemblait d'autant moins.

Marcus se contenta de hocher la tête avant de se retourner vers les quatre vampires de moindre rang, membres du Conseil royal.

– Allez m'attendre dehors, ordonna-t-il.

Tels des chiens bien dressés, ils sortirent immédiatement, laissant Marcus seul avec les trois Blackburn restant.

– C'était bien joué, Jonathan, dit le vampire après quelques minutes de silence, assez pour être sûr que les autres vampires étaient tous sortis. Je ferai jurer à ces quatre-là dehors que la résistance d'Evelyn n'arrivera jamais aux oreilles du Roi si vous me promettez tous les trois de faire en sorte qu'Evelyn abandonne ses manières butées.

– Je n'ai pas joué la comédie, monseigneur. Je suis sincèrement désolé du comportement de ma fille. Elle est trop ignorante pour comprendre qu'avoir été choisie pour entrer au palais royal est une chance que des millions de jeunes filles rêveraient d'avoir.

Lord Marcus sourit en se dirigeant vers les deux fauteuils de velours qui étaient installés en face du piano.

– Oui, c'est une chance, en effet, et des centaines de milliers d'humains seraient prêts à tuer pour que leur fille soit spécialement choisie par le Roi pour entrer à la cour… mais vous n'êtes pas de ceux-là, n'est-ce pas Jonathan ?

Jonathan Blackburn se raidit, ce qui n'échappa pas à Marcus, qui comprit qu'il avait visé juste.

– Je… je…, bégaya l'humain, ce qui fit ricaner le vampire.

– Inutile de vous justifier, Jonathan. Vous ne m'aimez peut-être pas, mais vous êtes l'oncle préféré d'Alice. Si jamais je vous dénonçais au Roi parce que vous persistez à vouloir mépriser les créatures de la nuit, comme dans l'ancien temps, je suis absolument convaincu qu'elle ne me le pardonnerait jamais… Donc, vous n'avez pas d'inquiétude à avoir, mon cher humain, vos secrets seront bien gardés.

Marcus sourit à Jonathan et à sa famille, toujours à genoux sur le sol froid et dur, n'osant pas bouger sans sa permission. Le vampire fit un petit geste de la main pour indiquer aux deux humaines de se relever.

– J'ai connaissance de ce que vous enseignez à vos filles, et ce que vous avez enseigné à Alice, les horreurs concernant mon espèce et la Guerre des Vampires de 2020. Je connais aussi la raison pour laquelle vous et votre femme préférez tenir Nora et Evelyn à l'écart des événements comme celui qui a eu lieu à Manhattan, il y a deux semaines. Vous ne voulez pas qu'un vampire puisse les remarquer ou s'intéresser à elles, surtout les nobles. Je me trompe, Jonathan ?

Marcus sourit d'un air narquois. Comme l'humain restait silencieux, il continua.

– Je sais qu'avant qu'Alice ne me rencontre, ses parents avaient l'intention de la marier à un fils Grayson, une célèbre famille humaine.

Il ricana.

– Evelyn est sincèrement amoureuse d'Ethan Redfern, s'exclama Jonathan au bout d'un moment en comprenant où le lord vampire voulait en venir. Ils ne se fréquentent pas seulement pour faire plaisir à leurs parents, elle a vraiment des sentiments pour lui.

– Eh bien faites en sorte qu'elle les oublie, répliqua Marcus sévèrement, toute trace de bonne humeur ayant quitté son visage. Evelyn est la première humaine que le Roi ait spécifiquement désignée pour qu'elle soit admise au palais royal depuis des siècles. Et, bien que je reconnaisse qu'Evelyn est une jeune fille brillante, elle n'est pas faite pour la politique et la pensée philosophique. Il m'apparaît clair que le Roi a requis sa présence au palais uniquement pour satisfaire son plaisir… Je doute qu'il veuille se contenter de parler avec elle…

Jonathan Blackburn serra les poings de rage quand des images du Roi caressant sa fille si innocente, l'embrassant, abusant de son corps si pur lui traversèrent l'esprit. Il eut la nausée, dégoûté de lui-même pour n'être pas assez fort pour les empêcher de devenir réalité. Il savait très bien que si le Roi voulait vraiment qu'Evelyn soit à lui, elle n'aurait aucun moyen d'échapper à ce destin funeste.

– Vous voulez que j'éloigne Ethan Redfern pour éliminer toute concurrence ? demanda Jonathan.

L'impassibilité de son visage contrastait avec toute la gamme d'émotions qui se bousculaient dans son cœur. Marcus se mit à rire.

– La concurrence ? Oh, je vous en prie. Ethan Redfern n'est pas un concurrent pour le Roi, et il ne le sera jamais. Vous voulez savoir pourquoi ? Parce que pour être un concurrent, il faudrait qu'il ait une chance de gagner ; et je suis convaincu que si jamais le Roi découvrait que le cœur d'Evelyn appartient effectivement à un autre homme, il le ferait tuer sans hésiter et ferait jeter son corps aux chiens pour qu'ils s'amusent avec… Je vous dis ça pour le bien d'Evelyn, pour lui éviter le chagrin et la culpabilité que cela entraînerait chez elle.

Lynette fronça les sourcils.

– Pourquoi est-ce que vous vous préoccupez du bien d'Evelyn ? Je croyais que vous haïssiez ma famille ? dit la maîtresse de maison, prenant la parole pour la première fois.

– Pour la même raison que je protège votre mari… à cause des liens qui l'unissent à *mon* Alice. Je sais ce que c'est lorsque la femme que vous aimez est amie avec une autre. Ce n'est pas une bonne chose et le plus souvent cela déclenche une rage violente dans le cœur d'un vampire. La jalousie est un sentiment puissant et un vampire dominé par sa jalousie peut faire des choses horribles, même à la femme qu'il aime par-dessus tout.

– Y a-t-il quelque chose que vous puissiez faire pour empêcher qu'Evelyn n'aille vivre au palais, Lord Marcus ? implora Lynette au bord des larmes. Pour l'amour d'Alice, je vous en prie, aidez Evelyn ! Vous savez qu'elle préférerait mourir plutôt que d'aller au palais pour le plaisir du Roi !

Marcus soupira.

– Je suis désolé, sincèrement, mais c'est du Roi qu'il s'agit, et étant donné qu'il a dépêché trois de ses plus fidèles gardes royaux, un messager royal et moi-même, un Seigneur, pour vous délivrer ce message, vous comprendrez qu'il est tout à fait déterminé à obtenir ce qu'il veut.

Lynette et Jonathan échangèrent un regard.

– Que pouvons-nous faire ?

– Rien.

Le vampire haussa les épaules.

– Faites seulement en sorte qu'elle soit préparée et éduquée comme il convient, et faites-lui accepter l'idée qu'elle appartient au Roi, maintenant. Peu importe ce qu'elle souhaite. Dès l'instant où le Roi la veut, elle est à lui. Plus tôt elle se fera à cette idée, mieux ce sera. Lui résister serait inutile, puisqu'il l'aura, d'une façon ou d'une autre.

CHAPITRE 5

Cinq mois s'étaient écoulés depuis cette soirée funeste où Marcus était débarqué au manoir des Blackburn. La vie de ces derniers avait radicalement changé depuis. Cinq mois, c'était largement suffisant pour que la nouvelle se répande dans la ville, et bientôt toutes les personnes qu'Evelyn avait toujours connues furent au courant de son destin cruel. Certains de ses amis la regardaient avec pitié, d'autres avec crainte, ou envie, mais la plupart la regardaient avec dégoût.

Evelyn Blackburn était une jeune fille intelligente, elle savait exactement à quoi les gens avaient pensé en entendant parler de l'exigence du Roi. Ils imaginaient ce que le Roi lui ferait subir dans ses appartements au cœur de la nuit. Elle deviendrait sa putain, son jouet, son esclave. Soumise à sa domination et à son désir. Il tiendrait sa vertu, et sa vie tout entière, dans le creux de sa main. Et il n'y avait rien qu'elle puisse faire pour l'éviter.

La plupart des amis de la famille Blackburn étaient humains, et ils partageaient l'opinion du père d'Evelyn sur les vampires. Tous ceux qui l'avaient vue grandir étaient donc dégoûtés par le destin qui l'attendait. Certains de ses amis avaient même eu l'audace de lui demander comment elle s'était débrouillée pour séduire le Roi. Les gens parlaient derrière son dos. Elle était au centre de leurs commérages. De plus, son père semblait si fier qu'Evelyn ait été choisie par le Roi que les gens se disaient que c'était un plan concerté pour obtenir plus de faveurs et de pouvoir. Le fait que le Roi fasse parvenir chaque semaine des bijoux, des vêtements, des tableaux et de grosses sommes d'argent au manoir Blackburn n'arrangeait pas les choses. Les paquets n'étaient jamais accompagnés d'aucune note ni d'aucune lettre.

Mais ce jour-là, le 1er septembre, un nombre incroyable de présents supplémentaires fut livré, dont un collier en or, délicatement ouvragé, assorti d'un pendentif en rubis en forme de croissant de lune. Le Croissant de lune royal, symbole signifiant que la personne qui le portait appartenait au Roi et devait donc être traitée avec tout le respect dû à cette position. Il y avait aussi une magnifique robe blanche et une lettre…

Joyeux dix-septième anniversaire, ma douce Evelyn. J'espère que tu apprécieras la réception que tes parents ont organisée pour toi. J'espère que tu aimeras mes cadeaux et je te prie de porter le collier pour la fête ce soir. Le Croissant de lune royal est un signe reconnu par les humains comme par les vampires. En le voyant sur toi, chacun saura que tu m'appartiens. Je veux qu'aucun homme ne s'approche de toi ce soir... Il n'y en a plus pour longtemps, maintenant, plus qu'une année avant que nous ne soyons réunis. J'espère que tu attends ce jour avec autant d'impatience que moi, ma bien-aimée.

Bien à toi,

Atticus.

– Je vous l'ai dit, je ne veux pas assister à la fête ce soir ! hurla Evelyn en saisissant un vase en cristal contenant de l'eau et des fleurs pour le jeter à la tête d'une des servantes. Laissez-moi tranquille !

– Mademoiselle Blackburn, vous êtes obligée d'y aller, on fête votre anniversaire ! dit l'autre d'une voix tremblante pour essayer de convaincre Evelyn qui refusait obstinément de se préparer.

La jeune femme reporta lentement son attention sur cette belle journée ensoleillée et sur le ciel bleu qu'elle voyait par la fenêtre. Un couple d'hirondelles insouciantes passa devant la fenêtre de sa chambre. Evelyn les envia parce qu'elles étaient libres, libres de vagabonder dans le ciel, et libres de faire ce que bon leur semblait. Contrairement à elle qui était privée de liberté, qui n'avait plus rien que la perspective d'un destin cruel.

– Une fête ? Qu'est-ce qu'on fête ? Mes dix-sept ans ou les trois cent soixante-cinq jours de liberté qu'il me reste avant qu'on ne me force à quitter tous ceux que j'ai toujours aimés, uniquement pour le bon plaisir de ce monstre ?

– Mademoiselle…

À cet instant, l'autre fille Blackburn entra dans la chambre en interrompant la servante.

– Sortez, ordonna Nora sèchement.

Les deux servantes humaines se regardèrent, hésitantes. Elles savaient que la relation entre les deux sœurs s'était beaucoup dégradée récemment à cause de la jalousie de Nora.

– Sortez ! répéta Nora plus sévèrement. Allez ! Je veux parler à ma sœur en privé, alors je vous conseille d'aller vous occuper ailleurs avant que je ne décide de vous virer toutes les deux.

Les servantes échangèrent un regard apeuré avant de sortir précipitamment de la chambre.

– Dix-sept ans et tu continues à passer tes nerfs sur les domestiques, à ce que je vois.

Nora traversa la pièce lentement pour venir rejoindre sa sœur près de la fenêtre.

– Il n'y a personne d'autre sur qui je peux passer mes nerfs. Tu refuses de me parler. Maman ne peut pas me regarder dans les yeux sans éclater en sanglots, et notre père fait tout pour m'éviter. Avant je pouvais parler de mes problèmes avec mes amies, avec Ethan, mais…

Evelyn s'interrompit, submergée de chagrin devant sa solitude et son impuissance. Elle sentit monter ses larmes mais les retint d'un clignement de paupières furtif.

– Houlala, ma pauvre, dit Nora avec méchanceté et sans aucune compassion. Tu es toujours contrariée que tes amies aient découvert que tu avais couché avec le Roi, tout ça pour avoir tes entrées au palais royal ? Ou bien est-ce parce que Père a exigé que tu cesses toute relation avec Ethan Redfern que tu es dans cet état ?

– Je n'ai pas couché avec le Roi ! Je ne l'ai même jamais rencontré ! répliqua Evelyn. Tu ne vois pas que je ne veux pas de tout ça ? Je ne veux pas entrer au palais royal et devenir le jouet sexuel d'Atticus ! Je ne veux pas perdre ma vertu avec quelqu'un que je ne connais même pas !

– Oh, arrête ton cinéma, Eve ! grogna Nora en s'approchant de sa jeune sœur. Tu dois bien lui avoir fait quelque chose pour qu'il te veuille si désespérément, qu'il te couvre de cadeaux toutes les semaines ! On sait tous pourquoi il te veut, et ce n'est sûrement pas pour discuter des droits humains !

Evelyn finit par craquer. Après cinq mois de remarques blessantes et de commentaires haineux, elle n'en pouvait plus. En larmes, elle finit par laisser libre cours à ses sentiments.

– Nora, pourquoi es-tu comme ça avec moi ? Tu es ma sœur, tu es censée m'aider et me remonter le moral ! Pas m'enfoncer. Tu me traites comme si tu me détestais au moment où j'ai besoin de toi. Tu sais bien que je n'ai jamais voulu tout ça ! J'ai l'impression de vivre un enfer !

Nora se contenta de sourire d'un air mauvais en se dirigeant vers la table de nuit d'Evelyn sur laquelle celle-ci avait jeté négligemment le collier qu'elle venait juste de recevoir et la lettre d'amour d'Atticus.

– *Je veux qu'aucun homme ne s'approche de toi ce soir...*

Nora souffla d'un air dégoûté en lisant à voix haute.

– Dis-moi, tu crois qu'il en a une grosse ? Tu crois qu'il sera doux ou brutal avec toi ? Tu vas ouvrir les jambes de bonne grâce ou il va devoir te pénétrer de force ?

– Arrête…

Evelyn ne voulait pas imaginer ce qui allait se passer quand elle aurait dix-huit ans et qu'elle deviendrait la propriété du Roi.

– Nora, s'il te plaît, arrête, implora-t-elle.

Mais sans écouter les supplications de sa petite sœur, Nora poursuivit ses moqueries.

– Tu l'imagines enfoncer en toi son gros engin, en grognant de plaisir… Tous les soirs, Atticus te prenant de force, te possédant, te volant ton innocence et ta pureté…

– ARRÊTE !

Le visage inondé de larmes, Evelyn se laissa tomber à genoux. Elle aurait voulu faire disparaître toutes les horreurs que Nora lui avait dites. Mais c'était impossible. Ses paroles résonnaient dans sa tête. Elle ne pouvait pas les effacer parce que, comme tout le monde, elle savait que c'était ce qui allait arriver. Contrairement à ce qu'elle avait prévu, elle ne perdrait jamais sa virginité avec Ethan, le seul homme qu'elle ait jamais aimé. Elle n'épouserait jamais son amour d'enfance, elle n'aurait pas d'enfants et ne vieillirait pas avec lui. Tous ses rêves et ses espoirs disparaîtraient le jour de ses dix-huit ans.

Nora observa sa petite sœur, en larmes, se recroqueviller sur le sol.

– Cela devrait être moi, murmura-t-elle sur un ton haineux avant de sortir de la chambre.

***

La fête était magnifique. Jonathan et Lynette Blackburn n'avaient pas regardé à la dépense pour l'avant-dernier anniversaire de leur fille en tant qu'être humain libre. La grande salle de bal des Blackburn était bondée aussi bien de créatures de la Nuit que d'humains. Un grand nombre de nobles étaient présents, qui avaient apporté de fastueux présents à offrir à la jeune Evelyn Blackburn. Ils n'étaient pas venus en tant qu'amis de la famille, bien sûr. Ils n'étaient là que pour une seule raison : voir la beauté de la jeune fille qui avait captivé le Roi.

Durant toute la soirée, Evelyn sourit et dansa avec chacun des invités qui avaient requis son attention, mais elle détesta chaque minute de cette fête. Aucun de ses amis n'était présent, il n'y avait là qu'une foule d'étrangers qu'elle n'avait jamais rencontrés auparavant et qui n'étaient là que pour d'obscures raisons liées au Roi.

Evelyn était désormais prête à quitter la soirée pour aller se réfugier dans sa chambre et s'endormir en pleurant, une fois de plus. *Il y a tellement de monde, je suis sûre qu'ils ne s'apercevront pas de mon absence, même si c'est mon anniversaire que l'on fête,* pensa Evelyn en se dirigeant vers la porte avec l'espoir que personne ne devinerait son intention.

– Evelyn !

Une voix étonnamment familière l'appela juste au moment où elle s'apprêtait à se faufiler entre les lourdes portes de bois. En poussant un petit grognement, elle pivota sur elle-même, s'attendant à se trouver face à un invité furieux ou surpris, ou simplement à quelqu'un qui voudrait lui parler du Roi. Mais lorsqu'elle se retourna, elle faillit avoir une attaque. La fille qui se trouvait face à elle était une personne qu'elle connaissait depuis son enfance, et probablement la seule de ses amies présente à cette fête. Evelyn poussa un petit cri et se précipita vers la jeune fille blonde pour la serrer dans ses bras.

– Karris ! Qu'est-ce que tu fais là ?

Soudain, en voyant le visage de Karris Redfern, la sœur aînée d'Ethan, la soirée ne lui parut plus aussi détestable. Mais le plaisir d'Evelyn fut de courte durée quand elle se rendit compte que Karris ne lui rendait pas son embrassade. Celle-ci fourra brusquement un papier dans la main d'Evelyn.

– Je ne sais pas pourquoi il continue à se préoccuper de toi, dit-elle amèrement avant de s'éloigner sans un mot d'explication.

Il ? Ce seul mot suffit à exciter la curiosité d'Evelyn, qui déplia le papier. *Mon Dieu, faites que cela soit Ethan !* pria-t-elle en lisant le message écrit avec soin.

« *Je t'attendrai sous notre cerisier.* » Le message était simple et sans aucune indication de son auteur, mais Evelyn sut tout de suite en voyant l'écriture soignée qu'il venait d'Ethan. Le visage illuminé d'un sourire radieux, elle sortit précipitamment de la salle de bal, indifférente aux regards curieux qu'on lançait sur son passage.

« *Notre cerisier...* » Evelyn savait exactement de quoi il parlait.

***

À quelque distance du manoir, loin des lumières et de la musique de la fête, se tenait un vieux cerisier aux branches dénudées sur lesquelles subsistaient quelques fleurs flétries. Pendant les mois d'été, Evelyn et Ethan avaient l'habitude de passer le plus clair de leur temps dans la clairière, sous l'arbre, pour profiter de la vue et du plaisir d'être ensemble. Mais cette année n'avait pas été si heureuse puisque les ordres du père d'Evelyn les avaient maintenus séparés l'un de l'autre.

– Ethan ! s'exclama Evelyn en se jetant dans ses bras.

– Evelyn.

Ethan la serra contre lui en savourant ce contact intime.

– J'avais peur que tu ne viennes pas.

– T'es bête ou quoi ?

Elle s'écarta un peu de lui pour pouvoir le regarder dans les yeux.

– Évidemment que j'allais venir. Je viendrai toujours, Ethan. Je t'aime.

– Moi aussi, je t'aime.

En entendant ces mots, le cœur d'Evelyn se mit à battre plus vite et avant qu'ils ne s'en rendent compte, leurs lèvres se joignirent en un baiser passionné et tendre à la fois.

Il y avait bien longtemps qu'Evelyn n'avait pas senti la douceur des lèvres d'Ethan sur les siennes. Il resserra son étreinte et la pressa contre l'arbre, leur arbre. Il promena ses mains sur son corps, la caressant tout en sachant qu'il ne devrait pas faire ça.

– Tu m'as tellement manqué.

Le souffle court, Ethan recula une fraction de seconde avant de reprendre sa bouche. Lentement, il passa les mains sous sa longue robe pour caresser ses cuisses si douces alors qu'elle emmêlait ses doigts dans ses cheveux blond vénitien. Elle entoura sa taille de ses jambes en se pressant contre lui.

Ce qu'elle faisait était interdit et dangereux… Si Atticus venait à le découvrir, le jeune Redfern et elle auraient de gros problèmes. Mais à ce moment précis, elle se fichait bien d'Atticus et des vampires. Tout ce qui comptait, c'était Ethan, ses baisers fougueux et le contact de ses mains sur sa peau.

Ils s'embrassaient depuis ce qui leur parut être une éternité, mais qui n'était en réalité que des minutes, lorsqu'ils furent violemment séparés par une paire de mains brutales. Et avant qu'Evelyn ne comprenne ce qu'il se passait, Ethan fut projeté en l'air pour aller s'écraser violemment sur un arbre un peu plus loin.

– Ethan, hurla-t-elle en se précipitant dans sa direction.

Mais avant qu'elle ne puisse faire un mouvement, les mêmes mains brutales s'emparèrent d'elle pour la plaquer contre le cerisier. Une paire d'yeux sombres, marron – presque rouges – la jaugeaient avec colère et jalousie… Il fallut plusieurs secondes à Evelyn pour que son cerveau identifie le visage de son agresseur, et elle poussa un petit cri en réalisant qui était le type en face d'elle. Ce visage ne lui était pas revenu à l'esprit depuis leur unique rencontre.

– Vous ! murmura-t-elle sous le choc en essayant de le repousser, en vain. Vous êtes le type de la soirée d'anniversaire du Roi.

Le vampire sourit.

– Je suis heureux que tu te souviennes de moi, ma douce Evelyn, murmura-t-il en se penchant sur elle.

Quelques secondes encore et Evelyn comprit finalement qui il était.

– Atticus, vous êtes Atticus… Vous êtes le Roi !

Il sourit d'un air sombre.

– Il t'en a fallu du temps…

CHAPITRE 6

En entendant ces mots, Evelyn sentit un frisson descendre le long de sa colonne vertébrale. Elle posa son regard sur le vampire incroyablement grand et musclé qui se tenait devant elle. La première fois qu'ils s'étaient rencontrés, ils se trouvaient sur un balcon faiblement éclairé par les lumières de la ville et la lueur de la lune. La jeune Evelyn ne savait pourquoi elle n'avait pas tout de suite compris que ce vampire avec qui elle avait bavardé était en fait le Roi.

Evelyn regarda en hésitant dans la direction où Atticus avait envoyé Ethan valdinguer quelques instants plus tôt. Elle sentit monter en elle un flot de colère en voyant le corps immobile d'Ethan allongé dans l'herbe, inconscient. Brusquement, Atticus fit un pas en avant et pressa son corps contre celui d'Evelyn, de façon à sentir la chaleur vibrante du corps de la jeune femme. À l'instant où ils entrèrent en contact – et ce malgré l'épaisseur de son costume et de sa robe –, Atticus sentit un frisson au creux de ses reins. Une étincelle fut allumée par cette proximité et le parfum exquis du sang qui battait dans les veines d'Evelyn à ce moment-là, et qui l'appelait… Il ressentit le besoin incontrôlable de posséder cette humaine. Son désir était si fort, si urgent qu'il ne pouvait l'ignorer. Après avoir vécu presque trois millénaires, Atticus pensait que son self-control était sans limites, mais visiblement il se trompait. Sans réfléchir, il se pencha et l'embrassa.

Avec horreur, Evelyn sentit les lèvres d'Atticus sur les siennes. Cela n'avait rien à voir avec les étincelles et les feux d'artifice provoqués par les baisers d'Ethan. Au contraire, c'était horrible et faisait froid dans le dos. Evelyn sentit son estomac se soulever à l'idée que les lèvres d'un vampire soient posées sur les siennes. Instinctivement, elle fit quelque chose qu'elle n'aurait pas dû faire, quelque chose qui aurait pu entraîner sa mort : elle leva la main et gifla Atticus de toutes ses forces. Et si, au moment où sa main entra en contact avec le visage du vampire, la tête ne bougea pas d'un pouce, cela eut quand même pour effet de le faire reculer. Lorsqu'il le fit, Evelyn eut un bref aperçu de l'expression de son visage, un mélange d'incrédulité, de surprise, de rejet et de tristesse. Mais elle ne s'attarda pas pour voir ces sentiments se muer en colère. Au contraire, elle profita du moment où il s'écartait d'elle pour se glisser sous son bras et se précipiter vers le corps inanimé d'Ethan.

– Ethan !

Elle courut aussi vite qu'elle le put vers l'homme blessé, mais avant qu'elle ne puisse s'approcher de lui, une paire de bras musclés s'empara d'elle et la plaqua contre le torse le plus dur qu'elle ait jamais senti.

– Tu l'aimes bien ?

Le ton glacial et cruel d'Atticus, dont elle sentait la présence derrière elle, lui fit froid dans le dos. Un de ses bras était passé autour de sa taille de façon possessive et sans ménagement, et l'autre entourait la base de son cou, menaçant de lui briser la nuque d'un moment à l'autre. Evelyn ne prit pas la peine de répondre. Rien d'autre ne comptait qu'Ethan et le fait qu'il soit toujours inconscient.

– Je t'ai demandé si tu l'aimais bien ? répéta Atticus, d'une voix plus forte cette fois, plus contrôlée, plus autoritaire. Réponds à ton Roi, Evelyn.

La jeune femme sentit la main du vampire se resserrer autour de sa gorge, la privant d'oxygène. Elle s'étouffa. Elle n'avait pas besoin de tourner la tête pour imaginer l'expression de son visage, tordu de dégoût et de colère devant tant d'irrespect. Comme s'il n'était pas un être supérieur.

– Je ne l'aime pas bien, je l'aime tout court, répondit Evelyn sans réfléchir, d'une voix sèche et sans émotion, tout en luttant pour se dégager de son emprise.

Elle savait que ces mots allaient blesser l'ego du vampire. Elle savait qu'elle avait tort de l'insulter et de l'attaquer volontairement comme elle le faisait, particulièrement alors qu'il avait le pouvoir de les tuer, Ethan et elle. Mais elle s'en fichait. De toute façon, l'année suivante, elle serait en route pour le palais royal où vivait le vampire insensible qui se trouvait derrière elle. Elle serait contrainte de le distraire et de lui plaire aussi longtemps qu'il le voudrait. Evelyn préférerait mourir plutôt qu'être enfermée au palais royal pour le reste de ses jours.

– Est-ce ton amour pour cet humain qui t'a fait rejeter mon baiser ?

Evelyn ne dit rien mais l'un comme l'autre connaissaient la réponse. Les yeux d'Atticus étincelèrent de colère et il retira la main qui était autour du cou d'Evelyn seulement pour la poser avec force sur sa poitrine, saisissant à pleine main une de ses rondeurs féminines. Il serra, fort. Evelyn gémit et se débattit violemment.

– Lâchez-moi !

La jeune femme hurla en essayant de se dégager de sa poigne, mais en vain. Il y avait une énorme différence entre la force d'un vampire et celle d'un humain.

– Lâchez-moi, espèce de monstre ! Espèce de monstre sans cœur !

Ses protestations et ses insultes n'eurent d'autre effet que de redoubler sa fureur et sa détermination à la posséder.

– Tu es à moi ! gronda Atticus furieux à l'oreille d'Evelyn, tout en resserrant son étreinte et en se pressant rudement contre elle. Je t'interdis de toucher, embrasser, parler ou tout simplement de revoir ce garçon.

Elle eut un mouvement de recul en le sentant poser un baiser lascif dans son cou.

– Vous n'avez pas votre mot à dire sur ce que je peux ou ne peux pas faire ! protesta-t-elle en se débattant énergiquement mais vainement pour se dégager.

Il sourit sur sa peau.

– Tu te trompes, ma douce Evelyn. J'ai tout à dire sur ce que tu peux ou ne peux pas faire, je suis ton Roi et tu n'es qu'une humaine soumise aux règles que j'impose.

Atticus l'attira un peu plus près, si près qu'elle pouvait à peine respirer. Elle sentit alors quelque chose d'extrêmement dur qui saillait de son pantalon de costume, se pressant étroitement contre son derrière.

– Je pourrais te prendre de force immédiatement. Tu serais impuissante à rejeter mon affection. Si je le voulais, je pourrais t'emporter sur-le-champ dans mon palais et t'attacher à mon lit. Te garder pour toujours et ne jamais te laisser partir. Tu serais à moi pour l'éternité.

Ses paroles la glacèrent de terreur.

– Sais-tu à quel point je veux cela ? Que tu sois à moi ?

– Alors pourquoi ne le faites-vous pas, qu'on n'en parle plus ? gémit-elle alors qu'il continuait à caresser ses seins, à les masser dans l'espoir de lui faire partager son plaisir.

Mais il n'y parvint pas. Elle se recroquevilla sous l'effet de la peur.

– Parce que tu n'as pas encore dix-huit ans. Je ne veux pas t'enlever à ta famille avant que tu ne sois en âge de te présenter à moi. Je veux une femme, pas une jeune fille. Je suis prêt à attendre une année de plus pour que tu sois assez âgée, murmura-t-il en continuant à déposer des baisers avides dans son cou, sur son épaule et sa clavicule.

– Et si je ne veux pas ?

En posant cette question, Evelyn aurait pu jurer que la température avait baissé de plusieurs degrés, et qu'un vent glacé se levait autour d'eux. La lumière de la pleine lune faiblissait. Evelyn eut peur de la réponse d'Atticus.

– Tu ne devrais pas m'en vouloir. Partager le lit d'un Roi est un honneur. Un grand nombre de femmes tueraient pour que je les désire comme je te désire. Je pourrais te donner plus de plaisir que tu ne peux l'imaginer et te faire connaître des lieux qu'aucun humain ne pourra jamais voir.

Il posa un dernier baiser dans son cou avant de s'écarter d'elle lentement.

– Réfléchis bien, Evelyn, parce que même si tu n'es pas d'accord, sache que j'obtiendrai ce que je veux. J'obtiens toujours ce que je veux.

***

– Tu devrais vraiment arrêter de te téléporter pour surveiller cette humaine.

Atticus fut accueilli par une voix familière quand sa forme se solidifia au centre de son bureau, où régnait une lumière vive.

– C'était son anniversaire, j'avais envie de la voir, répondit Atticus sans humour en se dirigeant vers son bureau d'acajou.

Il sortit de l'un des tiroirs un rouleau doré sur lequel il se mit à rédiger furieusement un nouveau décret. Hansel sourit d'un air moqueur en s'approchant de son meilleur ami et jeta un coup d'œil par-dessus son épaule.

– Qu'est-ce qu'il t'arrive ? D'habitude, quand tu reviens d'une de ces sessions de surveillance, tu es tout sourire et heureux, qu'est-ce qui ne va pas, cette fois ?

Tout d'abord, Atticus ne dit rien mais se contenta de continuer à écrire.

– Demain matin, tu iras donner ce rouleau à Marcus et tu lui diras d'exécuter mes ordres immédiatement.

Une fois l'acte rédigé, Atticus tendit brutalement le rouleau à Hansel. Puis il frappa de ses poings serrés sur la table de bois si violemment qu'elle se fendit en de nombreux endroits. Tous les documents, l'ordinateur, la lampe et les divers objets qui se trouvaient dessus volèrent avant de retomber sur ce qu'il restait du plateau de la table ancienne ou sur la moquette.

Le vampire aux cheveux bouclés regarda son ami en fronçant les sourcils. Il connaissait Atticus depuis aussi longtemps qu'il était un vampire et était l'un de ses conseillers les plus proches depuis des siècles. Hansel n'avait vu Atticus aussi en colère qu'un petit nombre de fois.

– Que s'est-il passé ? lui demanda-t-il en lui tapant gentiment dans le dos pour essayer de calmer sa fureur.

– Elle en aime un autre, un humain, avoua Atticus les mâchoires serrées, en regardant ses poings dont les phalanges blanchissaient. J'aurais dû me renseigner sur elle avant de me laisser aller, de m'emballer comme ça… La première femme pour laquelle j'éprouve de l'attachement depuis des siècles est amoureuse d'un autre… Pas croyable !

– Alors tu vas faire exécuter toute la famille de cet homme ? déclara Hansel, impassible, après avoir lu le parchemin.

Il savait que, bien qu'Atticus soit réputé pour être un Roi généreux, il était aussi impitoyable et déterminé à obtenir ce qu'il voulait. Durant ces siècles de règne, il avait fait exécuter des millions d'humains, de vampires et d'autres créatures de la Société de la Nuit sans distinction. Mais de là à faire exécuter un homme parce qu'il aimait la même jeune femme que lui ? C'était un peu dur à accepter pour Hansel.

– Sous quel chef d'accusation ? demanda-t-il après quelques instants de silence.

– Trahison.

– Atticus, aimer la même femme que toi, ce n'est pas de la trahison, c'est la vie. Tu ne peux pas le faire exécuter lui et toute sa famille pour ça.

– Hansel, je ne suis pas assez stupide pour ordonner une exécution seulement pour cette raison. Si je le faisais, Evelyn me haïrait définitivement. La famille Redfern, tout comme un tas d'autres familles humaines de la haute bourgeoisie, a inculqué à ses enfants les valeurs anciennes. Ils ne leur apprennent pas à respecter, aimer et honorer la Société de la Nuit comme ils devraient le faire. Au contraire, ils leur apprennent à avoir peur de nous.

Hansel sourit, impressionné par le talent stratégique d'Atticus.

– Comme ça, non seulement tu élimines ton concurrent, mais tu avertis les Blackburn, ainsi que toutes les autres familles de la haute, que tu es au courant de leurs agissements et de leurs fautes.

– Il faut qu'ils sachent que s'opposer à la Nation Vampire ne mènerait à rien de bon.

CHAPITRE 7

Evelyn ferma les yeux et fit un tout petit pas en direction du bord de la falaise escarpée. Elle sentait son cœur battre dans sa gorge, ses jambes flageolaient et ses mains tremblaient de peur. Elle se rapprochait du bord, centimètre par centimètre. Plus que trente à peine avant la chute horrible. Il n'y avait pas d'arbres au pied de la falaise, donc Evelyn savait qu'elle n'avait pas la moindre chance de survivre à une chute pareille, même si on lui administrait un litre de sang de vampire.

Un souffle de brise glacée, précoce en ce début d'automne, se leva autour de la jeune et désespérée humaine. Des larmes chaudes et salées s'échappaient de ses yeux alors qu'elle essayait de se faire à l'idée de ce qu'un pas supplémentaire signifierait. Elle mourrait, évidemment, mais cela signifierait aussi la fin de ce sentiment de dégoût de soi-même qui l'habitait en permanence.

Cela mettrait un terme à tous les commentaires derrière son dos et elle serait enfin libérée de ce destin horrible. À peine vingt-quatre heures s'étaient écoulées depuis ses dix-sept ans et cette malheureuse fête. À peine vingt-quatre heures depuis qu'Atticus avait agressé Ethan, et déjà les bavardages allaient bon train.

L'amour de la jeune Blackburn pour l'héritier de la famille Redfern n'était pas un secret en ville. Avant toute cette histoire, Ethan et Evelyn pouvaient se promener main dans la main dans les rues. Ils étaient heureux et c'était de notoriété publique. Mais la nouvelle de ce qui s'était passé se répandit comme une traînée de poudre. Tout le monde sut qu'Ethan, un simple humain, avait été agressé par le Roi, mais personne ne savait pourquoi. Personne à part Evelyn.

Ce matin-là, l'attaque faisait la une des tabloïds du pays et peut-être même du monde. Ils présentaient Evelyn en termes désobligeants et exposaient toutes sortes de théories pour expliquer pourquoi le Roi avait été assez irrationnel pour agresser un humain. Certains évoquaient un complot dans lequel Evelyn aurait manipulé les deux en ayant une aventure avec Ethan dans le dos de ce bon Roi, si aimant et aimable. Dans un accès de pure rage d'avoir été trahi, Atticus aurait attaqué Ethan pour défendre son amour. D'autres disaient qu'Evelyn aurait trahi Ethan pour séduire leur Roi bien-aimé et gagner son affection pour se voir offrir une vie fastueuse. Mais la théorie la plus répandue était qu'Evelyn et le Roi entretenaient une relation secrète. Ethan

Redfern, un humain égoïste et imbu de lui-même, se croyait meilleur que ce Roi merveilleux et voulait prendre Evelyn pour lui. Il aurait tenté d'abuser d'Evelyn mais aurait été pris sur le fait par le Roi qui serait intervenu pour défendre la femme qu'il aimait. Aucune version n'était conforme à la vérité et n'envisageait même que leur Roi si « parfait » puisse en réalité être celui qui était à blâmer pour contraindre Evelyn à abandonner tout ce qu'elle aimait dans la vie, simplement pour satisfaire son bon plaisir.

Evelyn était furieuse en lisant les journaux, furieuse de ne pas pouvoir révéler ce qui s'était réellement passé la veille au soir, parce que si elle le faisait, cela provoquerait sans doute le massacre de toute sa famille, ainsi que celle d'Ethan.

– C'est mieux comme ça, gémit-elle, essayant de se convaincre elle-même que le sacrifice de sa propre vie entraînerait le bonheur et la paix future pour tous ceux qu'elle aimait.

Elle ne voyait aucune raison de vivre. L'avenir lumineux et heureux qu'elle avait imaginé était à présent anéanti, remplacé par un destin sombre et funeste. Elle savait qu'elle ne serait jamais heureuse au palais royal. Une vie dans une cage, même dorée, ne valait pas la peine d'être vécue.

– Vive la liberté, se dit Evelyn en essuyant vivement ses larmes.

Courageusement, elle fit un pas en avant. Difficile de décrire ce qu'elle ressentit lorsqu'elle entama sa chute vertigineuse le long de la falaise. Elle avait l'impression d'être enveloppée dans un cocon de vent. Durant les premières secondes, elle sentit une poussée d'adrénaline et d'incrédulité en réalisant qu'elle avait été réellement assez courageuse pour l'avoir fait. Mais très vite toute sa vie se mit à défiler devant ses yeux… Tous les souvenirs heureux : quand elle jouait à cache-cache avec son père lorsqu'elle était enfant ; Evelyn et Nora prenant leur premier cours de piano ; Evelyn, Nora et leur mère faisant des gâteaux ; le premier jour d'école ; la première fois où leurs parents les avaient emmenées camper ; la première fois où Ethan lui avait dit qu'il l'aimait ; la première fois où elle s'était maquillée ; l'été où Nora avait été si malade qu'Evelyn avait cru qu'elle allait mourir ; toutes ces fois où, en lui brossant les cheveux, Nora lui avait dit qu'ils étaient magnifiques et qu'elle était très fière d'être sa grande sœur.

Une vie de bonheur et de lumière. Pour la première fois, elle comprit à quel point elle aimait sa vie et à quel point les gens l'aimaient, même s'ils ne le montraient pas toujours. Nora se comportait comme si elle la détestait mais Evelyn comprit qu'au fond sa grande sœur l'aimait et ne se pardonnerait jamais si elle venait à mourir. De même que ses parents. Et Ethan ? S'il découvrait un jour qu'elle s'était donné la mort, il en aurait le cœur brisé. Toutes les amies d'Evelyn bavardaient derrière son dos et croyaient les histoires dégoûtantes qu'elles lisaient dans les tabloïds. Mais Evelyn, au fond d'elle, savait bien que si elle mourait à cet instant, elles regretteraient toutes ce qu'elles avaient dit.

La jalousie pousse les gens à dire des horreurs et ces filles étaient simplement envieuses de son sort, alors qu'elle ne demanderait pas mieux que d'échanger avec n'importe laquelle d'entre elles. Mais le destin l'avait désignée, elle, et il lui fallait surmonter les obstacles et vivre sa vie. Tout espoir n'était pas perdu. Il n'était pas impossible qu'Atticus se fatigue d'elle au bout de quelques années, de quelques semaines, voire de quelques jours ! Peut-être même qu'après le coup qu'elle lui avait fait la veille avec Ethan, il ne voudrait plus d'elle à ses côtés !

Il y avait toujours une lueur d'espoir dans la vie, et même si elle était très mince, il fallait s'y raccrocher et continuer à se battre. Si vous baissez les bras, alors vous êtes sûr de ne jamais rencontrer le bonheur.

Malheureusement, Evelyn le comprit alors qu'elle tombait en chute libre. Seuls quelques mètres la séparaient de sa mort lorsqu'elle se rendit compte pour la première fois qu'elle avait des raisons de se battre. Pas seulement pour les autres, mais aussi pour elle-même. Elle avait droit au bonheur, comme tout le monde. Mais il était trop tard. Elle avait déjà fait le grand saut et il lui était impossible de faire machine arrière. La vie n'est pas un jeu vidéo, on ne peut pas rejouer la partie.

Au ralenti, Evelyn regardait le sol se rapprocher de plus en plus. Elle poussa un cri horrifié et ferma les yeux en adressant une prière à sa bonne étoile pour que se produise un miracle. Pour qu'un ange vienne la sauver d'un coup d'aile. Soudain, alors que son ultime espoir s'envolait, une paire de bras robustes interrompit sa chute juste quelques mètres avant qu'elle n'entre en contact avec les rochers au pied de la falaise.

Evelyn se sentit plaquée violemment sur un torse d'acier alors que son sauveur l'emportait dans le ciel à une vitesse surhumaine. Cette brusque accélération et le changement de direction lui firent monter le sang à la tête. Des papillons noirs commencèrent à obscurcir sa vision. Elle ne fit qu'entrevoir le visage de son sauveur avant de s'évanouir, mais cette vision marquerait sa mémoire à jamais.

Une paire d'yeux verts étincelants, empreints d'une expression soucieuse et interrogative, un froncement de sourcils vaguement attentionné, et ces boucles brunes…

– Êtes-vous un ange ? murmura Evelyn au moment de perdre connaissance.

– Non, je suis un vampire.

À cet instant, les points noirs embrumèrent complètement sa vision et elle perdit connaissance.

CHAPITRE 8

– Qui êtes-vous ? murmura Hansel, étonné.

Sans s'en rendre compte, il tendit les doigts pour toucher le visage de la jeune fille, mais il s'arrêta net lorsque sa peau entra en contact avec la sienne.

Le vieux vampire avait déposé le corps inanimé de la jeune fille sur le sol aride au sommet de la falaise rocheuse. Il venait de remettre à Lord Marcus l'ordre du Roi d'exécuter la totalité de la famille Redfern. Hansel était sur le chemin du retour lorsqu'il entendit le cri. Hansel ne savait pas ce qui lui était arrivé après cela, c'était comme si une force magnétique s'était soudain emparée de lui et l'avait fait courir comme un fou vers la falaise. Et cette force avait en quelque sorte décuplé sa vitesse de déplacement. Parce que, même s'il avait, en tant que vampire, un don extraordinaire de rapidité, il était inexplicable qu'il ait réussi à atteindre la falaise avant que la jeune fille ne se soit écrasée en bas. La seule chose qu'il savait, c'est qu'au moment où le cri avait résonné à ses oreilles, c'était comme si un couteau lui avait transpercé le cœur et une boule s'était formée dans sa gorge. Avant qu'il n'ait eu le temps de réfléchir, il s'était mis à courir comme si sa vie en dépendait. Hansel n'avait jamais ressenti cela auparavant et il doutait de le ressentir à nouveau.

Le visage de la jeune fille était pâle, mais son cœur battait vite, Hansel entendait clairement le bruit de chacun de ses battements. Heureusement, il l'avait rattrapée avant que son corps très fragile n'atteigne le sol, mais il s'en était fallu de peu. Il frissonna à cette idée. La simple vision de ce corps s'écrasant tête la première sur les rochers le rendait malade.

En attendant que cette humaine aux cheveux noirs reprenne connaissance, Hansel ne put s'empêcher de se sentir hypnotisé non seulement par sa beauté, mais aussi par l'aura de gravité qu'elle dégageait. Il ne pouvait se rappeler la dernière fois où il avait pris le temps de regarder vraiment les traits d'une femme. Celle-ci était mince, mais pas maigre comme un mannequin ; elle avait des petits seins. Elle était loin d'être parfaite, mais c'était justement cela qui la rendait si intéressante. Il aimait ses imperfections, parce que ces petits détails la rendaient humaine, ils la rendaient spéciale et unique.

Hansel était toujours assis sur le sol à quelques centimètres de la jeune femme, à l'observer comme en transe, lorsqu'elle émit un petit grognement. Ses doigts frémirent alors qu'elle revenait lentement à elle.

– Mmm, murmura-t-elle en essayant maladroitement de se redresser sur ses coudes, mais elle était trop étourdie pour y parvenir.

Immédiatement, Hansel se précipita et passa gentiment un bras autour d'elle pour l'aider. Il l'attira contre lui de sorte qu'elle soit appuyée contre son torse.

– N'essayez pas de bouger trop vite. Vous n'êtes pas blessée mais vous êtes restée un petit moment sans connaissance.

Evelyn regarda autour d'elle avec inquiétude. Sa vision était encore un peu floue.

– Est-ce que je suis au paradis ? demanda-t-elle en levant les yeux vers l'homme séduisant qui la berçait contre lui.

– Non, vous n'êtes pas au paradis. Vous n'êtes pas morte.

Hansel eut un petit rire léger.

– Et avant que vous ne me le redemandiez, je ne suis pas un ange non plus, je suis même le contraire d'un ange. Je suis un vampire.

Evelyn poussa un petit cri. Le souvenir des quelques secondes avant qu'elle ne s'évanouisse lui revint en mémoire comme une vague. En levant les yeux sur le beau visage de Hansel, elle eut le sentiment que ces traits lui étaient terriblement familiers. Elle se rappelait avoir vu ces yeux verts étincelants et ces cheveux bouclés avant de perdre connaissance.

– Vous m’avez sauvé la vie !

Elle ouvrit la bouche en s’écartant de lui lorsqu’elle prit conscience de sa nature, un vampire. Elle était conditionnée depuis toute petite à être terrifiée par eux.

– Oui, en effet.

Il lui sourit, faisant apparaître ses fossettes.

– Pourquoi ?

Le vampire se mit à rire, amusé par les réactions de cette humaine.

– Vous savez, en général, les gens auraient plutôt tendance à remercier leurs sauveurs que leur demander pourquoi ils l’ont fait.

Evelyn ne répondit pas tout de suite. Elle se contenta de le fixer d’un air perplexe, en essayant de comprendre ses motivations. Mais elle ne se débattit pas et ne fit rien pour se dégager de son étreinte. En partie parce qu’elle était trop faible et encore un peu étourdie, mais il y avait autre chose.

Si c’était Atticus qui l’avait tenue dans ses bras, elle se débattrait de toutes ses forces parce que la seule idée du contact de ce monstre lui donnait la chair de poule. Mais c’était différent avec ce vampire aux cheveux bouclés. Pour des raisons qui lui échappaient, elle ne dédaignait pas sa compagnie. Au contraire, elle la trouvait singulièrement réconfortante et elle se sentait en sécurité. Un moment passa sans que ni l’humaine ni le vampire ne dise quoi que ce soit. Ce n’était pas un silence inconfortable, en tout cas pour Hansel. Pour Evelyn, cette situation était bizarre.

– Les vampires se croient supérieurs aux humains, alors généralement ils ne leur sauvent pas la vie, sauf s'ils attendent quelque chose en retour, expliqua Evelyn alors que Hansel la dévisageait avec fascination. Alors, qu'est-ce que vous voulez ?

Le vampire aux cheveux bouclés sourit avant de se relever et de tirer Evelyn par la main.

– Rien du tout. Je vous ai sauvé la vie parce que j'en avais envie, sans aucune arrière-pensée. Allez, venez maintenant, ma beauté, je vous raccompagne chez vous.

– Je ne suis pas votre beauté, marmonna Evelyn en prenant le chemin de sa maison.

***

– Je n'arrive pas à le croire ! rugit Jonathan Blackburn en lançant violemment son verre de scotch contre le mur blanc immaculé de son bureau. Quel sauvage !

– Calme-toi, papa ! souffla Nora en se précipitant vers son père. Quelqu'un pourrait t'entendre ! Si le Roi a décidé de rechercher toutes les familles restées fidèles aux anciennes croyances, alors nous sommes en première ligne.

– Ne t'inquiète pas pour ça, mon oncle. Selon moi, Evelyn faisant l'objet de toutes les attentions du Roi, nous devrions être tranquilles. Dans la mesure où nous ne leur donnons pas de raison incontestable de nous tuer, intervint Alice Blackburn, la fille du jeune frère de Jonathan.

Lynette Blackburn soupira en se levant de son fauteuil placé à côté du bureau de son mari.

– Merci de nous faire part de cette information, Alice.

Sa nièce lui sourit timidement.

– De rien, je suis contente si je peux être utile à ma famille, même s'il ne s'agit que de vous communiquer quelques renseignements.

– Marcus ne t'a pas empêchée de venir ici ? demanda Nora à sa cousine. Je croyais qu'il te gardait captive dans son château en permanence. Cela fait longtemps que je ne t'ai pas vue sans lui.

– En fait, c'était son idée, dit Alice tristement. Il veut que je passe plus de temps avec Evelyn d'ici à son dix-huitième anniversaire… « pour essayer de faire fléchir son entêtement et la raisonner avant son départ pour le palais royal », a-t-il dit.

– En gros, il t'a demandé de dire à Evelyn qu'il est plus facile de se soumettre à la volonté du Roi que de se refuser à lui.

Jonathan Blackburn souffla furieusement avant de taper du poing sur la table de chêne de son bureau.

– Quel genre de père est-ce que je suis ? Je ne peux même pas protéger mon propre enfant !

– Arrête de te culpabiliser, papa, dit Nora en réconfortant son père d'une petite tape dans le dos. Peut-être que tout ça, c'est juste de la comédie. Si ça se trouve, Evelyn a séduit le Roi et a exigé d'être admise au palais pour devenir sa putain…

Sans lui laisser le temps de finir sa phrase, son père la gifla violemment.

– Nora, je t'interdis de parler comme ça de ta sœur !

Sous l'effet conjugué de la frustration qu'il ressentait de n'être pas capable de protéger sa fille, de sa blessure d'amour-propre en voyant que l'obsession perverse du Roi pour Evelyn était la seule chose qui assurait la sécurité de sa famille, et d'un taux plutôt élevé de whisky dans son organisme, Jonathan Blackburn se montrait plus violent qu'il ne l'avait jamais été.

– Evelyn sacrifie son bonheur et son avenir pour assurer notre statut social et notre prospérité. Deux choses dont tu continueras à profiter longtemps après que ta mère et moi ne serons plus de ce monde.

Jonathan lança un regard furieux et chargé de haine à son aînée. Il se demandait comment il avait pu élever une fille si égoïste.

– Je sais que tu en veux à ta sœur de s'être attirée l'affection du Roi, mais tu dois cesser d'être jalouse et comprendre la chance que tu as ! Arrête de la harceler et de lui dire des méchancetés, parce qu'un jour ton manque de compassion te fera perdre la seule sœur que tu auras jamais.

Le silence s'abattit alors sur la pièce. Nora regardait son père avec fureur et incrédulité. Au bout d'un moment, Alice reprit la parole.

– Au fait, où est Evelyn ?

***

– Je n'ai pas besoin de vous pour rentrer chez moi, vous savez.

Evelyn parcourait le chemin forestier aussi vite qu'elle pouvait, désireuse de mettre de la distance entre Hansel et elle.

– C'est possible, mais je tiens à m'assurer que vous rentriez sans problèmes. Vous pourriez ressentir une sorte de somnolence après votre tentative de suicide, répondit Hansel tranquillement en marchant à côté d'Evelyn.

Il n'avait aucun mal à la suivre.

– Je ne veux pas de votre aide, répondit-elle sèchement.

Elle détestait l'idée d'être seule dans la forêt avec un vampire, la créature la plus dangereuse que portait la Terre. En même temps, elle avait moins peur et se sentait moins en danger avec lui qu'avec Atticus. Il y avait quelque chose d'étrangement apaisant chez le vampire aux cheveux bouclés qui marchait à côté d'elle.

– Je m'appelle Hansel. Et vous ?

Evelyn continua à marcher, sans répondre. Hansel avait raison, elle se sentait un peu somnolente, et tout ce qu'elle voulait, c'était rentrer chez elle pour dormir.

– Alors… pourquoi avez-vous fait ça ?

– Fait quoi ?

– Essayé de vous suicider ?

La voix de Hansel était tendre et empreinte de sollicitude, comme s'il s'intéressait vraiment à elle. Cette fois encore elle ne répondit pas mais continua à marcher en lui tournant la tête. Comme si ses cheveux pouvaient constituer une protection.

– Hé !

Hansel lui attrapa le bras gentiment et la fit pivoter sur elle-même.

– Je vous ai sauvé la vie, vous ne pensez pas que j'ai droit à une réponse quand je vous demande pourquoi vous vous êtes jetée du haut de cette falaise ?

Sous son regard perçant, Evelyn ressentit une impression étrange. Quelque chose dans la façon dont il la regardait lui procurait un sentiment de sécurité et elle se sentait importante. Ses yeux lui disait : « *Vous pouvez me faire confiance.* »

– Je n'ai encore jamais rencontré un vampire comme vous. Pourquoi vous intéressez-vous à moi ?

Elle continua à marcher en souriant.

– Vous savez, c'est dur de vivre dans un monde où nous, humains, sommes considérés comme moins que rien, comme des poches de sang sur pied. Nous n'avons pour ainsi dire aucun contrôle sur nos vies, aucune liberté, aucun droit.

– Et c'est pour ça que vous avez voulu mettre fin à vos jours ? Parce que vous êtes humaine ?

Hansel la regarda, incrédule. Bien sûr, la vie était dure pour les humains, mais il n'aurait jamais pensé que c'était une raison suffisante pour vouloir en finir. Et puis, à en juger par la belle robe qu'elle portait, il doutait qu'elle fasse partie des pauvres. Elle devait appartenir au moins à une classe supérieure qui bénéficiait de revenus confortables.

– En partie… oui, reconnut-elle. Je ne contrôle pas ma vie, encore moins mon avenir. Je vis dans un monde où je dois subir les règles d'une société injuste. Si jamais un vampire me trouve à son goût, alors je dois le suivre et devenir sa propriété…

Au moment de conclure son explication, la voix d'Evelyn se brisa et les larmes lui montèrent aux yeux quand elle repensa à Atticus. Le fait qu'elle ne puisse même pas refuser son offre la rendait malade. Son devoir lui dictait de faire tout ce qu'il lui demandait.

– C'est ça ? Vous plaisez à un vampire et il exige que vous deveniez sa propriété ?

Hansel réprima un sourire. Il trouvait cette raison risible. Si c'était ça la source des problèmes de cette jeune fille, il se ferait un plaisir de l'aider à s'en sortir en ordonnant à ce vampire, quel qu'il soit, d'abandonner cette idée. Bien qu'il ne soit pas le Roi, Hansel était un seigneur incroyablement puissant, très riche et très influent. Et puis c'était le Roi lui-même qui avait fait de lui un vampire, par conséquent son statut dans le Royaume surpassait celui de la plupart des autres seigneurs. Même le célèbre Lord Marcus devait se prosterner devant lui.

– Ce n'est pas n'importe quel vampire, marmonna Evelyn en tentant de retenir ses larmes.

Hansel passa un bras protecteur autour des épaules de la jeune fille en continuant à traverser la forêt qui s'éclaircissait.

– Ne pleurez pas. Je déteste voir les filles pleurer.

Il parlait doucement en lui frottant l'épaule pour essayer de la consoler. Evelyn lui lança un regard hésitant. Il y avait quelque chose dans la façon dont il lui souriait. Il avait beau être un vampire, elle se sentait en sécurité avec lui, plus en sécurité qu'avec Ethan, et en tout cas beaucoup plus qu'avec Atticus.

– Allez, dites-moi le nom de ce vampire qui vous oblige à tirer un trait sur votre liberté et votre bonheur ?

Hansel lui pinça le bout du nez d'un geste moqueur, charmant, qu'un garçon ferait à sa petite amie.

– Je vais lui donner une bonne leçon et regagner votre liberté pour vous.

– Cela m'étonnerait.

Evelyn se mit à rire devant tant d'innocence.

– À l'instant où je vous dirai son nom, vous partirez en courant et vous ne voudrez plus jamais vous retrouver à moins de cinq kilomètres de moi.

– Essayez pour voir.

Il lui fit un sourire sûr de lui.

– Je ne vous laisserai pas tirer un trait sur votre bonheur parce qu'un vampire arrogant veut que vous le fassiez, jura-t-il.

Bien qu'il ne connaisse la jeune humaine qui lui faisait face que depuis à peine une heure, Hansel se sentait étrangement responsable d'elle et éprouvait le désir de la protéger. Peut-être était-ce dû au fait qu'il venait de lui sauver la vie ; quoi qu'il en soit, le seigneur vampire sentait une connexion spéciale avec la jeune humaine aux cheveux noirs qu'il tenait dans ses bras.

– Ce vampire, c'est Atticus, finit par dire Evelyn lentement, en évitant son regard.

Elle avait l'impression qu'être désirée par le Roi était une chose dont elle devrait avoir honte. Hansel se figea, étonné de cette réponse.

– Q… qui êtes-vous ?

C'était une question stupide. Dont il connaissait déjà la réponse.

– Evelyn, Evelyn Blackburn.

CHAPITRE 9

– Evelyn !

Alice se précipita la première pour accueillir sa cousine qui passait la porte d'entrée du manoir, suivie peu après par Hansel, à bonne distance.

Depuis qu'Evelyn lui avait révélé son identité, il était resté très silencieux, plongé, semblait-il, dans ses pensées. Une profonde ride barrait son front et de temps en temps il jetait un coup d'œil intrigué et perplexe en direction d'Evelyn.

– Alice !

En souriant, Evelyn se jeta dans les bras de sa cousine.

– Cela fait si longtemps que je ne t'ai vue ! Comment se fait-il que tu sois là ? Où est Marcus ?

– Evelyn, je…

Mais Alice fut interrompue par Lynette, qui arriva précipitamment dans le vestibule monumental pour accueillir sa fille.

– Oh mon bébé ! Nous étions malades d'inquiétude ! Nous t'avons cherchée toute la matinée, où étais-tu passée ?

– H… hum, bafouilla Evelyn en se demandant quelle genre d'excuse elle allait pouvoir inventer sans attirer les soupçons de sa famille.

Elle ne tenait pas à leur dire la vérité sur la raison de sa disparition ce matin-là.

– Je suis sortie tôt pour aller marcher, j'avais besoin de m'éclaircir les idées.

Lynette regarda sa fille en plissant le front. Evelyn avait toujours été une très mauvaise menteuse et personne mieux que sa mère ne pouvait discerner le vrai du faux dans ce qu'elle disait.

– Evelyn ! Il est presque midi, qu'est-ce qui t'a pris tant de temps ?

Evelyn ouvrit la bouche sans savoir quoi répondre, mais avant qu'elle ne s'enferre dans son mensonge, Hansel s'avança pour venir à son secours, pour la seconde fois de la journée.

– Madame Blackburn, j'ai bien peur d'être responsable du retard de mademoiselle Blackburn. Voyez-vous, j'étais dans la région pour rendre visite à Lord Marcus et je suis tombé par hasard sur votre fille. Je voulais des détails sur les festivités d'hier et je suppose que je n'ai pas vu le temps passer en l'interrogeant.

– Heu, je suis désolée, mais qui êtes-vous ? demanda Alice, qui regardait Hansel d'un air interrogateur depuis que le nom de son mari avait été mentionné.

À ce moment précis, Jonathan Blackburn apparut dans la pièce. Nora, quant à elle, ne vint pas accueillir sa sœur. Le vampire sourit poliment à la jeune humaine.

– Lord Hansel Edward Steel. Je crois que nous nous sommes déjà rencontrés à plusieurs reprises au cours de fêtes données par votre mari, Lady Alice.

Alice reprit son souffle quand le vampire révéla son nom. Cela faisait désormais partie de sa vie d'apprendre à connaître le petit monde des vampires. Alice avait eu vent de beaucoup d'anecdotes concernant ce Lord Hansel, et seul un petit nombre de ces histoires était flatteur.

– Bon, à présent que vous êtes chez vous, je ferais mieux de m'en aller.

Hansel sourit à Evelyn, ce qui fit apparaître ses fossettes angéliques.

– Attendez ! Est-ce que nous nous reverrons ? demanda-t-elle, les yeux brillants d'espoir.

Hansel ne répondit pas, se contentant d'incliner la tête devant les membres de sa famille.

– J'ai été ravi de faire votre connaissance, dit-il en s'éclipsant.

– Evelyn.

La voix forte de Jonathan résonna dans l'entrée juste après le départ de Hansel. Son visage était fermé et empreint de gravité. Evelyn lança un regard à sa cousine et à sa mère, ni l'une ni l'autre ne souriait. Alice, qui savait exactement ce qu'il avait à lui dire, donna un petit coup de coude à sa cousine pour qu'elle aille vers son père. D'un pas hésitant, Evelyn le suivit dans son bureau…

***

– Qu'est-ce que tu dis ?

La voix d'Atticus résonnait à l'autre bout de la ligne et Hansel se massa la tempe du pouce et de l'index pour faire disparaître la migraine qu'il sentait venir.

– Je dis que tu dois annuler l'exécution de la famille Redfern, Atticus.

Hansel parlait calmement au téléphone en montant à l'arrière de la limousine. Depuis qu'il avait quitté le manoir des Blackburn, il n'arrêtait pas de penser à Evelyn et à son désespoir. C'était une gentille fille, Hansel avait pu s'en apercevoir au cours des brefs moments qu'il avait passés avec elle. Il savait aussi qu'une jeune femme au grand cœur comme elle ne souhaiterait jamais qu'il arrive du mal aux gens qu'elle chérissait. C'était pourquoi l'exécution des membres de la famille Redfern lui briserait le cœur. Bien sûr, Atticus avait une raison légitime et compréhensible. Il voulait faire un exemple pour que toutes les familles humaines dans le monde sachent que leur Roi ne pouvait tolérer qu'elles s'accrochent aux anciennes valeurs en s'opposant à la Nation Vampire. Mais cela ne suffisait pas pour justifier le choix des Redfern. Evelyn et sa famille étaient des gens instruits et ils étaient tout à fait capables de comprendre la vraie raison derrière cette décision.

Atticus se mit à rire à l'autre bout du fil.

– Arrête, Hansel. Tu plaisantes, j'espère ? Pourquoi ferais-je ça ?

– Parce que si tu aimais vraiment Evelyn, tu ferais ça pour elle, pour lui éviter le chagrin de perdre une personne qu'elle aime. Est-ce que tu as pensé à la souffrance que cette exécution causerait, non seulement à elle, mais à toute sa famille ?

Atticus pouvait être cruel et impitoyable, mais il avait aussi un cœur et il était capable de compassion. Hansel le savait.

– Les familles Blackburn et Redfern sont très liées depuis des siècles. Ce serait une erreur stratégique d'éliminer toute cette famille.

– Et pourquoi ça ?

– Parce que Evelyn te haïrait, et sa famille tout entière te haïrait. Peut-être même certains de leurs amis en viendraient-ils à haïr Evelyn pour avoir causé la mort d'Ethan et des siens. Non seulement ce plan ne t'aiderait pas à gagner le cœur d'Evelyn, mais ce serait tout le contraire. Tu y as pensé ?

Il y eut un long moment de silence avant qu'Atticus ne réponde, mais Hansel entendait sa respiration forte et courroucée et il se dit qu'il avait réussi à faire réfléchir son ami.

– Je gagnerai le cœur d'Evelyn, d'une façon ou d'une autre, dit le Roi avec détermination. Et si j'élimine Ethan, cela mettra fin à l'amour d'Evelyn pour lui, ce qui tournera à mon avantage à long terme.

Hansel poussa un soupir, une fois qu'Atticus s'était mis une chose en tête, il était très difficile de le faire changer d'avis.

***

Evelyn se disait que son père l'avait convoquée pour l'interroger au sujet des événements de la veille, ou au sujet de Hansel. Mais il ne fit ni l'un ni l'autre. En fait, il l'avait fait venir dans son bureau pour lui annoncer la nouvelle tragique qu'Alice lui avait apportée ce matin et dans laquelle était impliquée la famille Blackburn.

– Je ne comprends pas, gémit Evelyn en retenant difficilement ses larmes.

– Il n'y a rien à comprendre. Ethan et toute sa famille devraient être exécutés avant le Nouvel An. Je suis sûr que le Roi envisage de faire une allocution télévisée pour diffuser largement la sentence et faire de cette « haute trahison » un exemple pour le reste de la Nation.

– C'est à cause de moi…

Jonathan regarda sa fille enfoncer les doigts dans les accoudoirs de cuir de son fauteuil. Elle tremblait de haine, de surprise et d'une large proportion de culpabilité. Son cœur de père se brisa en la voyant dans cet état, parce qu'il savait qu'elle était malheureuse à cause de la cruauté de la vie et de sa propre incapacité à protéger sa famille et ses amis de la folie meurtrière et cruelle de leur Roi.

Il se sentait méprisable en regardant les meubles luxueux qui meublaient la pièce. À quoi cela sert-il de posséder toutes ces richesses quand je ne suis même pas capable de protéger ma propre fille d'un monstre ? pensa-t-il.

– C'est ma faute, dit Evelyn en pleurant. Je devais rester à distance d'Ethan. Si je l'avais fait, rien de tout cela ne serait arrivé. Maintenant, lui et toute sa famille vont devoir payer le prix de mon erreur.

Jonathan regarda, impuissant, sa petite fille éclater en sanglots. Plus que tout, il aurait voulu la prendre dans ses bras et lui dire que les choses allaient s'arranger, qu'il allait faire ce qu'il fallait pour ça. Mais il ne pouvait rien faire.

La seule personne qui pouvait aider la famille Redfern, c'était Evelyn elle-même. Si elle allait voir le Roi pour le supplier d'avoir pitié, étant donné la fascination et l'affection qu'il éprouvait pour elle, il y avait peut-être une chance qu'il l'écoute. Mais Jonathan ne pouvait se résigner à laisser sa fille faire ça. Plutôt mourir que de jeter son enfant dans les bras du diable.

Il se détestait de vouloir protéger Evelyn contre ce Roi pervers aussi longtemps que possible, c'était un geste égoïste qui pouvait entraîner la mort de toute une famille si proche de la sienne…

CHAPITRE 10

La dernière année de liberté d'Evelyn passait vite. Avant qu'elle ne s'en aperçoive, décembre fut là et les premières neiges firent leur apparition.

Plus de trois mois s'étaient écoulés depuis que l'affaire Redfern avait éclaté. Le père d'Evelyn avait vu juste, le Roi faisait beaucoup de publicité autour de l'exécution, cherchant à la faire passer pour une décision de justice populaire et non pour la résolution d'un de ses conflits personnels.

Plus de trois mois depuis que tous les membres de la famille Redfern avaient été arrêtés, Ethan inclus. Un grand nombre d'interviews de la famille avaient été diffusées à la télévision, et la presse ne tarissait pas sur le sujet. Il s'avéra que le scandale de l'exécution des Redfern prenait une ampleur inégalée, devenant le procès le plus médiatisé depuis des siècles.

Plus de trois mois s'étaient écoulés depuis que Hansel avait arraché Evelyn aux portes de la mort, le lendemain de son dix-septième anniversaire.

Elle ne l'avait pas revu depuis. Par ailleurs, plus de trois mois s'étaient aussi écoulés depuis la dernière rencontre d'Evelyn avec le Roi. Bien sûr, il continuait à lui envoyer des cadeaux luxueux, ainsi qu'à sa famille, mais il ne l'avait plus jamais contactée et ne lui avait plus écrit de lettres.

Evelyn prenait cette absence de contacts comme une bénédiction. C'était la seule chose qui l'aidait à dormir. Elle espérait de tout son cœur qu'il cesserait de s'intéresser à elle et finirait par ne plus vouloir d'elle quand elle atteindrait sa majorité. Elle priait de toute son âme pour qu'Atticus ne se soit pas tant entiché d'elle, et ainsi qu'elle ne soit pas la cause du scandale Redfern. Elle savait malheureusement que c'était bien le cas.

Les Redfern avaient été emprisonnés dans les geôles du château de Lord Marcus, et grâce aux liens qui unissaient Evelyn et Alice, elle pouvait rendre visite à Ethan et à sa famille de temps en temps. Marcus était au courant, mais il fermait les yeux et omettait ces visites dans ses rapports.

Nora lui en voulait toujours. Depuis sa disparition, cependant, le lendemain de son anniversaire, elle se montrait moins désagréable. Toujours distante, mais moins désagréable. Et Evelyn appréciait ce changement, même s'il était modeste.

Ainsi, à la mi-décembre, la vie lui semblait presque redevenue normale. L'angoisse et l'inquiétude tendaient à s'estomper après tout ce temps sans nouvelles… À la mi-décembre, alors que les premiers flocons de neige se posaient sur le sol gelé autour du manoir des Blackburn qui se préparaient pour les fêtes à venir, heureux et joyeux de ces moments qu'ils allaient passer ensemble, ils reçurent une nouvelle fois des nouvelles des vampires.

Le Roi Atticus en personne allait venir au manoir des Blackburn. La lettre qui annonçait sa visite fut distribuée à Jonathan Blackburn par Lord Marcus, l'informant, lui et sa famille, que le Roi venait présider le procès final des Redfern. Et que Atticus, ainsi que ses conseillers, résiderait au manoir Blackburn.

***

– Tu commets une erreur en venant ici, je ne sais pas ce que tu as dans la tête, mais ça ne marchera pas, dit Hansel à Atticus lorsque la limousine noire s'arrêta dans l'allée qui menait au manoir.

– Fais attention à ce que tu vas lui dire. Parfois une jeune fille semble être très forte, mais elle l'est en réalité beaucoup moins que ce qu'on croit et personne ne s'en rend compte.

Atticus sourit en regardant par la vitre fumée. Son cœur faisait des bonds dans sa poitrine à l'idée de revoir Evelyn après de si longs mois. Il n'avait pas pu se résoudre à entrer en contact avec elle, d'une façon ou d'une autre, mais elle était en permanence présente à son esprit, exactement comme la première fois qu'il l'avait rencontrée.

– Ne t'inquiète pas, Hansel, je la protégerai de tout, même d'elle-même, s'il le faut.

Hansel leva les yeux au ciel. Il n'y avait rien à ajouter. Le lord vampire avait passé les quatre derniers jours à essayer de convaincre Atticus que le meilleur moyen de gagner l'affection et la confiance d'Evelyn était de libérer Ethan Redfern et sa famille. Atticus devait prouver à la jeune humaine qu'il n'était pas dépourvu de compassion et n'était pas le monstre sans cœur qu'elle s'imaginait. Mais le Roi était rongé par la jalousie, et bien qu'il sache que c'était la chose à faire, il ne pouvait se résoudre à les libérer.

– C'est un grand honneur de vous revoir, Majesté, dit Jonathan avec respect et admiration en se prosternant devant le Roi, de même que toute sa famille et les serviteurs, au moment où celui-ci passait la double porte de chêne, suivi de ses fidèles conseillers.

Atticus sourit.

– Tout le plaisir est pour moi, monsieur Blackburn.

Il s'adressait à Jonathan, le chef de famille, mais ses yeux étaient rivés sur sa fille Evelyn. Cela faisait longtemps qu'il ne l'avait pas vue, et au moment où il posa les yeux sur elle, il fut submergé cette fois encore par un sentiment de bonheur extatique.

– Merci de nous accueillir chez vous. La demeure de Lord Marcus n'était pas assez grande pour recevoir tout le personnel qui est venu pour ce procès, et nous avons pensé que ce serait plus profitable pour nous de résider avec des humains plutôt qu'avec des personnes de notre espèce pendant un moment… Et ainsi comprendre vos façons de penser afin de conduire ce procès de la manière le plus équitable possible.

Hansel sourit poliment à Jonathan Blackburn.

– Mais le voyage a été long, pourriez-vous nous conduire à nos chambres et nous faire servir quelques rafraîchissements ?

Jonathan acquiesça.

– Lord Marcus nous a déjà fait parvenir un lot de poches de sang, elles vont vous être apportées dans vos chambres sans attendre.

Il se tourna vers les servantes.

– Conduisez le Roi et ses seigneurs à leurs chambres.

Les servantes inclinèrent la tête. Avant de quitter le vestibule avec les autres vampires, Atticus se pencha vers Jonathan pour lui parler à l'oreille.

– Pouvez-vous demander à Evelyn de m'apporter les rafraîchissements elle-même, je vous prie.

Jonathan dut faire un effort surhumain pour dissimuler la colère qui se mit à bouillir en lui devant une requête aussi scandaleuse. Mais c'était le Roi, et il était obligé d'obéir à ses ordres.

– Bien sûr, votre Majesté.

***

Evelyn observait l'une des nouvelles servantes embauchées pour la visite du Roi verser le sang chauffé dans une carafe. Elle serrait les mâchoires et semblait prête à tuer quelqu'un. Cela la rendait malade de penser que, pour les jours à venir, voire les semaines, elle allait vivre sous le même toit que le vampire qui avait anéanti sa vie.

En fait, ce qui la rendait malade, c'était de devoir vivre sous le même toit que des vampires, point final. Elle n'arrivait toujours pas à croire que son père avait accepté cette scandaleuse demande. Il laissait toute sa famille vivre avec des vampires assoiffés de sang ?

Evelyn ferma les yeux pour retenir des larmes de colère. Elle détestait se sentir impuissante. Elle avait horreur de ne pas pouvoir contrôler sa propre vie. Elle détestait l'idée qu'Ethan et toute sa famille pourrissent dans un cachot à cause d'une décision stupide qu'elle avait prise. Mais plus que tout, elle haïssait Atticus.

– Souriez un peu, vous êtes affreuse quand vous froncez les sourcils, dit une voix compatissante dans son dos.

Evelyn ne répondit pas mais resta à côté du grand plan de travail dans la cuisine, sans dire un mot. Comme si quelqu'un leur avait fait signe de partir, toutes les servantes qui travaillaient dans la cuisine s'éclipsèrent immédiatement.

– Evelyn, cessez de vous conduire de façon aussi puérile. Vous devriez être reconnaissante envers le Roi de vous porter tant d'affection. Cela va apporter la prospérité et la fortune à toute votre famille, murmura Hansel avec douceur en s'avançant vers elle.

Il n'aimait pas que les jeunes filles soient contrariées, et a fortiori lorsque c'était Evelyn. C'était peut-être dû au fait qu'il lui avait sauvé la vie, mais il ressentait un besoin étrange de la protéger. Elle plus que quiconque.

– Je le hais, dit Evelyn sans desserrer les dents.

Les larmes jaillirent de ses yeux. En un éclair, Hansel vint la prendre dans ses bras.

– Chut, ne pleurez pas, je vous en prie, ne pleurez pas.

Il passa les mains de haut en bas de ses bras pour la réconforter.

– Pourquoi ne me laisse-t-il pas tranquille ?

Hansel laissa échapper un soupir agacé.

– Ne le faites pas passer pour le méchant, Evelyn, dit Hansel en fronçant les sourcils, défendant son meilleur ami. Vous le voyez peut-être comme un monstre, mais au fond il est bon, plein de compassion et incroyablement attentionné. Ce n'est pas simple de comprendre la personnalité d'Atticus. Cela fait des siècles que je le connais, et vous pouvez me croire quand je dis qu'il est terriblement seul.

– N'essayez pas de me faire croire qu'il est à plaindre.

– Non, je vous dis simplement que c'est un être complexe, et que vous ne devriez pas le juger avant de voir sa vraie personnalité. Il est peut-être le Roi, un séducteur tristement célèbre, sûr de lui, arrogant et possessif. Mais c'est aussi un homme seul. S'il se montre possessif et protecteur avec vous, c'est simplement parce qu'il tient beaucoup à vous. Et quand il a découvert que votre cœur appartenait à quelqu'un d'autre, cela l'a vraiment fait souffrir…

– Mais il ne me connaît même pas ! cria Evelyn en s'écartant de Hansel. Nous avons échangé quelques mots le soir du bal donné pour son anniversaire, c'est tout ! Pourquoi tient-il tellement à moi alors qu'il me connaît à peine ?

Hansel sourit en lui tendant le plateau préparé spécialement pour Atticus. Deux flacons de sang O+, une bouteille de vin et quelques cupcakes au chocolat, ses préférés.

– Pourquoi ne pas aller lui demander vous-même ?

Evelyn fronça les sourcils.

– Vous m'envoyez tout droit dans l'antre du diable, vous voulez ma mort ou quoi ?

Hansel eut un petit rire en lui adressant son sourire à fossettes.

– Allez-y, il ne vous fera aucun mal, je vous le promets. Il ne vous fera jamais le moindre mal.

Evelyn regarda Hansel fixement comme s'il avait trois têtes, mais elle prit tout de même le plateau. Étrangement et sans savoir pourquoi, elle ne ressentait plus de colère ni d'agacement pour Atticus. La conversation avec Hansel l'avait calmée et détendue.

– D'accord, acquiesça-t-elle, consciente que d'une façon ou d'une autre elle devrait lui porter le plateau. Mais s'il me tue ou suce tout mon sang, je veux que vous soyez enterré vivant avec moi !

Hansel sourit.

– Je vous promets que, s'il vous arrive quoi que ce soit dans cette chambre, je serai votre partenaire d'enterrement.

En soupirant, Evelyn sortit de la cuisine et gravit les marches qui menaient à la chambre d'Atticus.

CHAPITRE 11

– Evelyn.

Lorsque la jeune et jolie humaine traversa sa chambre en portant un plateau sur lequel reposaient une carafe de cristal contenant du sang tiède et quelques douceurs, le visage d'Atticus s'éclaira d'un sourire.

Comme la première fois où il l'avait vue, Atticus ressentit une poussée d'adrénaline et de bonheur qui fit battre son cœur plus rapidement. Il ne savait pas ce qui chez Evelyn faisait que le célèbre Atticus se sentait comme un gamin le jour de Noël. Lorsqu'il était près d'elle, il avait l'impression que sa vie avait un sens, qu'elle ne se réduisait pas au sexe, à l'alcool, au plaisir sadique qu'il éprouvait en torturant des âmes innocentes, ou à la douce jouissance que le sang humain lui procurait.

Auprès d'elle, il éprouvait une sensation oubliée depuis des millénaires. Elle lui apportait une chaleur et une lumière qu'il n'avait plus ressenties depuis longtemps… Tout chez elle l'attirait. Même si elle était loin d'être aussi parfaite, intelligente ou forte que certaines femmes qui avaient jalonné son existence, il y avait quelque chose chez cette jeune humaine, quelque chose qui le rendait fou de désir et le submergeait du besoin de la protéger et de la posséder.

– Votre Majesté.

La jeune humaine fit la révérence avant de traverser la chambre spacieuse qui serait celle d'Atticus pour la durée de son séjour.

À chaque pas qui la rapprochait du monstre qui avait le pouvoir de vie ou de mort sur elle, mais aussi sur toutes les personnes qu'elle aimait, elle avait l'impression d'entrer dans la grotte d'un lion assoiffé de sang. Or elle était tenue de bien se comporter en sa présence, pour le bien des gens qui lui étaient chers.

Cette chambre était contiguë à la sienne. Elle était terrorisée à la pensée de dormir séparée du diable par un simple mur de béton. La possibilité qu'Atticus pénètre dans sa chambre au milieu de la nuit lui traversa l'esprit, faisant courir un frisson d'effroi le long de sa colonne vertébrale. Elle n'osait pas imaginer ce qu'il lui ferait subir. Le désir qu'elle percevait dans son regard dès qu'elle s'approchait de lui la mettait mal à l'aise. Elle dut rassembler tout son courage pour maîtriser sa peur et ne pas s'enfuir en courant.

La première fois qu'ils s'étaient vus, il semblait tellement normal, tellement aimable, doux et prévenant… Elle avait pensé que c'était un type bien, et amusant. Mais en découvrant que c'était lui qui l'arrachait à sa famille, à sa vie, elle avait compris que ses intentions n'étaient pas aussi pures qu'elle l'avait cru.

– Tu n'as rien à craindre.

La voix profonde et puissante interrompit Evelyn dans ses pensées et elle se rendit compte qu'Atticus lui avait pris la main pour l'attirer plus près de lui.

– De moi, en tout cas.

Sa voix était si tendre et affectueuse que, l'espace d'un instant, Evelyn fut tentée de le croire, jusqu'à ce qu'elle se rappelle que c'était un vampire. Sans jamais détacher les yeux de son visage, Atticus attira Evelyn jusqu'à lui et la fit asseoir sur ses genoux.

– Tu es si belle, murmura-t-il en l'entourant de ses bras musclés pour la serrer contre lui.

Pour la première fois depuis longtemps il se sentait en paix, heureux et détendu. Avec Evelyn dans ses bras, il se sentait plus heureux que jamais. La jeune humaine se recroquevilla quand Atticus déposa doucement un baiser dans son cou délicat. Sentir les lèvres d'un vampire si près de ses veines battantes était une idée qui la terrorisait depuis sa plus tendre enfance. Et il n'est pas impossible que ce soit cette peur venue de l'enfance qui prit le dessus. Immédiatement, Evelyn posa la main sur la poitrine d'Atticus et le repoussa fermement afin de se dégager de son étreinte.

– Ne me touchez pas, espèce de monstre ! siffla-t-elle hors d'elle, en se levant d'un bond pour se précipiter vers la porte, pensant qu'elle pouvait être plus rapide que le vampire.

Grossière erreur ; avant même d'avoir fait deux mètres, elle fut arrêtée dans sa course par une masse de muscles qui lui bloquait la route. À contrecœur, elle leva les yeux pour croiser le regard furieux d'Atticus. Pourtant, même en colère, il ne put retenir une petite étincelle d'affection qui éclaira son visage, ce qui n'échappa pas à Evelyn.

– Laissez-moi partir, supplia-t-elle en tentant de le contourner.

Mais Atticus étendit le bras pour l'empêcher de passer.

– Je disais la vérité quand j'ai dit que tu ne devrais pas avoir peur de moi, je ne *veux* pas te faire de mal.

– Vous ne voulez pas me faire de mal ? Alors pourquoi avez-vous condamné Ethan et toute la famille Redfern à mort ? Vous ne savez donc pas que leur mort me ferait plus de mal que la mienne ?

Atticus dut faire un effort colossal pour dissimuler l'irritation, la jalousie et la haine qui montaient en lui en entendant ces paroles, prononcées par la jeune femme à laquelle il tenait si profondément.

– Les Redfern propagent les anciennes idées, celles qui avaient cours avant la Nation Vampire, ce qui est contraire à mes lois. C'est un crime puni de mort.

Evelyn rit d'un rire sans joie.

– Vous dites cela comme si tout cela n'avait rien à voir avec mes sentiments pour Ethan. Comme si vous ne saviez pas que beaucoup d'humains suivent ces préceptes depuis des siècles, ma famille comprise. Comme si vous ne les punissiez pas, lui et tous ceux qu'il aime, à cause de mon amour pour lui.

Au moment où elle prononça le mot amour, Evelyn remarqua qu'Atticus serrait tellement les poings que ses jointures blanchissaient. Elle sut immédiatement qu'elle s'aventurait sur un terrain glissant, mais elle s'en moquait. Aveuglée par sa colère et sa frustration, elle fit taire sa raison qui lui envoyait des signaux d'alarme.

– Pourquoi êtes-vous si obsédé par moi ? Nous ne nous sommes rencontrés que deux fois, vous et moi ! Pourquoi êtes-vous si possessif avec une fille que vous ne connaissez même pas ? Une fille qui n'éprouve rien d'autre que de la haine pour vous ? Pourquoi avez-vous…

Evelyn ne put aller au bout de sa tirade, une main l'avait brutalement prise à la gorge et plaquée contre le mur, faisant sortir d'un coup tout l'air que contenaient ses poumons.

– Je ne veux pas te faire de mal, mais je ne tolérerai pas que tu me provoques ou que tu m'insultes de cette façon.

Atticus parlait d'une voix dépourvue d'émotion tout en pressant son corps contre la frêle Evelyn.

Evelyn aurait voulu se débattre, lui hurler au visage, mais son instinct de survie prit le dessus en faisant passer sa peur avant sa colère. Un véritable éclair de fureur brillait dans les yeux d'Atticus et elle sentit inconsciemment que, s'il le voulait, il pourrait lui faire beaucoup de mal.

– Laissez-moi, murmura-t-elle. Je ne veux pas aller au palais royal ni vous conseiller sur les Droits des Humains. Tout ce que je veux, c'est rester ici et vivre le reste de ma vie comme une humaine, une simple humaine.

Tout d'abord Atticus ne dit rien, se contentant de se pencher sur elle, et alors qu'une atmosphère de danger continuait à planer dans la pièce, il posa délicatement sa joue sur la tête d'Evelyn. Calme et silence remplacèrent la tension. Lorsqu'il parla de nouveau, sa voix était étonnamment douce.

– Je ne peux pas te laisser partir. Crois-moi, j'ai essayé de refouler mes sentiments, mais je ne peux pas. Depuis que je t'ai vue pour la première fois, c'est comme si tu avais volé mon cœur, je n'ai pas cessé de penser à toi. J'ai vécu des milliers d'années, mais je n'ai jamais rien ressenti de comparable, en tout cas pas pour une humaine.

Atticus perçut le chagrin qui perçait dans sa propre voix et il s'efforça d'empêcher un souvenir d'envahir son esprit.

– J'aime Ethan.

Ces mots étaient simples. Aucun d'entre eux, pris séparément, n'avait spécialement de signification pour Atticus. Mais agencés tous les trois dans une phrase sortant de la bouche d'Evelyn, ils lui brisaient le cœur. C'était ironique de voir qu'une fille qu'il connaissait à peine pouvait le blesser à ce point, si facilement et si involontairement.

Brusquement, Atticus fut de nouveau submergé par la jalousie et la colère. Son côté obscur prit le dessus et en un instant, avant qu'Evelyn n'ait le temps de comprendre ce qui se passait, le Roi la tenait immobilisée sur son lit de l'autre côté de la pièce. La chevauchant à hauteur des hanches, il maintenait ses deux mains au-dessus de sa tête dans l'une des siennes, ce qui la mettait totalement à sa merci. Son membre dur et excité appuyait sur son ventre. En poussant un gémissement, il saisit de sa main restée libre un de ses seins qu'il pressa tout en frottant son érection contre elle.

– J'ai tellement envie de te baiser. As-tu la moindre idée de l'effet que tu me fais ? Est-ce que tu sais à quel point tu me fais bander ?

Il se pencha pour l'embrasser dans le cou.

– Pourquoi est-ce que tu tiens tant à un pauvre humain dépourvu de pouvoirs, qui ne sera jamais capable de te protéger aussi bien que moi ? Ni de t'offrir ne serait-ce qu'une fraction de ce que je peux te donner ? Ouvre les yeux, Evelyn. Je suis le Roi, le vampire le plus puissant du monde… Ouvre les yeux et vois que je suis un million de fois plus fort que ce Redfern. Il n'est rien, comparé à moi ! Qu'est-ce qu'il a que je n'ai pas ?

– De la compassion, de l'amour, de la gentillesse, une âme, et plus important que tout, il a de l'humanité. Ce n'est pas un monstre comme vous !

Atticus sourit.

– Un monstre ? Eh bien, puisque tu penses que je suis un monstre, je vais te montrer quel genre de monstre je suis. Je vais attendre pour prendre ta virginité que tu sois au château, étalée sur un lit rempli de pétales de roses et t'offrir la meilleure nuit de baise de toute ta vie. Mais cela ne veut pas dire que d'ici là je ne peux pas jouir de ton corps.

Les yeux d'Evelyn s'arrondirent lorsque les lèvres d'Atticus se posèrent sur les siennes, brutales, exigeantes et très en colère. Il descendit la fermeture de son pantalon.

– Tu es à moi, gronda-t-il avant de déchirer le devant de sa robe, dévoilant ses appâts féminins d'un blanc laiteux, dissimulés sous un simple soutien-gorge de dentelle blanche.

À la vue des seins d'Evelyn, la convoitise obscurcit son regard et il sentit son sexe durcir encore plus sous l'effet du désir. Elle jeta un regard innocent sur sa queue exposée et poussa un petit cri en voyant sa taille, monstrueuse. Evelyn se débattit désespérément sous le corps du Roi qui se contenta de sourire en observant, fasciné, les mouvements de ses seins bondissants.

Il relâcha une de ses mains qu'il guida vers sa queue gonflée.

– Fais ce que je te dis ou le jeune Redfern en paiera le prix.

Il voulait la prendre, là, tout de suite. Mais il savait qu'il serait mieux d'attendre…

– Non ! S'il vous plaît, non ! cria Evelyn en faisant tout ce qu'elle pouvait pour se dégager de son emprise. Au secours ! Quelqu'un ! À l'aide, s'il vous plaît !

Atticus eut un sourire mauvais.

– Tu peux hurler autant que tu veux, personne ne viendra à ton secours. Tu es peut-être chez toi, mais je suis ton Roi. J'ai tous les droits, je peux faire tout ce qui me plaît avec toi… Je veux que tu me caresses, et que tu me fasses jouir… C'est à cause de toi que je bande comme ça. Je ne sais pas ce que tu sais des hommes et de leurs besoins, mais sache que j'ai tellement envie de toi que cela me fait mal…

Il déchira la dentelle de son soutien-gorge avec les dents et embrassa ses seins gonflés. Lorsque sa langue parcourut ses tétons dressés, Evelyn laissa échapper un petit gémissement.

– Caresse-moi, ordonna-t-il. Caresse-moi ou le jeune Redfern mourra avant le lever du soleil.

N'ayant plus le choix, Evelyn obéit à son roi. Elle avait déjà caressé Ethan, elle savait donc ce qu'elle devait faire… mais cela ne rendait pas l'acte plus supportable pour autant.

Elle entoura son membre de sa petite main. Il était dur mais doux, et extrêmement gros. Ses doigts étaient juste assez grands pour faire le tour de son énorme pieu. À chacun de ses mouvements, Evelyn sentait le pubis du monstre se presser contre son bas-ventre, si près de son sexe qu'elle craignait, si elle ne réussissait pas à le faire jouir en le masturbant, qu'il ne recoure à un autre moyen…

Il retint son souffle.

– Je suis si impatient de te baiser, de te posséder. Ton corps, comme ton esprit, seront tout à moi et à personne d'autre.

Elle continuait à caresser le membre dressé pendant qu'il poursuivait ses assauts sur ses seins découverts. Elle gémit lorsqu'il mordilla délicatement sa peau si sensible.

– S'il vous plaît, non…

– J'ai tellement envie de toi, Evelyn. Dis que tu es à moi, que tu m'appartiens, que tu me veux…

Sans répondre, elle se concentra sur ce qu'elle avait à faire. Elle le branlait vigoureusement, elle voulait en finir vite. Elle espérait que cela s'arrêterait là et qu'il serait satisfait. Elle accéléra son mouvement en accentuant la pression sur son membre, il gémit. Elle sentit alors descendre une des mains du vampire. Ses doigts plus grands et plus larges vinrent recouvrir les siens. Il augmenta le rythme de son mouvement en la guidant pour qu'elle lui donne exactement ce qu'il voulait.

– Dis que tu es à moi, Eve, dis que tu es à moi ! rugit-il, le membre palpitant dans sa main.

– Je… je suis à vous, marmonna-t-elle dans un murmure.

Atticus sourit en passant son autre bras autour d'elle. Il pressa son corps contre elle en se déplaçant légèrement de façon à être placé juste au niveau de son pubis. La seule chose qui le séparait de la pénétration était le tissu de sa robe. À chaque coup de boutoir qu'il donnait, elle sentait sa queue pointant brutalement contre son vagin, donnant une secousse à tout son corps. *Je vous en prie, non…* pensa-t-elle le visage ruisselant de larmes.

La peur se répandit dans ses veines quand elle l'imagina la pénétrer de force. Malgré les baisers passionnés qu'elle échangeait avec Ethan et ses caresses maladroites dans le noir, elle ne s'était jamais attendue à perdre sa vertu si vite et dans de telles circonstances.

– Tu m'appartiens, gémit Atticus avant de jouir et de se répandre sur toute sa robe. À partir d'aujourd'hui, aucun homme ne sera autorisé à te toucher sans ma permission, Evelyn.

CHAPITRE 12

Vertu, état de chasteté, pur et sans tâche.

Depuis sa plus tendre enfance, Evelyn savait qu'elle n'aurait jamais le contrôle total de sa vie et de ses désirs, mais la vertu avait toujours été une valeur à laquelle elle s'accrochait. Surtout depuis qu'Atticus l'avait privée de sa liberté et de son avenir. Elle avait toujours cru qu'elle aurait le choix de la personne à qui elle accorderait sa première fois. Dans son esprit, elle imaginait le faire avec quelqu'un qu'elle aimerait, au parfait endroit, au parfait moment. Elle avait toujours pensé que ce moment serait parfait.

Atticus lui avait déjà pris beaucoup trop de choses et elle était déterminée à lui refuser sa vertu à tout prix. Elle préférait mourir plutôt que lui laisser faire ce qu'il voulait d'elle.

Après avoir atteint la jouissance, Atticus sentit que son esprit était totalement consumé par son besoin d'en avoir plus, plus d'elle. Ce qu'elle lui avait donné n'était pas suffisant. Il la voulait tout de suite, prêt à prendre sa vertu.

– Qu'est-ce que tu m'as fait ? marmonna-t-il, l'esprit encore plongé dans l'euphorie du plaisir.

Ses mains se baladaient sauvagement, avidement sur le corps de la jeune humaine, s'appropriant chaque centimètre, chaque détail. Il était complètement absorbé par son désir et sa rage. Son désir devenait un besoin vital.

Au fond, il savait qu'elle le détestait et que ses chances qu'elle soit un jour vraiment à lui étaient minimes. C'est peut-être ce qui le faisait agir de façon aussi irrationnelle, quitte à prendre Evelyn de force, contre sa volonté, en mettant sa morale de côté. Pour se prouver qu'elle était à lui. Il avait besoin de ce petit réconfort pour empêcher son cœur déjà brisé de voler en éclats.

– Cela va faire un peu mal au début, ma chérie, murmura-t-il à son oreille sur un ton charmeur en déposant une série de baisers le long de sa clavicule. Mais je te promets que je serai doux.

Un sourire traversa le visage d'Atticus lorsque Evelyn cessa de se débattre. Pour lui, c'était un acte de soumission. Il croyait qu'elle se donnait volontairement à lui, il ne pouvait pas se tromper davantage. Les paroles qui sortirent de la bouche d'Evelyn juste après auraient littéralement brisé le cœur d'Atticus, s'il avait été mortel.

– Tuez-moi.

Sa voix était douce et fragile comme s'il n'y avait plus en elle la moindre lueur d'espoir. Le regard vide et mort, elle restait allongée immobile sous le corps d'Atticus. Il était inutile de lutter et elle le savait. Atticus obtiendrait ce qu'il voulait, c'était un vampire, après tout. Et pas n'importe lequel. Un vampire qui avait le pouvoir de tuer tous les gens qu'elle aimait et détenait le contrôle sur le monde entier. Un vampire assez puissant pour tuer Evelyn là tout de suite s'il le voulait.

– Que… qu'est-ce que tu as dit ?

L'espace d'un instant, le Roi sembla perdre toute sa force.

– Tuez-moi, j'aime mieux mourir que de perdre ma vertu avec vous !

La voix de la jeune fille était forte et déterminée alors qu'elle soutenait de ses yeux bleus scintillant de colère le regard brun d'Atticus. Le Roi ne dit rien et se contenta de la regarder fixement, atterré.

– Tuez-moi ! répéta Evelyn, mais cette fois en hurlant d'un ton voix autoritaire.

Il fallut moins d'une seconde à Atticus pour réagir à la provocation délibérée d'Evelyn. Le dos de sa main entra en contact avec la peau délicate de la joue de la jeune fille sans qu'elle l'ait vu venir. Une douleur intense se diffusa dans sa joue en même temps que sa tête basculait en arrière sous la force du coup. Un léger goût de cuivre se répandit dans sa bouche là où ses dents avaient cogné contre l'intérieur de sa joue.

Elle sourit en levant les yeux vers lui. La fureur dans les yeux du monstre était indéniable. Elle avait voulu le mettre en colère et cela avait fonctionné. La force du vampire était inimaginable, et d'un coup de poing délibéré et bien placé il pouvait facilement briser la nuque d'un humain. Evelyn était donc surprise d'être toujours consciente après le premier coup d'Atticus.

– Tuez-moi ! répéta Evelyn une nouvelle fois, d'un ton plus féroce encore.

Elle voulait le pousser à bout. Mais à ce moment-là, dans les bras d'un monstre sans pitié qui ne serait jamais capable d'aimer quiconque à part lui-même, Evelyn prit la mesure de sa propre impuissance. Pousser Atticus à lui donner la mort était la seule façon pour elle d'échapper à son sort cruel sans entraîner sa famille avec elle. La jeune Blackburn espérait que, si Atticus perdait le contrôle et accédait à son désir de mourir, il ne serait pas assez impitoyable pour punir sa famille pour ce qu'elle avait souhaité et qu'il lui avait accordé.

Mais à l'étonnement d'Evelyn, Atticus s'adoucit. Son visage revêtit une expression douloureuse et le Roi, célèbre pour son manque de pitié, lui parut soudain presque vulnérable.

– Evelyn.

Une immense tristesse transparaissait dans sa voix et l'espace d'un instant Evelyn aurait pu jurer qu'elle avait vu une infime larme s'échapper de ses yeux tristes. Le Roi semblait vouloir dire quelque chose, mais à ce moment-là la porte de la chambre s'ouvrit violemment, laissant apparaître dans son embrasure un Hansel horrifié. Il se tendit immédiatement en voyant Evelyn et Atticus dans une position compromettante sur le lit à baldaquin.

Le lord vampire se propulsa aux côtés du Roi en un éclair et posa fermement une main sur l'épaule de son ami, l'éloignant d'Evelyn.

– J'ai entendu des cris.

Le Roi ignora la présence de Hansel mais libéra la main d'Evelyn qu'il avait immobilisée au-dessus de sa tête jusqu'à maintenant.

– Est-ce que le fait que je sois un vampire vous dégoûte à ce point-là ?

Le chagrin s'entendait clairement dans sa voix.

– Ça, en plus du fait que vous voulez faire condamner toute la famille Redfern à mort. Si vous voulez punir quelqu'un pour mes sentiments envers Ethan et mon incapacité à vous aimer, alors punissez-moi. Je vous offre ma vie en sacrifice.

Evelyn parlait d'une voix ferme sans cesser de fixer Atticus avec des yeux emplis de haine. Le Roi sourit d'un air hébété et sortit de la pièce brusquement à la vitesse d'un vampire sans que ni Evelyn ni Hansel s'en aperçoivent.

– Que s'est-il passé ? siffla Hansel dès qu'il fut certain qu'Atticus ne pouvait pas entendre.

– À votre avis ? répliqua la jeune humaine en évitant son regard alors qu'elle essayait de rassembler ce qu'il restait de sa robe pour cacher ses seins.

Je lui ai dit à quel point je le méprisais, il s'est mis en colère, a piqué une crise, et ensuite il a essayé de me violer. Je lui ai alors dit de me tuer car je préfère être morte que de lui abandonner ma vertu.

– Vous avez fait quoi ?

Les yeux de Hansel faillirent sortir de leurs orbites en entendant le récit de la jeune humaine.

– Evelyn, le Roi a peut-être des sentiments pour vous mais ce n'est pas quelqu'un que l'on peut insulter. J'ai vu Atticus tuer un tas de gens sans ciller pour beaucoup moins que ça. Vous avez envie de mourir ?

– Oui, en effet, répliqua-t-elle sèchement, tout en continuant à éviter le regard du seul vampire en qui elle avait confiance.

Elle se leva et se dirigea vers la porte de la chambre.

– Si je me suicide, Atticus punira très certainement ma famille, mais si c'est lui qui me tue… il n'aurait aucun droit de s'en prendre à eux.

Hansel arrêta Evelyn au moment où elle allait sortir de la chambre.

– Vous l'accusez du pire, mais Atticus est loin d'être aussi mauvais que vous l'imaginez. En réalité, c'est un type généreux et compatissant quand on apprend à le connaître.

Hansel posa délicatement la main sur la joue d'Evelyn pour s'assurer qu'il avait toute son attention.

– Atticus est l'un des mes meilleurs amis et je le connais mieux que personne. Vous pouvez me croire, Evelyn, il pourrait vous rendre très heureuse si vous lui en donnez la possibilité, plaida Hansel en repensant à la tristesse qu'il avait vue dans les yeux d'Atticus un peu plus tôt.

C'était ironique que le Roi tout-puissant puisse être blessé si facilement par une humaine faible et sans défense qui ne possédait aucun pouvoir surnaturel. Hansel déglutit en regardant avec tendresse le beau visage d'Evelyn, et un instant il jeta un coup d'œil rapide à sa poitrine mal dissimulée – incapable de résister à la tentation – et une bouffée de chaleur l'envahit. Soudain, une image mentale du corps nu d'Evelyn allongée sous le sien, chaud et gémissant de plaisir, lui traversa l'esprit. Il la chassa aussi loin que possible. *Elle appartient à Atticus. Elle doit être avec lui, tu veux le voir heureux.*

Evelyn détourna le regard, son esprit et son corps toujours imprégnés de la haine et de la colère qu'Atticus avait provoquées chez elle.

– Si j'arrivais à le convaincre de renoncer à condamner les Redfern à mort, vous lui donneriez une chance ? Hansel se força à sourire. Vous lui brisez le cœur tous les jours en refusant d'au moins essayer de l'aimer. Comme je vous l'ai dit, il a le pouvoir de vous protéger et vous avez potentiellement le pouvoir de faire de lui ce que vous voulez. Si vous la jouez finement, il fera n'importe quoi pour vous et vous donnera tout ce que vous voulez.

– Non, car il ne sera jamais capable de me donner ma liberté.

– Ça, non. Mais je suis sûr que vous seriez d'accord pour sacrifier ce luxe afin de sauver la vie de la famille Redfern.

Hansel sourit, s'efforçant d'attirer Evelyn dans les mailles de son filet. Instantanément, le visage de la jeune humaine s'éclaira.

– Vous pensez sérieusement que vous pouvez convaincre Atticus de renoncer à condamner la famille Redfern à mort ?

Hansel sourit.

– Je ne peux pas faire ça, du moins pas tout seul, mais vous pourriez…

Sans y penser, Hansel fit courir son doigt le long de la racine des cheveux d'Evelyn et, à sa grande surprise, elle ne se recula pas à son contact.

– Qu'est-ce que vous essayez de me dire ?

– Au cas où vous ne l'auriez pas remarqué, le fait que vous lui demandiez de vous tuer lui a brisé le cœur. Il attache plus de valeur à votre vie qu'à n'importe quoi d'autre, et nous pourrions tourner cela à notre avantage…

CHAPITRE 13

Atticus avait vécu plus de trois millénaires.

Il était l'un des plus vieux vampires qui aient existé. Il était l'un des Sept.

Il était aussi le personnage le plus puissant du XXVe siècle. Au cours de toutes ces années, il avait enduré toutes les douleurs connues par les habitants de la planète Terre. Les douleurs physiques comme les souffrances mentales, Atticus les avait toutes ressenties, mais aucune n'était comparable à celle qui est causée par un cœur brisé.

Celle-là, Atticus ne l'avait éprouvée qu'une seule fois auparavant. Il y avait très longtemps… Cette expérience avait hanté Atticus pendant des siècles et avait terriblement affecté sa personnalité. C'était une douleur indescriptible. Avoir le cœur arraché de votre poitrine par la seule personne que vous aimez plus que tout était la chose la plus atroce que l'on puisse ressentir.

Atticus possédait l'argent, la puissance et la beauté. Les hommes voulaient être lui et les femmes voulaient être avec lui. Il y avait peu de raisons – en supposant qu'il y en ait – pour qu'une femme saine d'esprit rejette le fameux vampire Atticus. Les femmes se jetaient à ses pieds, et ce n'était qu'un des nombreux avantages qu'il y avait à être le Roi de la majeure partie du monde. Il avait le monde à ses pieds et il l'aurait volontiers offert sur un plateau à Evelyn si elle le voulait. Il n'y avait rien qu'il ne soit prêt à faire pour elle.

Atticus ne s'expliquait pas pourquoi il tenait tellement à elle, beaucoup plus qu'il ne l'aurait dû. Cela faisait des siècles qu'il n'avait pas ressenti cela pour une femme… C'était peut-être dû à sa façon de dire ce qu'elle pensait, à sa franchise, à sa beauté et à l'aura qu'elle dégageait. Ou bien à son bon cœur, à sa nature compatissante, à l'énergie qu'elle possédait, lumineuse et pleine de joie. Elle était comme la lumière dans son univers sombre et solitaire. Atticus s'apercevait qu'il était de plus en plus amoureux d'elle chaque jour.

En poussant un profond soupir, il rejeta la tête en arrière et but une longue gorgée directement au goulot de la bouteille de whisky qu'il avait prise dans la maison des Blackburn. La fille de Jonathan Blackburn lui avait volé son cœur et l'avait brisé, pour se venger il avait volé une bouteille de scotch à son père. Ce n'était pas bien méchant comme vengeance, si ?

– Quelle ironie, murmura-t-il pour lui-même en repensant aux paroles d'Evelyn.

Tuez-moi ! Ce regard plein de dégoût et de colère dans les yeux innocents d'Evelyn le hanterait jusqu'à la fin de ses jours.

– Est-ce que tu sais au moins à quel point tu comptes pour moi ? murmura-t-il en prenant une autre gorgée du whisky qui lui brûla la gorge.

Alors que le liquide descendait dans sa gorge, il sentit l'effet de l'alcool qui engourdissait ses sensations et soulageait la douleur que les paroles d'Evelyn lui avaient infligée. Il fut pris d'une envie de crier, de hurler, de tout saccager, d'aller assassiner tous les humains qui lui tomberaient sous la main. Son corps réclamait le goût doucereux du sang humain et son esprit le droit de vie ou de mort sur quelqu'un.

Depuis le sommet de la falaise, Atticus contemplait le soleil couchant qui illuminait de ses rayons orange la petite ville où Evelyn avait grandi. Grâce à ses pouvoirs de vampire, il pouvait presque entendre les rires des dizaines de milliers de personnes vivant dans le coin. Atticus savait qu'Evelyn y avait passé toute sa vie. Jonathan Blackburn était un père très protecteur qui chérissait ses filles plus que tout. Il les avait maintenues à l'écart des vampires et du surnaturel dès leur naissance. Et là, dans cette ville, vivaient tous les gens qu'Evelyn avait toujours connus, toujours aimés.

Une bouffée de rage se répandit dans son corps à la pensée que ces humains sans intérêt, qui vivaient dans cette petite ville insignifiante, là en bas, possédaient la seule chose qu'il désirait plus que tout mais qu'il ne pouvait pas avoir : l'amour d'Evelyn. Un sourire sardonique passa sur son visage, avant qu'il ne finisse la bouteille de whisky qu'il tenait à la main.

Il désirait la mort de ces gens qui ne méritaient pas l'amour d'Evelyn. Il avait soif de leur sang et de la douce sensation qu'apporterait la vengeance. Il aurait voulu faire souffrir Evelyn pour la punir de la douleur qu'elle lui infligeait, mais il en était incapable. Evelyn Blackburn. La jeune fille qui avait pris possession de son cœur.

– Si je ne peux pas avoir ton amour, alors je me contenterai du sang et de la vie de ceux qui l'ont, dit Atticus sombrement en se relevant, prêt à courir massacrer tous les gens qui comptaient pour Evelyn.

– Ne fais pas ça.

Une voix sévère et familière s'éleva dans son dos juste au moment où il s'apprêtait à descendre en courant vers la petite ville.

– Ce n'est pas le bon moment pour tes considérations philosophiques, Hansel. Je ne suis pas d'humeur à écouter tes arguments plus ou moins pathétiques pour me convaincre d'épargner leurs vies. Soit tu es avec moi, soit tu restes sur le côté pour observer, mais quoi qu'il en soit, chacune des personnes qui vivent dans cette petite ville, là en bas, sera morte avant minuit.

Hansel ricana en venant rejoindre Atticus.

– Je me fiche que tu épargnes les vies de ces gens ou non. Si tu veux les tuer, vas-y, ce sont tes sujets après tout. Selon la loi, leur vie t'appartient, de toute façon…

Atticus leva les yeux sur son protégé et fidèle conseiller. Cela ne ressemblait pas à Hansel de l'encourager à faire une chose aussi folle que d'assassiner une ville d'humains tout entière.

– Mais ce dont je ne me fiche pas, c'est ton bonheur, et je sais sans le moindre doute que tu ne le trouveras pas en massacrant cette ville. Bien sûr, cela te procurera quelques instants de soulagement et d'extase, mais cela t'apportera beaucoup de chagrin au bout du compte.

– Comment ça ?

– Parce qu'Evelyn ne te haïra pas moins après cela. En fait, elle te haïra encore plus. Tu penses vraiment que si tu assassines presque tout le monde dans sa ville natale, elle aura moins peur de toi ?

Hansel regarda Atticus d'un air soucieux. Le Roi ne répondit pas et évita son regard, il attendait que Hansel finisse son sermon.

– Atticus, tu es mon Roi, mais tu es aussi mon créateur et mon ami. Je sais très bien que tu souffres de l'incapacité d'Evelyn à avoir des sentiments pour toi, mais tu ne gagneras jamais son amour par la force.

Hansel posa une main compatissante sur l'épaule d'Atticus et prit une profonde inspiration en se préparant à la réaction qui suivrait ce qu'il allait lui dire.

– Evelyn a essayé de se suicider le lendemain de son anniversaire, après que tu as agressé Ethan Redfern…

– Quoi ?

Atticus, stupéfait, se retourna pour faire face à son ami.

– Comment ? Pourquoi ?

– Comment ? Elle a essayé de sauter du haut de cette falaise sur laquelle nous nous tenons. Pourquoi ? À ton avis ? Elle se sentait piégée et impuissante face à toi. Evelyn Blackburn chérit sa liberté et son libre arbitre plus que tout, et elle sait qu'elle n'aura jamais le contrôle de sa vie tant que tu garderas les yeux sur elle. Elle…

– Elle ne veut pas être avec moi, elle préférerait mourir plutôt que passer sa vie à mes côtés. Je n'aurais jamais pensé que je la dégoûterais à ce point. Elle préfère la mort à mon affection !

Hansel lui tapota le dos en souriant.

– Oui, c'est vrai… mais il n'est pas exclu qu'elle puisse changer d'avis. Fais preuve de compassion, Atticus. Montre-toi sous un autre jour, gracie les Redfern.

***

Allongée sur son lit, Evelyn ne parvenait pas à se laisser dériver vers le royaume paisible des rêves. Bien qu'elle soit totalement exténuée après la journée qu'elle avait passée, la jeune fille ne pouvait oublier la peur qu'elle éprouvait en pensant à la personne qui allait dormir dans la chambre à côté de la sienne.

Après ce qui s'était passé ce jour-là, Hansel et Atticus avaient quitté le manoir, et ni l'un ni l'autre n'avait été revu depuis. Evelyn espérait qu'Atticus avait décidé d'aller séjourner au château de Lord Marcus. Mais elle en doutait.

Elle serra sa couette contre elle en entendant le vent de la nuit qui battait contre la fenêtre de sa chambre. Elle ne voulait pas s'endormir, au risque d'être à la merci de ce monstre. Après ce qu'il avait fait, elle doutait qu'Atticus ait assez de morale pour se retenir de la violer dans sa propre maison, malgré la présence de ses parents juste au bout du couloir.

Evelyn serra ses bras autour de son corps en essayant de retenir ses larmes. Elle avait passé près de deux heures à se frotter sous la douche, jusqu'à ce que sa peau soit toute rouge, sans réussir à effacer le souvenir des mains lascives d'Atticus sur elle.

Ses parents étaient conscients du danger qu'il y avait à recevoir le Roi sous le même toit que leur fille, mais ils n'avaient pas eu le choix. En aucune façon la famille Blackburn ne pouvait demander à Atticus et à ses hommes de quitter leur maison. S'ils le faisaient, Atticus les tuerait tous sans aucun état d'âme. Dans certains cas, le refus d'un humain d'accéder aux désirs d'un vampire de la cour du Roi pouvait être considéré comme de la haute trahison.

Même si Atticus décidait de violer Evelyn des centaines de fois, elle devrait se laisser faire. Sinon ce serait la fin pour toute sa famille, et elle devrait quoi qu'il en soit aller vivre au palais royal, où il pourrait faire d'elle tout ce qu'il voudrait.

Soudain, la voix qui hantait ses rêves depuis des mois vint interrompre le fil de ses pensées.

– Est-ce que tu dors ?

Evelyn n'eut pas besoin d'ouvrir les yeux pour savoir qu'Atticus était à côté de son lit.

– Que voulez-vous ?

Elle sentit son lit s'enfoncer lorsqu'il s'assit au bord.

– Tu pleures…

Sa voix révélait son inquiétude. Evelyn ne répondit pas et garda les yeux fermés. Elle sentit sa main repousser délicatement une mèche de ses cheveux.

– Je suis au courant de ce qui s'est passé le lendemain de ton anniversaire, Evelyn… Je sais ce que tu as fait. Hansel m'a tout raconté. Est-ce que tu me hais vraiment tellement que tu préférerais mourir plutôt que d'essayer d'apprendre à m'aimer ?

La jeune fille perçut le chagrin qui pointait derrière ces paroles.

– Oui.

Sa réponse était abrupte, simple et franche.

– Et j'aurais déjà réitéré ma tentative s'il n'y avait pas ma famille. Je sais que vous les puniriez pour mes erreurs. Comme vous punissez déjà Ethan et sa famille.

– Tu sais, je pourrais te rendre très heureuse, te donner tout ce que tu veux. N'importe quoi, Evelyn, tu n'as qu'à demander. Les plus jolis vêtements, les bijoux les plus chers, les plus beaux voyages. Je te montrerais toutes les beautés du monde dans lequel tu vis, je te protégerais et t'aimerais de toutes mes forces. Evelyn, je te donnerais tout ça et plus encore, si tu me promettais au moins d'essayer de m'accepter et de m'aimer.

Lentement, Evelyn ouvrit les yeux et plongea son regard dans celui d'Atticus. Un regard plein d'optimisme innocent, comme celui d'un gamin qui demande à sa mère ce jouet qu'il veut depuis toujours.

– S'il te plaît, je pourrais vous donner, à toi et à toute ta famille, de l'argent, du pouvoir, des titres. Si tu deviens mienne, la famille Blackburn dans son ensemble n'aura plus jamais à craindre les vampires, elle n'aura plus de comptes à rendre à personne.

Atticus prit rapidement la main d'Evelyn et se pencha sur elle.

– Tu n'as qu'à dire oui…

– Mais nous aurions des comptes à vous rendre, à vous…

Elle détourna le regard.

– Vous dites que je peux avoir tout ce que je veux ? Eh bien je veux être libre. Je veux Ethan, je veux être capable de décider moi-même à qui je me donnerai, je veux contrôler ma vie, je veux avoir des enfants, je veux fonder une famille, je veux…

Evelyn n'avait pas fini sa phrase lorsqu'elle sentit la main d'Atticus se poser sur son cou avec rudesse. Elle ne l'étouffait pas, ne lui faisait pas de mal, elle était seulement… ferme.

– Je n'autoriserai jamais qu'un autre homme te touche, je t'interdis de te donner à quelqu'un d'autre que moi… Tu es à moi, Evelyn, à moi !

Tout comme ce matin, les yeux d'Atticus lançaient des éclairs de fureur. Mais cette fois ce n'était pas sa colère qui le dominait, mais lui qui dominait sa fureur. Evelyn sourit.

– Vous voyez, vous me promettez un tas de choses si j'essaie de vous aimer, mais ces choses ne sont pas gratuites… Vous allez me faire payer pour tout ce luxe en utilisant mon corps pour votre propre plaisir. Et si je me refuse à vous, vous allez me prendre de force et faire de moi ce que bon vous semblera parce que vous savez que je n'ai pas le pouvoir de me défendre. Vous dites que vous ne voulez pas me faire de mal, mais vous m'en faites déjà en condamnant les meilleurs amis de mes parents à mort, simplement parce que j'ai des sentiments pour leur fils. C'est pour cela que j'ai voulu mettre fin à mes jours.

Le Roi prit une profonde inspiration et soupira avant d'essuyer les larmes qui coulaient des yeux d'Evelyn sans qu'elle s'en rende compte.

– Et si nous faisions un marché ? Je promets de laisser vivre Ethan Redfern et sa famille si tu me promets de venir au palais royal de ton plein gré quand tu auras atteint tes dix-huit ans, et de ne plus jamais tenter de mettre fin à tes jours.

Evelyn poussa un petit cri de joie.

– Vous laisseriez la vie sauve à Ethan ?

La jeune femme sourit. C'était le plus beau sourire qu'Atticus ait jamais vu. Un sourire de pur bonheur et de félicité. Il était le seul à l'avoir vu mais il savait qu'il n'en était pas la cause. Malgré tout, cela fit battre le cœur d'Atticus plus vite et réveilla son désir. Il aurait voulu la prendre là, tout de suite ; il aurait voulu l'allonger sur le lit et marquer de son empreinte son corps de vierge… mais il ne le ferait pas, parce qu'il savait qu'elle ne se donnerait pas à lui de son plein gré. Il lui faudrait encore beaucoup œuvrer avant qu'elle ne soit prête.

– Oui, vraiment. Mais je veux être sûr que je ne regretterai pas ce marché. Ce qui m'amène à un second point.

Le Roi se rapprocha d'Evelyn et posa sa main fermement sur sa nuque pour l'obliger à le regarder dans les yeux.

– Je promets que tu auras de la liberté une fois que tu seras au palais royal et que je ne ferai jamais aucun mal aux personnes que tu aimes, si tu me promets de ne jamais te donner à un autre homme, jamais. Et de rester auprès de moi aussi longtemps que je le voudrai. Je n'accepterais le premier marché que si tu acceptes le second.

Evelyn retint son souffle lorsqu'elle comprit les sombres intentions d'Atticus. Lentement, elle s'écarta du monstre qui était assis sur son lit.

– En gros, vous me demandez de vous céder ma vie et mon corps en échange de la vie des Redfern. Si j'accepte, qu'est-ce que cela fait de moi ? Votre putain, votre propriété exclusive ?

Atticus se pencha sur la précieuse humaine en souriant, si près que leurs lèvres se touchaient presque.

– Cela fait de toi mon amante, ou peut-être même ma femme, si tu veux.

– Allez au diable ! répondit Evelyn brusquement en le repoussant.

Lorsque Atticus se releva, tout sourire avait disparu de son visage.

– Je te donne une semaine pour prendre ta décision. Ta vie en échange de celle des Redfern. Si tu refuses les termes de ces deux marchés, alors tu auras le sang d'Ethan et de toute sa famille sur les mains.

Avant qu'Evelyn ne puisse répondre, le Roi sortit de la chambre. Laissant derrière lui une Evelyn sans voix.

CHAPITRE 14

Quatre jours s'étaient écoulés depuis qu'Atticus avait proposé à Evelyn le marché qui pourrait sauver la vie des Redfern. Plus de quarante personnes en tout. Tous des amis proches d'Evelyn et de sa famille. Tous ces innocents qui ne méritaient pas un sort si cruel. Atticus avait donné une semaine à Evelyn pour prendre sa décision, et alors que le soleil se couchait en ce quatrième jour, elle avait conscience qu'il ne lui restait plus beaucoup de temps.

« *Je te donne une semaine pour prendre ta décision. Ta vie en échange de celle des Redfern, Si tu refuses les termes de ces deux marchés, alors tu auras le sang d'Ethan et de toute sa famille sur les mains.* » Les paroles d'Atticus résonnaient dans la tête d'Evelyn. Elle n'avait pas de doutes sur ce qu'elle devait faire. Le bon choix était celui de la compassion et de la générosité. Elle devait sauver la famille Redfern en acceptant les termes du marché d'Atticus… Dans le cas contraire, elle serait responsable de la mort de plus de quarante personnes. Dont son amour d'enfance, Ethan.

Et pourtant elle répugnait à se soumettre. Tout le monde pensait qu'Evelyn était capable de compassion, et c'était vrai. Mais elle ne se pensait pas suffisamment altruiste pour faire le sacrifice suprême. Pas assez généreuse pour abandonner son corps au Roi aussi facilement. Chaque fois qu'elle se persuadait qu'elle allait accepter de ne jamais se donner à un autre que lui, des images horribles d'Atticus la forçant à avoir des rapports intimes passaient devant ses yeux.

– Alors, tu n'as toujours pas décidé ce que tu préfères : voir mourir les Redfern ou devenir l'objet sexuel du Roi ?

La remarque amère et méprisante de Nora interrompit les pensées d'Evelyn lorsqu'elle vint dans la chambre sur l'ordre de leurs parents en portant un plateau repas pour sa jeune sœur.

– Je ne suis pas d'humeur à supporter tes sarcasmes, murmura Evelyn sans lever les yeux.

Elle s'enfonça sous sa couette en se roulant en boule. Les parents des deux sœurs étaient tout à fait conscients de l'altération de leurs relations et ils avaient parlé à Nora à maintes reprises pour essayer de la persuader d'être plus gentille avec Evelyn. Mais Nora se laissait dominer par sa jalousie. Elle aimait sa sœur, bien sûr, mais elle était incapable de faire taire la petite voix dans sa tête qui lui disait que c'était elle qui aurait dû être choisie par le Roi.

– Tu n'as rien mangé, dit-elle dédaigneusement, en plaçant l'assiette de nourriture chaude à côté de celle que lui avait donnée la servante le midi et qu'elle n'avait pas touchée.

– Je n'ai pas faim.

Avec tout ce qu'elle avait en tête depuis quatre jours, s'alimenter était bien le dernier de ses soucis. Lorsqu'elle avait parlé à ses parents de la proposition d'Atticus, ils lui avaient promis qu'ils comprendraient sa décision, quelle qu'elle soit. Mais elle savait que, quoi qu'il en soit, son choix aurait des conséquences dévastatrices.

– Cela ne va pas régler tes affaires de ne pas manger, soupira Nora, et l'espace d'un instant, Evelyn crut entendre un soupçon d'inquiétude dans la voix de sa sœur. Atticus et la majeure partie des vampires sont partis après qu'il t'a proposé ce marché… Tu pourrais aussi choisir de profiter de ces quelques jours de liberté au lieu de te renfermer sur toi-même dans ta chambre et de maltraiter ton corps.

Evelyn ne dit rien. Nora voyait bien qu'elle était malheureuse et en temps normal elle serait restée avec elle pour la consoler. Mais son dépit et sa frustration étaient trop grands. Alors, sans ajouter un mot, elle ramassa l'assiette de nourriture froide et abandonna Evelyn à sa réflexion. Au fond d'elle, Nora priait pour que sa sœur trouve un moyen de préserver son bonheur tout en sauvant la tête des Redfern.

– Votre sœur a raison, vous savez, dit une voix familière, venant briser le silence de la chambre vide à laquelle Evelyn s'était habituée. Vous devez manger. Si Atticus s'aperçoit que vous sautez des repas, il va être contrarié.

Evelyn rit en entendant Hansel.

– Je ne sais pas si vous vous inquiétez pour moi ou pour votre cher Roi.

– Pour les deux. Je m'inquiète pour vous deux.

Evelyn sentit le poids de son lit se déplacer lorsque Hansel s'installa à côté de son oreiller.

– Sans vouloir vous offenser, Evelyn, quand vous êtes-vous lavé les cheveux pour la dernière fois ?

En riant, Hansel joua avec ses boucles noires tout emmêlées. Son commentaire destiné à alléger l'atmosphère atteignit son but et Evelyn se mit à rire à son tour.

– Cela fait un moment que je ne me suis pas douchée, murmura-t-elle doucement, en se retournant dans son lit pour faire face au vampire avec un sourire égayant son beau visage.

Hansel sourit lui aussi. Les deux restèrent quelques instants comme cela à se regarder dans un silence confortable. Aucune tension ni gêne ne venait jamais interrompre l'atmosphère confortable et heureuse qui régnait entre Evelyn et Hansel.

– Vous êtes au courant de la proposition qu'Atticus m'a faite ?

Hansel acquiesça.

– Qu'est-ce que vous en pensez ?

Evelyn se redressa avec difficulté dans son lit. Le manque de nourriture se faisait sentir dans le corps déjà fragile de la jeune humaine de dix-sept ans. Avec précaution, Hansel l'aida à s'asseoir. Il aurait aimé passer son bras autour de ses épaules pour la soutenir, mais il décida de n'en rien faire.

– Je pense que vous devriez accepter.

– Pourquoi ?

– Parce que je sais qu'il tient à vous, beaucoup. Je le vois dans ses yeux, ce regard affectueux et attentif… Je connais Atticus depuis des centaines d'années, et je ne l'ai jamais vu regarder quelqu'un ainsi.

Hansel sourit, ses paroles venaient du cœur et elles étaient sincères.

– S'il tient tellement à moi, pourquoi me soumet-il à une telle épreuve ?

Evelyn avait du mal à contenir ses larmes. Elle était fatiguée de tout ce stress. Avant Atticus, elle menait une vie paisible, normale et heureuse.

– Evelyn, vous devez comprendre qu'Atticus est le Roi, c'est-à-dire la personne vivante la plus puissante du monde aujourd'hui. La Nation Vampire est internationale, tous les continents sont sous notre contrôle. Exception faite de quelques groupuscules d'humains réfractaires, nous dominons le monde entier… et Atticus est le maître de tout cela.

Hansel s'interrompit quelques instants pour s'assurer qu'Evelyn l'écoutait attentivement, avant de poursuivre.

– Il vous laisse le choix, c'est beaucoup plus que ce que la plupart des gens pourraient espérer. Il n'a aucune obligation envers vous, il est le Roi. Il a le monde à ses pieds et il peut ordonner la mise à mort des Redfern tout en exigeant d'avoir l'exclusivité sur vous, s'il le veut. Mais il vous donne le choix. Il veut que vous sentiez que vous avez votre mot à dire. Écoutez-le, donnez-lui une chance.

Au ton de sa voix, on aurait presque pu croire que Hansel l'implorait. Evelyn souffla.

– S'il voulait vraiment que j'aie le choix, alors il me laisserait décider d'aller au palais ou non. Il me laisserait décider avec qui je veux coucher et qui j'aime. Mais il ne le fait pas. Il contrôle ma vie, j'ai juste l'impression d'être une marionnette entre ses doigts.

Elle regarda ses mains, les larmes lui piquaient les yeux, mais elle s'obligea à les contenir devant Hansel. Machinalement, celui-ci posa la main sur sa tête et lui caressa doucement les cheveux.

– Evelyn, Atticus est peut-être aveuglé par son amour, mais il n'est pas stupide. Il sait que s'il vous laisse ce choix, vous n'irez jamais au palais royal l'année prochaine. Vous avez bien trop peur de lui pour lui donner une chance. Vous croyez qu'il ne sait pas que vous le quitteriez à la première occasion ? Que la seule façon de vous avoir à portée de main, c'est de vous y forcer ? Vous croyez qu'il ne souffre pas de savoir que vous le haïssez ?

Hansel soupira. Evelyn ne savait quoi répondre.

– Le vampire le plus puissant du monde se meurt d'amour pour vous. Lui qui a toutes les femmes à ses pieds. Il n'a pas l'habitude qu'on le rejette. Il est peut-être tout-puissant, cela ne l'empêche pas d'être nul pour les histoires d'amour. Mais il tient vraiment à vous, ça j'en suis sûr.

Evelyn rigola.

– À vous entendre, on croirait qu'il est incapable de faire le mal. Et pourquoi vous souciez-vous tant de son bonheur, d'abord ?

– Il n'est pas seulement mon Roi, il est aussi mon créateur. Je lui dois ma vie, mon statut et tout le reste. Sans lui je ne serais personne. Je lui dois tout.

Hansel sourit en se levant.

– Pensez à ce que je vous ai dit. Il n'est pas obligé de vous proposer un marché pour vous garder pour lui. Si j'étais vous, j'accepterais son offre.

Avec un dernier sourire et un petit salut, Hansel bondit par la fenêtre entrouverte en laissant Evelyn à la solitude de sa chambre.

***

– Majesté ?

Dans le château de Lord Marcus, un majordome frappa à la porte de chêne de la chambre du roi Atticus.

– Vous avez une visite.

CHAPITRE 15

Le château de Lord Marcus était magnifique, au moins aussi beau que le manoir des Blackburn, sinon plus. En tout cas, il était plus accueillant, et la requête d'Atticus d'y séjourner avait engendré la fierté de ses occupants. Tout le monde considérait comme un honneur de recevoir le Roi, même les serviteurs humains.

Tout le monde excepté Lady Alice, la malheureuse cousine d'Evelyn, devenue épouse de Lord Marcus quelques années auparavant. Bien qu'elle se soit peu à peu habituée à vivre dans la même maison que des vampires et autres créatures surnaturelles qui allaient et venaient en permanence, elle répugnait à la présence du Roi dans sa maison. Principalement parce qu'elle savait qu'il avait la ferme intention de faire ce que son mari avait fait avec elle, c'est-à-dire priver une femme de sa liberté pour en faire sa servante, son otage, sa captive, sa chose.

Alice ne savait pas ce qu'elle était exactement pour Marcus, mais certainement pas sa femme, et ils n'étaient en rien un couple. Parce que être la femme de quelqu'un impliquait l'existence d'un amour partagé, et un couple supposait un lien permanent qui unit deux personnes sur un pied d'égalité. Marcus aimait Alice plus que tout et il le lui prouvait quotidiennement, mais elle n'était pas l'égale du grand seigneur vampire. Evelyn non plus ne serait jamais l'égale d'Atticus.

Malgré la qualité de l'accueil de Lord Marcus et la beauté de sa demeure, Atticus aurait préféré rester au manoir des Blackburn plutôt que venir chez son fidèle ami. Le roi aurait pu rester là-bas, même après ce quasi-viol. Il était le Roi, après tout, il avait tous les droits. Et s'il voulait Evelyn, il l'aurait sans problème.

Mais il ne pouvait pas se faire confiance : s'il vivait sous le même toit qu'elle, il finirait par la forcer à faire des choses qu'elle ne voulait pas faire, pas avec lui, en tout cas. Atticus poussa un profond soupir en buvant une gorgée de whisky. S'il voulait gagner son amour, il devait lui laisser du temps et de l'espace. Mais s'il ne voulait pas d'une relation bâtie sur la peur et la contrainte, cela ne voulait pas dire que l'option n'était pas envisageable. C'était juste le dernier recours.

La chambre que Lord Marcus avait réservée au Roi était incroyablement spacieuse, digne des suites les plus luxueuses et les plus onéreuses des meilleurs hôtels de la Nation Vampire. Sa « chambre à coucher » se divisait en trois pièces différentes. On entrait directement dans un superbe salon à la moquette rouge sang où un lustre de cristal pendait du haut plafond. Un grand bureau en acajou où trônait un ordinateur dernier cri était disposé devant de larges baies vitrées donnant sur la plus belle vue des jardins luxuriants du manoir. Sur le bureau, les fournitures indispensables côtoyaient des piles et des piles de paperasse qu'Atticus devait examiner. Le fait qu'il ne soit pas au palais ne le dispensait pas de veiller aux affaires du royaume. Diriger le royaume le plus important du monde était une tâche ardue.

En dépit d'une baisse draconienne de la population humaine à la suite de la Guerre des Vampires, lors de laquelle ils avaient pris le contrôle du monde, son chiffre était encore élevé et les manifestations de mécontentement récurrentes des humains réfractaires rendaient la vie difficile à leur dirigeant. Il y avait sans cesse des troubles et des émeutes. Bien qu'il soit particulièrement difficile pour un humain de tuer un vampire, ça n'était pas totalement impossible et plus d'un y était parvenu. Les humains du XXVe siècle étaient forts, d'autant qu'ils avaient tellement peu à perdre.

Le dossier Redfern était étalé sur le bureau d'Atticus, dans sa chambre, ainsi que ceux d'autres familles humaines qui conservaient les anciennes coutumes, celles de l'époque où les humains dominaient le monde avec leur technologie, leurs armes nucléaires, et où les vampires étaient considérés comme un mythe qui n'existait que dans les films et dans les livres.

Le Roi se saisit d'une photo d'Ethan Redfern. C'était un beau garçon, mais il n'avait rien d'exceptionnel. Il était évident qu'il n'arrivait pas à la cheville d'Atticus en ce qui concernait la puissance, le statut, la richesse et la beauté. Et pourtant, il avait quelque chose que le Roi n'avait pas et désirait ardemment : l'amour d'Evelyn et sa confiance. Atticus regarda une dernière fois la photo avant de la froisser entre ses doigts. Son envie de le tuer dépassait tout ce qu'il avait connu auparavant, sa soif du sang du jeune humain était impossible à ignorer.

Evelyn tenait plus à lui qu'à Atticus, c'était incontestable. Et le Roi détestait la compétition, même à l'époque où il était humain. Il avait l'habitude d'avoir tout ce qu'il voulait. Il n'avait jamais rien concédé à personne. Il n'allait certainement pas perdre Evelyn au profit d'un misérable humain qui était clairement indigne de son amour. Evelyn Blackburn n'était pas destinée à vivre une vie d'humaine. Elle méritait de devenir vampire, de vivre dans le glamour et la jeunesse. Une beauté éternelle octroyée par la magie et l'immortalité.

Le Roi lui montrerait les avantages qu'il y a à être un vampire et ceux qu'il y a à être à lui. Il ferait en sorte qu'elle tombe amoureuse de lui. Tuer Ethan Redfern était un bon moyen de s'assurer cette victoire, mais pas tout de suite. Atticus savait qu'Evelyn le haïrait définitivement si elle apprenait qu'il avait volontairement tué cet humain, mais d'une façon ou d'une autre, Ethan Redfern mourrait.

Atticus allait progressivement, une par une, faire disparaître toutes les raisons qui poussaient Evelyn à vouloir rester humaine, ainsi que les personnes auxquelles elle tenait, jusqu'à ce qu'elle n'ait plus que lui. Jusqu'à ce qu'elle n'ait plus rien d'autre en tête que l'aimer lui. Si elle savait ce qui était bon pour elle, elle accepterait ses avances et tomberait amoureuse de lui.

Tout en admirant le ciel orange du crépuscule où brillaient les rayons du soleil couchant, Atticus se demanda ce qu'Evelyn faisait. Pensait-elle à lui ? Et si c'était le cas, était-ce avec affection ou avec dégoût ?

– Majesté ?

Le majordome frappa à la porte en chêne de la chambre d'Atticus.

– Vous avez une visite.

Le Roi grogna. Il n'était pas d'humeur à recevoir, et il s'apprêtait à éconduire l'importun lorsqu'il entendit les doux battements réguliers d'un cœur humain. Le parfum hypnotique du sang d'Evelyn envahit la pièce, faisant instantanément monter un sourire sur le visage d'Atticus.

– Faites-la entrer.

Quelques instants plus tard, il entendit les pas d'Evelyn sur la moquette. Le majordome sortit immédiatement en faisant un signe aux gardes silencieux qui se trouvaient aussi dans la pièce. Ceux-ci ne devaient jamais quitter le Roi des yeux. Trop d'individus de par le monde souhaitaient la chute d'Atticus, et beaucoup d'entre eux étaient humains.

– Je ne m'attendais pas à te voir si tôt, cela ne fait que quatre jours.

Atticus se retourna en souriant, s'attendant à se trouver face à la belle jeune femme qu'il connaissait vêtue d'une robe ordinaire. Mais le spectacle qui se présenta à lui était une fête inattendue.

Le Roi dut faire appel à toute sa volonté pour ne pas pousser un cri lorsque son regard se posa sur la délicate robe de nuit en soie qui pendait lâchement sur le corps d'Evelyn comme si elle allait tomber sur la moquette d'une seconde à l'autre, adressant au Roi une invitation à explorer les contrées inconnues à peine dissimulées par le tissu diaphane.

La chemise était courte, à mi-cuisse, avec un profond décolleté en V qui révélait la naissance de ses seins blancs et voluptueux qui ne demandaient qu'à être libérés de leur enveloppe. Ce vêtement minuscule était blanc, une couleur qui donnait à Evelyn un air innocent, doux, pur et absolument angélique.

Le roi sourit en la regardant et il sentit son sexe durcir de désir. Il sut que même avec des milliers d'années d'entraînement il ne serait pas capable de se retenir bien longtemps.

– Laissez-nous, ordonna Atticus à ses gardes en s'approchant de son bureau, sans quitter Evelyn des yeux.

Il y eut un moment de flottement quand Jonah, le capitaine des gardes, et l'une des rares personnes qu'Atticus considérait comme un ami, regarda Evelyn de la tête aux pieds d'un air soupçonneux.

– Mon Roi, je ne pense pas que ce soit prudent…

– Tu penses qu'il n'est pas prudent de me laisser seul avec une jeune humaine à moitié nue, dit le Roi sur un ton acide avant de se répéter. J'ai dit « laissez-nous » ! Et je ne veux pas être dérangé, sauf si c'est une question de vie ou de mort.

Jonah ouvrit la bouche pour protester mais se ravisa en voyant le désir dans le regard d'Atticus. Comme une tornade, tous les gardes quittèrent la pièce en refermant rapidement la porte derrière eux, laissant Evelyn seule avec Atticus.

– Je vous en prie, asseyez-vous.

Atticus désigna le fauteuil de cuir qui lui faisait face, invitant Evelyn à se mettre à son aise. La jeune fille se força à sourire au Roi en se dirigeant vers le fauteuil, où elle s'assit. Elle savait qu'il fallait qu'elle soit polie avec lui si elle voulait que son plan ait des chances d'aboutir.

Il ne lui avait fallu que cinq secondes après le départ de Hansel pour comprendre son message. Qu'elle le veuille ou non, Atticus ne laisserait jamais aucun autre homme la toucher. Dans son esprit, elle était déjà sa femme et il tuerait quiconque le défierait sur ce sujet. Mais Atticus était un homme et les hommes ne voulaient qu'une chose. Si Evelyn lui donnait ce qu'il voulait, les chances qu'il la laisse tranquille ensuite augmenteraient considérablement.

Il tenait sa vie entre ses mains et elle ne la récupérerait jamais. Dans cette situation inextricable, la seule chose qu'elle pouvait faire était de se servir de l'amour d'Atticus pour assurer la sécurité et le bonheur de sa famille.

Atticus se renfonça dans son fauteuil.

– Tu as pris ta décision ? Tu acceptes notre petit marché ou pas ?

Evelyn regarda ses mains serrées l'une contre l'autre. « *Sois courageuse.* »

– Avant de vous faire part de ma décision, il faut que je vous pose une question.

Le Roi fit un signe de tête et Evelyn déglutit avec difficulté.

– Vous voulez mon bonheur, non ?

Evelyn évitait le regard du Roi, elle savait qu'elle n'avait pas dit ce qu'il espérait, mais elle avait besoin de savoir s'il y avait une possibilité d'échapper à la vie qu'on voulait lui imposer. Elle l'entendit ricaner.

– Evelyn, tu devrais le savoir, je te donnerais n'importe quoi, tout ce que tu pourrais désirer, si seulement tu me donnais une chance. Je ne veux que ton bonheur, Evelyn.

Avant qu'elle ne s'en rende compte, Atticus fut à ses côtés, les yeux brillants d'amour implorant.

Avec beaucoup de précautions, il posa la main à côté de la sienne sur l'accoudoir du fauteuil, si près qu'elle pouvait sentir les poils de sa main effleurer la sienne.

Il aurait voulu prendre la petite main dans la sienne, mais il craignait que ce simple contact ne l'entraîne à vouloir davantage. Il sentait son pantalon devenir trop serré et il ne pensait plus qu'à pencher Evelyn sur son bureau, pénétrer son corps vierge et la baiser toute la nuit. C'est alors qu'Evelyn fit la chose le plus inattendue du monde. Avec lenteur et hésitation, la jeune humaine se pencha pour poser un baiser sur la joue du vampire.

– Vous savez ce qui me rendrait la plus heureuse du monde ?

Evelyn ferma les paupières, les poings serrés, et elle fit tout ce qu'elle pouvait pour dissimuler son dégoût. Comme ses yeux étaient fermés, elle ne voyait pas ce regard de pur espoir et d'amour dans les yeux d'Atticus lorsqu'il se pencha sur elle.

– Je ferais n'importe quoi pour te rendre heureuse.

– Ma liberté et une vie sans vampires, voilà ce qui me rendrait heureuse, dit Evelyn au bout d'un moment. Je vais vous proposer un marché. Je me donne à vous de mon plein gré cette nuit. Dès cet instant et jusqu'à l'aube je serai à vous et vous pourrez faire tout ce que vous voudrez de moi.

Atticus resta bouche bée lorsqu'il comprit qu'Evelyn n'était pas en train de lui exprimer des sentiments mais qu'elle ne faisait que l'appâter pour tenter une négociation.

– Mais seulement si vous me jurez de sortir définitivement de ma vie après. Une fois que vous m'aurez eue, passez à votre nouvelle conquête, libérez Ethan et sa famille et laissez-moi tranquille.

Evelyn ne savait pas comment Atticus allait réagir à cette proposition. Peut-être allait-il être trop submergé pour parler, l'allonger sur le bureau et se mettre à lui faire l'amour séance tenante, peut-être allait-il l'embrasser, prolonger les préliminaires, à moins qu'il n'essaye de la convaincre d'abord.

Elle ne savait pas ce qu'il allait faire, mais même après avoir passé en revue tous les scénarios possibles dans sa tête, elle fut prise au dépourvu par ce qu'il fit. Il l'attrapa violemment par le cou et la maintint de force contre le dossier du fauteuil de velours rouge sur lequel elle était assise.

– Une conquête ? rugit le Roi, furieux. C'est ça que tu crois être pour moi ? Tu penses que tout ce que je veux de toi, c'est une nuit de plaisir et qu'après j'irai avec une autre fille ?

Evelyn essaya de répondre, mais la poigne d'Atticus autour de sa gorge bloquait sa respiration. Instinctivement, elle fut tentée d'arracher sa main. Mais elle savait que si le Roi y mettait un peu plus de force, il n'aurait aucun mal à lui rompre le cou.

– Quand verras-tu que c'est toi ? C'est toi que je veux. Toi et ton amour. Je ne veux pas que tu te donnes à moi avant que tu sois prête et je ne veux pas non plus te prendre de force. Je veux juste savoir que tu me rends une fraction de l'amour que j'éprouve pour toi.

Evelyn sentit sa vision se troubler et sa tête se mit à tourner alors que le Roi continuait à avouer les sentiments qu'il avait pour elle.

– Je serais incapable de rester éloigné de toi ou de t'oublier, même si je le voulais. Tu es la première femme pour laquelle je ressens quelque chose de vrai depuis des siècles et je tuerai quiconque essaiera de t'éloigner de moi. Avant toi, je ne vivais que pour mon peuple et mes obligations. Mais maintenant, je vis pour toi et je ferai en sorte…

Evelyn s'évanouit avant d'entendre la fin de la phrase d'Atticus.

CHAPITRE 16

– Tu sais pourtant qu'elle est humaine, pas vampire, non, Atticus ? Tu aurais pu la tuer, ce soir.

Hansel soupira en tamponnant délicatement les quelques gouttelettes de son sang qui perlaient au coin de la bouche d'Evelyn.

– C'est une bonne chose que nous soyons des vampires, non ?

Debout de l'autre côté de l'immense lit sur lequel Evelyn reposait, Atticus, l'air sombre, évitait de lever les yeux vers Hansel. Mais il avait raison, le sang d'un vampire avait d'extraordinaires propriétés curatives sur les humains, et Atticus était presque sûr que s'ils n'avaient pas réussi à donner à Evelyn un peu de leur sang à temps, elle aurait pu souffrir de séquelles à vie. Le manque d'oxygène dans le cerveau était très dangereux.

Hansel soupira une fois encore.

– Pourquoi m'as-tu appelé ? Tu ne pouvais pas simplement lui donner un peu de ton sang ? Tu es plus vieux que moi, je suis presque sûr que ton sang agirait plus rapidement que le mien.

Un petit sourire passa sur les lèvres du Roi.

– Tu ne vois pas à quel point elle me déteste ? À la façon dont elle me regarde et dont elle se comporte avec moi, il est évident que la simple idée d'être près de moi lui fait horreur. Avoir mon sang qui coule dans son organisme la révulserait.

– Mais pourquoi moi ?

– Parce qu'elle ne te déteste pas, Hansel. Tu lui as déjà sauvé la vie une fois et je peux te dire qu'elle t'en est reconnaissante. Et puis elle te fait confiance.

Hansel se mit à rire en examinant le cou d'Evelyn où, comme il s'y attendait, les marques laissées par les doigts d'Atticus commençaient à s'estomper.

– Tu te préoccupes vraiment de son sort. Je n'ai pas le souvenir que tu aies jamais montré autant de considération pour autre chose que le bien-être du pays, jusqu'à présent.

Du coin de l'œil, il regarda son Roi et créateur, et il remarqua qu'il fixait Evelyn avec amour et considération. Il était touchant de voir à quel point ce fragile être humain comptait pour le Roi. Pourtant, bien que le Roi fût son créateur et que ce soit dans la nature de Hansel de le respecter, de lui être loyal et de vouloir son bonheur, il ne pouvait s'empêcher d'éprouver un serrement au cœur à l'idée qu'Evelyn puisse aimer Atticus. Il savait que c'était mal d'éprouver cela, et que cela pourrait être assimilé à une trahison si jamais on découvrait ce qui se passait dans sa tête, mais il n'y pouvait rien. Il ne contrôlait pas ses sentiments.

– Tu es trop jeune, tu n'étais pas là la dernière fois où j'ai éprouvé de tels sentiments pour une femme, répondit Atticus au bout d'un moment. C'est une histoire qui s'est terminée avant ta naissance.

– Tu parles de Venise, c'est ça ?

Un sourire passa sur les lèvres de Hansel alors qu'il se remémorait tous les récits magnifiques de l'époque où ces deux-là étaient amoureux… avant la tragédie, bien sûr. Selon la légende, Venise, la prétendue cité italienne de l'amour, avait été construite par le Roi lui-même, en hommage à la beauté de cette femme. Mais le Roi n'avait jamais confirmé ni infirmé la légende, et personne n'osait le lui demander pour ne pas raviver sa douleur. Il évoquait son premier amour uniquement lorsqu'il le décidait, personne ne se serait permis de lui poser des questions.

Sans un mot, Hansel regarda le sourire qui s'affichait sur le visage d'Atticus tandis que des images du passé lui traversaient l'esprit.

– Oui, de Venise…

Les traits d'Atticus lorsqu'il parlait d'elle exprimaient à la fois son amour et sa douleur, comme s'il revivait certains souvenirs doux-amers.

– Elle te manque ? demanda Hansel avec audace.

– Malgré le temps qui passe, on n'oublie jamais son premier amour et les souvenirs qu'il nous laisse. Mais assez parlé de Venise. C'est mon passé. Mon avenir, c'est Evelyn.

Il caressa tendrement la joue de la jeune humaine. Loyal, Hansel soupira.

– Il me semble que tout le monde sait à quel point tu l'aimes, sauf elle. Je suppose que si elle voyait la profondeur de tes sentiments, elle ne te considérerait pas comme un monstre.

Atticus haussa les épaules.

– Ce n'est pas totalement sa faute, c'est aussi à cause de moi. J'imagine qu'après toutes ces années à être Roi et à obtenir tout ce que je veux sans rien demander, j'ai oublié ce que c'était que de devoir se battre pour l'amour, de courtiser. Je ne peux pas l'obliger à me donner son amour, je dois le gagner, cela prendra le temps qu'il faudra.

– Et bien alors, que s'est-il passé ? Qu'est-ce que cette petite enquiquineuse a encore fait pour te mettre tellement en colère que tu as failli la tuer ?

– Elle a essayé de me proposer un marché selon lequel elle acceptait de se donner à moi une nuit à condition que je la laisse tranquille après et que je n'intervienne plus jamais dans sa vie.

Le Roi poussa un soupir stressé.

– J'imagine qu'elle a blessé mon orgueil en me prenant pour un être aussi ignoble, et une fois de plus, mon côté obscur a pris le dessus.

Atticus planta furieusement ses ongles dans les draps soyeux du lit. Ce n'était pas la première fois qu'il avait mis Evelyn en danger à cause de son incapacité à contrôler ses émotions, et il savait que ce ne serait pas la dernière. « *On pourrait penser qu'après avoir vécu toutes ces années, j'aurais appris à me contenir et à patienter... pourquoi est-ce que je ne peux jamais me contrôler dès que tu es dans les parages, quel genre de sort m'as-tu jeté ?* », pensa le Roi, en posant des yeux enamourés sur la jeune fille inconsciente.

Hansel dansait d'un pied sur l'autre. Atticus regardait Evelyn si intimement et si tendrement qu'il éprouvait le besoin de quitter la pièce. D'un côté, il devrait accorder à son créateur un petit moment en tête à tête avec la jeune fille qu'il aimait. De l'autre, il détestait l'idée de laisser Atticus seul avec elle. Finalement, il alla contre ses pensées les plus égoïstes et quitta la pièce à contrecœur. *Ne t'attache pas, Hansel. Ce n'est pas ta copine. Et elle ne le sera jamais.*

Ce soir-là, quelques minutes après que Hansel eut quitté la pièce, Atticus alla à son bureau et en sortit un parchemin d'or. L'air éploré, il rédigea un contrat entre Evelyn et lui.

***

Lorsque la nuit tomba sur ce jour riche en événements, le monde devint silencieux tandis que les serviteurs et les invités de Lord Marcus se retiraient dans leur chambre pour la nuit. La fin du procès des Redfern approchait, les choses allaient devenir de plus en plus difficiles alors qu'on rassemblait des informations sur les autres familles humaines qui s'opposaient aux lois de la Nation Vampire et continuaient à vivre selon les anciennes coutumes. Atticus voulait y mettre un terme et pour cela faire un exemple avec les Redfern. Mais si Evelyn décidait qu'elle voulait les sauver, il lui faudrait trouver une autre famille d'agneaux à sacrifier.

– Je veux voir Evelyn.

Alice regardait fixement son mari, qui passa prestement devant elle pour bloquer la porte de leur chambre et l'empêcher de sortir.

– Alice, Atticus est avec elle en ce moment, rien ne peut lui arriver, crois-moi. Il tient beaucoup trop à elle pour laisser un quelconque danger mettre son bien-être en péril, assura Marcus à son épouse bien-aimée en posant ses deux mains sur ses épaules. Maintenant, retourne te coucher, tu n'arrêtes pas de t'inquiéter pour cette fille, Al, c'est mauvais pour ta santé.

L'inquiétude et l'amour transparaissaient dans la voix de Marcus et elle savait qu'il ne pensait qu'à elle, parce que pour lui elle serait toujours la chose la plus précieuse et la plus importante. Rien ne comptait plus qu'elle, elle était le centre de son univers. Malgré tout, Alice ne pouvait s'empêcher d'être fâchée par ses paroles.

– Cette fille, comme tu dis, est ma cousine, c'est l'une de mes meilleures amies, depuis que je suis née, Marcus. Comment veux-tu que je ne m'inquiète pas alors qu'elle est seule dans une chambre avec un vampire complètement fou, obsédé par elle, qui a bien failli la tuer aujourd'hui ! On ne peut pas la laisser seule avec lui.

Alice était au bord des larmes : après toutes ces semaines de colère et de frustration contenues parce que Marcus ne voulait pas contrarier le roi, tout sortait d'un seul coup et elle craquait. Son cœur se serrait à l'idée que sa cousine bien-aimée allait subir le même sort horrible qu'elle. Exactement comme Alice quand elle avait rencontré Marcus, Evelyn n'éprouvait pas de sentiments pour Atticus, c'était une évidence que même un aveugle aurait pu voir. Elle aimait bien trop sa liberté et son humanité pour y renoncer et devenir la maîtresse d'un vampire, et encore moins si c'était le Roi.

Alice et Evelyn étaient amies depuis l'enfance et elles se connaissaient mieux que personne. Elle savait que les chances que la jeune Blackburn abdique sa liberté pour aimer Atticus étaient minces. Elle apprendrait à se conformer à ce qu'on attendait d'elle, et elle se forcerait à éprouver de l'affection pour Atticus comme Alice l'avait fait, mais ce ne serait jamais un véritable amour. À la façon dont Atticus la regardait, elle doutait qu'il se contenterait de cela. Alice trouvait que Marcus était un maniaque du contrôle, jusqu'à ce qu'elle rencontre Atticus. Il était bien plus possessif, exigeant et dominateur que son mari. De plus, il avait un vrai problème de self-control. Pour la première fois, Alice s'était félicitée d'avoir épousé Marcus, parce qu'elle préférait être avec un homme honorable et patient comme lui plutôt qu'avec un homme possédé par des démons aussi noirs que ceux du Roi.

– Il faut que je fasse quelque chose, je ne peux pas rester à regarder et attendre qu'Eve s'enfonce de plus en plus. Elle n'est pas faite pour ce genre de vie, Marcus, rien n'est plus important à ses yeux que la liberté et l'humanité. Cela va très mal finir. Je t'en prie, fais quelque chose. Aide-la, implora la jeune humaine.

Marcus regarda fixement Alice comme s'il venait de comprendre quelque chose, puis il eut un rire sans joie.

– Tu me demandes de trahir mon Roi ? Alice, pourquoi est-ce que vous, les humains, refusez de voir que nous, les vampires, ne sommes pas les créatures monstrueuses que vos parents et professeurs vous ont dépeintes ? Atticus aime Evelyn, il la protégerait et l'aimerait toute leur vie. Mon Roi ne ferait jamais de mal…

Alice l'interrompit.

– Mais il en a déjà fait !

Elle avait répondu avec plus d'agressivité et de colère qu'elle n'aurait voulu. Crier à la face d'un vampire n'était jamais une bonne idée, mais à ce moment précis, elle s'en moquait.

– Nous le connaissons tous les deux ! Ce monstre ne sera jamais satisfait tant qu'elle ne lui rendra pas son amour, tant qu'elle ne sera pas un vampire elle-même, prête à passer le reste de sa vie avec lui, ce qui n'arrivera jamais !

Marcus ricana.

– Tu pourrais t'attirer bien des ennuis si un des hommes d'Atticus t'entendait.

Mais il n'y avait pas d'inquiétude dans sa voix, parce que l'impertinence d'Alice était l'une des raisons pour lesquelles il l'aimait tant. Qui plus est, il savait que le Roi n'était pas assez cruel pour faire tuer Alice, ni même pour la punir pour l'avoir insulté, dans la mesure où elle était sa femme et la cousine d'Evelyn.

– Va dormir, j'ai encore de la paperasse à finir.

Alice ouvrit la bouche pour répondre, mais elle se ravisa, sachant très bien que c'était une bataille perdue d'avance.

– D'accord, répliqua-t-elle, l'air boudeur, avant de rejoindre son lit à colonnes au centre de la pièce.

Marcus se dirigea vers la porte, mais il marqua une pause avant de sortir.

– Atticus est réellement très amoureux d'Evelyn. Alors, si tu peux, essaie de la convaincre de lui donner une chance. C'est le Roi et s'il la veut vraiment autant que je le crois, il est pour ainsi dire impossible qu'elle échappe à cette vie, il faudrait qu'elle le comprenne.

***

Le lendemain matin, lorsque Evelyn se réveilla, elle sut que quelque chose avait changé à l'instant même où, en ouvrant les yeux, elle découvrit la couleur beige clair trop vive du plafond au-dessus d'elle. Elle entendait trop clairement le pépiement des oiseaux à l'extérieur et les draps de satin étaient trop doux et glissants sous ses doigts…

– Comment te sens-tu ?

La voix d'Atticus, pleine de sollicitude, résonna dans ses oreilles alors qu'elle se redressait dans son lit pour s'asseoir.

– Je ne sais pas… Je me sens bizarre.

La jeune humaine répondit sans même gratifier le Roi d'un regard. Heureusement, il ne prit pas ombrage de la froideur, somme toute assez coutumière, d'Evelyn à son égard.

– Te souviens-tu de ce qui s'est passé hier soir ?

Evelyn hésita avant de répondre.

– Je me souviens de tout jusqu'au moment où vous avez commencé à m'étrangler.

D'un air las, Evelyn souleva les couvertures et vit qu'elle portait toujours la chemise de nuit de la veille au soir.

– Il ne s'est rien passé, dit Atticus d'une voix ferme et rassurante. Et je suis désolé pour ce que j'ai fait. Je n'aurais pas dû perdre mon sang-froid comme ça une fois de plus. Mais je dois admettre que j'étais vexé que tu aies une si mauvaise opinion de moi. Quand verras-tu que je veux autre chose que simplement me frayer un chemin entre tes jambes ? Que cela te plaise ou non, j'ai de vrais sentiments pour toi et c'est ton amour que je désire.

La jeune femme laissa fuser un petit rire sarcastique.

– Eh bien après la façon dont vous vous êtes conduit pendant le bref laps de temps où vous avez séjourné chez moi, vous ne pouvez pas m'en vouloir de voir les choses différemment.

Ses paroles étaient lourdes d'amertume et Atticus pouvait sentir le même halo de haine et de colère qu'elle émettait chaque fois qu'il se trouvait à proximité d'elle. Il soupira, conscient qu'il aurait du mal à lui faire oublier son action passée.

– Pour répondre à ta question précédente, tu te sens bizarre parce que ton cerveau a été gravement privé d'oxygène à la suite de ma… perte de contrôle. J'ai demandé à Hansel de te donner un peu de son sang pour réparer les dommages sur ton corps. Tu te sentiras un peu différente pendant encore vingt-quatre heures, au maximum, jusqu'à ce que les cellules sanguines de vampire présentes dans ton corps se dénaturent.

– Vous avez demandé à Hansel de me donner son sang ?

– Oui, j'ai pensé que tu préférerais que ce soit son sang, plutôt que le mien. Nous savons l'un et l'autre à quel point tu me détestes.

Il y avait à la fois de l'ironie et du chagrin dans la voix d'Atticus et Evelyn ne put s'empêcher de se sentir un peu triste pour lui. Mais ce moment de sympathie fut de courte durée parce que le souvenir de tout ce que le Roi lui avait fait et aurait pu lui faire, à elle et aux personnes qui lui étaient chères, lui traversa l'esprit. « *Cet homme ne mérite pas ta sympathie, Evelyn, ce n'est même pas un homme, c'est un démon dans un corps d'humain, ne lui fais pas confiance et surtout ne sois pas triste pour lui !* »

Il sembla lire dans ses pensées.

– Evelyn, je sais que ma conduite passée t'a menée à croire que je suis une très mauvaise personne, mais je peux t'assurer que c'est faux ! Je suis désolé de la façon dont je me suis comporté mais je peux te promettre que, si tu me donnes une chance de t'aimer et que tu cesses d'être si entêtée, je ferai en sorte que tu finisses par m'aimer, peu importe le temps que cela prendra.

Atticus parlait d'une voix tendre en se penchant sur Evelyn. Devant ce regard plein d'amour et de tendresse, Evelyn se sentit envahie d'une envie de le croire et de lui faire confiance.

– Vous n'avez jamais répondu à ma question de l'autre jour. Pourquoi êtes-vous si obsédé par moi ? demanda Evelyn, en essayant de repousser la tentation de céder aux implorations d'Atticus. Je ne suis qu'une simple humaine, il y a des centaines de milliers de filles comme moi ou même mieux que moi. Pourquoi tenez-vous tant à moi ? Je n'ai rien de spécial.

Evelyn ne se faisait pas d'illusions. Elle était une humaine, certes née dans une famille influente, mais qui n'avait rien de comparable avec certaines grandes familles de vampires. Dans ce monde, les humains seraient toujours perçus comme des êtres de seconde zone. Alors pourquoi le Roi aurait-il des sentiments pour un être aussi insignifiant qu'Evelyn Blackburn ?

Atticus émit un rire incrédule.

– Je ne sais pas moi-même, pour être honnête. Je ne connais pas la réponse. Ce n'est pas mon genre de tomber amoureux aussi vite. Dès l'instant où je suis devenu Roi, j'ai découvert qu'il devenait extrêmement difficile de faire confiance aux gens. Je ne sais jamais si on m'aime à cause de mon pouvoir ou pour moi-même. Mais toi, je ne sais pas… il y a quelque chose chez toi, dans ton aura, qui m'apaise.

Atticus leva les yeux et lui sourit en croisant son regard.

– Est-ce que tu crois aux âmes sœurs, Evelyn ? demanda le Roi prudemment, craignant de l'effrayer.

– Des âmes sœurs ?

– Oui, c'est lorsque deux personnes s'entendent parfaitement et sont connectées par un lien indestructible qui ne se distendra jamais. Seulement une personne sur un million trouve son âme sœur dans ce vaste monde, mais je crois que tu es la mienne et que nous sommes faits l'un pour l'autre. Cela explique ma fascination pour toi.

– Je sais ce que cela veut dire, mais est-ce que des âmes sœurs ne sont pas censées éprouver un amour mutuel. Moi, je… je ne ressens rien pour vous.

En prononçant ces mots, Evelyn se dit que c'était peut-être une erreur d'être si franche avec Atticus, mais elle ne voulait pas qu'il se fasse des idées. Atticus garda le silence un moment, essayant de dissimuler sous un masque d'assurance la douleur que les paroles d'Evelyn avaient déclenchée en lui.

– Les âmes sœurs sont faites l'une pour l'autre et s'entendent parfaitement dans tous les domaines, mais elles n'éprouvent pas toujours des sentiments romantiques l'une pour l'autre. Au cours de l'histoire, on rencontre d'innombrables cas d'âmes sœurs qui se trouvent sans jamais le savoir. Je suis presque sûr que j'en ai vu quelques-unes au cours de ma vie qui n'en ont jamais pris conscience.

– Je ne pense pas que ce soit notre cas, je suis désolée.

Evelyn ne savait pas si c'était l'effet du sang de vampire dans son organisme, ou le ton calme et inhabituellement doux d'Atticus, mais elle culpabilisait vraiment de ne pas lui rendre son affection.

– Cela ne fait rien. Je ne m'attendais pas à ce que tu passes soudainement de la détestation à l'amour en quelques mots.

Atticus se contraignit à sourire.

– À mon tour de te poser une question. Hier soir, quand je m'en suis pris à toi et que j'ai commencé à t'étrangler, tu ne t'es pas défendue. Pourquoi ?

La question prit Evelyn au dépourvu et elle resta interdite quelques instants, ne sachant pas si elle devait lui dire la vérité ou non. En raison de ses expériences précédentes avec Atticus, elle se doutait qu'être honnête mènerait à une issue violente.

– Tu peux me dire la vérité. Était-ce parce que tu cherches toujours à me pousser à mettre fin à tes jours dans un accès de colère, afin de protéger ta famille ?

La jeune fille déglutit nerveusement avant d'acquiescer. Le Roi soupira.

– Cela fait des millénaires que j'attends de te rencontrer, Evelyn. Hier soir j'ai éprouvé une terreur indicible en croyant que je pouvais t'avoir tuée. Je t'en prie, ne me fais pas revivre cela.

Lentement, il ramassa un rouleau d'or sur la moquette et le posa sur le lit.

– Tu te souviens de ce marché que j'ai proposé de passer avec toi, il y a quelques jours ?

Evelyn hocha la tête.

– J'ai modifié quelques détails et ajouté quelques termes au marché. J'espère que cela te convaincra que je ne suis pas si mauvais, après tout.

Il le posa sur les genoux d'Evelyn avec un sourire rassurant.

– Lis-le.

CHAPITRE 17

On dit que le temps passe vite lorsqu'on s'amuse. Pour Evelyn Blackburn, le bonheur était synonyme de liberté, mais la sienne était comptée. Sans qu'elle s'en aperçoive, plus de sept mois s'étaient écoulés et il ne restait plus que quelques jours avant son dix-huitième anniversaire.

– Ça va me manquer, murmura-t-elle doucement à Alice alors qu'elles étaient toutes deux assises sur une vieille balancelle près du lac, à l'arrière de la propriété des Blackburn.

– Quoi ?

Alice fredonna, les yeux clos, tout en continuant à profiter des dernières chaleurs de l'été avant que l'automne n'arrive, apportant les vents froids et les premières gelées du matin.

– Le soleil, l'air frais, le gazouillis des oiseaux… tout.

Alice émit un petit rire et ouvrit les yeux, étonnée.

– Tu n'ignores quand même pas que toutes les légendes à propos de vampires qui s'embrasent au soleil sont fausses, si ? Je suis certaine que le Roi se fera un plaisir de te laisser te promener à ta guise dans les jardins royaux si tu le lui demandes.

Il ferait n'importe quoi, si tu le lui demandais, ajouta Alice pour elle-même, en observant Evelyn d'un air inquiet. Elle voyait la peur et l'angoisse dans ses yeux. Les derniers mois étaient passés trop vite et elle savait, à la façon dont la jeune Blackburn se conduisait ces jours-ci, qu'elle n'était pas la seule à le penser.

– Il ne s'agit pas seulement du soleil ou de la fraîcheur de l'air, expliqua Evelyn en essayant de retenir ses larmes. C'est cette maison, toi, ma mère, mon père, et même Nora ! Je ne vous reverrai plus. Qui sait quand Atticus me laissera partir pour venir vous rendre visite, ni même s'il le fera ?

Alice poussa un soupir stressé. Après des semaines de discussions, Marcus avait fini par lui faire admettre que plus tôt Evelyn accepterait son sort et l'amour d'Atticus, mieux ce serait. Plus longtemps elle résisterait, plus il serait en colère. Or les personnes qui allaient contre la volonté du Roi avaient toutes les chances de connaître un sort funeste. Si Atticus n'avait pas autant de sentiments pour elle, elle serait déjà morte. Au cours des derniers mois, Alice s'était efforcée de faire entrer cette idée dans la tête de sa cousine, en vain. Evelyn ne pensait qu'à la seule chose qu'elle perdrait à jamais, sa liberté.

Et puis Ethan lui manquait. Elle ne l'avouait à personne, mais c'était la vérité.

– As-tu eu des nouvelles d'Ethan depuis que sa famille a été libérée ? demanda Evelyn sans oser regarder sa cousine dans les yeux.

Elle s'était efforcée de poser la question sur le ton le plus neutre possible, mais Alice voyait bien qu'elle s'était longtemps retenue de la poser. La femme de Lord Marcus ne savait pas pourquoi le Roi avait décidé de libérer la famille Redfern et de les déclarer innocents, mais elle avait l'impression qu'Evelyn n'y était pas pour rien. Personne n'avait osé le lui demander, mais tout le monde s'en doutait.

– J'ai entendu dire que la plupart des Redfern avaient été renvoyés dans leur manoir avec tous leurs titres, propriétés et fortune. Mais je n'ai rien entendu à propos d'Ethan. Je ne crois pas qu'Atticus le laisserait revenir ici avant ton départ pour le palais royal. Il est très jaloux, tu le sais probablement mieux que moi. Je doute qu'il prenne le risque que vous ne raviviez votre relation alors qu'il est au palais à gérer les problèmes de la nation et incapable de te surveiller tous les jours.

Evelyn hocha la tête sans rien dire, n'osant pas demander plus de précisions. Le seul moyen pour elle de supporter la tristesse d'être séparée d'Ethan avait été de faire comme s'il n'existait pas et de se distraire. *Ethan et moi ne serons plus jamais réunis, alors ce n'est pas la peine de poser des questions à son sujet. Cela ne servirait qu'à me faire souffrir davantage. Ethan est en sécurité, sa famille aussi, et tant que je fais ce que l'on me demande, ma famille sera en sécurité aussi. Je dois me contenter de continuer comme cela en espérant qu'Atticus se fatigue de moi bientôt,* se dit-elle. L'espoir que les sentiments d'Atticus s'usent avec le temps était la seule chose qui avait permis à Evelyn de ne pas devenir folle et de rester en vie au cours des derniers mois. Ça et le contrat.

Evelyn n'avait pas revu le roi depuis sa dernière visite, au début du mois de décembre. Depuis sept mois, il s'était rendu invisible dans la vie d'Evelyn. À tel point qu'elle finissait presque par croire que toute cette histoire avec le Roi n'était qu'un mauvais rêve et qu'elle avait retrouvé sa vie d'avant. Mais les cadeaux réguliers et les lettres lui disant à quel point elle lui manquait étaient un rappel constant et terrifiant qu'il ne l'avait pas oubliée.

La jeune femme prit une profonde inspiration avant de se lever pour retourner vers la demeure familiale.

– Je vais aller vérifier que mes bagages sont prêts et on se retrouve dans la salle à manger pour dîner, d'accord ?

***

Evelyn n'avait pas besoin d'emporter grand-chose au palais. Atticus lui avait déjà dit qu'il mettrait tout ce dont elle aurait besoin à sa disposition, elle ne mit donc dans ses bagages que certains des bijoux que sa famille lui avait offerts pour ses anniversaires et pour

Noël. Quelques-uns de ses jeans, petits hauts et robes préférés. Rien qui ne lui ait été offert par le Roi.

Elle n'avait jamais porté ni touché aucun de ses cadeaux. Elle les avait tous donnés à Nora, qui les avait acceptés avec joie. Sa sœur était toujours très froide avec Evelyn et ne semblait pas triste du tout de la voir partir, mais ce n'est pas pour autant qu'elle refusait les jolis vêtements et les bijoux.

Evelyn prit une profonde inspiration avant d'aller chercher le parchemin d'or où le contrat qu'elle avait passé avec Atticus était retranscrit dans une belle encre noire, sous une pile de vêtements, au fond de sa garde-robe, là où personne ne viendrait regarder. La jeune humaine observa le document un bon moment avant de le dérouler et de l'étaler sur son lit pour le lire.

L'accord passé dans ce contrat sera valide et irréversible pour l'éternité. Il engage le Roi Atticus, d'une part, et Evelyn Blackburn, d'autre part. Pour qu'il soit valide, les deux parties doivent en remplir leur part. Si l'une ou l'autre partie rompt cet accord, l'autre côté aura la possibilité de choisir une sanction à sa convenance – même si elle va à l'encontre d'un des points du contrat.

Evelyn :

1. *Evelyn Blackburn est par ce contrat tenue de rester en vie aussi longtemps que Sa Majesté le Roi Atticus le voudra.*

2. *Evelyn Blackburn devra rester aux côtés de Sa Majesté le Roi Atticus aussi longtemps que celui-ci le voudra.*

3. *Evelyn Blackburn ne devra jamais engager une quelconque relation physique ou mentale avec une autre personne de sexe masculin aussi longtemps que Sa Majesté le Roi Atticus le voudra.*

4. *Evelyn Blackburn ne devra jamais dire non aux requêtes de Sa Majesté le Roi Atticus de lui plaire ou de lui faire plaisir – sauf s'il menace sa vertu.*

5. *Evelyn Blackburn devra autoriser Sa Majesté le Roi Atticus à boire son sang.*

6. *Si Sa Majesté le Roi Atticus requiert la présence d'Evelyn Blackburn à n'importe quelle heure et n'importe quel endroit, elle ne devra jamais dire non ni s'en aller sans sa permission – même si c'est dans son lit.*

7. *Evelyn Blackburn devra faire de son mieux dans son poste de consultante personnelle de Sa Majesté le Roi Atticus sur les Droits des Humains.*

8. *Evelyn Blackburn ne devra jamais interdire Sa Majesté le Roi Atticus de la caresser, de l'embrasser, de la prendre dans ses bras.*

Atticus :

1. *Sa Majesté le Roi Atticus ne devra jamais forcer Evelyn Blackburn à avoir des relations sexuelles avec lui. Il ne pourra prendre sa virginité que si elle le désire.*

2. *Sa Majesté le Roi Atticus ne devra jamais tuer Ethan Redfern à condition que celui-ci ne touche plus jamais Evelyn Blackburn.*

3. *Sa Majesté le Roi Atticus ne devra jamais faire de mal à aucun des membres de la famille d'Evelyn Blackburn.*

La plupart des points du contrat étaient à son avantage à lui et non à elle. Il n'y avait presque aucune liberté pour elle une fois qu'elle serait entrée au palais royal. Elle serait à lui aussi longtemps qu'il le voudrait et la seule possession qu'elle avait était sa vertu. C'était la seule chose qu'elle avait et que le contrat protégeait.

En soupirant, Evelyn rangea le contrat dans sa valise prête à être emportée dès demain. Demain, elle partirait. Demain, elle devrait dire adieu à son humanité et à sa liberté.

***

Atticus souriait d'un air sinistre en regardant l'humain à demi nu devant lui, suspendu par d'épaisses chaînes de métal à un mètre du sol. Le corps du supplicié était couvert de blessures fraîchement ouvertes, d'hématomes et de sang séché.

– Est… est-ce… ainsi que vous traitez tous vos invités ? gémit Ethan Redfern en essayant de parler d'une voix assurée.

Depuis plusieurs mois de tortures dans le donjon royal, Ethan avait supporté plus que ce qu'un humain normal ne le pourrait. En fait, il avait été torturé de manière si sauvage que les gardes avaient été contraints de lui faire avaler du sang de vampire à plusieurs reprises pour le maintenir en vie.

– Seulement ceux que je hais, répondit simplement Atticus en prenant le fouet de la main de l'un des gardes.

Il le fit claquer en direction d'Ethan, qui réagit à peine lorsque l'instrument entra en contact avec sa peau. Après tous ces mois de torture, il était quasi immunisé contre la douleur. Il y avait si longtemps qu'il était suspendu à ses chaînes qu'il n'avait plus aucune sensation dans les bras, pas plus que dans la majeure partie de son corps.

– Bien, souffla Ethan d'une voix à peine audible. Si vous traitez Evelyn de cette façon, je vous jure que je vous tuerai.

– Tu n'es pas digne de prononcer son nom ! gronda le Roi avant de faire claquer le fouet encore une fois, mais en y mettant plus de force, cette fois.

Ethan sourit devant la réaction d'Atticus.

– Vous êtes furieux à l'idée qu'elle m'aimera toujours plus que vous ? Est-ce pour cela que je suis ici ? Pour que vous puissiez passer votre colère sur moi ?

Atticus sourit d'un air sinistre.

– Tu as raison, cela me rend furieux qu'Evelyn tienne à toi, mais demain elle aura dix-huit ans et elle viendra vivre ici, avec moi. Elle passera le plus clair de son temps avec moi. Tu peux me croire, avant l'arrivée de l'hiver, elle sera amoureuse de moi.

Ethan sourit.

– Je vous souhaite bonne chance ! Je connais Evelyn et je peux vous dire qu'elle ne tombera jamais amoureuse de quelqu'un d'aussi cruel que vous.

Avec un effort démesuré, il releva la tête pour regarder Atticus dans les yeux.

– Promettez-moi seulement une chose, ne lui faites jamais de mal. S'il vous prend l'envie de passer votre colère sur quelqu'un, passez-la sur moi… Je ne supporte pas l'idée que vous posiez vos mains sur elle.

Atticus sourit à son tour.

– Mais si, je vais poser mes mains sur elle, et je vais les balader sur tout son corps dénudé. Je vais la toucher à des endroits qui te sont inconnus. Je vais lui faire des choses que tu n'as pu lui faire que dans tes rêves. Elle est à moi, Ethan Refdern, et à moi seul.

Soudain, quelque chose céda chez Ethan, et avant qu'il ne comprenne ce qui se passait, il se mit à se débattre comme un fou dans ses chaînes et à traiter Atticus de tous les noms.

– Si vous osez la violer, je vous tuerai moi-même !

– Ce ne sera pas du viol, si elle aime ça, répliqua Atticus sombrement avant de tourner les talons.

Brisez-lui tous les os et laissez-le là jusqu'à ce qu'il soit presque mort, puis utilisez votre sang pour le guérir. Faites cela au moins dix fois avant de lui donner de la nourriture, dit-il aux gardes.

CHAPITRE 18

Huit ans plus tôt, 1er septembre 2430,
manoir Blackburn

Le doux rire mélodieux d'une jeune fille tinta dans l'air du petit pré derrière la propriété des Blackburn alors qu'elle traversait en sautillant les grandes herbes et les fleurs qui s'épanouissaient jusqu'au centre de la clairière. Un garçon de quelques années son aîné, vêtu d'un costume sombre, la suivait lentement d'un pas plus mesuré et moins énergique.

– Tu vas salir ta nouvelle robe, lui dit-il calmement en la regardant avec adoration.

– C'est mon anniversaire, j'ai dix ans aujourd'hui, tu ne vas pas jouer les rabat-joie, Ethan ! répliqua-t-elle d'un air moqueur en faisant tournoyer sa robe dans la prairie de fleurs sauvages qui arrivaient jusqu'à ses hanches minces et pas encore développées.

L'humeur insouciante de la petite fille fit rire Ethan.

– Ta mère va te tuer en voyant les taches d'herbe et de terre.

Mais la jeune fille ne tint pas compte de sa remarque.

– Moi, Evelyn Blackburn, j'ai dix ans ! cria-t-elle de toutes ses forces avant de finir par se laisser tomber, à bout de souffle, dans la jungle de fleurs sauvages.

Ethan sourit et s'installa précautionneusement à côté d'elle. Il avait deux ans de plus qu'Evelyn et déjà il était incroyablement grand et mûr pour son âge. Ses parents disaient souvent qu'il comprenait plus de choses qu'il n'aurait fallu pour son bien. Il était courageux, toujours le chef, fort et inflexible une fois qu'il savait ce qu'il voulait. Dans un monde dirigé par les vampires et où les humains étaient traités comme des êtres inférieurs, se passionner pour ce en quoi l'on croit et faire preuve de détermination était une arme à double tranchant.

Un sourire affectueux éclaira le visage juvénile du jeune Ethan Redfern et il rejeta la tête en arrière pour regarder Evelyn qui contemplait le ciel de ses brillants yeux bleus, pleins d'émerveillement et de bonheur. La voir sourire lui procurait plus de joie que tout l'or et la puissance du monde. Il tourna la tête pour regarder le ciel lui aussi.

– Qu'est-ce qu'il y a de si extraordinaire à avoir dix ans ? Tu seras toujours un vilain petit canard, quel que soit ton âge.

Evelyn poussa un petit cri avant de lui frapper le bras.

– Retire immédiatement ce que tu viens de dire !

– Non, c'est la vérité, et ma mère m'a toujours dit de dire la vérité.

Evelyn fit la moue et se redressa de façon à bien voir le visage amusé d'Ethan.

– Non, je serai un cygne un jour. Ma mère m'a dit que quand j'aurai dix-huit ans, je serai la plus belle fille de la Nation Vampire et que tous les garçons feront la queue d'ici jusqu'aux Hamptons pour demander ma main.

Ethan sourit.

– Les Hamptons, c'est pas si loin, quelques heures en voiture. Et je doute qu'ils fassent la queue jusque là-bas, c'est là que se trouve le siège du palais royal où vivent la plupart des vampires de la cour. C'est pas vraiment un endroit agréable pour les humains.

– Je serai peut-être tellement belle que même les nobles vampires voudront m'épouser !

Evelyn gloussa, et le rouge lui monta aux joues à l'évocation du mot vampire.

– Tu imagines comme ce serait formidable ?

Le visage d'Ethan passa de la bonne humeur à la gravité en une fraction de seconde.

– Evelyn, ne dis plus jamais une chose pareille. Ce serait tout sauf formidable qu'un vampire tombe amoureux de toi.

– Pourquoi tu dis ça ? Pourquoi ce ne serait pas formidable d'épouser un vampire ? Ils sont beaux, ils sont forts et ils sont immortels !

Les yeux d'Evelyn révélaient une confusion évidente et Ethan savait d'où cela provenait. Depuis la Guerre des Vampires, moment où les immortels étaient sortis de la clandestinité pour renverser les humains et prendre leur place de dominants sur le monde, tout en forçant la planète entière à arrêter le développement technologique, ils avaient mis en place toute une communication expliquant que c'était eux les gentils.

D'innombrables films et émissions de télé furent tournés sur cette période de l'histoire, qui dépeignaient les vampires comme les héros essayant de secourir l'humanité de l'autodestruction par les armes nucléaires et de la famine par surpopulation.

– Evelyn, il ne faut pas croire toutes les conneries qu'on voit à la télé. Ils ont beau avoir l'air merveilleux et extraordinaires, les vampires sont des créatures violentes, dominatrices, arrogantes, égoïstes et meurtrières. Il ne pourrait rien t'arriver de plus horrible qu'un vampire qui tombe amoureux de toi !

Ethan parlait sur un ton grave et Evelyn buvait ses paroles.

– Mais qu'est-ce que tu en sais ?

Evelyn faisait mine de polémiquer, mais c'était plus une vraie question qu'une façon de défendre les vampires.

Ethan s'assit.

– Je le sais car mon père et mes professeurs m'ont parlé de ce que font les vampires. Je suis l'aîné des garçons dans ma famille, donc le plus susceptible d'hériter du titre et de faire des affaires avec ces ignobles créatures un jour. Je dois donc savoir de quoi ils sont capables et connaître tous les secrets que nous ne sommes pas autorisés à connaître, afin de me protéger.

– C'est quoi, ces secrets ?

– Je regrette, mais je n'ai pas le droit de t'en dire plus, pour ta sécurité. Apparemment, le Roi déteste que les humains en sachent plus qu'ils ne devraient et c'est illégal de l'enseigner, ou même simplement d'en parler.

Evelyn hocha la tête, prenant l'avertissement d'Ethan au sérieux. Elle avait confiance en lui et elle savait qu'il ne lui mentirait jamais, et certainement pas au sujet de quelque chose d'aussi important. Doucement, Ethan tendit la main et caressa les cheveux d'Evelyn. Un mélange d'affection et d'inquiétude assombrit son regard. Evelyn sourit et crocheta son petit doigt avec le sien.

– Croix de bois, croix de fer !

***

1er septembre 2438, manoir Blackburn

Evelyn était assise, solitaire, dans la même prairie où elle s'était trouvée avec Ethan toutes ces années auparavant, et elle regardait le soleil se lever sur ses dernières heures de liberté.

Son père lui avait dit que les hommes du Roi allaient venir la chercher à midi. Elle regarda sa montre : six heures du matin. Il lui restait exactement six heures avant de dire adieu à jamais aux gens qui comptaient le plus pour elle et à la vie qu'elle aimait tant.

Pendant longtemps Evelyn avait cru qu'en voyant le soleil se lever sur son dix-huitième anniversaire, qui marquerait le début de sa nouvelle vie de captive et de prisonnière, elle pleurerait toutes les larmes de son corps et peut-être même fuirait de peur. Mais lorsque ce moment finit par arriver, elle n'en avait même plus l'énergie. Elle ne versa pas une larme. Elle ne ressentait ni chagrin ni frayeur, elle était juste vide et amorphe. Elle savait qu'elle n'avait pas le choix, elle devait respecter son marché avec le Roi, elle devait obéir en espérant qu'un jour viendrait où il se lasserait d'elle et la laisserait retourner auprès des siens.

Elle savait que si cela devait mal se passer, ce n'était pas elle mais les gens qu'elle aimait le plus qui en paieraient le prix fort. Et cela lui brisait le cœur d'imaginer Atticus posant sa main cruelle et sans pitié sur sa famille ou sur Ethan.

Elle espérait qu'en tant que conseillère du Roi pour les Droits des Humains, elle pourrait peut-être même faire quelque chose pour améliorer la condition des humains dans le monde.

Son père avait maintenu ses filles aussi éloignées que possible de la pauvreté et de l'injustice qui frappaient la majorité de l'humanité. Il voulait que ses filles ne voient jamais comment les humains étaient traités sous la domination des vampires, car il ne souhaitait surtout pas qu'elles s'engagent aux côtés des nombreux rebelles qui sacrifiaient leur vie en essayant de tuer des vampires.

Cela expliquait peut-être pourquoi Nora était si attirée par les vampires. Leur père avait filtré une partie des horreurs que les vampires faisaient subir aux humains, tout en mettant ses filles en garde. Mais Nora s'en fichait.

Contrairement à Evelyn, elle était l'une des millions de victimes à qui on avait définitivement lavé le cerveau grâce à la propagande de la Nation Vampire. On faisait croire aux humains que les vampires étaient des êtres supérieurs et que, tout comme Dieu prenait soin de ses enfants, les vampires prenaient soin des humains et voulaient un monde de paix et d'harmonie.

Bien qu'elle soit plus jeune que Nora, Evelyn n'était pas aussi naïve qu'elle en ce qui concernait la façon dont les vampires traitaient les humains. Aux yeux des vampires, les humains n'étaient rien que des réserves de sang sur pieds, et ce malgré les rares exemples de familles humaines – dont la sienne – qui menaient une vie confortable et sans problèmes.

Beaucoup d'humains vivaient dans des villes entourées de hauts murs et aux frontières lourdement gardées qui les empêchaient de s'échapper et ne laissaient entrer que les vampires qui voulaient se procurer un nouveau serviteur. On trouvait ce type de cités dans le monde entier, sur chaque continent et dans chaque district, à l'exception du continent océanique et d'une petite partie de l'Antarctique, où subsistaient des humains à l'état sauvage, vivant à l'écart des lois et des institutions de la Nation Vampire. Du moins, c'est ce qu'Ethan avait dit à Evelyn.

Il lui avait dit que l'Australie et les îles autour étaient l'une des seules contrées que les vampires n'avaient pas encore dévorées, mais ils y travaillaient.

L'existence de l'Australie et de l'Antarctique était l'un des secrets les mieux gardés du monde. D'après la légende, ces deux sanctuaires pour les humains se trouvaient au milieu de l'océan. Un grand nombre d'humains avait tenté de les atteindre et beaucoup avaient échoué. Les seules personnes qui pouvaient confirmer l'existence de ces deux pays avaient vécu à la période où les humains dirigeaient encore le monde, donc uniquement des vampires.

Evelyn soupira. Elle voulait, non, elle devait aider ces humains exploités. La seule idée que des personnes innocentes puissent perdre leur liberté simplement en raison de leurs origines familiales la rendait malade. Atticus lui avait déjà ravi sa liberté, elle n'avait plus grand-chose à perdre et elle était prête à tirer parti de sa position auprès de lui pour faire quelque chose pour ces gens. Peu importe ce qui arriverait, elle ferait tout ce qui serait en son pouvoir pour aider ces esclaves pourvoyeurs de sang, maintenus captifs à l'intérieur de hautes murailles. « *J'aiderai ces gens même si je dois y laisser ma vie* », se jura-t-elle intérieurement.

Son cœur était dévoré de haine quand elle se rappelait celui qui avait édicté les lois qui restreignaient les vies de ces humains captifs, le même homme qui lui avait pris tout ce qui comptait pour elle. Atticus. La pensée qu'elle allait être obligée de passer ses jours avec ce monstre lui soulevait le cœur.

– Excitée à l'idée d'aller au palais royal aujourd'hui ? dit une voix familière dans son dos.

– À votre avis ? répliqua-t-elle d'un ton brusque.

Hansel se contenta de la regarder avec un sourire amusé en s'asseyant dans l'herbe à côté d'elle.

– Cela ne va pas être si terrible. Le palais royal est en fait un endroit très plaisant une fois qu'on connaît tout le monde. Il y a un tas de nobles vampires qui vivent dans l'enceinte des Hamptons, il s'y passe tellement de choses et il y a tellement de distractions que vous ne vous y ennuierez jamais.

L'air badin, Hansel lui donna un petit coup d'épaule, espérant la faire sourire.

– Je n'ai pas envie de quitter ma famille pour être enfermée dans une cage pour le restant de mes jours…

Son regard s'attarda sur une colombe insouciante qui tournoyait dans le ciel. Les colombes, symbole de la liberté. Evelyn poussa un profond soupir en la regardant s'éloigner. Elle aurait voulu être à sa place, avec des ailes qui l'emporteraient où elle voudrait. Elle aurait voulu qu'Ethan et elle soient deux colombes capables de voler et de quitter les pays dirigés par les vampires pour aller dans un pays comme l'Australie, où les humains étaient encore maîtres de leur vie.

Hansel remarqua son regard mélancolique et il sut immédiatement à quoi elle pensait. Bien sûr, il n'avait jamais cru qu'en quelques mois Evelyn aurait changé d'avis. Au cours de ses quelques centaines d'années d'existence, il n'avait jamais rencontré quelqu'un qui attachait autant d'importance à sa liberté et il admirait sa force de caractère et sa détermination.

– Atticus va vous traiter comme une princesse, dit-il après un moment de silence. Vous pensez sans doute que j'essaie encore de vous convaincre de lui donner sa chance, mais c'est vrai. Je ne l'ai jamais vu être fasciné par quelqu'un comme il l'est par vous. Vous croyez qu'il ne voit en vous qu'un défi à relever, une personne à conquérir, pourtant je vous assure qu'il vous aime vraiment.

Evelyn ignora sa tentative de lui remonter le moral.

– Il me semble qu'on vient me chercher à midi. Que faites-vous là si tôt ?

– La garde royale sera là vers midi, mais comme je devais aller voir Marcus pour discuter de certains problèmes, j'ai pensé que ce serait sympa de faire un coucou à ma petite humaine préférée.

Evelyn leva les yeux au ciel, mais elle sourit.

– C'est votre façon de me dire que vous aviez envie de me voir ?

– Eh bien, je vous ai sauvé la vie, quand même, alors théoriquement vous m'êtes débitrice, et j'ai pensé venir m'assurer que tout allait bien.

Hansel haussa les épaules et lui tapa le front du bout du doigt d'un air taquin.

– Vous voulez dire que vous êtes venu vous assurer que je n'essaierai pas de me tuer une nouvelle fois ou de m'enfuir ?

Hansel soupira.

– Je vous promets que vous aimerez le palais royal. Je sais que ce n'était pas en haut de votre liste d'envies, mais si vous ne provoquez pas le roi, je suis sûr que trouverez la vie là-bas très agréable. Avec Atticus et moi pour vous défendre, je doute que les autres dames du palais vous embêtent.

Evelyn sourit.

– Merci, Hansel, vous êtes toujours si gentil avec moi.

– Je ne fais que mon devoir. Après tout c'est moi qui vous ai sauvé la vie ce jour-là sur la falaise. Si je ne l'avais pas fait, vous n'auriez plus tous ces embêtements.

– Vous n'avez rien à vous reprocher, Hansel. Je suis heureuse d'être vivante. Au moins j'ai encore l'espoir de trouver le bonheur. Si j'étais morte, j'aurais gâché ma vie sans jamais rien avoir connu. Là j'ai encore un avenir. Alors merci de m'avoir sauvée.

Evelyn se pencha lentement vers Hansel et lui posa un baiser sur la joue.

– Merci.

Pour Evelyn c'était un simple geste de gratitude, un bisou sur la joue entre amis. Mais chez Hansel, cela éveilla un sentiment bien plus fort que l'amitié.

CHAPITRE 19

– Monsieur, il faut vraiment qu'on y aille, à présent.

Hansel fixait Evelyn qui, les yeux pleins de larmes, embrassait un à un tous les membres de sa famille. Il acquiesça avec un soupir.

– Laissez-lui encore quelques minutes. C'est peut-être la dernière fois qu'elle voit sa famille.

– Mais monseigneur, nous avons déjà différé notre départ de plus d'une heure, combien de temps de plus voulez-vous que nous attendions ?

Le sourire qui était apparu sur le visage de Hansel au lever du soleil quand Evelyn l'avait embrassé sur la joue n'avait pas vraiment disparu.

– Aussi longtemps qu'il le faudra. Atticus voudrait que les derniers moments d'Evelyn avec sa famille soient parfaits.

Le garde fit une grimace et ouvrit la bouche pour protester mais se ravisa. Hansel avait beau être l'un des plus gentils lords pour qui il travaillait, il valait mieux ne pas trop l'énerver.

– Tu vas tellement me manquer, maman, murmura Evelyn à l'oreille de Lynette Blackburn en s'arrachant à son étreinte.

– Toi aussi, Eve, répondit Lynette en retenant un sanglot. Promets-moi de nous téléphoner ou de nous envoyer un mail toutes les semaines, s'il te plaît. J'ai besoin de savoir si ma petite fille va bien.

Evelyn sourit.

– J'essaierai, maman.

Lentement, Evelyn s'écarta de sa mère en souriant poliment mais tristement à son père qui était toujours aussi distant. Les larmes troublèrent sa vision mais elle les essuya promptement. Elle voulait imprimer le visage de ses parents et de Nora dans sa mémoire avant de partir. D'un pas hésitant, elle alla embrasser son père dans un geste maladroit. Elle était prête à se séparer des gens qu'elle aimait le plus au monde.

La famille Blackburn était grande et, bien que Jonathan et Lynette aient envoyé des invitations pour le jour du départ d'Evelyn dans l'espoir que leur fille puisse voir le reste de sa famille une dernière fois, personne n'était venu. Mais ce n'était pas vraiment une surprise. La majeure partie des membres de la famille avait été élevée dans les traditions anciennes, ils méprisaient les vampires de toute leur âme. À la façon dont les médias avaient présenté l'incident entre Ethan, Evelyn et Atticus au cours de l'anniversaire de la jeune Blackburn, ils pensaient probablement presque tous qu'Evelyn trahissait sa famille et avait séduit le Roi.

– Tu vas me manquer, papa.

Evelyn sanglotait. Le matin, elle croyait qu'elle pourrait dire adieu et partir sans une larme, mais elle avait tort. Au moment où elle avait vu sa mère, son père, Nora et les serviteurs qui l'avaient vue grandir, tous rassemblés dans l'entrée pour lui dire adieu, elle avait craqué. La réalité se concrétisait et elle comprit à quel point elle était peu préparée à quitter tous ceux qu'elle aimait.

– Toi aussi tu vas me manquer, Eve, répondit Jonathan d'une voix faible.

Il avait beau essayer de garder la face et de faire semblant d'être fier de sa fille qui partait vivre au palais, il avait le cœur brisé. Il se méprisait de n'être pas assez brave ni assez fort pour rejeter les exigences du Roi. Il s'en voulait de ne pas avoir été capable de protéger sa fille cadette, la prunelle de ses yeux.

Progressivement, Evelyn s'écarta de son père et s'approcha de Nora.

– Salut, Nora. Tu vas me manquer.

– Tu ferais mieux d'y aller, on t'attend.

Nora continuait à ne pas parler à sa jeune sœur, mais on voyait bien qu'elle était contrariée de la voir partir. Elle l'adorait, c'était indéniable, mais elle était d'une nature extrêmement jalouse et elle ne supportait pas que sa cadette aille vivre la vie dont elle avait toujours rêvé. Son amour pour sa sœur n'était pas assez grand pour faire taire sa rancœur.

– Au revoir.

Evelyn serra une dernière fois sa mère dans ses bras avant de tourner les talons pour partir. Hansel passa un bras protecteur autour de ses épaules et l'accompagna jusqu'à la voiture qui l'attendait devant la maison, en lui offrant son épaule pour pleurer.

– Vous les reverrez, je vous le promets.

Evelyn entendit la promesse murmurée par Hansel mais les mots furent couverts par ses propres sanglots et elle ne sut pas si c'était réel ou si c'était le fruit de son imagination.

Dans la voiture, Evelyn ne pouvait quitter des yeux ses parents effondrés devant la demeure de son enfance qui devenait de plus en plus petite à mesure que la voiture s'éloignait.

– Tenez.

Hansel lui tendit un mouchoir d'une main hésitante.

– Merci.

– Ce n'est pas définitif. Atticus ne vous empêchera pas de les revoir.

Il lui tapotait légèrement le dos, ne sachant pas quoi dire.

Hansel était un vampire, un guerrier, il avait combattu dans des centaines de batailles dans sa vie et il était quasi immortel. Pourtant il avait toujours peur des filles qui pleuraient.

– Même s'il me laisse les revoir, ce ne sera plus jamais pareil. Ma vie ne sera plus jamais la même. Dès l'instant où j'entrerai au palais, les gens me verront toujours comme sa…

Evelyn ne put se résoudre à terminer sa phrase, parce que l'idée la dégoûtait. Hansel soupira.

– Vous finirez par l'aimer, Evelyn. Atticus est un vampire puissant et persuasif, il est l'un des Premiers. Il a des pouvoirs différents de ceux des vampires normaux.

Lentement et avec précaution, Hansel se rapprocha d'Evelyn et passa son bras autour d'elle pour la réconforter. Il ne savait pas pourquoi mais il se détestait de prendre la défense de son créateur auprès d'Evelyn, même s'il était dans sa nature de le défendre à tout prix.

Evelyn fronça les sourcils.

– Différent ? En quoi est-il différent ? De quels pouvoirs parlez-vous ?

Hansel se mit à rire.

– Vous ne savez vraiment pas grand-chose des vampires, hein ? Je pensais que votre père engagerait des professeurs pour vous enseigner nos coutumes, étant donné que vous allez passer le plus clair de votre temps avec des vampires, maintenant.

Evelyn avala sa salive nerveusement et soudain elle fut saisie de frayeur. Enseigner les coutumes des vampires et discuter de leurs vrais pouvoirs était défendu aux humains, mais Evelyn et Nora avaient tout de même appris certaines choses. Leur père voulait que ses filles soient averties des maux de ce monde. En dépit de cela, leurs professeurs n'avaient pas pu leur enseigner grand-chose. Après des centaines d'années au cours desquelles on avait interdit aux humains de les transmettre, ces informations s'étaient raréfiées et la plupart étaient considérées comme des légendes auxquelles Evelyn n'avait jamais cru.

Elle reprit ses esprits rapidement avant de répondre. Elle ne devait rien laisser paraître, c'était peut-être un piège destiné à la faire chanter.

– Engager des professeurs pour enseigner les coutumes…

Hansel ne la laissa pas continuer et lui fit un clin d'œil.

– Ne vous donnez pas la peine de trouver un mensonge. Je sais qu'on vous a appris la vérité sur ce que nous sommes capables de faire.

Elle plissa le front.

– Comment ?

– Vous avez repoussé Atticus. La plupart des filles, qu'elles soient humaines ou vampires, mais surtout les humaines, donneraient n'importe quoi pour attirer l'attention d'un noble de l'élite des vampires. Vous auriez dû être aux anges lorsque Atticus a révélé qu'il avait des sentiments pour vous.

Hansel sourit et lui fit une pichenette sur le nez.

– Atticus vous a surveillée de très près et il enregistre tout ce que vous faites ou avez fait, il est évident qu'il sait ce que vos professeurs vous ont révélé des informations interdites.

Elle sourit nerveusement, se demandant s'il lui tendait un piège ou s'il la taquinait. La plupart des humains savaient que les vampires possédaient des dons surnaturels de vitesse, de perception, de force, et qu'en gros il était impossible de les tuer, rien de plus. C'était les informations que tout le monde connaissait, transmises depuis des centaines d'années avant même la Guerre des Vampires. Mais Atticus ne voulait pas que les humains en sachent plus au sujet de son espèce. Si quelqu'un en savait trop sur la race supérieure, cela pouvait être considéré comme de la trahison et lui coûter la vie.

Comme s'il lisait dans ses pensées, Hansel leva les yeux au ciel, incrédule.

– Evelyn, Atticus vous aime et il a su dès le moment où vous l'avez repoussé que vous en saviez plus que vous n'auriez dû. Pour autant, il ne va pas vous faire de mal, ni à vous ni à votre famille. Et vous savez pourquoi ?

Evelyn secoua la tête.

– Parce que contrairement à ce que vous croyez il vous aime de tout son cœur et préférerait mourir plutôt que vous voir pleurer, ou vous blesser d'une manière ou d'une autre. Parce que vous blesser serait comme se blesser lui-même, mais en mille fois plus douloureux.

La jeune humaine fit une grimace de dégoût.

– Comment peut-il prétendre m'aimer alors qu'il m'oblige à me séparer du seul garçon dont j'aie jamais été amoureuse et de ma famille ? Les gens qui comptent le plus pour moi ? Il ne sait pas la douleur qu'il m'inflige en me forçant à aller au palais royal, à vivre sous son toit et selon ses règles ?

Hansel ne répondit pas tout de suite. Il détourna les yeux, et pendant quelques instants le seul son qu'ils entendirent fut le crissement des pneus sur l'asphalte de l'autoroute qui les emmenait au palais.

– Evelyn, accordez-lui un peu de crédit, je vous en prie. Arrêtez de penser que c'est lui le méchant. Même s'il a fait des choses qu'il n'aurait probablement pas dû faire, c'est uniquement par inquiétude et par amour pour vous. Il a traversé beaucoup d'épreuves au cours de sa vie, de trahisons et de chagrins d'amour.

Hansel parlait d'une voix douce, espérant amener Evelyn à de meilleurs sentiments. Il aimait bien cette jeune fille et il voulait qu'elle soit heureuse. Pour cela, il savait que la seule façon était de faire confiance à Atticus et d'apprendre à l'aimer. Il espérait que ses paroles l'aideraient à se raisonner et à voir que l'affection d'Atticus était la clef pour changer sa vie et peut-être revoir sa famille un jour. Si elle gagnait la confiance du Roi et le rassurait sur ses sentiments pour lui, elle retrouverait sa liberté.

– La seule raison pour laquelle il fait ce qu'il fait, c'est qu'il a peur de vous perdre, Evelyn. Vous comptez beaucoup plus pour lui que vous ne semblez le croire et il s'est déjà montré extrêmement clément.

Evelyn plissa le front, perplexe. *Clément ? La seule clémence dont il ait fait preuve, c'est en relâchant Ethan et sa famille, et il l'a fait uniquement parce que j'avais conclu un marché avec lui !* pensa-t-elle. Le fait que Hansel s'obstine à la persuader de donner sa chance à Atticus l'embêtait plus qu'elle n'aurait voulu.

– Clément ? Et à quel moment ?

Hansel se contenta d'un vague sourire.

– Je laisserai le soin à Atticus de vous expliquer.

Evelyn leva les yeux au ciel en essuyant ses dernières larmes.

– Parce qu'on a des secrets, maintenant ?

Hansel lui tapota le dos et un sourire amusé éclaira son beau visage ; il se détendait, maintenant qu'Evelyn arrêtait de pleurer.

– Je vous le dirais si je pouvais, Evelyn, mais certains secrets ne m'appartiennent pas. Désolé.

Evelyn souffla. Pour une raison qui lui échappait, elle en voulait à Hansel de sa loyauté envers Atticus. Elle détestait la façon qu'il avait de toujours le faire passer avant lui-même. C'était peut-être parce que Hansel serait son seul ami et la seule personne à qui elle pourrait se confier une fois au palais royal. Ou peut-être qu'elle détestait qu'on dise du bien d'Atticus, tout simplement.

– Vous tenez beaucoup à Atticus, non ?

– Oui, beaucoup. Il est mon créateur et c'est dans mon ADN de le respecter et de lui être loyal parce que son sang coule dans mes veines. Sans lui je serais mort, répondit Hansel simplement en la regardant d'un air gentil et innocent qui alla droit au cœur d'Evelyn. Mais lorsqu'elle comprit le sens de ses paroles, elle sentit un frisson lui parcourir la colonne vertébrale.

– C… Créateur ?

Ce simple mot la révulsait.

– Vous voulez dire que c'est Atticus qui a fait de vous un vampire ?

– Évidemment. Chaque vampire est obligatoirement devenu vampire grâce à un autre.

Hansel dit cela comme si c'était la chose la plus évidente du monde.

– Et comme le protégé a le sang de son créateur dans ses veines, un lien spécial les unit. Un peu comme le lien d'amour qui relie une mère à son enfant. Un vampire sera toujours loyal envers son créateur et l'aimera toujours de tout son être.

Evelyn sentit son sang se glacer en pensant à la possibilité qu'Atticus ne la transforme en vampire pour avoir cette emprise sur elle.

– C… Comment fait-on pour transformer un humain en vampire ? demanda-t-elle d'une voix tremblante.

Hansel sembla prendre conscience de sa peur. L'expression joyeuse de son visage se mua en une grimace.

– Evelyn, je doute qu'Atticus vous transforme de force.

– Répondez : comment ? répéta Evelyn avec plus de vigueur et en fixant Hansel de ses grands yeux bleus où de nouvelles larmes reflétaient comme une couche de cristal le soleil qui passait par les vitres teintées.

– Il y a plusieurs façons de transformer un humain en vampire, dit Hansel lentement sans détacher les yeux de ceux d'Evelyn, comme pour la contraindre à rester calme. La première consiste à vider l'humain de tout son sang jusqu'à ce qu'il soit presque mort avant de lui donner le vôtre. Cette méthode marche presque à tous les coups et peut être appliquée par n'importe qui, mais le créateur comme le protégé en ressortiront dans un état d'extrême faiblesse. La seconde consiste à donner une partie de votre…

Soudain Hansel se tut. Il tourna brusquement la tête pour regarder par la vitre, l'air visiblement inquiet. Evelyn fronça les sourcils.

– Que se passe-t-il ?

Avant que Hansel n'ait eu le temps de répondre, un roulement de tonnerre se fit entendre et la voiture s'immobilisa tellement brusquement qu'elle fit un tonneau.

– Evelyn !

À la vitesse d'un vampire, Hansel mit ses bras au-dessus de la tête d'Evelyn pour la protéger. Il remercia sa bonne étoile que la voiture ait des vitres blindées qui ne volèrent pas en éclats, ce qui aurait pu blesser la jeune fille. Son cœur se serrait à la simple idée qu'elle puisse être blessée.

Tout allait trop vite pour qu'Evelyn comprenne quoi que ce soit. La voiture fit des tonneaux et quand elle s'immobilisa, la position dans laquelle la jeune femme se trouvait fit que son cerveau se vida de son sang et qu'elle se trouva au bord de l'évanouissement.

Elle sentit Hansel tout contre elle qui la tenait dans ses bras pour la protéger.

– Ça va aller, murmura-t-il, je vous protégerai.

Mais les cris et les coups de feu autour d'eux la firent douter de ses paroles.

– Tuez tous les gardes, cria quelqu'un. Ne faites pas de mal à l'humaine, je ne veux pas qu'elle soit blessée ! Essayez de capturer le Lord !

– C'est une embuscade, expliqua Hansel alors que des éclairs bleus et rouges se reflétaient dans les vitres en même temps que le sol tremblait à chaque explosion.

– Qu… Qui nous tendrait une embuscade ?

Evelyn sentit son cœur taper contre sa poitrine et son estomac se soulever de terreur. En dix-huit ans, elle ne s'était jamais trouvée dans une situation aussi effrayante. Elle entendit des pas se précipiter vers la voiture accidentée, mais elle ne savait pas si c'étaient ceux des gardes venus la protéger, ou des ennemis…

Hansel sourit en voyant l'expression de pure frayeur sur son visage.

– Bon sang, il y a beaucoup de choses qu'il vous reste à apprendre, murmura-t-il en posant délicatement la main sur son front. Je suis désolé, Evelyn, mais je préfère que vous ne soyez pas témoin de ce bain de sang, cela risquerait de vous donner des cauchemars.

À cet instant, Evelyn sentit sa conscience lui échapper et ses paupières s'alourdirent.

– Quoi ? Qu'est-ce que vous faites, Hansel ?

– Souvenez-vous, je vous ai dit que les vampires avaient des pouvoirs spéciaux ? Eh bien, voici l'un des miens. Et pour répondre à votre question, nous sommes pris en embuscade par la Résist…

La jeune femme perdit connaissance avant d'entendre la fin de sa phrase.

CHAPITRE 20

– Où suis-je ? demanda Evelyn en ouvrant les yeux.

Sa voix était rauque et une migraine lui enserrait le crâne.

Elle regarda autour d'elle et elle dut faire un effort pour ne pas pousser un cri. Elle se trouvait dans l'une des plus grandes pièces qu'elle ait jamais vues. Celle-ci faisait la taille de sa chambre plus celle de sa sœur et celle de ses parents, le tout encore multiplié par deux. Elle était si grande qu'Evelyn était convaincue qu'on aurait pu y loger une maison entière. Et elle était magnifiquement décorée. Les murs étaient blancs, des meubles couleur ivoire visiblement faits sur mesure pour une jeune fille, un lustre de cristal suspendu au milieu du plafond… Evelyn se dit que l'élégance des meubles et les couleurs innocentes conféraient à la pièce une atmosphère de pureté.

– Tu es au palais, lui dit une voix familière.

Evelyn se rétracta sous l'effet de la peur. Celui à qui appartenait cette voix était la source de tous ses cauchemars et la seule personne qu'elle détestait passionnément. Elle tourna la tête en direction de la voix et vit Atticus, apparu mystérieusement à la porte, adossé négligemment contre le chambranle avec un sourire épanoui.

– Tu es enfin réveillée ! dit-il en traversant la pièce à la vitesse d'un vampire pour se retrouver à côté de son lit en une seconde. Comment te sens-tu ?

– Je crois que ça va, répliqua-t-elle nerveusement en s'écartant de lui machinalement.

Instinctivement, elle voulait mettre le plus de distance possible entre le vampire et elle. Évidemment, Atticus ne manqua pas de le remarquer, mais il ne fit pas de commentaire.

– Que s'est-il passé ?

– Eh bien, que te rappelles-tu ?

Evelyn repensa à ce qui s'était passé avant qu'elle ne perde connaissance. Elle se rappelait le bruit des explosions et des tirs, Hansel la protégeant alors que la voiture faisait des tonneaux… On leur avait tendu une embuscade… Il y avait des coups de feu… Hansel s'excusant avant de lui faire perdre connaissance…

– Hansel va bien ? demanda-t-elle immédiatement.

– Il va parfaitement bien, tu n'as pas à t'inquiéter. Il a été légèrement blessé mais c'est un vampire, il était guéri avant même d'arriver ici.

Atticus sourit, sa voix était douce et tendre.

– Que te rappelles-tu ?

– Je me rappelle que nous avons été attaqués, la voiture a fait un tonneau, il y a eu des coups de feu, des explosions…

– Vous avez été attaqués.

– Mais pourquoi ?

Il y eut un silence, pendant un instant le vampire sembla profondément plongé dans ses pensées, comme s'il évaluait s'il devait lui dire ce qu'il s'était passé ou pas. Son hésitation la mettait un peu mal à l'aise. Quelle que soit la réponse, elle devait être mauvaise.

– Hansel et toi avez été attaqués par un groupe de rebelles, qui se fait appeler la Résistance humaine.

– La Résistance humaine ? Qui sont-ils ?

Le nom disait quelque chose à Evelyn mais elle n'arrivait pas à se rappeler où elle l'avait déjà entendu.

Atticus ricana.

– Ils ne sont rien, c'est juste une bande d'humains idiots qui pensent qu'ils peuvent renverser la Nation Vampire et restaurer les choses comme elles étaient avant la Guerre des Vampires.

« *La Résistance humaine…* » Evelyn se répétait le nom dans la tête et tout à coup elle se souvint où elle l'avait déjà entendu. Ethan. Elle se souvenait que, lorsqu'ils étaient plus jeunes, il lui racontait toujours des histoires de rébellion et de soulèvements ourdis par la Résistance humaine, dans des régions comme la Chine et les Philippines, des endroits proches du lieu où la terre légendaire, Australia, était censée exister.

Bien que le gouvernement vampire ait tout fait pour étouffer la légende d'Australia et d'Antarctica, un grand nombre de personnes prétendaient être allées là-bas et avoir constaté la beauté de la liberté dont jouissaient les êtres qui y vivaient.

La Résistance humaine s'appelait aussi les Combattants de la liberté. Ils se battaient pour qu'un jour les humains ne soient plus les esclaves donneurs de sang de la soi-disant race supérieure, les vampires.

– Tu as déjà entendu parler d'eux ? demanda Atticus en relevant délicatement le menton d'Evelyn pour qu'elle le regarde en face.

Il s'efforçait de ne montrer aucune émotion, mais Evelyn perçut un soupçon d'inquiétude dans son expression. Il était assis très près d'elle, trop près pour qu'elle se sente à l'aise, mais pas assez à son goût à lui. Evelyn pouvait sentir son eau de toilette, un mélange hypnotisant de vanille et d'embruns, plutôt curieux mais délicieux. Ce parfum lui faisait tourner la tête et elle ressentait l'envie de s'approcher le plus possible de lui. Instinctivement elle se penchait de plus en plus pour mieux respirer cette délicieuse fragrance. Une part d'elle était attirée comme par magie vers Atticus, comme un papillon vers une flamme…

Ce n'est que lorsqu'ils furent assez près l'un de l'autre pour s'embrasser et qu'Atticus tendit le bras pour prendre son visage dans sa main qu'elle prit conscience de ce qu'elle était en train de faire.

Instantanément, elle fit un bond en arrière, mais Atticus posa une main ferme sur sa hanche et la ramena vers lui.

– Je préférais la façon dont tu étais assise juste avant, murmura-t-il d'une voix rauque en se penchant de nouveau pour l'embrasser.

Elle le repoussa brusquement et mit une distance certaine entre eux.

– Eh bien, pas moi, répliqua-t-elle avec hostilité. Et pour répondre à votre question, non, je ne connais pas la Résistance humaine. Mais pourquoi m'attaquer, moi ?

Un sourire amusé flotta sur les lèvres d'Atticus qui observait Evelyn, dont le visage exprimait la peur et le ressentiment.

– Ils ne t'ont pas attaquée. Ils ont essayé de te kidnapper. Hansel les a entendus dire qu'ils te voulaient vivante.

Evelyn avala sa salive avec difficulté et regarda Atticus l'air ébahi. *Me kidnapper ?* répéta Evelyn dans sa tête. *Pourquoi voudraient-ils me kidnapper ? Je ne suis pas quelqu'un de spécial, je suis une simple humaine. Je ne suis rien.*

– Ils te veulent parce qu'ils savent que j'éprouve des sentiments pour toi et que tu vas être ma conseillère en Droits des Humains. Ils veulent exploiter ça et se servir de toi contre moi, répondit Atticus comme s'il lisait dans ses pensées.

– Comment pourraient-ils se servir de moi contre vous ? Je ne peux pas vous attaquer, vous tuer ni faire quoi que ce soit pour vous nuire sans me faire tuer moi-même au passage. Je serais un trophée sans valeur, pour eux.

– En effet, tu ne peux pas me faire de mal physiquement, mais tu es la seule personne qui peut m'atteindre mentalement. Tu es la personne qui compte le plus pour moi, Evelyn, la seule capable de me briser le cœur.

Atticus parlait lentement. Cette tendresse dans sa voix était incontestable et Evelyn voyait la sincérité dans son regard. La façon dont il lui tenait la main, ce regard désespéré… La jeune femme sentit son cœur s'emballer d'une façon qui ne lui était pas familière. Cette sensation n'était pas naturelle.

– Mais que veulent-ils ?

– Ils veulent ce que tous les rebelles veulent : me renverser, provoquer des émeutes dans le Royaume et déclencher une nouvelle guerre. Non seulement ils savent que tu représentes énormément pour moi, mais aussi que tu vas être ma conseillère personnelle en Droit des Humains.

– J'ai entendu dire que je serais la première conseillère humaine de l'histoire de la Nation Vampire.

– Oui, c'est vrai, et les humains ont accueilli cette nouvelle avec enthousiasme. Ils seraient dévastés et absolument furieux s'il t'arrivait quelque chose avant que tu ne m'aies incité à apporter quelques changements.

– Ils comptent sur moi pour améliorer leur sort ? demanda Evelyn.

Son visage reflétait un intense bonheur et elle sentit sa poitrine se gonfler de fierté. *Des gens croient en moi et pensent que je peux faire changer les choses. Ils comptent sur moi.*

Cette idée la transportait. Bien sûr, elle n'ignorait pas que les vraies motivations d'Atticus en lui confiant ce poste de conseillère n'étaient pas liées aux Droits des Humains ni à un quelconque désir d'améliorer leur niveau de vie. Si c'était vraiment le cas, il aurait effectué ces changements depuis longtemps. Et vu ce qui avait été publié dans les tabloïds depuis la fête d'anniversaire de ses dix-sept ans, la plupart des gens devaient l'avoir compris. Ainsi, l'idée que des personnes croient en elle pour apporter des changements était complètement inattendue.

– Évidemment ils croient en toi, c'est la plus grande opportunité depuis des siècles pour ton espèce de retrouver un peu de dignité, tu le sais, non ?

Quelque chose passa sur le visage d'Atticus qui fit sentir à Evelyn que ce commentaire n'était en aucune façon un compliment. Il était sarcastique et sonnait comme une sorte de menace…

– Que voulez-vous dire ?

Il sourit et se leva d'un bond.

– Tu le découvriras bien assez tôt. Pour le moment, je dois aller régler quelques problèmes de sécurité et j'ai de la paperasse à finir.

Il se dirigea vers la porte.

– Des problèmes de sécurité ? La Résistance ne va pas essayer d'entrer de force dans le château pour m'enlever ?

Il y avait un peu trop d'espoir dans sa voix, comme si elle voulait être kidnappée et emmenée loin du palais. Evelyn s'en aperçut et Atticus aussi. Cette fois, le Roi ne le prit pas à la légère. Lentement, il se retourna pour la regarder.

– Ils ne feront pas ça s'ils savent ce qui est bon pour eux. Je tuerais de ma main quiconque essaierait de t'enlever à moi. Et à ta place, je ne serais pas trop excité par cette idée, ma chérie. Tu ne sais pas comment sont ces humains. Des sauvages, des êtres inférieurs. Tu ne sais pas ce qu'ils te feraient une fois qu'ils auraient mis la main sur toi. Ils n'ont aucune dignité.

« *Ces humains* ». Evelyn ressentait l'insulte sous-entendue par ces paroles. Cela la blessait et la mettait en colère. Cela lui rappelait la façon dont le monde fonctionnait, les vampires étaient des êtres supérieurs et les humains étaient inférieurs. Elle ne valait pas plus que la boue sur les chaussures d'Atticus. En fait, la boue sur les chaussures du Roi valait peut-être plus que cette pauvre Evelyn…

Je suis humaine, moi aussi, avait-elle envie de dire, mais sans qu'elle sache pourquoi, les mots ne sortirent pas de sa bouche. La jeune humaine ne remarqua pas le sourire satisfait sur le visage d'Atticus au moment où il se retourna pour sortir.

CHAPITRE 21

Evelyn poussa un petit gémissement de plaisir en se plongeant dans le bain chaud parfumé à la vanille. Elle était bien obligée d'admettre qu'il y avait au moins une chose qu'elle appréciait dans ce palais, et c'était cette salle de bain incroyable. Comme tout ici, elle était démesurée et fastueuse, décorée dans le style romain, blanc et or. Mais ce qui lui avait littéralement coupé le souffle, c'était le bassin carré en marbre blanc situé au milieu de la pièce. Il était si grand qu'on aurait pu facilement le considérer comme une piscine.

– L'eau est bonne, Maîtresse ? demanda l'une des trois jeunes filles assignées à son service avec un sourire anxieux, comme si elle s'attendait à ce qu'Evelyn se plaigne de quelque chose et exprime une requête bizarre.

– Parfaite, répondit Evelyn avec un sourire aimable en regardant les trois jeunes filles qui se tenaient autour de la baignoire. Mais ne m'appelle pas Maîtresse, appelle-moi Evelyn, je préfère.

Les jeunes filles échangèrent des regards affolés.

– Mais Madame, dit celle qui semblait la plus âgée des trois, nous ne sommes pas censées vous appeler par votre prénom, nous devons parler de vous comme notre maîtresse ou notre dame, c'est la règle.

Les jeunes filles assignées au service d'Evelyn par Atticus étaient toutes différentes, tant dans leur de personnalité que tant leur allure. Ne sachant pas quel genre de personne lui plairait, il avait choisi trois filles issues de milieux différents et possédant des centres d'intérêt variés pour servir sa bien-aimée.

Il y avait la blonde piquante aux grands yeux verts et dotée du sourire le plus éclatant qu'Evelyn ait jamais vu. Une aura de bonheur l'entourait et chaque fois qu'Evelyn la regardait, elle était gagnée par ce sourire contagieux. La deuxième était une petite brune, à l'air sérieux, qui témoignait de son professionnalisme et de son élégance. Pendant la dizaine de minutes où Evelyn avait échangé avec elle, elle n'avait pas souri une seule fois, contrairement à la blonde énergique et toujours en mouvement.

La troisième était la plus intéressante, comme Evelyn elle avait les yeux bleus, mais ses cheveux étaient d'un roux flamboyant alors que ceux d'Evelyn étaient d'un noir de jais. Cette jeune fille était difficile à déchiffrer ; si elle souriait de temps en temps, Evelyn sentait que ce n'était pas pour les mêmes raisons que la blonde. Il y avait comme une aura de danger émanant d'elle, mais Evelyn ne s'en alarma pas.

Elle se mit à rire et ses joues devinrent rouges de confusion.

– Je vous en prie, appelez-moi Evelyn, cela me met vraiment mal à l'aise qu'on m'appelle Madame ou Maîtresse…

La blonde et la rousse échangèrent un sourire entendu qui échappa à Evelyn.

– Je suis désolée, Madame, mais ce sont les règles, et si le Roi découvrait que nous vous appelons par votre prénom, cela serait considéré comme de l'irrespect et de la désobéissance.

Evelyn leva les yeux au ciel.

– Oh, arrêtez, je vais probablement être enfermée dans ce palais et dans cette chambre pour la plus grande partie de ma vie. Nous allons donc passer un bon moment ensemble, je ne veux pas être appelée Madame ni Maîtresse tout le temps !

– Nous sommes obligées d'obéir aux ordres en toutes circonstances.

La rousse s'exprimait pour la première fois et son ton était sévère et si assuré qu'Evelyn tourna automatiquement la tête pour la regarder.

– Si vous tenez tant que ça à ce que nous vous appelions Evelyn, vous pouvez toujours nous en donner l'ordre.

La petite brune poussa une exclamation.

– Scarlet, tu as perdu la tête ? Tu ne peux pas dire des choses comme ça à notre maîtresse !

– Arrête d'être aussi coincée, Bree. Si elle veut qu'on l'appelle par son prénom, on l'appelle par son prénom, c'est tout.

– Donc, toi, tu t'appelles Bree, dit Evelyn en regardant la petite brune, et toi, tu es Scarlet, dit-elle à la rousse.

Puis elle se tourna vers la blonde :

– Et toi, quel est ton nom ?

– Aqua.

Elle rayonnait et, comme par magie, le sourire qui illuminait son visage en permanence sembla encore s'élargir.

– Aqua… c'est joli.

Scarlet et Aqua étaient deux prénoms qui évoquaient des couleurs. Depuis l'hégémonie de la Nation Vampire, la plupart des humains de basse extraction étaient obligés de porter des noms destinés à leur rappeler constamment qu'ils n'étaient pas les égaux des êtres surnaturels ou de l'élite humaine.

Evelyn leur décocha un sourire poli avant de tourner les yeux en direction de Bree, la belle brune aux yeux verts. *Bree*…

La petite brune ne sourit pas lorsqu'elle remarqua les yeux d'Evelyn posés sur elle. Elle se contenta de hocher la tête en gardant un visage impassible et quelque chose dans la façon dont elle se déplaçait fit penser à Evelyn qu'elle était instruite et avait reçu une excellente éducation… Si on pouvait le deviner simplement à son nom, elle était aussi très différente de Scarlet et Aqua.

Evelyn les regarda toutes les trois, vêtues de leur robe blanche, debout au bord du bassin, les mains croisées sur le ventre, et elle ne put retenir le rire qui lui chatouillait la gorge. Elle explosa.

– Qu'y a-t-il de si drôle ? demanda Aqua avec intérêt.

Ses yeux bleus scintillaient de curiosité. Evelyn se dit qu'elle allait devoir s'y habituer.

– Aqua ! Tu ne peux pas poser ce genre de question à notre Maîtresse ! intervint Bree d'une voix coupante.

La petite blonde, qui avait tout au plus seize ans, baissa instantanément les yeux d'un air coupable, comme un chiot qui vient d'être pris en train de se faire les dents sur les chaussures préférées de son maître.

– Non, non, Bree. Ce n'est rien, je t'assure.

Evelyn nagea jusqu'aux pieds d'Aqua.

– Tu veux savoir pourquoi je riais ?

Aqua hocha la tête, l'air intéressé.

– Je riais parce que vous êtes si différentes, toutes les trois. Cela ne fait que quelques heures que je vous connais mais vous avez des personnalités tellement affirmées que je peux déjà dire quel genre de personne vous êtes. Atticus a vraiment choisi la bonne équipe.

Bree ouvrit la bouche en entendant Evelyn appeler le Roi par son prénom, comme pour la reprendre, mais se ravisa aussitôt.

– Le Roi tient beaucoup à vous et il veut que vous soyez heureuse, c'est pour cela qu'il nous a choisies. Nous sommes toutes différentes et chacune est unique. Je crois que c'est pour que vous trouviez le type de personnalité qui vous plaira le plus et peut-être…

– Scarlet, interrompit Bree, ça suffit.

– Non, attends ! Laisse-la finir !

– Maîtresse, il ne faut pas croire ce qu'elle dit. Avant elle travaillait très… près du Roi et maintenant elle croit qu'elle le connaît mieux que tout le monde, expliqua Bree en s'agenouillant à côté d'Evelyn pour verser du shampooing sur ses cheveux qu'elle entreprit de laver.

– Combien de fois faut-il vous dire de ne pas m'appeler Maîtresse ou Madame ? dit Evelyn en riant. Et vous ne devez certainement pas me laver les cheveux, je peux très bien faire ça moi-même.

– Mais Maîtresse…

– Bree, je ne suis plus une enfant, je peux me laver seule et je le fais depuis que j'ai l'âge de cinq ans. Vous n'avez pas besoin de faire tout pour moi et de me traiter comme un bébé. Et vous devez m'appeler par mon prénom, d'accord, Bree ?

– S'il vous plaît, Maîtresse, vous allez nous faire avoir des ennuis !

– Vous êtes censées faire tout ce que je vous demande, c'est ça ?

– Oui.

– Alors je vous ordonne de m'appeler par mon prénom et de me laisser me débrouiller toute seule. Si quelqu'un vous cherche des ennuis, vous lui dites de venir me voir. À partir de maintenant, toutes les trois, vous êtes mes amies. Je vais avoir besoin de vous toutes pour m'empêcher de devenir dingue.

– C'est bon à savoir, murmura Scarlet d'une voix si peu audible qu'aucune des autres filles n'entendit sa remarque.

– D'accord, Maî… Evelyn, mais nous devons vous aider à vous laver, vous habiller et vous préparer pour dîner avec le Roi dans…

Bree regarda la pendule sur le mur.

– … trois heures.

– Mais cela nous laisse le temps !

– Pas pour Bree, non.

***

À l'autre bout du château, dans l'aile qui abritait l'hôpital, le Roi rendait une petite visite impromptue à l'un de ses gardes.

– Comment te sens-tu, mon vieux ?

– Oh je vais super bien, ce n'est pas comme si cette blessure me faisait souffrir, répondit Jonah avec sarcasme, quand le Roi montra de la main la blessure non cicatrisée sur son ventre.

Au moment où Jonah bougea le bras pour la montrer, il fit une grimace et l'infirmière qui lui faisait un pansement leva les yeux au ciel.

– Tu sais, je ne comprends pas. Hansel et moi on s'est battus contre les mêmes mecs et avec les mêmes armes, alors comment se fait-il qu'il s'en soit sorti indemne, sans même une égratignure, et que moi j'aie ce trou énorme sur le flanc ?

Atticus ne releva pas et regarda autour de lui les autres vampires blessés, certains plus gravement que d'autres.

– Ils deviennent plus malins. Je me rappelle le temps où on me plantait cinq pieux en même temps dans le ventre et cela guérissait en un rien de temps.

– Oui, mais tu fais partie des Premiers, tu guéris plus vite que n'importe quel vampire. Tu es quasi indestructible, il faudrait au moins dix frappes nucléaires en même temps pour que tu sois blessé.

– Nan, je n'ai pas besoin de dix frappes nucléaires, quelques mots prononcés par certaines lèvres suffiraient à me briser le cœur en quelques secondes.

Jonah leva les yeux au ciel et poussa un profond soupir, mais il le regretta immédiatement. Le mouvement de sa poitrine provoqua une vague d'ondulations sur son flanc et il sentit se rouvrir la plaie fraîchement refermée.

– Arrêtez de bouger, siffla l'infirmière.

Mais Jonah se contenta de sourire.

– Cette humaine recommence à te faire souffrir ?

– Tu n'as pas idée.

– Tu sais, je n'ai jamais compris ce que tu lui trouvais. Je veux dire, bien sûr elle est sexy et tout ça, mais elle n'a rien d'exceptionnel, en tout cas rien qui me donnerait envie de traverser tous ces ennuis.

Atticus ricana.

– Ça n'a rien à voir avec son apparence, ni avec le genre de personne qu'elle est, d'ailleurs. C'est ce qu'elle me fait ressentir et cette aura de lumière qu'elle possède. Elle est à moi, nous sommes faits l'un pour l'autre, je le sais.

– Atticus, ne t'attache pas trop à cette fille. Je sais que tu crois au coup de foudre et à toutes ces conneries, mais je ne crois pas qu'elle partage ton sentiment. Tu devrais être plus méfiant, je ne veux pas que tu souffres ou que tu verses des larmes pour cette fille.

– Je crains qu'il ne soit déjà trop tard pour ça.

CHAPITRE 22

Evelyn suivit Scarlet, alors que la rousse conduisait sa maîtresse à travers le palais.

Les couloirs étaient magnifiques, peints en blanc cassé et décorés de milliers de tableaux dans des cadres dorés et d'antiquités de grande valeur, tous venant de musées du monde entier. Evelyn se souvenait que quelques années plus tôt une émeute humaine d'une ampleur incroyable avait eu lieu. Elle avait fait la une de tous les journaux et avait commencé parce qu'un objet dont on disait que c'était le Saint Graal avait été découvert. Atticus voulait le conserver au palais royal, mais les humains pensaient qu'il devrait être donné à l'un de leurs musées pour qu'ils puissent le voir. Ceux-ci prétendaient que puisque Jésus était le fils de Dieu et d'une humaine, alors le Saint Graal revenait de droit aux humains. Mais Atticus et la plupart des vampires croyaient que leur supériorité suffisait à justifier qu'ils le revendiquent.

Les vampires avaient gagné, comme toujours. Et c'est comme ça qu'un objet de grande valeur faisant partie de l'histoire et de la religion humaines était enfermé à jamais et soustrait au regard de tous, à moins qu'Atticus n'en décide autrement. Depuis la fin de la Guerre des Vampires, la religion était devenue un élément essentiel de la culture humaine. Quand on a tout perdu et qu'on vous rappelle sans cesse votre infériorité, il semble qu'on ne trouve de réconfort que dans les paroles consolatoires de Dieu et dans la Bible. Evelyn se demandait si le Saint Graal se trouvait quelque part dans le palais, et si Atticus lui permettrait de le voir un jour.

Elle était tellement absorbée dans ses pensées qu'elle faillit ne pas remarquer la brise fraîche qui l'enveloppa lorsque Scarlet ouvrit l'une des nombreuses portes vitrées qui menaient dans les jardins du palais. Elle s'arrêta immédiatement devant la porte défendue par deux gardes à l'allure imposante et effrayante, mais ni l'un ni l'autre ne fit attention à elle.

– Où allons-nous ? demanda-t-elle à la rousse, inquiète en voyant qu'elles sortaient. Je croyais que tu me conduisais auprès d'Atticus. Pourquoi sortons-nous du palais ?

– Détendez-vous, mon chou. Je ne vais pas vous assassiner ou je ne sais quoi. Atticus a organisé votre dîner à l'extérieur.

– À l'extérieur ? Pourquoi ?

Scarlet regarda Evelyn comme si elle la prenait pour une idiote.

– Je n'en sais rien. Peut-être trouve-t-il romantique de dîner sous les étoiles. Je ne suis pas dans la tête du Roi. Pourquoi ne lui demandez-vous pas vous-même ?

Evelyn fronça les sourcils. Même si elle leur avait clairement exprimé sa volonté d'être leur amie, les filles étaient ses servantes malgré tout. Le ton qu'employait Scarlet pour s'adresser à elle n'était certainement pas celui que l'on attendait d'une servante parlant à sa maîtresse. Elle se mordit la langue pour éviter de lui dire le fond de sa pensée. Il y avait quelque chose dans l'attitude de la jeune fille qui ne collait pas. Elle ne faisait pas preuve de la même discipline que Bree et Aqua et Evelyn percevait une sorte d'hostilité et d'insolence chez elle.

Elle soupira et rassembla le bas de sa longue robe bleu marine avant de s'engager dans le jardin afin d'éviter de la salir en marchant dans la terre et l'herbe. Elle avait du mal à l'admettre, mais elle adorait les vêtements qu'Atticus lui avait offerts. Tout ce qui se trouvait dans sa garde-robe était beau, fait main à partir de tissu de première qualité et lui allait comme un gant. En fait, ils lui allaient même trop bien et Evelyn s'était s'empêchée de trop penser à la façon dont Atticus avait obtenu ses mensurations et autres renseignements d'ordre personnel.

– Vous êtes très belle avec cette robe, vous savez ? la complimenta Scarlet au bout de quelques minutes alors qu'elles traversaient en silence les jardins luxuriants.

Le soleil baissait sur l'horizon et il ne tarderait pas à disparaître complètement au profit du clair de lune.

– Merci, elle me plaît beaucoup, aussi.

Evelyn sourit à Scarlet et sa reconnaissance n'était pas feinte.

– Je suis sûre que les couturières seront capables de vous en refaire une identique à celle-ci une fois qu'Atticus l'aura réduite en lambeaux, ce soir.

Scarlet fit un clin d'œil et un frisson glacé courut le long de la colonne vertébrale d'Evelyn.

– Que… que veux-tu dire ?

– Je veux dire que vous allez avoir une nuit agitée. Il n'y a rien de plus violent, de plus puissant, de plus exigeant ou de plus riche en plaisirs que le sexe avec un vampire. Croyez-moi, une fois que vous aurez écarté les jambes pour un vampire, vous ne serez plus capable de…

– Je n'ai pas l'intention d'écarter les jambes pour Atticus, ni ce soir ni jamais ! rétorqua Evelyn furieuse.

Elle avait probablement répondu d'une voix trop forte ; elle était dans le palais d'Atticus, après tout, et si quelqu'un avait entendu ce qu'elle venait de dire, elle aurait sûrement de graves ennuis. Inquiète, elle regarda autour d'elle pour voir si quelqu'un avait entendu son accès de fureur. Heureusement, il n'y avait personne.

En souriant, Scarlet s'approcha lentement d'Evelyn.

– Vous êtes sûre de ça ? Je veux dire… ce n'est pas pour ça que vous êtes là ? Pour satisfaire notre Roi et lui fournir un peu de détente. Pour écarter les jambes et le laisser enfoncer en vous son gros membre viril et vous fourrer jusqu'à…

Scarlet ne parvint jamais au bout de sa phrase. Evelyn leva la main et une gifle magistrale vint interrompre son insolence.

– Je te conseille de faire attention à ce que tu dis.

Evelyn avait parlé d'une voix dure et froide. De l'extérieur elle paraissait furieuse, peut-être même intimidante, mais à l'intérieur, elle pleurait amèrement. Bien qu'ils aient conclu un accord, Evelyn avait des doutes quant à la fiabilité d'Atticus pour respecter sa part du marché et sa promesse de ne pas la prendre de force. Le contrat stipulait que le viol était contraire à leur accord, mais Atticus restait le Roi et c'était lui qui avait les cartes en main.

– N'empêche que ce que je dis est vrai, que cela vous plaise ou non, vous êtes ici pour une raison et une seule. Pour devenir l'objet sexuel du Roi…

Scarlet ricana.

– Lorsque j'étais plus jeune, j'ai souvent entendu les autres servantes raconter à qui voulait l'entendre à quel point elles désiraient que le Roi les remarque, qu'il les trouve à son goût et souhaite coucher avec elles, même s'il les traitait en objets. Vous devez être la seule personne dans tout le palais qui ne soit pas prête à écarter les jambes pour lui.

– Comment le sais-tu ?

– Je ne suis peut-être qu'une servante, mais je lis les journaux et les gens dans ce château parlent. Nous savons tous ce qui s'est passé l'an dernier lors de votre anniversaire, entre le Roi, vous et cet autre humain…

L'expression de Scarlet changea, et pendant une fraction de seconde Evelyn crut voir de la pitié dans ses yeux bleus.

– Il vous a surprise dans les bras d'un autre homme, c'est ça ?

Evelyn resta sans voix. Depuis un an, elle s'était obligée à ne pas repenser à cette soirée. Le souvenir était beaucoup trop douloureux, causant trop de culpabilité, de douleur et de tourment.

– Est-ce qu'il vous a frappée quand il l'a découvert ?

– Non, mais il a presque tué le garçon avec qui j'étais.

– Vous avez de la chance qu'il ne l'ait pas fait. Il aurait même pu vous tuer tous les deux sans que cette Nation cesse de le voir comme son Roi, saint et sans reproche.

Scarlet rit d'un air sournois.

– On peut voir le fait qu'il vous aime trop pour vous tuer comme une bonne et une mauvaise chose. Il vous aime trop pour vous tuer, mais il est trop égoïste pour vous rendre votre liberté, d'où votre présence ici. Et rappelez-vous une chose, ce n'est pas parce qu'il ne veut pas vous tuer qu'il ne peut pas vous faire de mal. Il est parfois préférable d'être mort que vivant.

– Tu n'as pas idée à quel point je comprends cette phrase.

Evelyn répugnait à l'admettre, mais Scarlet avait raison. Atticus avait peut-être des sentiments pour elle, il n'en était pas moins un homme et il avait des désirs et des besoins qu'il devait satisfaire. Et puis elle avait déjà eu l'occasion d'expérimenter sa brutalité, son mauvais caractère et sa violence. En homme habitué à toujours obtenir tout ce qu'il voulait, le rejet n'était pas une chose qu'il prenait bien. Il serait très facile pour lui de violer Evelyn toutes les nuits pour le restant de ses jours. Atticus tiendrait toujours la vie de ses parents et de sa famille au creux de ses mains, et ils savaient tous les deux qu'il n'y avait rien qu'elle ne serait prête à faire pour les protéger. Même si cela voulait dire accepter quelque chose qui la rebutait de tout son être.

– Bon, on y va ? dit Scarlet. On ne voudrait pas faire attendre le Roi, si ?

***

– Alors, comment te sens-tu ? demanda Atticus froidement en regardant le corps inerte et sanguinolent allongé devant lui.

Un sourire sinistre apparut sur ses lèvres alors qu'un sentiment de profonde satisfaction l'envahissait.

– Allez au diable, répliqua Ethan d'une voix faible.

En quelques mois, Ethan Redfern avait perdu beaucoup de poids. Son corps autrefois beau et musclé était frêle et incroyablement maigre, son visage d'une pâleur effrayante ; il semblait être sur le fil du rasoir, entre la vie et la mort.

Atticus se contenta de sourire et ramassa sur le sol une épée que les gardes laissaient là à son intention. Bien qu'il n'aime pas avoir de sang sur les mains, le Roi ne détestait pas se livrer à la torture. Chaque fois qu'il posait les yeux sur l'homme qu'Evelyn aimait si profondément, il ne ressentait que haine et jalousie.

– Evelyn est ici, au palais, tu sais, dit-il d'un ton léger tout en traînant lentement la pointe de l'épée sur le haut du bras d'Ethan.

Du sang écarlate se mit à couler de la mince estafilade. Ethan se mordit les lèvres pour ne pas hurler et donner satisfaction à Atticus.

– Si jamais vous la touchez, je jure que je…

Atticus l'empêcha de finir sa phrase en le saisissant par le cou pour le repousser contre le mur.

– Tu feras quoi ? Evelyn est à moi, maintenant. Tu ne peux rien contre moi. Elle est à moi, maintenant et pour toujours. Regarde-toi, tu es pathétique !

Atticus montra d'un geste le corps brisé d'Ethan.

– Je ne vois pas ce qu'elle a pu te trouver, elle était stupide de te préférer à moi.

Ethan sourit.

– Ça vous met toujours en rogne que ce soit moi qu'elle aime ?

Le jeune humain éprouvait des difficultés à parler, étant donné le peu d'oxygène qu'il avait dans les poumons.

– Je pourrais te tuer sur-le-champ si je voulais. M'assurer que tu ne poseras plus jamais les yeux sur elle serait tellement facile, plus facile que de retirer un bonbon à un bébé.

– Mais vous ne pouvez pas le faire. Si vous me tuez, Evelyn vous haïra à jamais.

– Elle n'est pas obligée de le savoir. Je pourrais inventer une histoire d'embuscade tendue par une bande de vampires affamés, ou une meute de loups. Ou encore tu pourrais t'être enfui lâchement parce que tu avais peur que je ne te recherche.

Le Roi sourit avec arrogance.

– Tu sais quoi ? Je vais te laisser la vie sauve et tu pourras quitter le château.

Ethan roula les yeux sans comprendre.

– Mais… ?

– Mais tu devras faire une croix sur ton amour pour Evelyn et ne jamais, jamais, chercher à la revoir. Oublie-la, elle et sa famille, et pars le plus loin possible, dans un endroit où personne ne te connaît, et ne pense plus jamais à elle. Je vais même te rétribuer pour m'avoir distrait ces derniers mois en me laissant te torturer. Qu'est-ce que tu en dis ?

– Vous voulez que je renonce à la seule fille que j'aie jamais aimée et que j'aimerai jamais, que je l'abandonne à la merci d'un monstre ? Ce que j'en dis ? Allez au diable !

Ethan cracha à la figure d'Atticus.

– Je mourrais plutôt que de la quitter de mon plein gré et de vous laisser abuser d'elle ! Elle ne vous aimera jamais !

Atticus gronda et jeta violemment Ethan sur la pierre froide du sol.

– Gardes ! Frappez-le jusqu'à ce qu'il perde connaissance puis guérissez-le, réveillez-le et recommencez tant que je ne vous ai pas envoyé quelqu'un pour vous dire d'arrêter.

– Bien, Majesté.

– Ethan, j'aimerais rester et te torturer moi-même, mais tu vois… j'ai un dîner en tête à tête avec l'amour de ta vie, ce soir. Peut-être qu'elle t'aime maintenant, mais c'est moi qu'elle aimera tôt ou tard. Et quand je baiserai son doux corps vierge pour la première fois, je ferai en sorte que tu sois là pour regarder, sans en perdre une miette.

– Vous êtes diabolique !

– Non, mais j'aime punir les gens comme ils le méritent.

CHAPITRE 23

Le dîner avec Atticus fut loin d'être aussi déplaisant qu'Evelyn l'avait redouté. En fait, si les circonstances avaient été différentes et qu'elle ait pu faire comme s'il n'était pas le chef de la race qui asservissait la sienne, elle aurait même pu le trouver tout à fait charmant. Mais les choses étant ce qu'elles étaient, il n'y avait rien que l'un ou l'autre puisse faire pour changer le passé ni leur situation présente. La peur et le dégoût inévitables qu'Evelyn ressentait au contact d'Atticus étaient là entre eux, alors qu'elle était assise en face de lui à la petite table ronde. Elle savait qu'elle devait se forcer à éprouver quelque chose pour lui et faire de son mieux pour leur donner une chance à tous les deux, mais elle ne pouvait pas. Elle n'arrivait même pas à simplement estimer Atticus.

Toutefois, le dîner que le Roi avait organisé était l'un des plus romantiques qu'Evelyn ait jamais connus. À l'évidence, il avait fait beaucoup d'efforts pour que tout soit parfait. Il avait organisé le dîner au centre des jardins royaux, au cœur de la forêt touffue, loin du palais et de toute forme de civilisation.

Il faisait incroyablement sombre, et seul un croissant de lune éclairait la scène. Des serviteurs avaient décoré tous les arbres de guirlandes aux milliers d'ampoules LED de toutes les couleurs. Le décor était à couper le souffle. Et au centre, posée sur le sol dans l'herbe haute, se trouvait la table sur laquelle Atticus et Evelyn dînaient. Sous la voûte du ciel où des millions d'étoiles brillaient pour ce repas intime que le Roi des vampires avait organisé pour la jeune humaine innocente et sans défense.

– La nourriture te plaît ? demanda Atticus avec un sourire avide.

– Oui, c'est très bon, répondit-elle plus brusquement qu'elle ne l'aurait voulu en repoussant son steak délicieusement saignant au fond de son assiette.

Evelyn avait à peine touché à sa nourriture, et cela n'avait pas échappé à Atticus. Elle avait beau avoir une vue magnifique sur le vampire le plus puissant de la planète, l'homme que tous les hommes voulaient être et avec qui toutes les filles voulaient être, elle n'arrivait toujours pas à se sentir à l'aise. Après son échange mouvementé avec Scarlet, elle se sentait anxieuse, inquiète et paranoïaque. Et plus que tout, elle était triste depuis que la servante avait évoqué Ethan.

« *Il vous a surprise dans les bras d'un autre homme, c'est ça ?* » Ces paroles résonnaient dans sa tête et Ethan occupait de nouveau toutes ses pensées. Les plaies mal cicatrisées de son cœur brisé s'étaient rouvertes aussitôt. Elle ferma les yeux et s'obligea à bloquer ses émotions.

– Atticus, je peux vous poser une question ? dit-elle sans lever les yeux, d'une voix froide et atone, semblable à ce qu'elle ressentait en ce moment.

– Bien sûr, tout ce que tu veux, mon amour, répondit-il avec empressement.

– À présent que je suis ici et que vous n'avez plus à craindre que je voie Ethan dans votre dos, pourriez-vous le laisser retourner dans sa famille ?

La question prit Atticus au dépourvu et il mit plus longtemps à répondre qu'il n'aurait dû. Son visage resta impénétrable lorsqu'il répondit et Evelyn ne remarqua pas les jointures de ses poings serrés qui trahissaient sa colère.

– Tu penses encore à lui ?

– Heu…

Evelyn déglutit nerveusement, incapable de trouver ses mots, et son corps se mit automatiquement en mode panique. D'après ses expériences passées, elle savait déjà que Ethan était un sujet dangereux et que la jalousie perpétuelle du Roi avait tendance à enflammer son côté obscur. Mais cette fois, la réaction d'Atticus surprit Evelyn. Au lieu de se transformer en monstre furieux, il se contenta de sourire.

– Ne t'inquiète pas, je respecte ma part du contrat et j'ai relâché ce garçon ce matin, répondit-il d'une voix douce en portant négligemment une bouchée de son steak à sa bouche. Et maintenant, si tu mangeais un peu ? J'ai entendu dire que les pouvoirs hypnotiques de Hansel étaient efficaces, mais ils ne sont pas bons pour ses victimes. Il te faut de la nourriture en abondance pour régénérer ton énergie.

Elle sourit faiblement et porta une petite quantité de légumes à ses lèvres. Elle eut beau faire de son mieux pour dissimuler son soulagement, il ne put échapper au regard perçant d'Atticus.

– Votre Majesté, je…

– Evelyn, puis-je te demander…

Ils se turent tous les deux en se rendant compte qu'ils avaient parlé en même temps. Pour la première fois, un silence confortable s'installa et ils se mirent à rire à l'unisson. Atticus fit un geste de la main pour qu'Evelyn termine sa phrase.

– Les dames d'abord.

– Votre Majesté…

– Je t'en prie, appelle-moi Atticus, insista-t-il en interrompant involontairement Evelyn pour la deuxième fois.

– Est-ce que je peux poursuivre sans craindre d'être interrompue, cette fois ? dit-elle en essayant de plaisanter.

Il faut que tu fasses des efforts, se dit-elle pour s'encourager.

– Bien sûr, vas-y.

– Votre… Atticus, je croyais que les vampires se nourrissaient seulement de sang. Comment se fait-il que vous mangiez de la nourriture pour humains ? demanda-t-elle, curieuse, en montrant du doigt l'assiette de steak et de légumes devant le Roi.

Atticus tenta en vain de réprimer un sourire. Ce n'était qu'une simple question mais il était heureux qu'Evelyn finisse par montrer de l'intérêt pour lui. C'était une nette amélioration dans leurs rapports.

– Tu as raison, le sang est essentiel à notre survie. Sans cet apport, un vampire s'affaiblirait et se dégraderait jusqu'à n'être pour ainsi dire plus qu'un cadavre et souffrirait le martyre jusqu'à ce qu'il reçoive à nouveau l'énergie contenue dans les cellules de sang humain. La nourriture destinée aux humains est inutile pour nous mais cela ne veut pas dire que nous ne puissions pas manger simplement pour le plaisir.

Atticus lui décocha un sourire.

– Vous autres, humains, n'avez pas non plus besoin de toute cette junk food dont vous disposez, et pourtant vous en mangez quand même, juste pour le plaisir. Je me trompe ?

– Eh bien, j'imagine que non.

Elle lui sourit d'un air timide.

– Qu'alliez-vous dire ?

– Est-ce que je peux te poser une question ?

– Je suppose que oui.

– Es-tu ici uniquement parce que nous avons un accord ? Je veux dire… si jamais je te libérais de cet accord et te permettais de partir, là, tout de suite, saisirais-tu l'occasion ou resterais-tu ?

– Qu'essayez-vous de me dire ?

Atticus prit une profonde inspiration pour calmer sa nervosité. Il était ironique de constater que celui qui pouvait faire face à des armées et des millions de personnes sans ressentir la moindre peur était anxieux et terrorisé face à Evelyn. Anxieux à l'idée qu'elle puisse s'enfuir, lui briser le cœur en mille morceaux avec juste quelques mots, mais surtout, terrorisé par ses propres réactions. Il vivait dans une horreur permanente à l'idée que son côté obscur puisse prendre le dessus et que, dans un accès de colère incontrôlée, il lui ôte la vie accidentellement.

– Eh bien, ce que j'essaie de dire, c'est : y a-t-il autre chose que notre contrat qui te retienne ici ? Si je te donnais la possibilité de partir, resterais-tu, pour moi ?

Evelyn ne répondit pas tout de suite. Elle prit le temps de peser ses mots. Elle ne voulait pas lui mentir et lui donner de faux espoirs, mais elle ne voulait pas non plus le mettre en colère.

– Est-ce que vous voulez la vérité ? dit-elle d'une voix tremblante.

– Est-elle si cruelle que tu penses devoir me mentir ?

– Je suis désolée…

– Je veux entendre la vérité.

Evelyn ne répondit pas. Au fond de lui Atticus devait bien savoir ce qu'elle ressentait, mais elle ne pouvait s'empêcher de penser que les choses seraient plus faciles s'il pouvait croire qu'il y avait une chance que ça marche entre eux…

– Mais me laisseriez-vous vraiment partir ?

– Je t'en prie, Evelyn. Je pourrais bien te rendre ta liberté un jour. Rien dans le contrat ne stipule que tu doives rester éternellement auprès de moi. Seulement le temps qu'il me plaira.

Evelyn essaya de changer de sujet.

– Écoutez, nous avons passé une bonne soirée jusqu'ici, je n'ai pas envie de la gâcher.

– J'ai répondu à ta question, à présent à ton tour. Est-ce que c'est seulement le contrat que nous avons signé pour sauver cet humain qui te retient ici ?

Atticus ne put retenir le dégoût qui perçait dans sa voix en prononçant le mot « humain », comme si c'était une sorte d'insulte, et Evelyn ne manqua pas de le remarquer. Instantanément, toute sa pitié et son désir de ménager les sentiments d'Atticus s'envolèrent.

– Je suis humaine, moi aussi.

Il soupira.

– Evelyn, tu sais que ce n'est pas ce que je voulais dire, et puis ton statut actuel n'est que temporaire. Tu ne vas pas tarder à devenir un membre de mon espèce.

Il dit cela comme si le fait qu'Evelyn devienne un vampire était la chose la plus évidente au monde.

– Quoi ? dit-elle avec un petit cri de colère. Qu'est-ce qui vous a donné l'impression que j'allais, par je ne sais quel miracle, me transformer en un vampire ?

Evelyn insista sur le mot « vampire » avec le même ton dégoûté qu'Atticus avait employé.

– C'est la seule façon pour nous d'être ensemble et heureux pour l'éternité.

Il dit cela comme si c'était l'évidence même.

– Non, dit-elle d'un ton cinglant. C'est la seule façon pour vous d'être heureux pour l'éternité. Si je me transformais en vampire et que je doive passer l'éternité avec vous, alors ce serait l'enfer. Quand comprendrez-vous que vous ne pouvez pas décider de ce genre de choses pour moi ! Et si, le moment venu, je résistais et refusais de devenir l'une des vôtres ? Vous me forceriez ? Vous me feriez du chantage ? Comme chaque fois que j'ai refusé de faire ce que vous vouliez ?

D'une voix qui montait dans les aigus à chaque mot, elle le poussait à bout et elle le savait. Elle était au milieu des bois, dans la propre demeure du Roi, et s'il la tuait là, maintenant, personne ne s'en soucierait. Même Hansel serait incapable d'intervenir. Toute sa famille et les êtres qui lui étaient chers étaient loin, et aucun d'entre eux n'aurait la possibilité de savoir ce qui lui était réellement arrivé. Mais cela lui était égal. De toute manière, il tenait sa vie entre ses mains depuis le jour de leur première rencontre, alors la façon dont elle pourrait mourir n'avait aucune importance.

– Et au fait, c'est oui. La seule raison pour laquelle je suis ici, c'est le contrat que j'ai signé et mon amour pour Ethan.

En un clin d'œil, Atticus fut debout à côté d'elle, enserrant son cou d'une main. Il ne serrait pas assez fort pour l'étouffer, mais c'était suffisant pour qu'elle mesure l'ampleur de sa colère et le fait qu'elle marchait sur un terrain très glissant.

– Je pourrais te tuer là, sur-le-champ. Tu ne sais même pas à quel point cela me serait facile de te vider de ton sang, de briser chaque os de ton corps, de te battre à mort ou…

Il lui saisit brusquement le menton et l'obligea à le regarder dans les yeux, luisants de colère et de jalousie.

– Ou… je pourrais te violer et ensuite te tuer.

– Vous n'allez rien me faire du tout.

Evelyn redressa la tête d'un air insolent, mais Atticus percevait la peur sous ce masque de courage. Il gronda, tira Evelyn de son siège et l'allongea de force sur l'herbe.

– Tu n'imagines pas à quel point il m'est difficile de me retenir de le faire chaque fois que je te vois.

– Non, vous ne feriez pas ça ! hurla Evelyn en martelant de ses poings minuscules la poitrine d'Atticus dans une tentative désespérée pour le repousser. Le contrat stipule que vous ne pouvez pas me prendre de force.

Il renforça sa poigne sur le cou d'Evelyn, l'iris brun clair de ses yeux se couvrit d'une brume noire.

À ce moment-là, Atticus ressemblait à un animal sauvage. Evelyn poussa un cri étouffé.

– Vos yeux !

– Le contrat stipule aussi qu'il t'est interdit de t'engager dans une relation, même mentale, avec un autre homme, et pourtant tu es toujours follement amoureuse de cet humain répugnant !

Lentement, Atticus glissa la main sous sa robe et lui saisit la cuisse pour l'obliger à passer la jambe autour de sa taille.

– Comment peux-tu être sûre de l'aimer alors que tu ne connais même pas ce qu'il peut y avoir d'autre pour toi ? Je suis tellement mieux pour toi, Evelyn ! Je suis le Roi. Je peux t'offrir tout ce que tu désires.

En disant cela, il écrasa ses lèvres de force sur celles de la jeune femme et entreprit de l'embrasser avec avidité, comme si toute sa vie en dépendait, tout en continuant à caresser l'intérieur de sa cuisse, se rapprochant de plus en plus de la zone interdite.

– Arrêtez, cria-t-elle, mais le son de sa voix fut étouffé sous les lèvres d'Atticus, qui en profita pour insérer sa langue dans sa bouche.

– Tu es très belle avec cette robe, murmura-t-il entre deux baisers. Mais tu le seras encore plus sans.

Et tout à coup il lâcha sa cuisse, empoigna le tissu soyeux de sa robe et se mit à la déchirer pour l'ouvrir comme un gamin ouvrirait un cadeau le jour de Noël.

– Non, s'il vous plaît ! protesta-t-elle, en vain.

Très vite, sa belle robe fut réduite en lambeaux. Evelyn, allongée sous lui, comprit à quel point la situation était inévitable. Atticus allait la violer. Il ne restait plus rien entre elle et lui, rien ni personne ne l'empêcherait d'obtenir ce qu'il voulait. Et si l'objet de sa convoitise protestait, il utiliserait la force pour l'obtenir. C'était dans sa nature, dans la nature de tout vampire. La violence était la réponse à tout.

Elle prit une profonde inspiration et se laissa retomber sur l'herbe glacée. Si le sexe était ce qu'il voulait vraiment, alors il n'y avait rien qu'elle puisse faire pour l'arrêter. Il pouvait disposer d'elle à sa guise, elle était son objet sexuel personnel. Elle ferma les yeux, cessa de résister et accepta son sort.

Une à une, les larmes commencèrent à s'échapper de ses yeux et Evelyn imagina qu'elle était ailleurs alors que les lèvres d'Atticus s'attardaient sur le galbe crémeux de ses seins, sa main se baladant sur chaque centimètre de son corps et le renflement dans son pantalon appuyant durement contre sa cuisse. Elle ne sursauta même pas lorsqu'il la pénétra d'un long doigt épais, allant et venant dans sa chair et explorant son corps chaste.

– Je t'aime tellement, murmura-t-il, je te désire tellement, à l'instant même où je t'ai vue pour la première fois, j'ai su qu'il fallait que je te possède.

Evelyn ne répondit pas et elle se prépara à se faire voler sa première fois lorsque Atticus embrassa sa joue et sentit ses larmes salées. Il s'arrêta et sortit son doigt de son vagin.

– Evelyn…

La surprise et la prise de conscience le frappèrent comme un tsunami et presque instantanément il bondit sur ses pieds et recula.

– Je… je… je suis désolé.

Elle resta silencieuse. Il enleva son blazer et s'en servit pour la recouvrir.

– Evelyn, je…

– Allez-vous-en ! cria-t-elle. Éloignez-vous de moi !

Alors, se conformant au souhait de la femme qu'il aimait, il partit.

CHAPITRE 24

Les yeux pleins de larmes et avec une expression de dégoût sur le visage, Evelyn observa Atticus qui s'éloignait à la vitesse d'un vampire. Elle regarda le blazer qu'il avait posé sur elle pour couvrir sa nudité. Elle aurait voulu le jeter le plus loin possible d'elle, mais cette veste était la seule chose qui la protégeait de la morsure du vent automnal. Elle s'enroula donc dedans, les genoux remontés jusqu'au menton, et ferma les yeux pour éviter de se repasser le film des derniers événements dans sa tête.

Un peu plus tard, elle se leva du sol boueux, ôta ses talons incrustés de paillettes et marcha au hasard pour s'éloigner du lieu de l'incident. Elle avait envie de partir, de rentrer chez elle, de voir sa mère, son père, et même Nora ! Le palais royal était sévèrement gardé et en sortir sans permission était au moins aussi difficile que d'y entrer, sinon plus. Evelyn savait bien qu'il était inutile d'essayer de s'échapper, mais elle avait envie, non, elle avait besoin, de s'éloigner le plus possible du lieu de ce dîner.

Les paroles de Scarlet tournaient en boucle dans sa tête alors qu'elle s'enfonçait de plus en plus dans les bois. « *Que cela vous plaise ou non, vous êtes ici pour une raison et une seule, devenir l'objet sexuel du Roi.* »

Scarlet avait raison, Evelyn était le jouet d'Atticus, et même s'il prétendait l'aimer, ce qu'il ressentait pour elle n'était que du désir sexuel. Il n'aimait vraiment que lui-même. S'il était sincèrement amoureux d'elle comme il le prétendait, il voudrait ce qu'il y a de mieux pour elle et l'aurait laissée vivre sa vie, avec sa famille et Ethan. Une vie d'humaine, paisible, sans crises, sans vampires.

Mais Evelyn savait aussi qu'elle ne devait pas rendre Atticus responsable de tout ce qui était arrivé ce soir. Même si elle aurait aimé le nier, elle avait sa part de responsabilité dans la violente réaction qui avait gâché leur dîner qui aurait pu être parfait. Elle aurait dû se taire quand Atticus avait parlé de la transformer et elle n'aurait pas dû l'agacer en mentionnant Ethan. Le jeune humain était un sujet tabou entre Atticus et elle, c'était un nom qu'elle ne devrait jamais prononcer en sa présence.

La jalousie d'Atticus était impressionnante et elle l'entraînait dans des accès de violence qu'Evelyn préférait éviter. Mais lorsqu'elle était en colère, elle ne se contrôlait plus et cherchait à le blesser. C'était sa seule façon de le toucher.

La jeune humaine serra sa veste autour d'elle et continua à marcher, dans un état second. Elle n'avait aucune idée d'où elle allait et s'en moquait. La seule chose qui importait était de continuer à avancer, de ne pas rester sur place. Atticus allait certainement lancer ses gens à sa recherche dès qu'il rentrerait au château, mais Evelyn ne voulait pas qu'on la ramène tout de suite dans sa chambre. Elle voulait rester dehors, respirer l'air frais et l'oxygène de la nature, et faire comme si elle était de nouveau libre. Elle voulait avoir l'impression qu'elle maîtrisait quelque chose alors qu'elle s'enfonçait de plus en plus profondément dans les bois.

Après ce qui lui sembla une éternité, Evelyn se retourna et regarda le chemin qu'elle avait parcouru. De l'endroit où elle se trouvait, elle ne pouvait plus voir les éclairages qui délimitaient le lieu du dîner. Elle était seule dans l'obscurité, sans même le clair de lune pour éclairer son chemin, tant la voûte des arbres au-dessus d'elle était dense.

Elle baissa les yeux et ne parvint pas à discerner son propre corps. Elle devait avoir d'innombrables coupures et égratignures sur ses pieds nus. Si la douleur était supportable au début, à force, les pierres et les branches qui lui écorchaient la plante des pieds se faisaient de plus en plus sentir et elle fut obligée de s'arrêter.

Elle s'allongea avec précaution sur le sol, serra un peu plus la veste d'Atticus autour d'elle et se roula en boule pour avoir moins froid. En fermant les yeux, elle imagina qu'elle se trouvait dans cette contrée légendaire dont Ethan lui avait tant parlé, l'Australie, un endroit interdit aux vampires où les humains vivaient en liberté.

***

– Est-ce que vous l'avez retrouvée ? demanda Atticus au téléphone à Hansel qui fouillait les jardins avec Jonah et les gardes.

– Non, elle n'était pas là où tu nous avais dit l'avoir laissée, mais elle ne peut pas être loin et il n'y a aucun moyen qu'elle puisse quitter le palais. Alors ne t'inquiète pas, on va vite la retrouver, dit Hansel à son créateur pour le rassurer, tout en parcourant la forêt à la vitesse d'un vampire, cherchant des yeux le moindre signe qui pourrait le mener à Evelyn.

– Personne ne lui ferait de mal. Tout le monde sait qu'elle est sous ta protection. Ça va aller.

On entendait dans le lointain la voix des membres de la garde qui appelaient Evelyn, et Hansel aperçut Jonah à quelques centaines de mètres de lui qui cherchait d'éventuelles traces laissées par la jeune femme. Atticus soupira.

– Ce n'est pas ce qu'on pourrait lui faire qui m'inquiète, c'est ce qu'elle pourrait se faire à elle-même. Je n'aurais jamais dû la laisser là-bas toute seule, j'aurais dû la ramener avec moi.

– Tu as fait ce que tu devais faire, Atticus. Ce dont elle a le plus besoin en ce moment, c'est d'être seule. Je ne pense pas qu'après ce qui s'est passé vous ayez été, elle comme toi, suffisamment maîtres de vous-mêmes pour rester l'un près de l'autre. Ce qui me préoccupe surtout, ce sont les dommages causés sur elle par ce traumatisme émotionnel. Cela n'a pas dû arranger l'opinion qu'elle avait de toi.

– Elle ne me fera plus jamais confiance, c'est ça ?

– Ne dis pas ça, nous n'en savons rien tant qu'on ne l'a pas retrouvée, mais tu as déconné à plein tube, Atticus. Qu'est-ce qui t'a pris de te montrer si violent avec elle ?

Hansel essayait de contenir sa colère contre son créateur, mais en même temps, d'une certaine façon, il ne pouvait s'empêcher d'être heureux qu'Atticus ait fait quelque chose qui pourrait bien avoir réduit à zéro ses chances auprès de la jeune fille. Le lord vampire se demandait pourquoi il se sentait soulagé, il n'aurait pas dû, vraiment pas. Le Roi lui arracherait la tête s'il découvrait ce que Hansel ressentait pour Evelyn. D'ailleurs, lui-même ne savait pas exactement ce qu'il éprouvait, mais il y avait quelque chose. C'était là, en dépit de tous les efforts qu'il faisait pour que cela disparaisse.

– Qu'est-ce qui me pousse à m'en prendre à elle, chaque fois ? La jalousie.

Atticus ricana.

– Je suis le Roi, je dirige cette immense planète, je pourrais avoir toutes les femmes que je veux, et il faut que je tombe amoureux de la seule qui ne m'aime pas en retour. Venise avait peut-être raison, je suis un monstre qui ne trouvera jamais l'amour.

Hansel garda le silence. Atticus ne parlait pas souvent de Venise, c'était un sujet épineux. Jonah jeta un regard en arrière et vit que le lord était toujours au téléphone avec le Roi. *Quelle ironie*, pensa-t-il. Atticus était le vampire le plus fort, c'était l'un des Premiers. Contrairement à Jonah et Hansel, il avait été créé par magie, et cette magie était toujours dans ses veines.

En tant que membre de la première génération, Atticus était plus rapide et plus fort que n'importe quel vampire créé, sans parler de tous les pouvoirs supplémentaires alimentés par la magie qui coulait dans ses veines et l'ascendant qu'il avait sur tous les vampires qu'il avait créés. C'était en partie pour cela qu'Atticus était Roi. Personne ne pouvait le renverser parce qu'il avait beaucoup trop de loyaux serviteurs. Et c'était aussi l'une des raisons pour lesquelles les vampires avaient gagné la guerre si facilement : parce qu'ils formaient une équipe. À cette époque-là, les humains étaient individualistes et chaque nation se battait pour elle-même sans s'allier avec les autres, contrairement aux vampires.

***

– Eve, tu vois les étoiles ? demanda Ethan avec un sourire béat.

– Bien sûr, je ne suis pas aveugle.

Evelyn gloussa en se serrant plus fort contre lui.

– Tu sais qu'il y a des dieux qui vivent sur ces étoiles ?

– Quoi ? rigola-t-elle. Des dieux ? Tu passes trop de temps dans tes livres sur la mythologie, Ethan, les dieux n'existent pas.

Le jeune Redfern leva les yeux au ciel.

– Mais enfin, Eve, bien sûr que si. Même s'il n'y a pas de dieux, il y a toujours des créatures semblables à des dieux là-haut, dans ce vaste espace que nous appelons l'univers. Les vampires ne peuvent pas être les seules créatures supérieures, il y a obligatoirement d'autres espèces puissantes, et ce sont les dieux. Si jamais tu te trouves dans un moment de détresse, regarde les étoiles et hurle de toutes tes forces, et si tu es vraiment désespérée, si tu es sincère, ces dieux t'entendront et viendront à ton aide.

Evelyn leva les yeux au ciel.

– C'est des con…

Evelyn fut brusquement arrachée à ses souvenirs par quelque chose qui s'enfonçait dans son bras engourdi par le froid.

– Aïe, marmonna-t-elle en faisant un effort pour ouvrir les yeux.

Mais au moment où elle vit ce qui plantait ses griffes dans son bras, elle eut le souffle coupé. Devant elle se tenait un énorme loup avec les yeux les plus bleus qu'elle ait jamais vus. Si bleus qu'elle doutait qu'il soit possible qu'un animal possède des yeux si lumineux.

Instinctivement, elle voulut s'éloigner du loup qui était à moins de cinquante centimètres d'elle, mais sans succès. Ses bras et ses jambes étaient complètement engourdis par le vent glacial d'automne.

Je vais mourir... Elle n'arrivait pas à penser à autre chose en voyant le loup qui montrait les dents. Il poussa un grondement qui lui fit froid dans le dos. *Je vais mourir sans avoir pu dire adieu à Hansel, à ma famille, à Ethan, à Nora, à Alice...* Pendant un instant, Evelyn ne put s'empêcher de trouver ironique d'avoir survécu à l'agression du Roi des vampires, seulement pour être tuée par un loup géant.

– Evelyn ! appela une voix dans le lointain, et le loup gronda encore en montrant des dents blanches et affûtées comme des rasoirs.

Evelyn voulut appeler à l'aide mais aucun son ne sortit de sa gorge sèche et enrouée. *Pourquoi appeler à l'aide*, dit une petite voix dans sa tête. *Le loup va te tuer, et alors ? Tu voulais mourir, non ?*

Le loup recommença à gronder, et Evelyn dut faire un effort pour retenir ses larmes. Bien sûr, elle avait pensé à renoncer à la vie plus d'une fois, cela lui semblait être la seule issue pour échapper à ses problèmes. Mais là, en regardant la mort en face, elle comprit quelque chose. Elle ne voulait pas mourir. Parce que si on ne vit plus, on ne saura jamais si les choses auraient pu s'arranger. Evelyn leva les yeux vers les quelques étoiles qui brillaient au travers de la voûte épaisse des arbres. *Aidez-moi*, pria-t-elle mentalement. *Je vous en prie, aidez-moi, je ne veux pas mourir, pas encore…*

– Evelyn, appela une voix familière.

Alors, comme un voleur pris la main dans le sac, le loup s'enfuit dans la direction opposée à celle d'où provenait la voix.

– Hansel ?

CHAPITRE 25

– Evelyn, vous ne devriez pas être là, dit Bree nerveusement, en parcourant le jardin des yeux.

Bien qu'il n'y ait aucun garde en vue, Bree craignait que quelqu'un ne voie qu'elles étaient sorties. Le Roi avait donné des ordres précis, Evelyn devait rester à l'intérieur du château afin de se rétablir convenablement après l'épisode d'hypothermie dont elle avait souffert quelques jours plus tôt.

– Ne t'inquiète pas, si jamais quelqu'un nous voit, tu n'auras qu'à dire que je t'ai obligée à m'accompagner, je prendrai toute la responsabilité, je te le promets.

Evelyn sourit gentiment à Bree en posant la couverture sur l'herbe verdoyante, à quelques centaines de mètres de la sombre forêt. Celle-là même où elle s'était perdue quelques jours plus tôt. Elle poussa un soupir en visualisant dans sa tête le loup et ces yeux bleus perçants qui la hantaient depuis cette nuit-là.

« *Il n'y a pas de loups dans l'enceinte du palais* », lui avait dit Bree lorsqu'elle s'était sentie assez en confiance pour lui raconter sa rencontre terrifiante, trois jours après l'incident. « *Mais il y a des chiens, c'est sans doute l'un d'entre eux que vous avez vu...* »

Non je suis sûre que ce n'était pas un chien, c'était un loup, repensa Evelyn. *Les dents des chiens ne sont pas aussi coupantes et leurs yeux ne sont pas aussi brillants. C'était un loup, c'est sûr.*

– Vous continuez à penser à ce loup, Evelyn ?

Sa maîtresse hocha la tête mais posa son index sur les lèvres de sa servante.

– Ne parle pas si fort. Personne n'est au courant à part toi, et j'espère bien que tu garderas ça secret.

Evelyn avait parlé sur un ton sévère et il y avait dans ses yeux qui perçaient ceux de Bree un regard apeuré.

– Vous auriez mieux fait d'en parler à Jonah ou Lord Hansel. S'il y a réellement un loup dans les jardins du château, tous les êtres humains du palais sont en danger.

Bree avait raison. En gardant pour elle le fait qu'elle avait vu un loup, Evelyn mettait peut-être en danger toutes les personnes qui ne pouvaient se défendre contre cette puissante créature. Pourtant, une petite voix dans sa tête lui disait de garder cette information pour elle. Il y avait quelque chose d'étrange à propos de ce loup. Un souvenir lointain résonnait au fond de sa mémoire, elle se souvenait qu'Ethan lui avait dit quelque chose à propos des loups et de la Guerre des Vampires, quelque chose d'important, mais elle n'arrivait plus à s'en souvenir.

– Tu ne devrais pas être à l'intérieur pour te reposer ? dit une voix familière dans le dos des deux jeunes humaines.

Bree se tendit, craignant les conséquences d'avoir désobéi aux ordres du Roi, mais sa maîtresse se contenta de sourire.

– Et vous, vous n'avez pas des affaires de lords à régler ? dit Evelyn sur un ton moqueur.

Elle se retourna vivement pour regarder Hansel qui lui décocha un large sourire, qu'elle lui rendit.

– Salut, l'enquiquineuse.

– Salut, le vampire.

Ils rirent de cette plaisanterie entre eux.

– Tu ne devrais pas être dehors. Le vent d'automne n'est pas bon pour ton hypothermie.

– Désolée, mais si j'étais restée un jour de plus cloîtrée dans cette chambre, je crois que je serais morte d'ennui, ou étouffée par les attentions de Bree et d'Aqua.

– Tu aurais pu éviter tout cela si tu avais accepté d'absorber un peu de sang de vampire lorsque je t'ai trouvée.

– Oui, je sais, mais je ne veux pas que vous me donniez de votre sang chaque fois que je me blesse, je dois assumer les conséquences de mes actes, de temps en temps.

– Sage décision.

Hansel regarda Bree et sourit.

– Tu peux rentrer au château, je vais m'occuper de mademoiselle Blackburn.

– Bien, Monseigneur, répliqua vivement Bree avant de se précipiter vers les portes vitrées.

– Elle avait l'air terrifiée, commenta Hansel avant d'aider Evelyn à se relever.

– Elle a peur d'être punie pour avoir désobéi aux ordres.

Hansel leva les yeux au ciel et lui proposa son bras qu'elle prit sans aucune hésitation.

– J'imagine que, comme toi, cette humaine nous déteste.

– Elle n'a pas une mauvaise opinion de votre espèce, elle a tout simplement peur d'avoir des ennuis. Et pour votre gouverne, je ne vous déteste pas tous ; vous, par exemple, je ne vous déteste pas, répondit Evelyn avec un sourire tandis que Hansel et elle se mettaient à déambuler dans les jardins à pas lents.

Ses paroles provoquèrent chez le lord un sentiment étrange qu'il n'était pas vraiment capable d'analyser.

– Et qu'est-ce qui me rend si différent des autres membres de mon espèce ?

– Vous m'avez sauvé la vie, et vous êtes le seul vampire qui ait vraiment montré de la gentillesse à mon égard, pas comme Atticus ou Marcus, le mari d'Alice.

– Marcus est un type bien, il est attentionné et aimant, et c'est probablement l'un des seuls vampires que je connaisse qui fasse encore preuve d'un peu de compassion pour les humains. Quant à Atticus…

Hansel fit une grimace. Bien qu'il désapprouve la façon dont Atticus s'était comporté avec Evelyn et le fait qu'il la force à rester au palais royal, il ne pouvait s'empêcher de défendre son créateur.

– Tu le vois comme une espèce de monstre, mais je te promets qu'il ne l'est pas. C'est un grand Roi, il a sauvé la planète et ton peuple de la destruction. Tu n'as pas connu la période qui a précédé la Nation Vampire, tu n'as pas vécu la cupidité des humains à son paroxysme. Les dirigeants de ce monde se seraient entretués et auraient provoqué le chaos, si nous, les vampires, n'étions pas intervenus pour prendre les choses en main. Quant à la façon dont il te traite, je peux t'assurer que c'est uniquement par amour pour toi.

Evelyn détourna les yeux.

– Je ne comprends toujours pas ce que quelqu'un d'aussi puissant voit chez une simple humaine comme moi. Qui plus est, une humaine qui ne partage pas ses sentiments.

Hansel haussa les épaules.

– L'amour a ses raisons… et il m'a dit un jour qu'il était convaincu que vous aviez eu le coup de foudre, lui et toi. C'est peut-être la façon que la nature a choisi pour modifier les relations actuelles entre les vampires et l'espèce humaine.

Evelyn le regarda d'un air perplexe, mais avant qu'elle ne puisse dire quelque chose, Hansel poursuivit :

– À propos de notre Roi, tu l'as vu, récemment ?

Elle eut un petit rire ironique.

– Vous pensez vraiment que j'ai envie de le voir ou de lui parler après ce qu'il s'est passé ?

– Eve, Atticus n'était pas lui-même, arrête de toujours l'accabler.

– Ce n'est pas ce que je fais, chaque action entraîne une réaction opposée d'égale intensité. Sa réaction a été provoquée par mes actions, mais il m'a presque violée. Je suis désolée, je sais qu'il est votre créateur, vous l'aimez et vous voulez son bonheur. Je sais aussi que ma vie est ici maintenant et que je devrais au moins laisser une chance à cette histoire. Mais je ne peux pas, je suis incapable d'aimer quelqu'un comme lui, Hansel ! Je ne peux pas faire abstraction de sa violence, de ses accès de colère et de sa nature jalouse…

– Mais regarde le bon côté des choses, il te laisse tranquille, en ce moment, non ? S'il était vraiment aussi mauvais que tu l'imagines, pourquoi prendrait-il tes sentiments et tes besoins en considération pour te laisser tous ces jours de tranquillité ?

– Mais je ne suis jamais seule, j'ai au moins dix infirmières et mes trois servantes sur le dos du matin au soir comme si j'étais un bébé.

– Il s'inquiète pour toi parce qu'il t'aime, Evelyn. Tu es humaine et peut-être que tu ne t'en rends pas compte, mais les humains sont incroyablement fragiles et délicats comparés à nous, les vampires. Il veut juste te protéger. Si j'étais à sa place…

Hansel se reprit juste avant de finir sa phrase.

– Quoi ?

« *Si j'étais à sa place, si je pouvais exprimer ce que je ressens pour toi sans me faire tuer, j'en ferais autant. Assurer ta sécurité à tout prix.* » Hansel acheva sa phrase en pensée mais garda les lèvres closes sous le regard interrogateur d'Evelyn.

– Je… je…, bégaya Hansel en essayant de trouver un moyen de se sortir de cette situation.

Heureusement pour lui, ils furent interrompus par une voix grave et contrariée.

– Hansel !

Hansel tourna vivement la tête et vit Jonah, le capitaine de la garde, qui venait vers eux, le visage sévère. Immédiatement, Hansel lâcha le bras d'Evelyn comme s'il avait été pris en train de faire quelque chose de répréhensible.

– Jonah, tu as besoin de moi ?

– Oui, il y a eu un problème avec un des… invités d'Atticus, l'humain. Il n'est pas dans sa chambre.

Jonah parlait sur un ton grave, et lentement, comme s'il y avait un message secret dans ses paroles.

– J'ai besoin que tu m'aides à le chercher…

– Je peux vous aider ? demanda Evelyn avec enthousiasme, excitée à l'idée de faire autre chose que de tourner en rond dans sa chambre à parler chiffons avec ses servantes.

– Non, répondit Jonah froidement sans même la regarder.

– Tu sais quoi, je vais escorter Evelyn jusqu'à sa chambre puis je te rejoins, d'accord ?

– D'accord, répondit Jonah sur un ton brusque avant de disparaître à la vitesse d'un vampire.

– Allez viens, enquiquineuse, je te raccompagne à ta chambre.

En souriant, Hansel tira Evelyn par la main en direction du château.

– Mais je ne veux pas rentrer dans ma chambre, je veux vous aider à retrouver cet invité ! dit-elle d'un ton plaintif.

Mais elle le suivit, sachant très bien qu'elle n'avait aucune chance de se soustraire à sa poigne douce mais ferme.

– Crois-moi, tu n'as pas intérêt à m'aider à retrouver cet invité.

– Mais c'est un humain, j'aimerais le rencontrer.

– Fais-moi confiance, si jamais tu posais les yeux sur lui, Atticus le tuerait probablement, répondit Hansel en évitant son regard.

Evelyn ne perçut pas l'ironie qui perçait dans la voix du vampire. Elle leva les yeux au ciel, doutant qu'Atticus puisse vraiment tuer quelqu'un simplement parce qu'elle l'aurait regardé. En même temps, elle ne souhaitait pas mettre cette théorie à l'épreuve.

– Je ne peux pas rester encore un peu dans le jardin ? C'est tellement bon de respirer l'air frais !

– Je regrette, Evelyn. Si c'était possible je te laisserais, mais je ne peux pas. Je suis désolé.

Elle fronça les sourcils et remarqua la tension de Hansel alors qu'il la traînait presque pour la faire rentrer. Il avait l'air sur le qui-vive et on aurait pu croire qu'il était sur le champ de bataille, prêt à se battre, et non en train de l'escorter à sa chambre.

– Je crois que ce Jonah ne m'aime pas beaucoup, dit-elle dans l'ascenseur qui montait à son étage.

– Ne fais pas attention. Jonah est un type austère. Vivre depuis plus de mille ans peut avoir cet effet sur les gens, chuchota Hansel en tirant rapidement Evelyn par le bras le long du couloir qui menait à sa chambre, jetant des coups d'œil hésitants à chaque coin de couloir avant de traverser.

Evelyn allait lui demander ce qu'il se passait lorsqu'ils atteignirent sa chambre ; c'est alors qu'elle remarqua qu'il y avait un garde devant sa porte. Ce n'était pas le cas jusqu'à présent.

– Elle ne devrait pas être sortie de sa chambre, reprocha l'homme musclé d'une voix profonde.

– Désolé, répliqua Hansel. Surveille-la, d'accord ?

Le garde acquiesça d'un signe de tête et escorta Evelyn dans sa chambre. Hansel disparut à la vitesse d'un vampire sans même dire au revoir. Il lui cachait quelque chose et elle le savait.

– Vous n'auriez vraiment pas dû quitter votre chambre aujourd'hui, dit Scarlet d'un ton insolent aussitôt qu'Evelyn passa la double porte que le garde referma poliment derrière elle.

– Pourquoi ?

– Parce qu'Atticus est venu et il avait l'air contrarié de ne pas vous trouver là.

– Il était contrarié ? Parfait.

Evelyn était trop intriguée par le comportement de Hansel pour se soucier des sentiments d'Atticus.

La servante leva les yeux au ciel.

– En tout cas, il n'est pas venu les mains vides.

Aqua approcha d'Evelyn avec un large sourire, une petite boîte blanche à la main.

– Qu'est-ce que c'est ?

– Ouvrez-le ! dit Aqua gaiement.

Evelyn souleva le couvercle et découvrit un objet étrange, noir et rectangulaire, avec un petit mot. Elle ne prêta pas attention au rectangle brillant mais prit aussitôt le papier pour le lire.

Je reconnais que ce que j'ai fait lors de notre dernière rencontre était mal, mais je te prie d'accepter ce téléphone portable en gage de paix. J'ai déjà enregistré le numéro du manoir de tes parents et tu peux les appeler, quand bon te semble, dix minutes par jour. J'espère que tu accepteras ce présent, et je te prie de venir me rejoindre dans ma chambre pour dîner ce soir.

CHAPITRE 26

Demander à Evelyn de le rejoindre dans sa chambre pour dîner était une idée idiote et Atticus le savait, mais il n'avait pas le choix. Il voulait donner du temps et de l'espace à Evelyn après ce qu'il avait fait au cours de leur dernier dîner ensemble car c'était ce qu'elle voulait, mais il ne pouvait pas. Pas après ce qui était arrivé le matin même.

Laisser Evelyn dans sa chambre était trop risqué. Même avec tous les gardes et ses servantes autour d'elle, le Roi était certain qu'un incident allait se produire. Ce jour-là, il s'était passé une chose inattendue. Sans que l'on sache comment, Ethan Redfern s'était évadé de sa cellule et se baladait librement dans le parc du château. Or il ne faisait aucun doute aux yeux d'Atticus qu'Evelyn était la priorité du jeune humain, qu'il ne quitterait pas le château sans elle. Puisque Atticus avait promis à Evelyn qu'il avait libéré Ethan depuis longtemps, si elle découvrait qu'il lui avait menti, les choses ne risquaient pas de s'arranger entre eux.

Les cachots étaient de l'autre côté du palais par rapport aux quartiers d'habitation d'Evelyn et Atticus, et Ethan, en plus d'être activement recherché par quasi toute la garde, n'avait aucune idée d'où chercher. Atticus n'avait donc pas trop à s'en faire. D'aucuns auraient pris la peine de retrouver ce gamin pathétique et de le remettre derrière les barreaux, mais Atticus n'était pas arrivé à la place qu'il occupait en prenant les choses à la légère. Il était doué d'un QI supérieur à la normale, il avait un précieux don de l'observation et faisait attention au moindre détail. C'était l'une des raisons pour lesquelles il était un si bon chef. Il ne prenait jamais de risques et ne se contentait pas de supposer ; au contraire, il utiliserait tout ce qui était à sa disposition pour faire en sorte que les choses aillent dans son sens.

Ainsi, les geôles royales détenaient certains des criminels les plus dangereux et les plus puissants, appartenant à toutes les espèces, toutes les formes de puissance. Le degré de sécurité à l'intérieur de cette prison n'avait son équivalent nulle part ailleurs. Le donjon possédait trente-six niveaux conçus comme un labyrinthe inexpugnable. La complexité de sa structure constituait sa meilleure défense : qui que vous soyez, si vous n'aviez pas quelqu'un pour vous guider dans ce labyrinthe, vos chances de vous enfuir avant de vous faire rattraper étaient proches de zéro. Atticus ne pouvait pas croire qu'une personne aussi insignifiante qu'Ethan Redfern ait suffisamment de ressources pour s'en évader. Il avait nécessairement été aidé, mais par qui et pourquoi ? Pouvait-il y avoir un traître à l'intérieur des murs du palais ? Quelqu'un serait-il prêt à trahir son Roi pour sauver la vie d'un humain ?

Atticus ignorait la façon dont Ethan s'était échappé, mais à ce moment précis, c'était le cadet de ses soucis. Tout ce qui lui importait était de s'assurer qu'Evelyn ne découvre pas ce qu'il avait fait subir à l'humain depuis plusieurs mois. Le Roi soupira. Il aimait Evelyn, vraiment, mais chaque fois que les choses semblaient vouloir s'arranger entre eux, il trouvait le moyen de péter les plombs et de tout gâcher.

– Je ne vais pas déconner, cette fois, se promit-il.

Il fallait qu'il garde son calme et qu'il empêche son côté obscur de prendre le dessus, comme si souvent auparavant. En supposant qu'il ne soit pas déjà trop tard.

Alors qu'Atticus se torturait l'esprit pour savoir comment contrôler sa colère et son côté obscur, à l'autre bout du couloir, Evelyn, elle aussi, stressait.

– Allez, pourquoi ne voulez-vous pas appeler vos parents ? Ils ne vous manquent pas ?

Aqua tendait le téléphone à Evelyn qui était assise en tailleur sur son lit, les sourcils froncés.

Aqua et Bree lui brossaient les cheveux pour la préparer pour son dîner avec Atticus, et Scarlet, assise au bord du lit, choisissait des bijoux pour elle.

– Oui, c'est un grand honneur que le Roi vous fait en vous donnant la liberté de parler à votre famille tous les jours, même si ce n'est que pendant dix minutes. Vous n'allez quand même pas laisser passer une occasion pareille. Chaque minute compte, et si vous ne les appelez pas maintenant, vous n'aurez peut-être plus le temps de le faire quand vous reviendrez après le dîner.

– Si elle revient, tu veux dire, commenta Scarlet à voix basse, et heureusement pour elle, Evelyn était trop occupée pour entendre cette remarque sournoise. La jeune femme jouait avec l'objet rectangulaire et brillant, déglutissant avec nervosité.

Elle avait envie d'appeler ses parents, vraiment. Rien ne pouvait lui faire plus de bien que la voix réconfortante de sa mère, de son père, ou même de Nora. Sans compter celle d'Ethan, bien sûr, mais Evelyn doutait de jamais l'entendre à nouveau. Elle avait envie d'appeler ses parents, mais elle avait peur. Atticus n'était pas le genre d'homme à faire ça sans attendre de contrepartie. Elle avala sa salive nerveusement et ramassa le petit mot qu'il lui avait écrit.

Dîner... dans sa chambre ?

Elle serra les poings très fort et regarda le téléphone une fois de plus. Trop beau pour être vrai. Mais en même temps, Atticus était le Roi, donc ses volontés étaient des ordres, et désobéir pouvait être considéré comme un acte de trahison. Une demi-heure plus tard, Evelyn attendait donc devant la porte extrêmement bien gardée de la chambre du Roi. Les gardes la toisèrent d'un air méprisant avant de lui ouvrir.

– Le Roi est dans sa salle à manger privée.

Evelyn fit un signe de tête et entra dans la chambre d'un pas hésitant.

– Waouh !

Elle n'eut pas d'autre mot en voyant la taille de la « chambre », qui ressemblait plus à un hôtel particulier. Elle leva les yeux vers le lustre scintillant au-dessus de sa tête avant de parcourir la pièce du regard. Il y avait des canapés de cuir noir au milieu de la pièce, un écran plat immense accroché au mur et beaucoup d'autres portes qui lui laissaient penser que ce n'était pas la seule pièce de l'appartement du Roi. L'une d'entre elles s'ouvrit sur Atticus, très séduisant, comme toujours, dans son costume sombre.

– Salut, dit-il avec un sourire.

– Salut.

Evelyn sourit d'un air gêné et en un clin d'œil Atticus fut à ses côtés.

– Tu es très belle.

Il fit un geste vers sa petite robe noire qui s'arrêtait aux genoux. Elle était toute simple et sobre, mais sur elle, il trouvait que c'était le plus beau vêtement du monde.

– Vous aussi, répondit-elle.

Sa voix était tremblante et Atticus sentit la peur qui émanait de sa peau et vit à quel point elle semblait nerveuse. *Sois gentil, calme, aimable, et quoi que tu fasses, ne va pas tout gâcher en l'agressant une fois de plus !*, se dit-il en la conduisant vers la salle à manger.

Ils entrèrent dans la salle à manger et s'assirent à table sans échanger une parole. Et quand le serveur s'approcha pour leur servir les entrées, personne n'avait encore prononcé un mot. Ni l'un ni l'autre ne savait quoi dire, le silence était préférable aux cris qu'ils avaient échangés la dernière fois.

Atticus leva les yeux de son assiette pour la regarder. Il voulait briser la glace, alors il dit la première chose qui lui vint à l'esprit.

– Ça te plaît ?

– Oui, c'est très bon, répondit Evelyn en évitant son regard, tout en portant une fourchetée d'algues séchées à sa bouche.

– On m'a dit que tu aimais beaucoup les algues séchées, commenta Atticus pour lancer la conversation.

Mais Evelyn se contenta de hocher la tête. Atticus garda alors le silence pour donner à Evelyn le temps de se détendre et de s'habituer à sa présence. Il la regarda manger lentement et avec grâce. Une petite mèche de ses cheveux tomba devant son visage, bloquant la vue d'Atticus, et il eut terriblement envie de tendre la main pour la repousser, mais ne le fit pas. Il voulait qu'elle se sente à l'aise et un geste aussi audacieux aurait pu gâcher le moment.

Une fois qu'ils eurent achevé les entrées, le domestique revint pour emporter leurs assiettes et servir le plat principal.

– Canard rôti au coulis de framboise, annonça Atticus en observant le visage d'Evelyn qui s'éclaira en voyant son plat préféré. Je me suis renseigné, on m'a dit que c'était ton plat préféré lorsque tu étais enfant ?

– Ma grand-mère m'en faisait tout le temps, dit-elle avec un sourire gêné. Cela fait des années que je n'en ai pas mangé.

– Eh bien je suis content que tu partages avec moi cette première fois depuis si longtemps.

Atticus lui décocha un sourire.

– Je t'en prie, goûte et dis-moi s'il est aussi bon que celui de ta grand-mère.

Evelyn leva les yeux vers lui et pour la première fois de la soirée, son visage s'adoucit. Elle était incroyablement touchée par les efforts qu'Atticus avait faits pour que ce dîner se passe le mieux possible.

– Merci.

Evelyn porta un morceau de canard à sa bouche et le goût divin flatta son palais tandis qu'une sensation chaleureuse et douillette enveloppait son corps en faisant remonter des souvenirs d'enfance.

– C'est bon ?

– Délicieux.

– Parfait.

Atticus sourit.

– Au fait, as-tu appelé ta famille ?

Evelyn se raidit.

CHAPITRE 27

– Je…, bredouilla Evelyn, incapable de trouver ses mots.

La soirée se passait bien jusque-là et Evelyn voulait que cela continue et arriver au moment de se séparer sans une seule dispute.

– Quelque chose ne va pas, Evelyn ?

Atticus fronçait les sourcils, l'air inquiet.

– Je… Eh bien, non, je ne les ai pas encore appelés.

– Ah bon ?

Il sourit et jeta un coup d'œil à la pendule au-dessus de la cheminée.

– Peut-être que si tu les appelles maintenant, ils seront encore debout. Si tu attends trop longtemps, ils risquent d'être couchés.

Il lui fit un clin d'œil et sa voix exprimait une gentillesse inhabituelle. Tout d'un coup il se leva d'un bond et sortit de la pièce à la vitesse de l'éclair. Il revint avant qu'Evelyn n'ait eu le temps de réagir.

– Tiens.

Il lui tendit un objet rectangulaire noir et brillant très similaire à celui qu'il lui avait donné.

– C'est mon téléphone, mais tu peux t'en servir, juste pour cette fois. Tu veux que je compose le numéro pour toi ?

– Oui… Je veux dire, non…, bredouilla-t-elle en levant les yeux vers lui avec hésitation, la peur lui serrait l'estomac.

Sur le visage d'Atticus ne transparaissait que la perplexité devant son changement soudain d'attitude. *Ne te conduis pas de façon irrationnelle, Evelyn*, se dit-elle en regardant les yeux noisette d'Atticus, plus clairs qu'elle ne les avait jamais vus. On aurait dit un autre type que celui qui l'avait quasi violée quelques jours plus tôt. Ce Atticus-là avait l'air doux, calme et gentil. Rien à voir avec le monstre sombre, violent et agressif qui était avec elle dans la forêt.

Il y eut un moment de silence pendant lequel les deux se regardèrent dans les yeux. Atticus attendait qu'Evelyn dise quelque chose. Elle essayait de formuler ce qu'elle avait dans la tête sans le vexer et provoquer un énième pétage de plombs.

– Quel est le piège ? finit-elle par dire après ce qui semblait être une éternité.

– Quoi ?

Evelyn prit une profonde inspiration et décida d'aller droit au but.

– Qu'est-ce que je vais devoir faire en échange, si je passe ce coup de fil à mes parents ?

Des larmes se rassemblèrent au bord de ses yeux.

– Qu'est-ce qui te fait croire qu'il y a un piège ?

– Parce que lorsque vous faites quelque chose pour moi, je dois toujours vous donner quelque chose en échange, comme lorsque j'ai donné ma liberté en échange de celle d'Ethan et ma vie en échange de la sécurité de ma famille.

Des larmes coulaient sur les joues d'Evelyn mais ce n'est que lorsque sa voix s'enroua qu'elle se rendit compte qu'elle pleurait. Il soupira.

– Bon, j'imagine que j'aurais dû m'y attendre…

Atticus s'agenouilla lentement à côté de la chaise d'Evelyn et lui prit la main. À sa grande surprise, elle ne la retira pas. Mais sa peur était perceptible à la vitesse des battements de son cœur et au volume de sang qui coulait dans ses veines.

– Je suis vraiment désolé pour Ethan et tout ce que j'ai fait qui a pu te blesser, je t'assure. Mais je t'en prie, tu dois comprendre à quel point tu comptes pour moi, et c'est pour cela que je ne peux pas supporter l'idée que tu ne sois pas près de moi.

Il eut un petit rire sans joie et roula les yeux.

– Tu peux me traiter d'égoïste, ou de maniaque du contrôle, tu peux me traiter de tout ce que tu veux si cela peut t'aider à supporter ce que je te fais endurer. J'imagine que tu me détestes ?

Il plongea son regard dans le sien en attendant une réponse, mais Evelyn ne desserra pas les lèvres, de peur de dire ce qu'il ne fallait pas.

– Tu n'as pas à avoir peur, je maîtrise mon côté obscur, ce soir, mais je vais prendre ton silence pour un oui…

Il prit une profonde inspiration avant de poursuivre.

– Je suis désolé de t'avoir enlevée à ta famille et de t'avoir séparée de cet humain. Je sais que tu l'aimais et que ta famille te manque. De toutes les mauvaises actions que j'ai commises dans ma vie, te faire du mal restera toujours celle que je regretterai le plus. Je t'aime, Evelyn, je veux te rendre heureuse, mais je ne suis pas suffisamment généreux pour te voir heureuse avec quelqu'un d'autre que moi, je regrette.

Soudain, Evelyn fit une chose à laquelle il ne s'attendait pas du tout. Pour la première fois depuis qu'ils se connaissaient, Evelyn fit de son propre chef un mouvement vers lui sans qu'il ait besoin de la menacer ou d'exiger. Elle prit sa main dans les siennes, en essayant de retenir ses larmes.

– Atticus, je…

Mais sans lui laisser le temps de continuer, il la saisit fermement par la nuque et appuya son front contre le sien. Il sentait les larmes commencer à lui piquer les yeux lorsqu'il ouvrit son cœur pour elle.

– Non, s'il te plaît, laisse-moi finir…

Il prit une nouvelle inspiration.

– J'espère que tu sais que je regrette ce qui est arrivé dans les bois et tous ces moments où je t'ai agressée. Evelyn, tu dois savoir que je ne suis pas comme les autres vampires. Je n'ai pas été transformé en vampire comme Hansel et Jonah, je suis le fruit d'une mutation.

– Quoi ? dit-elle, le souffle coupé, en s'écartant hâtivement de lui. Que voulez-vous dire par mutation ? Si ce n'est pas un autre qui vous a transformé, comment êtes-vous passé de humain à vampire ?

– Un humain a besoin du sang d'un vampire pour devenir un vampire à son tour. Mais la lignée des vampires a bien dû commencer quelque part, et il y a nécessairement un vampire qui fut créé il y a longtemps, selon une méthode autre que la transfusion sanguine…

– Et vous êtes ce premier vampire ?

– Non, enfin… oui, si on veut.

Lentement, il se releva et lui tourna le dos pour qu'elle ne puisse pas lire les émotions sur son visage. L'histoire – en partie du moins – qu'il allait lui raconter n'avait jamais été un sujet facile pour lui, tout simplement parce que les gens impliqués avaient énormément compté pour lui. Atticus avait eu plus que sa part de peines et de souffrance dans sa vie, et la plupart d'entre elles remontaient aux quelques années qui précédaient sa transformation et celles qui l'avaient suivie.

– Ce que je vais te raconter est l'un des secrets les mieux gardés de l'histoire des vampires, seule une petite poignée de personnes connaît cette histoire et je te demande de la garder pour toi.

La voix d'Atticus qui avait été douce et aimante prit tout à coup des accents d'autorité et de puissance, la voix d'un Roi. C'était le ton qu'il employait quand il voulait rappeler aux gens qu'il avait toute autorité sur eux.

– Vous n'êtes pas obligé de me la raconter si vous ne voulez pas. Si c'est tellement important que cela reste secret, alors il vaut mieux ne rien me révéler. Cela ne me dérange pas d'être maintenue dans l'ignorance.

Il sourit.

– Tu es probablement la seule personne qui refuse de savoir comment est née la race des vampires. La plupart des gens me supplieraient de leur raconter l'histoire de mon espèce.

– Je m'en voudrais de vous faire faire quelque chose qui vous déplairait, mentit Evelyn.

En réalité, cela ne l'intéressait pas d'entendre comment les vampires étaient apparus. Ils étaient l'espèce qui avait asservi la plupart des membres de la sienne, après tout.

– Mais je croyais que l'histoire des vampires était enseignée dans les écoles ? Comment est-il possible que ses débuts soient un secret si on les trouve dans tous les livres d'Histoire du monde ?

– Tu as lu ces livres d'Histoire ?

– Oui, mais l'Histoire des vampires ne m'a jamais intéressée alors je ne me souviens pas de grand-chose.

J'étais plus intéressée par l'Histoire des humains à l'époque qui a précédé la prise de pouvoir par les vôtres.

– Eh bien, ce qu'il y a dans ces livres n'est qu'un tissu de mensonges. Nous y sommes décrits comme des Dieux que les autres espèces doivent adorer et à qui elles doivent se soumettre. Ils ne disent rien de la réalité et des difficultés que nous, les Premiers, avons dû endurer afin de survivre et d'arriver où nous en sommes.

Il serra les poings sans le vouloir et ressentit l'amertume d'avoir laissé imprimer ces mensonges en passant sous silence toutes les difficultés que ses amis et lui avaient dû surmonter.

– Si vous ne voulez pas en parler, il n'y a vraiment aucun souci, je comprends.

Atticus secoua la tête.

– Si, je veux que tu connaisses cette histoire. Mais à en croire le ton de ta voix, tu n'es peut-être pas prête à l'entendre, si ?

– C'est une histoire triste et bouleversante, c'est ça ?

Il hocha la tête.

– Alors j'aime mieux ne pas l'entendre.

– Dans ce cas je vais juste te raconter les grandes lignes. Il y a très longtemps, sur une terre oubliée depuis qui s'appelait Atlantide, les sept premiers vampires furent créés grâce à une magie si ancienne, si sombre et si dangereuse qu'elle était interdite par les habitants d'Atlantide et les Dieux qu'ils adoraient… À cette époque-là, sept jeunes humains imprudents pensaient rendre service au monde et à leurs familles, mais ce fut tout le contraire. Ils n'avaient pas la moindre idée de ce à quoi ils avaient affaire.

Atticus sentit les larmes lui piquer les paupières, mais il n'eut pas de mal à les retenir. Depuis toutes ces années il avait appris à dissimuler ses émotions. Evelyn surveillait ses moindres gestes, et elle sentit au timbre de sa voix qu'il lui révélait quelque chose de très personnel et important pour lui, quelque chose dont il avait honte et qu'il regrettait.

– J'étais l'un de ces humains, je suis l'un des premiers vampires qui aient jamais existés. Je ne me rendais pas compte à l'époque à quel point – il s'arrêta un instant pour essayer de trouver le mot exact – ce type de magie était puissant et combien il pouvait nous affecter et nous changer pour le pire. Hansel, Jonah, Marcus et tous les vampires qui ont suivi ont beaucoup de chance de n'avoir jamais eu à endurer ce que j'ai connu. Nous avons payé le prix fort pour ce que nous avons fait et j'en souffre toujours au moment où je te parle.

– Que voulez-vous dire ? demanda-t-elle, intriguée par ce qu'il essayait de lui dire.

– Après que les Anciens d'Atlantide ont découvert ce que nous avions fait, ils nous ont punis, nous ont maudits et ont juré de faire de nos vies un enfer tel que nous regretterions d'être vivants.

– Que vous ont-ils fait ?

– Pour résumer, ils nous ont jeté un sort qui a eu pour conséquence de créer notre immortalité et notre besoin de sang humain pour survivre. À cela s'ajoute une autre malédiction, l'amplification de nos côtés les plus sombres et de nos instincts les plus mauvais.

Il regarda Evelyn avec tendresse et amour et lui prit la main.

– Je t'aime et je veux te rendre heureuse, mais je ne peux pas. Le trait de caractère qui a été amplifié chez moi, c'est mon irritabilité, mon besoin constant de contrôler, ma possessivité. Ainsi je ne peux pas supporter de passer au second plan et si je ne peux pas avoir quelque chose, je vais tout faire pour que personne d'autre ne l'ait.

Ces paroles résonnaient comme un avertissement, elles tiraient tous les signaux d'alarme dans la tête d'Evelyn et, pendant une fraction de seconde, elle vit le Atticus qui était dans les bois avec elle quelques jours auparavant, celui qui ne pouvait pas supporter qu'elle continue à aimer Ethan. Elle s'attendait à ce qu'il se transforme en ce monstre et se jette sur elle, déchire ses vêtements et achève ce qu'il avait commencé. Mais il fit quelque chose de bien plus inattendu.

Il tomba à genoux, le visage ruisselant de larmes. Fermement mais délicatement, il l'attira contre lui. Bien qu'il fût à genoux et elle assise sur une chaise, il était encore légèrement plus grand qu'elle.

Il l'embrassa sur le front tendrement et la prit dans ses bras comme si sa vie en dépendait.

– Ne me quitte pas, s'il te plaît, s'il te plaît… Ne me quitte pas, je n'en peux plus d'être seul. Je ne veux pas te perdre, je ne peux pas.

Pour la première fois, Evelyn se rendit compte à quel point Atticus était brisé. Toute cette virilité et cette attitude implacable n'étaient que faux-semblants. En réalité, il était seul, effrayé, terrorisé par ce qu'il pouvait devenir lorsqu'il ne se contrôlait plus. En hésitant, il fit un geste audacieux et pressa ses lèvres sur les siennes, et elle le laissa faire.

Un baiser. Leur premier vrai baiser.

– Je t'aime.

CHAPITRE 28

– Lord Hansel ! Attendez ! Le Roi a dit qu'il ne voulait être dérangé sous aucun prétexte, protesta le garde lorsque Hansel le poussa pour passer et entrer en trombe dans la chambre du Roi.

– Ça ne peut pas attendre. S'il dit quelque chose, j'en prendrai l'entière responsabilité.

Hansel passa les portes de la chambre si vite que les papiers qu'il tenait à la main faillirent s'envoler.

– Atticus, il faut que nous allions vérifier les passages secrets immédiatement, la garde a passé la nuit entière à contrôler toute la cité royale et n'a rien trouvé. Je pense qu'Eth…

Hansel s'arrêta net. Avez-vous jamais souhaité pouvoir effacer de votre mémoire quelque chose que vous aviez vu ? Jamais découvert quelque chose qui vous lamine tout en devant faire comme si cela ne vous touchait pas ? Il est toujours dur d'avoir des sentiments pour quelqu'un que vous ne pouvez pas avoir, surtout quand ce quelqu'un appartient au Roi, votre meilleur ami et créateur.

Hansel avait intégré depuis longtemps la possibilité qu'Atticus et Evelyn finisse ensemble, puisque Atticus était le seul homme qu'elle pourrait jamais aimer sans tomber sous le coup d'une sentence de mort. Malgré cela, Hansel ne contrôlait pas ce qu'il éprouvait pour elle. Il avait beau essayer de toutes ses forces, il n'arrivait pas à l'effacer de son esprit et de son cœur. Il ressentait quelque chose de spécial pour Evelyn, et cela devint une évidence pour lui lorsqu'il entra dans la chambre d'Atticus le matin qui suivit l'évasion d'Ethan.

– E-Evelyn.

Le choc fut douloureux quand il vit la scène qui se déroulait sous ses yeux. Elle dormait paisiblement, plus belle que jamais sous les couvertures, dans le lit d'Atticus.

– Chut, tu vas la réveiller.

La voix familière provenait de l'autre côté de la pièce, où Atticus entra vêtu seulement d'une serviette autour de la taille. Son corps musclé et bronzé était recouvert de petites gouttes d'eau après la douche qu'il venait de prendre.

– Q… que s'est-il passé ?

– Rien.

Atticus sourit et tapota l'épaule de Hansel en désignant de la tête les papiers qu'il tenait à la main.

– Qu'est-ce que c'est ?

– C'est le plan du palais, nous avons vérifié tout le périmètre, les jardins et chaque bâtiment dans l'enceinte du palais, sans résultat. Pas la moindre trace d'Ethan. Selon moi, soit il a réussi à s'échapper dans la cité royale, soit il se cache quelque part dans un des passages secrets.

Atticus fronça les sourcils.

– C'est impossible, personne ne peut sortir ni entrer dans le palais sans ma permission, Ethan ne pourrait pas s'échapper même s'il pouvait voler. Il doit toujours être quelque part dans le palais, vous n'avez pas assez bien cherché.

Hansel jeta un coup d'œil à la silhouette d'Evelyn endormie avant de reporter son attention sur le Roi. Il parla si bas qu'il savait qu'il serait impossible à un humain de l'entendre, même s'il se trouvait à côté de lui.

– Avec Jonah, nous avons envoyé la totalité de la garde royale à la recherche de cet humain et nous n'avons rien trouvé. Aucune trace de pas, ou autre, qu'il aurait laissée. C'est comme s'il s'était évaporé. Nous avons envoyé notre meilleur pisteur et même lui n'a pas pu dire où Ethan était passé.

– Tu essaies de me dire quoi, là ?

– Il y a des passages et des tunnels secrets dans les cachots, non ? Et si…

– Non.

Atticus ne lui laissa pas le temps d'émettre son hypothèse.

– C'est impossible, à part moi, seule une poignée de personnes connaissent l'existence de ces passages secrets. Quant à pouvoir les localiser…

– Mais Atticus, il n'y a aucune trace d'effraction dans la cellule d'Ethan, tout cela me paraît très bizarre, nous n'avons aucune idée de la façon dont il est sorti.

– Quelqu'un l'a forcément aidé, sinon il n'aurait même pas pu franchir la première équipe de gardes.

Atticus poussa un soupir exaspéré.

– On ne peut compter sur personne, il faut tout faire soi-même. Je vais aller faire un tour dans les cachots, tu veux bien garder un œil sur Evelyn ? J'ai le sentiment que la première chose qu'Ethan va faire, c'est essayer de la trouver. Je ne veux pas qu'elle le voie.

– Je te promets de m'occuper d'elle.

– Merci.

Atticus ébaucha un sourire avant de sortir de la pièce à la vitesse d'un vampire, faisant passer un courant d'air dans la chambre qui réveilla Evelyn. Elle grogna et s'enveloppa dans la couette pour se protéger de la fraîcheur de ce mois de septembre, tout en sentant la lumière du jour à travers ses paupières. Quelques instants plus tard elle ouvrit les yeux, s'attendant à se trouver dans sa chambre et surprise de découvrir un environnement totalement différent.

La chambre dans laquelle elle se trouvait était beaucoup plus grande que la sienne. Quatre murs blancs étaient décorés de tableaux probablement anciens et très chers, un lustre de cristal était suspendu au plafond juste au-dessus du lit à colonnes et une baie vitrée occupait un mur entier, laissant entrer la lumière naturelle du jour. Il y avait en outre un énorme bureau en bois placé juste devant la fenêtre, couvert de piles de documents bien rangés, un ordinateur portable et quelques autres gadgets qu'Evelyn n'avait jamais vus auparavant. Mais elle reconnut l'immense écran plat suspendu juste en face du lit.

Evelyn essaya d'observer le reste de la pièce, en vain. Ses tempes battaient comme des tambours, et elle sentait l'afflux de sang dans les vaisseaux de son cerveau lorsqu'elle essayait de se concentrer pour se souvenir de ce qui s'était passé la veille.

– Tu es réveillée ? marmonna Hansel en regardant Evelyn qui avait visiblement du mal à se redresser pour s'asseoir.

– H-Hansel ? Que faites-vous là ? Où est-ce que je suis ?

– Ce que je fais là ? Eh bien j'allais justement te poser la même question, Evelyn ? Ceci est la chambre d'Atticus et tu es dans son lit. Cela t'ennuierait de m'expliquer comment tu as atterri ici ?

Elle ne savait pas si c'était la migraine, son imagination ou autre chose, mais pour la première fois depuis qu'elle le connaissait, Hansel avait l'air presque en colère. Puis soudain ses mots prirent tout leur sens et son corps se mit sur la défensive.

– On est dans la chambre à coucher d'Atticus ?

Le souffle coupé, elle parcourut la pièce du regard : les murs blancs immaculés, l'agencement moderne de la pièce, toute cette normalité ; pas de chaînes tombant du plafond, aucune trace de sang nulle part, ni crânes, ni cercueils, rien. La chambre d'Atticus ressemblait terriblement à celle d'Ethan au manoir des Redfern, en plus grande et plus luxueuse.

Hansel remarqua l'expression d'Evelyn et son regard interrogatif.

– Tu t'attendais à quelque chose de légèrement plus… gothique et obscur ? dit-il, moqueur.

– Beaucoup, beaucoup plus sombre et flippant.

Il se mit à rire.

– Ne t'inquiète pas, c'est ce que pensent les gens en général. Étant donné sa violence et son côté sinistre, beaucoup s'imaginent qu'il vit dans un donjon rempli d'humains à torturer. Mais en réalité Atticus n'est pas si diabolique que ça une fois qu'on a su percer sa carapace.

« Atticus n'est pas si diabolique. » Soudain les souvenirs de la veille revinrent à Evelyn en cascade… Elle se souvenait de l'histoire qu'Atticus lui avait confiée sur la création des vampires, de la malédiction dont il était victime, des larmes du Roi, de sa supplique, et enfin de leur baiser.

C'était tout ce qui lui revenait de la soirée. Après, tout devenait flou. Elle se souvenait d'avoir bu mais pas tant que ça. Puis une chose lui vint à l'esprit. Elle parcourut la pièce du regard. *Oh, non…* Avec beaucoup d'hésitation elle souleva lentement la couverture et fut soulagée en constatant qu'elle portait un short sous le t-shirt trop grand pour elle.

– Que s'est-il passé, hier soir ? demanda Evelyn nerveusement.

Elle ne se rappelait pas s'être changée, et absolument pas pourquoi elle avait dormi dans la chambre d'Atticus.

– Je n'en sais rien, j'espérais que tu pourrais me le dire.

– Où est Atticus ?

– Il est parti quand tu dormais encore. Il avait des trucs à régler.

Hansel vint s'asseoir près du lit.

– Tu ne te rappelles rien de ce qui s'est passé hier soir ?

– Non, enfin… si, une chose… mais je…

Frustrée, elle pressa son crâne entre ses mains. La migraine ne l'aidait vraiment pas à se concentrer.

– Quoi ?

– Je me souviens qu'il m'a raconté comment il était devenu l'objet d'une malédiction qui le rendait caractériel, puis il m'a embrassée, et ensuite…

– Ensuite quoi ?

– Je ne l'ai pas repoussé. Et après ça, tout est flou…

Hansel soupira.

– Et tu as passé la nuit ici ?

– Ben, on dirait, mais je ne crois pas que nous ayons fait quoi ce soit.

– Même sans ça, le seul fait que tu sois restée est un signe d'espoir pour lui.

CHAPITRE 29

– Qu'essayez-vous de me dire, Hansel ? souffla Evelyn, surprise et intriguée devant ce changement si soudain dans l'attitude de son ami vampire.

Elle ne savait pas pourquoi mais c'était comme s'il avait effectué un virage à cent quatre-vingt degrés. Le gentil, doux, attentionné Hansel avait disparu. Depuis qu'elle avait ouvert les yeux, il s'était montré grossier, irrespectueux et lui avait lancé un tas de piques. Ce changement lui faisait peur. Depuis qu'elle était arrivée au palais royal, elle n'avait pour ainsi dire jamais quitté sa chambre et Hansel était le seul et unique véritable ami sur lequel elle pouvait compter, en plus de ses servantes. Elle avait besoin de lui pour survivre dans la cité royale, il lui prouvait que tous les vampires n'étaient pas des connards sans cœur comme Atticus et elle avait besoin de lui et de ce sentiment de sécurité qu'elle ressentait dès qu'il était dans les parages.

– À ton avis ? répondit Hansel au bout d'un moment sans la regarder. Tu n'as pas arrêté de répéter que tu ne voulais pas être ici, que tu ne voulais pas d'Atticus et que tu voulais qu'il arrête de t'aimer, mais est-ce que tu te rends compte de ce que tu as fait en passant la nuit ici, avec lui ?

– De quoi parlez-vous, Hansel ? gémit Evelyn.

Hansel s'approcha d'elle, les yeux assombris par la colère.

– En le laissant t'embrasser hier soir, tu as scellé ton destin. Tu as planté cette petite lueur d'espoir dans l'esprit d'Atticus, et à partir de maintenant, il va croire qu'il a ses chances avec toi. Il a désormais la certitude que ce qu'il ressent pour toi sera un jour ou l'autre partagé, à cause de ce baiser.

Le visage de Hansel prit une expression de chagrin et de dégoût.

– Il ne te laissera jamais partir, tu seras son joli petit animal de compagnie pour toujours.

– H-Hansel, je ne savais pas, je regrette…

– Tu regrettes ? Il se mit à rire. Tu crois que ça va tout régler ? Tu crois que cela suffira pour qu'il renonce à toi et oublie ses sentiments ? Tu crois que, parce que tu regrettes, il va te laisser partir et te rendre ta liberté d'aimer qui bon te semble ?

Hansel secoua la tête, incrédule, et se détourna pour qu'elle ne voie pas la douleur sur son visage.

– Dire que tu regrettes maintenant, c'est comme si tu avais cassé une assiette en mille morceaux et qu'ensuite tu t'excuses, en espérant qu'elle va redevenir comme avant. Cela ne sert à rien de regretter une fois que le mal est fait.

– Hansel, pourquoi cela vous contrarie-t-il autant ?

Atticus était le créateur et le Roi de Hansel. S'il pensait qu'il avait ses chances avec Evelyn, il devait être heureux ; et si Atticus était heureux, alors Hansel devrait l'être aussi. Et au fond, si Evelyn avait laissé Atticus l'embrasser hier soir, cela voulait probablement dire qu'elle apprenait que répondre au feu par le feu n'était pas la bonne technique, que la seule façon pour elle de survivre était de faire taire son orgueil et son entêtement.

Après des centaines d'années passées à ses côtés, Hansel n'avait jamais vu Atticus aussi possessif et protecteur. Evelyn occupait vraiment une place singulière dans le cœur du Roi et Hansel savait qu'il n'y avait pas la moindre chance qu'il renonce à elle. Alors pourquoi le jeune lord se mettait-il dans un état pareil ? *Parce qu'elle te plaît,* répondit son subconscient. *Parce que tu la veux pour toi.*

– Hansel, s'il vous plaît, ne soyez pas fâché contre moi, murmura Evelyn en posant doucement la main sur son épaule dans un geste de réconfort. Je suis désolée, je ne savais pas que j'allais réagir comme ça.

Il regarda ses magnifiques yeux bleus, si purs, si clairs, si innocents. Les yeux d'une jeune fille ignorante. Une jeune fille qui n'avait pas idée de la gravité du danger auquel elle s'exposait. Une jeune fille qui n'avait pas encore pris la mesure de ce qu'Atticus était prêt à faire pour elle. Une jeune fille qui n'avait pas idée de qui elle était et de qui elle voulait devenir.

Evelyn n'avait que dix-huit ans, elle était si jeune, comparée à Hansel et à Atticus. Elle n'avait pas vu le monde tel qu'ils l'avaient vu, elle n'avait pas encore expérimenté les montagnes russes que la vie pouvait offrir. Toute sa vie elle n'avait aimé qu'un seul garçon, Ethan, qui lui rendait son amour. Depuis dix-huit ans, elle s'était persuadée qu'Ethan et elle était faits l'un pour l'autre et qu'il serait tout pour elle. Le palais royal, les vampires et Atticus n'avaient jamais fait partie de ses projets.

Hansel parcourut du regard l'imposante chambre à coucher. Toutes les richesses, le pouvoir, le luxe et les avantages qu'elle gagnerait à être la petite amie d'Atticus ne représentaient rien pour elle.

– Hansel, je vous en prie, ne m'en veuillez pas. Parlez-moi, s'il vous plaît, l'implora-t-elle les yeux troublés par la peur que le seul ami qu'elle avait dans la château ne la rejette.

Hansel ne fut pas insensible à ce regard effrayé et désespéré. Il la prit dans ses bras et la serra contre lui.

– Je ne t'en veux pas, dit-il d'une voix douce dans ses cheveux alors qu'elle libérait les larmes qu'elle avait retenues jusque-là. C'est à moi que j'en veux.

– De quoi ?

Je m'en veux parce que je ne peux pas t'aider, te protéger. Atticus t'a arrachée à tout ce que tu aimais en te forçant à venir habiter ici. Je m'en veux de n'être pas capable de changer ton destin... Je m'en veux de n'être pas capable de défendre la femme à laquelle je tiens.

– Laisse tomber, répondit-il au bout d'un moment, tout en continuant à la tenir contre lui en humant son parfum. Penses-tu que tu pourrais être heureuse ici ? Avec Atticus ?

– Je n'en sais rien, répondit-elle avec franchise. Hansel, il a dit qu'il m'attendrait et qu'il ne me forcerait jamais à faire quelque chose que je ne voulais pas. Mais j'ai peur, j'ai vraiment peur. Que se passera-t-il si je ne suis jamais prête et qu'il perd patience ? J'ai peur qu'il continue à me donner la chair de poule et de toujours le détester…

Hansel s'écarta gentiment afin de pouvoir la regarder dans les yeux.

– Maintenant, dis-moi franchement ce qui s'est passé hier soir.

– Rien de mal, autant que je me souvienne. Je me rappelle seulement qu'Atticus m'a ouvert son cœur au sujet de l'origine des vampires et de la malédiction qu'on a placée sur sa tête…

– Attends, il t'a raconté l'histoire de la création des vampires ? souffla Hansel. Qu'est-ce qu'il t'a dit exactement ?

– Pas grand-chose, il a proposé de me raconter toute l'histoire, mais j'ai bien vu que c'était un sujet pénible pour lui, alors je n'ai pas voulu l'y obliger.

Il m'a juste donné les grandes lignes, dit Evelyn simplement. Pourquoi, c'est un problème ?

– Atticus ne parle pas facilement de son passé. Même moi je ne connais pas toute l'histoire des Premiers vampires.

Il devint pensif.

– Que s'est-il passé d'autre ?

– Il a pleuré…

Evelyn se tut un instant, attendant la réaction de Hansel, mais voyant son visage impassible, elle poursuivit.

– Et ensuite il m'a embrassée.

– Pourquoi l'as-tu laissé faire ?

Elle sourit d'un air embarrassé.

– Il m'a fait de la peine. J'ai eu la sensation qu'il n'était pas qu'un cœur froid et cruel, j'ai pensé qu'il était plus profond que ça, que peut-être il est comme ça parce qu'il a souffert, qu'il est torturé par ses expériences passées. J'ai eu l'impression que je lui devais quelque chose, il a laissé Ethan repartir dans sa famille, après tout.

Au moment où ces paroles sortaient de la bouche d'Evelyn, Hansel sentit tout son corps se tendre et des sentiments mélangés l'envahirent. *Ma pauvre Evelyn, si seulement tu savais ce qu'Atticus a fait à Ethan derrière ton dos.*

Il remarqua le sourire tendre qui retroussait le coin de ses lèvres lorsqu'elle parlait d'Ethan et cette étincelle d'affection dans ses yeux. Depuis plusieurs mois, Hansel avait caché à Evelyn les conditions de détention d'Ethan, par loyauté envers son Roi. Mais à cet instant, en se rendant compte de la force de l'amour d'Evelyn pour Ethan, il se sentit coupable pour la première fois de sa vie.

Elle avait le droit de connaître la vérité, de savoir ce qui était arrivé au jeune homme et de quoi était capable l'homme avec qui elle avait passé la nuit. Hansel était toujours dévoué à son créateur, mais Evelyn était innocente. Elle ne connaissait rien, elle était mal conseillée par un cœur compatissant et une volonté de voir le bien en toutes choses. Les gens comme elle ne pouvaient pas survivre dans un endroit comme le palais royal et avec des gens aussi sinistres et déviants que les vampires qui y vivaient…

– Evelyn, il y a une chose que tu dois savoir…

Hansel était sur le point de lui dire ce qui était arrivé à Ethan et ce qu'il s'était passé la veille au soir, quand la double porte de la chambre fut ouverte brutalement.

CHAPITRE 30

Ethan Redfern n'était pas, n'avait jamais été et ne serait jamais un lâche. Pourtant il avait l'impression d'en être un en se cachant d'Atticus et de son armée, en fuyant devant l'homme qui lui avait tout pris, et qui représentait une telle menace, non seulement pour lui, mais aussi pour sa famille et la jeune fille qu'il aimait.

En soupirant, il replia sous sa tête son bras blessé – mais en voie de guérison – sanglé dans une bande. Ses cheveux blonds reposaient sur un drap grossier étendu sur un lit de fortune à même le marbre d'un des nombreux passages secrets situés sous la cité royale. Il avait les yeux fixés au plafond, le seul éclairage de la pièce provenant d'une vieille lampe électrique.

Evelyn se trouvait au-dessus de lui, quelque part dans une chambre de l'un des nombreux bâtiments du palais royal. Elle était la raison pour laquelle il avait supporté tous ces mois de torture et de douleurs. Elle était la raison pour laquelle il ne s'était pas laissé mourir. Elle était la raison pour laquelle il se trouvait toujours dans ce maudit palais.

Il frissonna. Ce n'était pas un frisson causé par les courants d'air et la température glaciale des tunnels secrets, mais par l'idée du genre de tortures auxquelles Evelyn, elle-même, avait dû être exposée. Le Roi avait beau prétendre qu'il l'aimait, Ethan savait très bien qu'elle ne partageait pas cet amour, et que cela devait le rendre fou. Atticus régnait sur le peuple des vampires, sur les humains et sur presque toutes les autres espèces surnaturelles, connues ou non, de la planète. Il dirigeait le monde, exception faite de l'Antarctique et de l'Australie, qui étaient la chasse gardée des loups-garous, des sorcières et des quelques humains encore libres.

– Espèce de salaud, marmonna Ethan dans sa barbe, tu pouvais avoir n'importe quelle femme dans ce monde, autant de femmes que tu veux, qui ne demandent qu'à écarter les jambes pour toi. Pourquoi faire subir toutes ces souffrances à la seule qui ne veut pas de toi ?

Il eut un petit rire sans joie et serra dans son poing l'épaisse couverture de laine qu'Aaran lui avait fournie.

– Atticus, je te jure que tu vas payer pour tout ce que tu as fait. Même si je dois y laisser la vie, je me vengerai.

– Tu continues à maudire cet imbécile de Roi ?

Une silhouette familière enveloppée dans une cape entra en riant dans la pièce.

– Tu ferais mieux d'économiser ton énergie pour mettre en œuvre cette vengeance. Si c'était si facile de tuer Atticus, fais-moi confiance, la Résistance l'aurait déjà fait. Mon cher cousin, tu es peut-être un humain intelligent, mais tu n'es quand même qu'un humain. Laisse-nous mener ce combat, nous, les loups.

– Aaran, tu n'es qu'à moitié loup.

– En tout cas, je suis plus loup que tu ne le seras jamais.

Aaran sourit d'un air moqueur à son jeune cousin. Ethan leva les yeux au ciel.

– C'est à mon père que tu devrais dire ça, pas à moi. Rappelle-lui que, comme moi, il n'est qu'un humain impuissant, sans la moindre maîtrise sur ce monde surnaturel.

– Ton père ne veut que ton bien, le tien et celui de ton peuple.

La silhouette sourit doucement en repoussant la capuche de velours noir qui couvrait son beau visage. Une paire d'yeux d'un bleu profond, aux iris cerclés de paillettes d'or, entourés d'une barrière d'épais cils recourbés. La peau claire d'un blanc de porcelaine, une masse de cheveux blonds d'une nuance plus claire que ceux d'Ethan. Un nez droit et parfaitement dessiné. Personne n'aurait pu deviner que ce nez avait été cassé un grand nombre de fois et que s'il n'avait pas ce sang magique coulant dans ses veines, le visage d'Aaran serait dans un état qui aurait fait fuir la plus enjouée des princesses.

Avec sa musculature tonique et ce visage séduisant, Aaran Einar était homme à faire tomber instantanément follement amoureuses toutes les filles qui posaient les yeux sur lui.

– Je sais que mon père m'aime, dit Ethan les traits assombris par la culpabilité à la mention de son père. Il a toujours voulu ce qu'il y avait de mieux pour moi, mais comme tu le dis toi-même, nous sommes humains, nous n'obtenons pas toujours ce que nous voulons. Il aura beau faire, je ne serai jamais en sécurité dans le royaume d'Atticus.

Ethan émit un autre rire sans joie en essayant de réprimer la colère qui bouillait en lui. Il haïssait Atticus de toutes les fibres de son corps. Il le haïssait de les avoir séparés de force, Evelyn et lui. D'avoir anéanti la vie d'Evelyn. De réduire la population humaine à une vie de pauvreté et d'humiliation. D'être impitoyable alors que la presque totalité de la Nation Vampire, des humains et des créatures surnaturelles adoraient tous le sol qu'ils foulaient du pied. Il n'y avait rien qui ferait plus plaisir à Ethan que de tuer ce damné vampire à la moindre occasion, s'il savait comment.

D'un air las, Ethan reporta son attention sur son cousin. Aaran s'approcha d'Ethan et sortit un sachet de raisins secs qu'il lui tendit avec un sourire.

– Ton père m'a dit que tu aimais beaucoup les fruits secs, et il a insisté pour que je t'en apporte avant notre départ pour l'Australie.

– L'Australie ?

Ethan retint son souffle et, oubliant ses blessures l'espace d'un instant, il se leva d'un bond, stupéfait. Mal lui en prit, la brusquerie du mouvement fut trop violente pour ses blessures non cicatrisées et il les sentit se rouvrir, mais il s'en moquait.

– Oui, l'Australie, soupira Aaran. Ta famille a décidé qu'il devenait trop dangereux pour toi de rester ici, et ils ont insisté pour que tu partes avec moi et que tu commences une nouvelle vie loin de toute cette souffrance.

– L'Australie ?

Ethan se mit à rire.

– C'est tout ce que mon père a trouvé comme solution ?

– Ethan, arrête. Il ne faut pas lui en vouloir, tu sais bien qu'il ne t'éloignerait pas s'il avait le choix. Mais c'est le seul moyen de te protéger. L'Australie est le seul endroit où tu seras en sécurité, maintenant.

– Tu crois vraiment que je vais me tirer en laissant Evelyn aux mains de ce monstre impitoyable ? Jamais de la vie. Je n'abandonnerai jamais Evelyn.

Ethan avait parlé d'un ton ferme, exprimant une autorité et un sérieux qui forcent à écouter. Aaran était un guerrier, un survivant, qui savait faire la part des choses entre les ordres et le devoir, et il avait envie d'adhérer à l'injonction de son cousin. Fuir n'était pas ce qu'un guerrier faisait quand on avait besoin de lui, et Aaran respectait la force de son cousin, sa volonté et sa bravoure.

Pour autant, il savait que si Ethan ne fuyait pas la Nation Vampire aussi tôt que possible, Atticus allait renforcer son dispositif et envoyer plus de militaires à sa recherche et le capturer. La seule chose qui assurait leur survie pour l'instant était les paroles de son professeur et maître : « *L'endroit le plus sûr est toujours l'endroit le plus dangereux.* » Ça et les démons personnels d'Atticus qui l'empêchaient de faire fouiller les tunnels.

Aaran parcourut du regard les murs de pierre qui les entouraient et se demanda ce qui avait bien pu se passer ici, dans cet interminable labyrinthe de passages secrets. Il avait entendu dire que de grands secrets étaient gardés ici, que ce n'était pas sans raison que personne ne connaissait cet endroit et qu'Atticus ne les fouillerait jamais à moins d'être certain qu'Ethan s'y trouvait.

Comme toujours, l'expression sur le visage d'Aaran n'échappa pas à l'œil de lynx d'Ethan Redfern.

– Tu repenses à ton coach flippant ?

– Maître Vivika n'est pas mon coach, il est mon maître et professeur. Il m'a enseigné tout ce que je sais, et en l'occurrence, ce qui assure ta survie pour l'instant.

Aaran désigna de la main la pièce aux murs de pierre autour d'eux.

– Sois un peu plus respectueux quand tu parles de lui, s'il te plaît.

Ethan se contenta de lever les yeux au ciel.

– S'il est si bien que ça, pourquoi ne lui demandes-tu pas de venir délivrer Evelyn ? Dès qu'elle sera sauve, je partirai avec elle en Australie et ta mission auprès de mon père sera terminée.

– Si tu emmènes Evelyn en Australie, tu sais ce qu'il va se passer, n'est-ce pas ? Cela provoquera la guerre la plus sanguinaire que cette planète ait vue depuis des siècles. Je ne peux pas faire ça. Les sorcières ont déjà assez de mal à empêcher les vampires de nous envahir et de détruire nos maisons, ne donnons pas à Atticus une raison supplémentaire d'éradiquer l'un des seuls endroits sur cette terre où il n'a pas le pouvoir, OK ?

Au début, Ethan garda le silence. Comme un enfant têtu, il détourna la tête avec agacement.

– Il doit bien y avoir un moyen. Je dois sauver Evelyn, je ne peux pas la laisser là sans même essayer de la secourir.

– Ethan… gronda Aaran. Evelyn n'est qu'une fille, une jolie fille, je te l'accorde, mais elle ne vaut pas que tu sacrifies ta vie pour elle. Je t'en prie, laisse tomber et laisse-moi t'emmener en Australie. Atticus ne renoncera jamais à Evelyn. Cet homme est possessif avec tout ce qu'il désire, il est impitoyable et prêt à détruire tout ce qui lui barre la route. Il ne la laissera jamais partir.

– Comment peux-tu le savoir ? demanda l'humain, curieux.

Le ton qu'employait Aaran pour parler d'Atticus lui donnait l'impression qu'il le connaissait personnellement, comme s'il l'avait connu toute sa vie.

– Je le sais, c'est tout.

À son regard qui s'assombrissait, Ethan vit bien qu'Aaran ne lui disait pas tout.

***

– Evelyn, il y a une chose que tu dois savoir…

Evelyn comprit que Hansel était sur le point de lui révéler quelque chose d'important. Mais avant même qu'il n'ouvre la bouche, la double porte de la chambre fut ouverte brutalement.

– Posez la nourriture sur la table, là-bas.

La voix familière et autoritaire de Jonah résonna dans la pièce et immédiatement Hansel s'écarta d'Evelyn, comme s'ils faisaient quelque chose qu'ils ne devraient pas.

– Jonah, que se passe-t-il ? demanda-t-il en montrant l'assiette en argent recouverte d'un couvercle et le verre de jus d'orange posés sur la table de chevet d'Atticus.

– Notre Roi m'a ordonné d'apporter le petit déjeuner d'Evelyn. Il craignait qu'en se réveillant elle ne soit trop effrayée pour le réclamer.

Le dégoût était clair dans la voix et le regard de Jonah lorsqu'il parlait de la jeune humaine, comme si elle était une sorte d'animal dont Atticus l'avait obligé à s'occuper. Evelyn percevait l'amertume dans l'attitude du garde.

– Allez, mange, ordonna Jonah en désignant le plateau du doigt. Plus tôt tu auras fini, plus tôt je pourrai envoyer quelqu'un débarrasser. On n'a pas de temps à perdre, ici.

Puis il se tourna vers Hansel.

– Je peux te dire un mot en privé ?

CHAPITRE 31

Jonah tourna rapidement les talons et se dirigea vers la porte en faisant signe à Hansel de le suivre. Celui-ci s'exécuta, bien sûr, non sans une certaine réticence qui n'échappa pas à Evelyn. Avant de sortir de la pièce, il se retourna et fit à la jeune humaine un sourire doux et angélique, à la fois triste et rassurant. C'était un sourire d'adieu, comme si Hansel savait qu'ils ne se reverraient jamais.

Evelyn détacha son regard de Hansel pour se concentrer sur Jonah qui les observait, la tête légèrement penchée sur le côté.

« Je peux te dire un mot en privé ? » Les mots du vampire plus âgé, prononcés avec une note d'autorité mêlée de colère, résonnaient aux oreilles d'Evelyn. Elle ne savait pas ce qu'il se passait mais quelque chose dans le regard menaçant que Jonah leur lança l'inquiéta. Il y avait aussi la façon dont Hansel s'était comporté lorsque Jonah était entré dans la chambre ; il s'était écarté d'elle si

brusquement, comme s'ils avaient été surpris en train de faire quelque chose de mal.

Evelyn remarqua alors un mouvement nerveux sur la main de Hansel, on aurait dit qu'il tremblait…

– Vous ne pouvez pas l'emmener, s'écria-t-elle au moment où il sortait de la chambre d'Atticus.

Elle avait essayé de parler d'un ton autoritaire, un peu comme Atticus, mais sans succès. Sa voix n'était qu'un son frêle et faible, comme celle d'un enfant terrorisé.

– Ah bon ? Et pourquoi ? dit Jonah sur un ton tranchant qui lui fit courir un frisson le long de la colonne vertébrale.

Elle eut l'impression qu'il se moquait d'elle, et bien qu'elle ne puisse pas voir son visage à ce moment-là, elle sut qu'il devait sourire d'un air goguenard.

– Nous étions en train de discuter. On ne vous a jamais appris qu'il est très impoli d'interrompre une conversation ?

Cette fois, la voix d'Evelyn était un peu plus forte et elle était extrêmement fière d'avoir osé s'interposer au lieu de laisser Jonah emmener Hansel sans réagir.

– C'est très grossier !

Pendant son bref passage au palais, elle n'avait échangé que quelques mots avec Jonah. Il faisait partie de l'élite des gardes et c'était un ami intime d'Atticus. Il l'avait toujours regardée de haut comme si elle n'était qu'un déchet, un rat. Par de multiples aspects, Evelyn retrouvait des accents d'Atticus chez Jonah, on pouvait voir la même cruauté dans leurs yeux lorsqu'ils étaient en colère, et ils avaient tous les deux cette apparence de calme alors qu'au fond d'eux-mêmes ils étaient furieux.

– C'est grossier ? murmura Jonah ironiquement avant de se retourner et de traverser la pièce en une fraction de seconde pour venir se planter devant Evelyn, l'air furieux.

Ses dents dénudées et cette rage animale lui rappelaient les tigres féroces qu'elle avait vus dans un documentaire regardé avec Ethan.

– Et on ne vous a jamais dit que ce sont les putains qui allument tous les hommes qu'elles rencontrent ?

Evelyn retint son souffle, choquée par le vocabulaire grossier de Jonah. Elle ne savait pas si c'était l'effet du vin qu'elle avait bu la veille ou le stress qui s'accumulait, mais sans réfléchir elle lui balança son poing en pleine figure. Un grand *bang* résonna dans la chambre et Hansel en eut le souffle coupé.

– Espèce de salope ! rugit Jonah en tendant la main pour l'attraper par le cou.

Mais avant qu'il ne la touche, Hansel bondit pour se mettre entre eux et arrêter le bras de Jonah.

– Tu veux te faire tuer par Atticus ? S'il venait à découvrir que tu as posé ne serait-ce qu'un doigt sur elle, il t'arracherait la gorge !

– J'allais justement te poser la même question, mon cher ami. Tu as envie de mourir ? Tu sais ce qu'Atticus te ferait s'il découvrait que tu craques pour elle ?

– Je ne craque pas pour Evelyn ! Atticus sait qu'elle me fait confiance et qu'elle apprécie ma compagnie, c'est pour cela qu'il m'a ordonné de devenir son ami et d'être gentil avec elle, pour rendre son séjour ici plus supportable. Je ne fais qu'obéir à ses ordres.

Jonah leva les yeux au ciel.

– Oh arrête, nous savons tous les deux ce qui se passe dans ta tête. Si tu la fais passer avant ton amitié avec ton créateur, alors tu peux me croire, je ne te pleurerai pas quand Atticus t'aura tué.

Il eut un sourire sinistre.

– Je sais ce que tu t'apprêtais à lui dire avant que je ne vienne interrompre vos roucoulades. Hansel, toi et moi sommes amis depuis des siècles, donc à ce titre je ne dirai rien à Atticus de ce qui s'est passé aujourd'hui, mais ce sera la seule et unique fois. Je suis fidèle à Atticus avant tout.

– Je n'en ai jamais douté.

– Tant mieux.

Et avec un dernier regard dégoûté à Evelyn, Jonah leva les yeux au ciel et sortit en trombe de la pièce. Hansel le regarda s'en aller et écouta attentivement le bruit des pas qui s'éloignaient, s'assurant que Jonah ne pouvait plus les entendre avant de se retourner vers Evelyn, l'air inquiet en vérifiant l'état de sa main.

– Ça va ?

Il n'était pas inhabituel qu'un humain se blesse en voulant frapper un vampire.

– Evelyn, est-ce que tu as mal à la main ?

Puis il reporta son attention sur son visage et s'aperçut qu'elle pleurait. Des petites larmes s'écoulaient régulièrement des yeux bleu vif d'Evelyn. Les lèvres légèrement entrouvertes, elle respirait irrégulièrement.

– Qu'est-ce qui ne va pas, Evelyn ?

Du bout de l'index il suivit le tracé des os de sa main.

– Rien ne semble cassé. Dis-moi où…

Elle retira sa main avec vivacité sans lui laisser le temps de finir sa phrase.

– « Il m'a ordonné de devenir son ami… je ne fais qu'obéir aux ordres. »

Evelyn lui renvoyait ses propres mots au visage, d'une voix rauque et tout aussi saccadée que sa respiration. Elle commença à trembler de chagrin et de colère.

– Vous vous êtes servi de moi ? Vous n'en avez jamais rien eu à faire de moi, vous ne faisiez qu'obéir aux ordres ?

– Evelyn…

Il tendit la main vers elle, dans un geste d'apaisement. Il voulait tout lui expliquer mais il ne s'attendait pas à une réaction aussi violente. Elle était si énervée qu'elle en oubliait de respirer.

– NE ME TOUCHEZ PAS ! hurla-t-elle, les joues rougies par le manque d'oxygène.

– Eve !

Hansel se précipita à la vitesse du vampire pour la rattraper alors qu'elle tanguait dangereusement, les larmes ruisselant de ses grands yeux bleus.

– Laissez-moi ! hurla-t-elle en tapant de ses poings le torse de Hansel de toutes ses forces.

Mais il ne la lâcha pas, il n'essaya même pas de l'arrêter et continua à la tenir contre lui pour l'empêcher de tomber.

– Je vous déteste. Je vous déteste tous autant que vous êtes.

– Evelyn, je ne pensais pas ce que j'ai dit, je te jure ! Je tiens vraiment à toi, je ne me suis jamais servi de toi !

Mais Evelyn restait sourde à ses explications.

– Je vous déteste, je vous déteste tous ! répétait-elle encore et encore, comme un mantra.

La jeune Blackburn sentait qu'elle craquait complètement.

– Je vous déteste, Hansel.

CHAPITRE 32

Hansel contemplait le ciel nocturne indigo par la petite fenêtre située au bout du couloir. Un silence glaçant régnait dans les grands corridors, le seul bruit audible était la respiration des nombreux gardes plantés devant les murs blancs.

Ils étaient tous grands et bien bâtis, certains des meilleurs guerriers de la Nation Vampire. Leur présence était si imposante et impressionnante que les murs de trois mètres de haut paraissaient bas. Leur aura était incontestable et impossible à ignorer. C'était ironique de penser qu'ils étaient tous là pour protéger une jeune humaine. Atticus était paranoïaque depuis qu'Ethan s'était évadé, il craignait que le jeune Redfern ne soit bien déterminé à la lui reprendre.

C'est à cause de ce genre d'instinct de possessivité qu'elle a peur de toi, Atticus, pensa Hansel. *Aimer une personne suppose de la laisser respirer. C'est justement parce que tu as constamment peur qu'elle ne te quitte qu'elle veut te quitter, pourquoi ne le vois-tu pas ?*

Hansel ne savait pas si c'était une impression ou si le palais était effectivement plus silencieux que d'habitude. À vrai dire, plus des trois quarts des gardes étaient dehors, à la recherche d'Ethan Redfern.

Incroyable, pensa Hansel. *Plus d'un millier des meilleurs guerriers et pisteurs du palais sont à la recherche d'un humain, depuis plus de vingt-quatre heures, et toujours aucune trace de lui. Il doit avoir un allié puissant, c'est impossible pour un simple humain de s'évader des cachots et encore plus d'échapper à la vigilance de Jonah, le garde le plus attentif et paranoïaque que Hansel ait jamais rencontré au cours des siècles.*

Il poussa un soupir stressé en secouant la tête violemment pour essayer d'oublier tout ce qui avait un rapport avec cet Ethan Redfern. À ce moment-là, l'humain n'était pas son souci principal. Avec hésitation, il appuya les doigts sur le mur qui séparait le corridor dans lequel il se trouvait de la chambre d'Evelyn. Il fit tout son possible pour traverser la barrière magique invisible afin d'entendre ce qu'Atticus lui disait. En vain.

La barrière de protection avait été érigée par Atticus lui-même. Être l'un des Premiers avait ses avantages. Faire usage de magie et de charmes que seuls les sorcières et les sorciers possédaient en faisait partie. Parfois, lorsque c'était nécessaire, Atticus était capable d'aller puiser dans sa propre énergie pour effectuer des choses que même les sorciers les plus puissants ne pouvaient pas faire.

Hansel serra les lèvres, frustré. Evelyn s'était enfermée dans sa chambre depuis qu'il avait laissé échapper qu'Atticus lui avait ordonné de devenir ami avec elle pour que son séjour au palais soit plus agréable. Ce n'était pas tout à fait exact en réalité. Bien sûr c'étaient les ordres du Roi, et c'était le devoir de Hansel d'obéir. Mais ce n'était pas la seule raison pour laquelle il passait du temps avec elle et se montrait gentil.

Il avait des sentiments pour la jeune humaine, quelque chose en elle mettait le feu à ses émotions. Pour la première fois de sa vie de vampire, il tenait à quelqu'un d'autre que son créateur et ses amis. Lorsque Evelyn était entrée dans sa vie, elle avait fait surgir une étincelle qui était devenue une flamme incandescente. En posant doucement le front sur le mur froid et lisse, il regretta de ne pas avoir le pouvoir de repousser la barrière protectrice d'Atticus pour écouter leur conversation.

« *S'il te plaît, sois doux avec elle, Atticus, elle est blessée et vulnérable en ce moment. Quoi que tu fasses, maîtrise-toi.* »

– Il faut que tu manges.

Atticus poussa doucement le délicat bol en porcelaine vers Evelyn. L'appétissant parfum des nouilles au canard emplit l'air de la pièce, et Atticus se demanda si lui-même pourrait résister à la tentation de se jeter sur la nourriture.

– Je n'ai pas faim, marmonna Evelyn.

Son visage avait perdu ses couleurs et n'était plus que douleur et tristesse. On aurait pu croire qu'elle venait d'assister à l'exécution de tous les êtres qu'elle aimait.

Le Roi était assis au bord du lit à colonnes d'Evelyn, sur la couverture de velours blanc. Bree, Aqua et Scarlet étaient à ses côtés, portant chacune un plateau sur lequel étaient posés les mets préférés d'Evelyn. Elle n'avait rien mangé depuis la veille au soir. En découvrant que Hansel lui avait menti, elle était entrée dans une fureur incontrôlable et avait refusé même de boire quoi que ce soit.

Tu aurais dû attendre qu'elle ait pris son petit déjeuner avant de lâcher cette bombe, Hansel, pensa Atticus avant de reposer le bol de nouilles sur le plateau de Bree.

– Ne fais pas ça, Evelyn, s'il te plaît. Je t'ai déjà dit que je m'excusais d'avoir poussé Hansel à devenir ton ami. Je pensais sincèrement que cela t'aiderait à te sentir à l'aise au palais puisqu'il était le seul vampire que tu connaissais à part moi.

Atticus scrutait son visage d'un œil de rapace, à la recherche du moindre mouvement qui révélerait une émotion.

– J'ai pensé que tu apprécierais plus facilement la vie ici si tu avais des amis et des personnes sur qui tu pouvais compter.

Evelyn se mit à rire mais d'un rire étouffé.

– J'ai effectivement compté sur lui, je l'ai effectivement considéré comme mon ami, mon seul ami. J'ai pensé qu'il se souciait vraiment de mon bien-être, je croyais qu'il était mon ami. Mais il semble que j'avais tort.

– Evelyn, ne sois pas comme ça. Je suis désolé, vraiment, mais tu dois comprendre que si Hansel a démarré cette amitié avec toi sur mes ordres, cela ne veut pas dire qu'il ne tient pas à toi. C'est une personne pleine de compassion et il a toujours veillé sur moi depuis toutes ces années, exactement comme pour toi. Je suis convaincu que son amitié pour toi est sincère.

– Arrêtez, marmonna Evelyn en se recroquevillant sur elle-même en une petite boule.

– Même s'il ne tient pas à toi, moi je tiens à toi, Evelyn. Je sais que je peux passer pour un être cruel et sans cœur, mais je tiens sincèrement à toi, et là tout de suite, je m'inquiète pour toi.

Il tendit le bras et repoussa doucement une mèche de cheveux qui lui tombait dans le visage.

– Mange quelque chose, je t'en prie.

– Je désire seulement être seule, s'il vous plaît.

Elle avait parlé d'une voix si basse qu'il ne l'aurait sans doute pas entendue s'il n'avait pas été un vampire.

Atticus perçut le désespoir et la fragilité chez la jeune fille, autrefois si belle et vibrante lorsqu'il l'avait rencontrée le soir de sa fête d'anniversaire.

Ses mains tremblaient et de grosses larmes apparaissaient au coin de ses yeux une fois de plus. Il l'avait tellement fait souffrir, lui avait causé tellement de chagrin que la lumière qui brillait en elle avait disparu. Il l'avait arrachée à sa famille et à présent elle perdait pied lentement. D'une certaine façon, elle se laissait mourir. Et Atticus en était responsable.

Il était à l'origine du malheur de la seule femme qu'il avait souhaité rendre heureuse, et il se dégoûtait lui-même.

– Je veux seulement être seule. S'il vous plaît.

La haine et la peur avaient disparu du regard d'Evelyn. Ses yeux étaient vides. Les yeux d'une personne qui a perdu tout espoir d'être heureuse.

« Pour aimer il ne suffit pas de prendre, mais aussi de donner. L'amour est une question de sacrifice et de don. Tu as beau vouloir plus que tout qu'elle reste, il faut que tu lui accordes un peu d'espace. Tu es la dernière personne qu'elle a envie de voir. »

– Pas tant que tu n'auras pas mangé.

Elle jeta un coup d'œil aux plats, l'air totalement indifférente.

– Si je mange, me laisserez-vous tranquille ?

Il acquiesça d'un signe de tête. En soupirant, Evelyn prit le bol de nouilles et une fourchette et porta à sa bouche une quantité non négligeable de nourriture. Ses gestes étaient automatiques, les yeux rougis et gonflés d'avoir tant pleuré perdus dans le vague, elle avait un air fatigué et las.

Atticus jeta un regard aux trois servantes.

– Veillez à ce qu'elle finisse son bol, et si elle veut quelque chose, quoi que ce soit, inutile de me demander, donnez-lui, ordonna le Roi avant de se lever et de se diriger vers la porte.

Dès qu'il fut de l'autre côté de la pièce, il se retourna et soutint silencieusement le regard de Bree pour *qu'elle s'assure qu'Evelyn ne sorte pas de cette chambre.* La servante hocha la tête pour monter qu'elle avait compris. Après un dernier regard à la frêle jeune fille assise sur le grand lit, Atticus sortit.

– Comment cela s'est-il passé ?

Hansel se jeta sur Atticus dès qu'il sortit de la pièce.

– Ni bien ni mal, mais au moins elle a enfin accepté de manger. Jonah et toi, vous m'avez vraiment mis dans la panade, tu sais ça ? Evelyn ressemble à un zombie, maintenant. Si tu avais vu son visage, plus trace de lumière ni d'espoir. On dirait une poupée brisée.

Hansel secoua la tête, l'air désolé.

– J'aurais dû faire plus attention, ce matin. Je suis désolé, expliqua-t-il en suivant Atticus dans le couloir.

En voyant leur Roi, les gardes lui demandèrent silencieusement s'ils devaient le suivre ou non, mais Atticus secoua la tête et montra la porte du doigt. Il tenait plus à la protection d'Evelyn qu'à la sienne, en ce moment !

– Arrête, ce n'est pas ta faute, c'est plutôt Jonah qui est à blâmer, il a agi irrationnellement en croyant que toi, tu pourrais me trahir.

Atticus gloussa et son regard étant rivé sur le couloir devant lui, il ne remarqua pas l'éclair de culpabilité qui passa dans les yeux de Hansel.

– J'aurais dû lui en parler plus tôt, si je l'avais fait, rien de tout cela ne serait arrivé.

Atticus soupira.

– Bon, ce qui est fait est fait. On a du nouveau pour Ethan ?

– Non.

– Comment un humain pourrait-il échapper à toute une troupe de gardes et aux meilleurs pisteurs du pays ? Ce garçon ne s'est pas évaporé dans la nature, tout de même !

– Je continue à penser que tu devrais fouiller les passages secrets. Pour l'instant c'est ce qui me semble le plus probable.

– Non, il ne peut pas y être. Ces tunnels sont fermés depuis des siècles et je ne vais pas les rouvrir à cause d'un humain. Et puis je ne vois pas comment il aurait pu les trouver. Seule une poignée de personnes en connaissent l'existence et je suis le seul à connaître le moyen d'y pénétrer.

– Mais suppose qu'il ait de l'aide ?

– Venant de qui ?

Un éclair de colère passa dans son regard avant de disparaître, et son visage reprit son expression lisse et calme.

– Tu crois vraiment que quelqu'un parmi mes gens serait prêt à risquer sa vie pour un humain ? Dis à Jonah de continuer les recherches.

Atticus ouvrit les portes de sa chambre et entra à grandes enjambées, laissant ouvert derrière lui pour que Hansel le suive. Celui-ci s'apprêtait à répondre mais se ravisa. Les passages secrets du palais étaient un sujet délicat pour Atticus et Hansel ne savait pas avec certitude pourquoi. Même si cela avait probablement un rapport avec les autres Premiers.

– Il y a un truc que je voulais te demander, dit Hansel après quelques instants de silence en suivant Atticus dans son bureau. Que s'est-il passé hier soir entre Evelyn et toi ?

– Qu'est-ce que tu veux dire ? demanda le Roi avec innocence, sans détourner les yeux de la montagne de paperasse sur son bureau.

– Quand je suis entré ce matin, elle était dans ton lit…

– Il ne s'est rien passé. Elle ne supporte pas l'alcool, elle a perdu connaissance après une bouteille, je l'ai laissée dormir dans mon lit, c'est tout. J'ai plus de trois mille ans, tu crois que je ne sais pas me contrôler ?

Il leva les yeux vers Hansel en souriant. Celui-ci lui retourna son sourire, une énorme boule d'inquiétude ayant disparu de sa poitrine.

– Hansel, tu veux bien appeler Marcus pour moi ?

– Bien sûr, pourquoi ?

– J'ai besoin de lui.

CHAPITRE 33

« *Je ne craque pas pour Evelyn ! Atticus sait qu'elle me fait confiance et qu'elle apprécie ma compagnie, c'est pour cela qu'il m'a ordonné de devenir son ami et d'être gentil avec elle, pour rendre son séjour ici plus supportable. Je ne fais qu'obéir à ses ordres.* »

« *Je ne fais qu'obéir aux ordres...* »

« *Je ne fais qu'obéir aux ordres...* »

« *Obéir aux ordres...* »

La voix de Hansel résonnait dans la tête d'Evelyn allongée sur son lit sous la couette, les genoux remontés sous son menton, en position fœtale. Evelyn serra les paupières pour empêcher ses larmes de couler.

Arrête de pleurer. Arrête de pleurer, Evelyn, tu ne peux pas pleurer chaque fois que tu rencontres un problème. Ce n'est pas une solution. Si tu pleures, c'est de l'apitoiement, tu dois être forte. C'est la seule façon de t'en sortir.

Mais c'était plus facile à dire qu'à faire. Le fait qu'Evelyn veuille être forte ne voulait pas nécessairement dire qu'elle le pouvait. Contre sa volonté, les larmes se mirent à couler de ses yeux rougis sur ses joues à la peau boursouflée.

Ne pleure pas, ne pleure pas, se répétait-elle, en vain. Les larmes continuaient à couler.

Un gémissement brisé s'échappa de ses lèvres. La réalité de sa situation l'avait frappée de plein fouet. Elle avait cru toucher le fond auparavant, mais elle se trompait. C'était maintenant qu'elle touchait vraiment le fond. Plus de famille. Plus d'Ethan. Plus de liberté. Plus rien.

Atticus avait raison, seule son amitié avec Hansel avait rendu sa vie au palais supportable. Sa présence était la seule chose qui lui avait permis de ne pas perdre la raison. Mais maintenant elle n'avait plus rien. Rien à quoi se raccrocher et rien à espérer. Elle allait passer toute sa vie ici, dans ce palais. Mener jour après jour une vie misérable. Et puis, un jour viendrait peut-être où Atticus la transformerait en vampire et ferait d'elle une des leurs afin qu'elle vive éternellement et devienne un monstre, tout comme lui et Hansel.

Elle voulait plus que tout partir, échapper à ce destin cruel, même au prix de sa vie. Mais elle ne pouvait ni partir, ni mourir, parce que si elle le faisait, elle savait bien que le risque était grand qu'Atticus s'en prenne à sa famille et à Ethan de nouveau.

Elle avait beau n'attacher que peu de prix à sa vie, si le fait que son cœur continue à battre était la condition pour que les êtres qui lui étaient chers puissent vivre en paix, elle était prête à se sacrifier.

Elle se moucha pour essayer de recommencer à respirer normalement, puis s'obligea à sortir de son lit. En posant ses pieds nus sur le parquet glacial, elle se mit à frissonner. Sans la protection de sa couette, elle était entièrement exposée à la morsure du froid hivernal. Elle traversa la chambre en traînant les pieds sur le parquet ciré et s'approcha des épais rideaux rouges qui empêchaient la lumière du soleil de pénétrer dans la pièce. Lentement, elle repoussa la lourde étoffe afin de pouvoir regarder le ciel matinal. Comme toujours, le soleil progressait dans sa course au-dessus de l'horizon, éclairant de tous ses feux la terre alentour.

Il était tôt, si tôt qu'Evelyn pouvait entendre le chant des oiseaux et voir la brume du matin flotter dans les jardins entourant le palais.

– Cela ne va pas être facile, murmura-t-elle, mais je dois en prendre mon parti.

Elle appuya le front contre le froid montant métallique de la fenêtre.

– Pour Ethan, pour maman, pour papa, pour Nora.

Evelyn pria silencieusement pour que la vie des êtres qu'elle aimait soit un enjeu assez fort pour l'aider à traverser cette épreuve.

À cet instant précis la porte de la chambre s'ouvrit si silencieusement qu'elle n'y prêta pas attention. Ce n'est que lorsque la personne qui était entrée toussa pour signaler sa présence qu'Evelyn se rendit compte qu'elle n'était pas seule. Elle se figea sur place, son sang se glaça dans ses veines et ses cheveux se dressèrent sur sa tête.

Non, il est trop tôt pour que j'affronte Atticus. Mais ce n'était pas le Roi. Lorsque la visiteuse ouvrit la bouche, ce fut pour Evelyn comme si Dieu avait décidé de lui envoyer un signal d'espoir.

– Est-ce que je te dérange ? dit la voix douce et affectueuse.

Evelyn poussa un cri étouffé et tourna la tête. Elle ouvrit de grands yeux en voyant un visage familier, telle un aveugle découvrant le soleil pour la première fois.

– Oh, mon Dieu ! Alice ?

– Bonjour, ma chérie.

Evelyn eut l'impression de passer de l'enfer au paradis en une fraction de seconde et sans réfléchir elle se précipita pour aller serrer sa cousine dans ses bras. Alice eut alors une réaction étonnante et, au lieu d'accueillir Evelyn les bras ouverts, une expression d'effroi passa sur son visage et elle fit un pas de côté. Ce mouvement aurait pu être fatal à Evelyn, qui se serait retrouvée la tête dans le mur avec le nez cassé si Alice n'avait pas tendu le bras tout à coup pour la rattraper juste au moment où elle perdait l'équilibre.

Alice regarda Evelyn avec horreur et en couvrant sa poitrine d'une main, elle lui décocha un sourire rapide et la prit dans ses bras avant que la jeune fille aux cheveux noirs de jais ne se méfie.

– Tu m’as manqué, murmura Alice à l’oreille d’Evelyn.

– Tu m’as manqué aussi.

Evelyn se mit à rire et des larmes de joie remplacèrent celles qui avaient coulé sur ses joues auparavant.

– Comment se fait-il que tu sois ici ? Quand… Je…, bredouilla-t-elle en regardant Alice, stupéfaite. Je ne pensais jamais te revoir.

– Eve, je suis mariée à l’un des conseillers les plus proches d’Atticus. J’accompagne souvent Marcus lorsqu’il vient, il était évident que tu me reverrais un jour ou l’autre !

– Ah, tu es venue avec Marcus ?

Alice était comme d’habitude gracieuse, douce et posée. Même en cet instant elle restait calme et souriante, tout l’opposé d’Evelyn qui avait l’air d’une idiote, s’accrochant à sa cousine avec une force incroyable, de peur qu’elle ne s’évapore si jamais elle relâchait son étreinte.

– Non, cette fois, je ne suis pas venue avec Marcus.

Alice posa la main sur l’avant-bras d’Evelyn.

– Je ne m’en vais nulle part, tu n’es pas obligée de t’accrocher à moi comme si j’étais ta bouée de sauvetage.

– Et pourtant si tu savais, dit Evelyn d’une voix où perçait la tristesse.

Elle relâcha sa pression sur la main d’Alice.

– Si tu n'es pas venue avec Marcus, alors comment et pourquoi es-tu là ?

– Avant de te dire comment, je dois te dire pourquoi je suis venue.

– Ce n'est pas pour me voir ?

– Si, bien sûr, mais en partie seulement. En fait il y a une autre raison… J'ai une faveur à te demander.

Alice parlait lentement d'une voix inquiète et la peur se lisait dans ses yeux vert de jade.

– Une faveur ? Quoi que ce soit, si je peux y accéder, je le ferai, je te le promets.

– Je t'en prie, Evelyn, ne fais pas de promesse tout de suite, tu ne sais pas ce que je vais te demander. Tu prendras ta décision quand je t'aurai raconté toute l'histoire. Et j'espère que tu sais que je ne t'entraînerais pas dans cette galère si j'avais la possibilité de faire autrement.

Evelyn fronça les sourcils.

– Alice, tu m'inquiètes… Qu'est-ce qui ne va pas ? On pourrait croire que tu vas me demander de mourir pour toi.

Alice soupira.

– Cela se pourrait bien. Si tu acceptes de m'aider, tu vas devoir mentir à tout le monde, même à Atticus.

– Alice, dis-moi ce qu'il se passe ! Si tu veux que je mente à Atticus, je le ferai, je ferais n'importe quoi pour toi, tu es ma cousine, nous sommes du même sang ! Je t'en prie, dis-moi !

– J'imagine que je vais devoir te dire la vérité si tu es amenée à mettre ta vie en jeu pour moi.

Doucement, Alice prit la main d'Evelyn et la posa sur son ventre.

– Je suis enceinte.

CHAPITRE 34

– Je suis enceinte.

Ces mots résonnèrent dans la tête d'Evelyn comme une alarme. Son cœur se mit à battre la chamade et son sang ne fit qu'un tour. *Enceinte, elle est enceinte ! Alice attend un bébé !* Elle poussa un cri de joie qu'Alice s'empressa d'étouffer en lui posant vivement une main sur la bouche.

– Chut ! C'est top secret, personne ne doit savoir !

– Excuse-moi, gloussa Evelyn en reportant aussitôt son attention sur le ventre d'Alice. Je n'arrive pas à y croire, il y a une vie qui se développe à l'intérieur de toi en ce moment. Je peux toucher ?

– Bien sûr, dit Alice avec un sourire angélique. Mais fais doucement, même si ce n'est que le début, je ne veux prendre aucun risque.

Evelyn roula les yeux.

– Ce bébé a du sang Blackburn dans les veines, bien sûr que je vais faire attention.

Fascinée, Evelyn passa la paume de la main sur le ventre quasi plat d'Alice, le visage s'illuminant de joie à mesure que la réalité faisait son chemin dans sa tête.

– Tu es enceinte… Tu vas devenir mère.

Evelyn était si captivée par le ventre d'Alice et le fait qu'un bébé grandisse à l'intérieur qu'elle ne fit pas attention à l'expression de peur et de chagrin qui assombrissait le visage de sa cousine.

– Evelyn, je t'en supplie, il faut que tu me promettes de ne le dire à personne. On ne doit pas savoir que j'attends un enfant !

Evelyn plissa le front.

– Pourquoi ? Qu'est-ce qui ne va pas ? Pourquoi n'es-tu pas contente ? Tu ne l'as pas encore annoncé à Tante Lu ? Elle sera tellement heureuse lorsqu'elle le saura !

Alice déglutit nerveusement.

– S'il te plaît, Evelyn, moins tu en sauras à propos de ce bébé, mieux ce sera. Promets-moi de ne pas en parler autour de toi. Personne ne doit savoir que je suis enceinte, personne.

– Mais pourquoi ?

Alice ne se comportait pas normalement, sa voix était sévère et on aurait dit qu'elle menaçait Evelyn.

– Marcus le sait ?

– Evelyn, laisse tomber. Je t'ai dit que moins tu en saurais, mieux ce serait. Inutile de me demander des informations qui ne feraient que te mettre encore plus en danger. Je ne veux pas qu'il t'arrive quelque chose.

Le visage d'Alice était sérieux et fermé, elle ne plaisantait pas. Evelyn comprit qu'il se passait quelque chose de grave, de très grave. Bien qu'Alice n'ait jamais parlé de vouloir un enfant, elle avait toujours été très gentille avec eux et semblait les aimer. Qu'elle soit enceinte aurait dû être la concrétisation d'un rêve, pour elle. Elle devrait fêter cela, pleurer de joie et lancer des invitations, au lieu de s'inquiéter et de se conduire comme si elle avait enfreint la loi… *Oh mon Dieu !*

– Alice, le bébé est bien de Marcus, hein ?

– Je t'ai dit que tu n'avais pas besoin d'en savoir plus, Evelyn. Comprends-moi, je ne veux pas rendre les choses encore plus difficiles entre Atticus et toi.

– Tu parles ! dit Evelyn en riant. Je ne vois pas comment elles pourraient être pires qu'elles ne le sont déjà. Il a donné l'ordre à Hansel de me mentir et de devenir mon ami juste parce qu'il voulait que j'aie une raison de rester ici, pour que je sois moins malheureuse !

Avant qu'elle ne s'en rende compte, toute la colère qu'elle avait accumulée depuis plusieurs jours se mit à se déverser comme une inondation.

– Il croit que me donner un ami qui va m'espionner et lui rapporter mes moindres gestes va me rendre plus heureuse ? Il croit vraiment cela ? Il n'arrête pas de dire qu'il m'aime et qu'il veut me donner tout ce que je désire mais il m'empêche d'avoir la seule chose que je veux vraiment : ma liberté !

Lorsque Evelyn eut fini de laisser libre cours à ses frustrations, elle recommença à pleurer. Même si elle ne voulait pas le reconnaître, elle n'était pas vraiment en colère contre Hansel pour avoir fait semblant d'être son ami. La vraie raison de son désespoir était le fait d'être privée de liberté.

Alice soupira.

– Je sais ce qui s'est passé, Evelyn. Atticus m'a mise au courant et je sais exactement ce que tu ressens.

Elle posa délicatement la main sur celle d'Evelyn.

– Ce n'est pas facile d'aimer un vampire, mais c'est encore plus difficile d'être aimée par l'un d'entre eux. Mais c'est notre destin, on ne peut rien y changer, Evelyn.

– Mais toi, au moins, tu as un bébé en route, ce n'est pas merveilleux, ça ? Un être qui t'aide à tenir et te donne une raison de vivre ?

– J'imagine, répondit Alice tristement.

– C'était quoi, ce que tu voulais que je fasse pour toi ? Que tu ne veuilles pas que je te pose plus de questions sur le bébé, soit, mais tu dois au moins me dire ce que tu veux que je fasse.

– Merci de ta compréhension.

Elle pressa la main d'Evelyn pour la rassurer.

– Mais s'il te plaît, n'oublie pas que tu n'es pas obligée de le faire si tu ne veux pas. Ce n'est pas seulement ma vie qui est en jeu, mais aussi la tienne.

– C’est pour le bébé, c’est ça ?

C’était une question rhétorique car elle connaissait déjà la réponse. Alice hocha la tête, les yeux pleins de larmes.

– Evelyn, il faut vraiment que tu comprennes que tu ne dois dire à personne que je suis enceinte ! Si Atticus ou Marcus l’apprenait…

Sa voix se brisa dans un sanglot.

– Tu n’es pas autorisée à porter l’enfant d’un vampire ?

– Evelyn, la plupart des vampires ne peuvent pas concevoir d’enfants. Ce bébé n’est pas de Marcus, finit-elle par admettre après une longue pause.

Il n’était pas juste de cacher tant de secrets à Evelyn, puisque celle-ci allait devoir risquer sa vie pour Alice et son enfant. Bien qu’elle ne puisse pas lui dire le nom du père, elle devait au moins lui avouer que ce n’était pas Marcus.

Evelyn ouvrit la bouche et regarda Alice avec horreur.

– Tu as trompé Marcus avec un humain ?

– Oui, Evelyn. Je n’aime pas Marcus, et je ne l’aimerai jamais ! C’est juste le vampire qui me garde captive dans ses bras. Même s’il est gentil avec moi, je ne peux pas me forcer à l’aimer.

– Je te comprends mieux que je ne le voudrais.

Evelyn fit un petit sourire à Alice.

– Dis-moi ce que tu veux que je fasse et je le ferai.

Alice poussa un soupir.

– J’ai besoin que tu m’aides à sauver ce bébé.

– Comment ?

– Je vais essayer de cacher ma grossesse à Marcus aussi longtemps que je pourrai. Je voudrais rester au palais jusqu’à l’accouchement. Atticus t’aime et il fera tout ce que tu voudras, quant à Marcus il obéit aux ordres comme un petit chien. Il faudrait que tu sollicites ma présence aussi longtemps que possible.

– Et si ça ne marche pas et qu’Atticus ou Marcus le découvre ?

– Dans ce cas, j’ai un plan B.

CHAPITRE 35

Il y avait beaucoup de choses qu'Evelyn aurait voulu changer dans sa vie, sans nécessairement avoir le pouvoir de le faire. Mais il y avait encore des choses qu'elle pouvait faire pour aider ceux qu'elle aimait. Le problème d'Alice en faisait partie. Evelyn et Alice Blackburn. Deux cousines de la même lignée, qui se trouvaient embarquées avec les mauvaises personnes et à qui toute possibilité de bonheur avait été arrachée.

L'air froid passa sur les joues d'Evelyn qui serra son manteau autour d'elle. Son corps, encore faible, se rétablissait tout juste et elle ne voulait pas retomber malade. Elle concentra son regard sur Atticus assis sur un banc de pierre à moins de cent mètres d'elle. Il portait un trench-coat bleu marine sur son costume noir, une chemise blanche et une mince cravate rouge qui décorait sa poitrine.

***

Quelques heures plus tôt

– Et quel est ce plan B ?

Evelyn sentit la peur lui serrer l'estomac. Elle avait un mauvais pressentiment par rapport à l'idée d'un plan B ; quel qu'il soit, ce n'était pas bon signe. C'est un plan de secours et le plan de secours n'est jamais celui que vous voulez suivre quand il s'agit d'une question de vie ou de mort.

– Cela ne regarde que moi et avec un peu de chance tu n'auras jamais besoin de le connaître.

Alice essayait de minimiser la situation en mettant un peu d'humour dans sa voix, mais sans effet. Cela ne fit qu'angoisser Evelyn encore plus. Elle serra la main de sa cousine, les yeux piquants de larmes et les bras tremblant de peur.

– Ne fais rien de stupide, je t'en prie.

– Mais non, promit la plus âgée des deux en guidant la main d'Evelyn vers son ventre, ses yeux bleus scintillant de bonheur et d'une lueur familière. Le même genre de lueur qu'il y avait avant dans ses propres yeux, mais qui avait disparu depuis longtemps.

– Je ne ferai plus jamais rien de stupide maintenant que je dois penser à ce petit ange. Je ne ferai jamais rien de risqué tant que je l'aurai, lui.

– Lui ? Tu connais déjà le sexe du bébé ?

– Non, mais j'ai le sentiment que c'est un garçon, un garçon aux boucles blondes, le teint pâle comme de la porcelaine, et des yeux aussi bleus que les nôtres, mais avec des pupilles parsemées de paillettes dorées.

« *Aux boucles blondes* ». Ces mots attirèrent particulièrement l'attention d'Evelyn. Comme elle, Alice avait les cheveux noirs comme du jais. Des boucles blondes… comme celles de l'amant d'Alice, certainement.

Evelyn essaya de passer en revue tous les mecs blonds qu'Alice pouvait connaître et qui pourraient potentiellement être le père de son bébé, mais elle n'en vit aucun. Les cheveux blonds n'étaient pas courants chez les humains du XXVe siècle et Evelyn n'avait rencontré que quelques hommes blonds. Ethan en faisait partie, même si ses cheveux n'étaient pas ce qu'on pourrait appeler dorés. Ils étaient plutôt blond foncé, tirant sur le châtain.

Tandis qu'Evelyn essayait de penser aux pères possibles de ce bébé, elle remarqua l'air amoureux dans les yeux d'Alice quand elle se passait la main sur son ventre à peine arrondi. Un regard qu'elle reconnut. Un regard de regret et d'amour…

***

– Atticus ? murmura Evelyn en s'approchant de lui par-derrière.

Bien qu'elle ait parlé d'une voix basse, il l'entendit sans problème. Comme s'il avait reçu un choc électrique, il se retourna plus vite qu'aucun être humain n'aurait pu le faire et regarda Evelyn avec un sourire de surprise, l'air heureux. Il faisait penser à un gamin le matin de Noël, comme si elle était le jouet qu'il avait attendu toute l'année.

– Evelyn ? murmura-t-il avec joie et admiration. Quelle bonne surprise, je n'aurais pas cru que tu aurais envie de me voir après…

– Je ne pensais pas avoir envie de vous revoir si tôt, moi non plus, répliqua-t-elle sur un ton plein d'ironie qu'Atticus ne sembla pas remarquer. Mais je voulais vous remercier d'avoir invité Alice à venir me voir, cela me fait vraiment plaisir. Depuis qu'elle a épousé Marcus, je n'ai pas souvent eu l'occasion de parler avec elle, et la revoir aujourd'hui était une merveilleuse surprise. Merci.

Elle lui sourit gentiment, et bien que cela ne vienne pas du cœur elle avait quand même l'air sincère parce qu'elle était vraiment heureuse qu'Alice soit là.

– De rien. Je suis juste heureux de te faire plaisir. Après l'incident d'hier, j'ai vraiment eu peur de te perdre.

Le fait qu'elle soit venue le voir de son plein gré était en soi un miracle, il ne voulait pas tout gâcher.

Vous ne m'avez pas perdue parce que je n'ai jamais été à vous, et je ne le serai jamais, se dit-elle. Mais elle prit une profonde inspiration et se prépara mentalement avant de faire le tour du banc et d'aller s'asseoir à côté d'Atticus.

– Ne dites pas ça, vous ne me perdrez jamais.

Bien qu'Evelyn se crispât en prononçant chaque syllabe de cette phrase, elle eut l'air sincère et mélodieuse, tout à fait comme si elle avait répété. Et exactement comme Alice l'avait prévu, le visage d'Atticus s'éclaira et il afficha un sourire qui se refléta jusque dans ses yeux. L'espace d'un instant, Evelyn se sentit presque coupable de jouer avec ses sentiments. Elle ne l'aimerait jamais, elle en était certaine, c'était aussi improbable que le fait qu'Ethan et elle soient un jour réunis. Mais elle avait beau le détester, elle n'avait pas envie de lui faire de la peine. Après tout, son seul tort était de l'aimer et de ne plus vouloir être seul.

Mais elle devait lui faire croire qu'un jour elle partagerait ses sentiments, que cette réalité était atteignable et vraisemblable. Elle devait faire en sorte qu'il l'aime encore plus, qu'il ait envie de tout faire pour lui plaire. C'était le seul moyen de sauver la vie d'Alice.

– Est-ce que cela signifie que j'ai une chance de gagner ton cœur ? demanda-t-il froidement.

Son air d'enfant le jour de Noël avait disparu derrière sa façade mystérieuse et glacée, même si une impression de bonheur était encore perceptible dans sa voix.

– Oui, cela signifie que vous avez une chance. Étant donné que je ne suis pas près de partir d'ici, je ferais aussi bien de commencer à apprécier votre compagnie.

Elle poussa un soupir.

– C'est dommage que vous ayez votre travail et qu'Alice doive repartir. Je ne sais vraiment pas comment je vais supporter la vie ici sans elle. Je n'ai eu que quelques heures avec elle mais c'était sans doute parmi les meilleures que j'ai passées dans ce palais. Je ne sais pas ce que je vais faire quand vous serez trop occupé pour être avec moi.

Il y eut un silence et brusquement des oiseaux jaillirent de l'épaisse forêt qui se trouvait derrière eux, en poussant des cris aigus qui firent sursauter Evelyn. Atticus ne bougea pas, souriant de façon sinistre en prenant sa main dans la sienne.

– Alors c'est ça que tu veux…

Il passa son index sur le sien et l'air autour d'eux se refroidit brutalement.

– Toute cette coquetterie et ces manœuvres de séduction, c'était pour que j'accepte qu'Alice reste plus longtemps ?

– Quoi ? De quoi parlez-vous ?

– « *Vous ne me perdrez jamais.* » Ce n'est pas le genre de choses que tu me dis. Je te connais mieux que tu ne te connais toi-même. Je sais qui tu es et ton attitude envers quelqu'un que tu détestes, tel que moi, ne risque pas de changer du tout au tout en si peu de temps. Surtout après l'incident avec Hansel.

– Atticus…

Evelyn ouvrit la bouche pour s'expliquer mais il l'interrompit.

– Ne perds pas ton temps à essayer de te justifier. Je sais depuis le début ce que tu veux. La seule raison pour laquelle tu as réussi à te forcer à me parler était que tu veux qu'Alice reste ici avec toi, je me trompe ?

– Non.

Puisqu'il avait percé son plan à jour, elle ne voyait plus de raison de lui mentir.

– D'accord. Alice est officiellement une invitée permanente au palais et elle pourra rester aussi longtemps que tu le voudras.

– Juste comme ça ? Et Marcus ?

– Marcus, c'est mon affaire. Il y a eu beaucoup de rumeurs de révoltes et de campagnes anti-vampires dans certaines parties de la nation depuis quelque temps. Je soupçonne que cette soudaine résistance soit orchestrée par les rebelles d'Australie. Les mêmes qui ont essayé de te kidnapper.

Il referma le livre posé sur ses genoux et se leva.

– Je vais envoyer Marcus en Australie pour démêler cette situation. L'Australie est un endroit dangereux et cela m'étonnerait qu'il veuille qu'Alice l'accompagne. Alors pendant ce temps-là, tu pourras avoir Alice comme dame de compagnie aussi longtemps que tu le voudras.

Il lui adressa un sourire en coin avant de s'éloigner, mais avant qu'il n'ait fait trois pas, elle l'arrêta.

– C'est tout ? Vous acceptez qu'Alice reste ? Pas de marchandage, pas de chantage ?

– Oui, c'est tout, répondit simplement Atticus. Je t'ai pris beaucoup de choses, je le sais. Pour satisfaire mes besoins et mes désirs je t'ai arrachée à ta famille et aux gens que tu aimes. Ta famille te manque et savoir que tu es malheureuse à cause de moi ne me plaît pas, même si tu crois le contraire. Quand j'ai demandé à Alice de venir te consoler, j'avais déjà prévu de trouver un moyen de convaincre Marcus de la laisser rester le plus longtemps possible.

– Où est le piège ? demanda Evelyn automatiquement.

Tout cela semblait trop beau pour être vrai et le Roi ne faisait rien qui ne soit dans son propre intérêt. Il ne faisait jamais rien par bonté d'âme ni par compassion.

– Il n'y a pas de piège. Je fais cela parce que j'en ai envie, parce que je veux te faire plaisir pour remplacer ce que je t'ai volé. Considère cela comme une sorte de compensation pour la peine que je t'ai fait endurer. Je t'aime, Evelyn, et je veux que tu sois heureuse. Si jamais tu trouves quelque part dans ton cœur un peu de place pour moi, alors tu sais que je te donnerai tout ce que tu désires. Je serais prêt à tuer n'importe qui pour te faire sourire.

Il lui lança un dernier regard par-dessus son épaule.

– Et la prochaine fois, n'essaie pas de m'amadouer par des paroles aimables ; quand tu veux quelque chose, tu n'as qu'à demander. Je te promets de ne pas répondre non à tes demandes dans la mesure où elles n'enfreignent aucun des termes de notre contrat.

Elle ne le crut pas.

CHAPITRE 36

Ethan et Aaran se tenaient de chaque côté de la grotte, une carte du palais dépliée devant eux.

– C'est la dernière fois que je te le demande, tu es vraiment sûr que c'est ce que tu veux faire ? Evelyn compte peut-être beaucoup pour toi, mais il y en a beaucoup d'autres, plus jolies et plus intéressantes qu'elle. Je n'ai pas envie de te voir risquer ta vie pour une personne dont tu n'auras peut-être même plus envie dans quelques années.

– Aaran, arrête. Cela n'arrivera jamais, j'aime Evelyn, j'ai su que je l'aimais dès ma plus tendre enfance, et je sais qu'elle m'aime aussi. Je ne vais pas l'abandonner dans ce lieu maudit. Peu importe ce que je risque, je préfère mourir que fuir cet endroit sans avoir au moins essayé, sans savoir si j'aurais pu la sauver ou non.

Il jeta un coup d'œil à Aaran par-dessus son épaule, la flamme de la chandelle vacillait dans le courant d'air qui traversait les tunnels. Malgré l'obscurité de la grotte, Ethan n'avait aucun mal à voir son cousin.

– Tu ne manques pas de courage ni de détermination, peu de gens possèdent ces qualités. Evelyn a de la chance d'avoir quelqu'un comme toi, prêt à risquer sa vie pour elle.

Aaran parlait lentement d'une voix grave et douce, mais non dépourvue d'une certaine tension.

– Mais ton adversaire n'est pas n'importe quel vampire, c'est Atticus, c'est une force incontrôlable. Réfléchis bien, je t'en conjure. Ce n'est pas une mission de sauvetage, c'est une opération suicide.

Il regarda Ethan avec tendresse et regret.

– Les chances ne sont pas de ton côté et je n'ai pas envie que tu meures et tes parents non plus.

Ethan sourit d'un air confiant.

– Mais tu vas m'aider, non ?

– Qu'est-ce qui te fait dire ça ?

– Si tu n'en avais pas l'intention, tu as suffisamment de pouvoirs pour me faire passer en Australie contre mon gré, non ? Et tu ne l'as pas fait, du moins pas encore.

– C'est de la folie de t'avoir laissé rester ici aussi longtemps. Vivre sous terre depuis près d'une semaine juste en dessous de ton ennemi juré, ce n'est pas la meilleure des idées. Mais on dit que l'endroit le plus dangereux est souvent aussi le plus sûr. Et vu l'histoire de ces tunnels, Atticus n'est pas près de s'aventurer par ici.

Aaran parlait d'une voix pleine d'assurance et d'autorité. Il essayait de prendre Ethan de haut pour l'intimider mais cela ne marchait pas.

– Ne te justifie pas.

Ethan sourit avec un humour surprenant étant donné leur situation.

– Si tu n'as pas l'intention de m'aider, pourquoi m'as-tu laissé rester si longtemps ? Tu n'es pas du genre à prendre des risques, nous le savons tous les deux, et je suis sûr que cela ne fait pas partie des consignes de mon père de me laisser camper sous le château d'Atticus pendant une semaine ou deux.

Il se retourna vers Aaran.

– Alors, dis-moi, pourquoi sommes-nous encore ici ?

– J'ai cru que je pourrais te persuader de partir avec moi de ton plein gré. Mais tu es têtu comme une mule, tu n'écoutes que ce que tu veux, tu n'as aucun sens des réalités. Tu crois que la vie est faite de jeux et de paris que tu es convaincu de toujours gagner, et malheuresement c'est ce qui te mènera à ta perte.

Le loup-garou gronda, ses yeux bleus étaient si brillants qu'ils étincelaient. Jamais auparavant Aaran ne s'était adressé à Ethan avec la violence et la puissance de son côté loup.

– Non, je ne crois pas toujours que je vais gagner. Je connais les risques mieux que personne. Mais ce n'est pas pour autant que je vais renoncer. J'aime Evelyn et même si je ne parviens pas à passer le reste de ma vie avec elle, je ne veux pas qu'elle passe le reste de la sienne avec un vampire qu'elle n'aime pas… Je ne vais pas la laisser souffrir sans rien faire. Tu peux comprendre ça, non ?

Aaran se tendit et, comme Ethan s'y attendait, il ne répondit pas.

– Je ne veux pas faire la même erreur que toi, Aaran. Nous savons tous à quel point tu as regretté de n'avoir rien fait.

***

Atticus avait accepté de laisser Alice rester. Sans marchandage. Sans chantage. Sans rien demander en échange. C'était probablement une des premières fois depuis qu'Evelyn le connaissait qu'il avait fait quelque chose de façon désintéressée.

Non seulement Evelyn avait la compagnie d'Alice, son amie la plus chère, et sa cousine, mais en plus un bébé était en train de se développer, un nouveau rameau à ajouter à l'arbre généalogique des Blackburn.

Evelyn, assise sur le rebord de la fenêtre, regardait Alice qui faisait sa promenade quotidienne dans les jardins royaux. Elle se dirigeait vers la plate-bande de rosiers. Elle faisait cela tous les jours depuis son arrivée. Elle disait que le bébé aimait le parfum des roses.

Tout allait bien. Marcus avait quitté le territoire américain pour l'Australie, et Alice goûtait sa liberté. Evelyn était heureuse, très heureuse, pas seulement pour elle mais aussi pour Alice, ou du moins c'était ce qu'elle se disait. Il n'y a rien de plus mystérieux et de plus étrange que l'esprit d'une femme.

« *Considère cela comme une sorte de compensation pour le chagrin que je t'ai infligé.* » Elle poussa un profond soupir tandis que ces mots résonnaient dans sa tête une fois de plus. Trois jours s'étaient écoulés depuis cette brève mais embarrassante rencontre avec Atticus dans les jardins. Elle ne l'avait pas revu depuis, mais la scène lui revenait sans cesse à l'esprit comme une vidéo coincée sur replay.

Il ne se passait pas une heure sans qu'elle repense à ses paroles. Et à l'expression de son visage lorsqu'il les avait prononcées. Il avait paru froid, las et absolument pas intéressé. Mais derrière cette apparence, il lui avait semblé percevoir de la douleur, ou peut-être de l'agacement. Mais quoi qu'Atticus ait dissimulé ce jour-là, cela ne devait pas être bon, puisqu'il n'avait fait aucun effort pour la voir depuis.

Evelyn devait bien reconnaître que, sans le harcèlement constant du Roi et ses marques d'affection débordantes, la vie au palais était supportable, détendue et paisible. Elle se sentait comme une biche qui a finalement trouvé une forêt sans prédateurs. Elle n'avait aucun motif de contrariété, si ce n'était que sa famille et Ethan lui manquaient. Tout du moins elle n'aurait pas dû en avoir.

Mais elle ne pouvait s'empêcher de culpabiliser pour le chagrin qu'elle causait à Atticus. Il l'aimait, il n'hésitait jamais à le lui dire aussi souvent que possible, et bien qu'elle se dise qu'il était surtout guidé par le désir sexuel, il y avait des moments où ce qu'il faisait l'amenait à croire que ses sentiments ne se réduisaient pas à ça. Après tout, cela faisait plus de deux semaines qu'elle était là et il ne l'avait jamais forcée – enfin si, mais il n'avait jamais transgressé le contrat qu'ils avaient passé. Bien sûr cette possibilité planait toujours dans l'air, mais après la nuit passée dans sa chambre, lorsqu'il lui avait ouvert son cœur, elle avait l'impression qu'elle avait compris qui il était vraiment.

Atticus était victime d'une malédiction, et d'une certaine façon elle était désolée pour lui.

– Se pourrait-il qu'il y ait un reste d'humanité chez lui ? murmura-t-elle pour elle-même.

– Chez qui ?

Cette interruption soudaine la fit sursauter et son sang se glaça dans ses veines.

***

À l'autre bout du palais, deux vampires étaient assis l'un à côté de l'autre, lisant en silence des rapports militaires. L'un buvait du café, l'autre du whisky. Ils étaient entourés de milliers de livres datant de tous les siècles. Certains étaient des exemplaires uniques et n'avaient pas de prix, d'autres sans valeur avaient été reproduits dans le monde entier. Mais tous avaient été rassemblés par

Atticus. Aucun n'était dans cette grande bibliothèque juste pour la décoration. Au fil du temps, Atticus les avait tous lus. Ils témoignaient du fait que si la connaissance était parfois un don, elle pouvait aussi être une malédiction.

– Tu n'as pas reparlé avec Evelyn ? demanda celui qui buvait du café sans lever les yeux de ses papiers.

– Non, et toi ?

– Je ne crois pas qu'elle ait envie de me parler pour l'instant. L'incident ne date que de quelques jours et je ne m'attends pas à ce qu'elle me pardonne aussi facilement.

Hansel se mit à rire avant de poursuivre.

– J'ai entendu dire que tu avais invité sa cousine, ne devrait-elle pas te remercier pour cela ? J'aurais imaginé que cette situation tournerait à ton avantage et que…

– Et que quoi ? l'interrompit Atticus avec un petit rire sarcastique. Tu as raison, elle m'est reconnaissante d'avoir invité Alice, mais cela ne veut pas dire qu'elle ait envie de me parler. À ses yeux je serai toujours un monstre déviant et cruel. Cette impression trouve ses racines dans la nuit des temps, et elle a proliféré depuis. Combien de méchants ont gagné l'amour de la fille qu'ils aimaient ?

– Ah, parce que maintenant tu te vois comme le méchant ?

Hansel fronça les sourcils. Il percevait l'ironie dans la voix d'Atticus et la tristesse dans ses yeux. Le Roi était contrarié, blessé. Sur le point de craquer.

– C'est ce que je suis, non ? Un méchant. J'ai fait toutes les choses qu'un méchant fait, plus un million d'autres. Je serais fort surpris qu'Evelyn puisse me voir autrement que comme un monstre, un animal dans la peau d'un humain.

CHAPITRE 37

– Chez qui ?

Evelyn se retourna brusquement pour regarder par-dessus son épaule à qui appartenait cette voix. Scarlet se tenait à la porte de la chambre, portant des fruits sur un plateau.

– Scarlet, on ne t'a jamais dit que tu dois frapper avant d'entrer ? Et attendre d'en recevoir la permission ?

La rousse leva les yeux au ciel et frappa à la porte trois fois avec impertinence.

– Puis-je entrer ?

Evelyn se pinça les lèvres, mécontente et agacée. De toutes ses servantes, Scarlet était celle qui avait les plus mauvaises manières et qui semblait se moquer de tout. Elle se baladait partout avec l'air insouciant et se comportait souvent comme une enfant. Evelyn se demandait pourquoi diable Atticus l'avait engagée, ou même autorisée à séjourner dans le palais. Elle allait certainement s'attirer des ennuis.

En même temps, lorsqu'elle regardait ses cheveux flamboyants, ses lèvres pleines et séductrices, et sa peau de pêche, Evelyn pouvait imaginer que les raisons ne manquaient pas pour qu'Atticus la garde. À la façon dont Scarlet parlait de lui, l'idée que les deux couchaient ensemble lui avait traversé l'esprit plus d'une fois mais elle n'avait jamais eu le culot de poser la question.

– Entre, répondit Evelyn.

Scarlet leva les yeux au ciel encore une fois avant de s'avancer vers Evelyn d'un air hostile et de poser le plateau de fruits sur son lit.

– Bree a pensé que Lady Alice et vous aviez peut-être envie d'un en-cas, le dîner ne sera pas servi avant une heure environ… Voulez-vous dîner dans la grande salle à manger ou ici ?

– Ici, s'il te plaît.

Scarlet leva les yeux au ciel une fois de plus et poussa un petit gloussement.

– Je ne sais pas pourquoi je pose la question, vous prenez tous vos repas dans votre chambre.

– Et alors ?

Pour la première fois depuis qu'elle la connaissait, Evelyn était réellement agacée par les manières impertinentes de la jeune fille aux cheveux roux.

– J'aime être seule dans ma chambre, cela te pose un problème ?

– Non, mais vous restez toujours là. Je parie que vous n'avez pas réellement visité le palais, si ?

Avez-vous au moins rencontré certains des autres vampires qui vivent ici, à part Atticus et Hansel ?

– Il y a d'autres vampires qui vivent au palais ?

– Bien sûr, il y a des centaines de résidents temporaires. Si Atticus était le seul à vivre ici, je n'aurais pas autant de travail, vous ne croyez pas ?

– Mais…

– Mais comment se fait-il que vous ne connaissiez que Hansel et Atticus ? Eh bien, on a dit aux autres de ne pas s'approcher de vous, tiens ! Atticus a des sentiments pour vous, tout le monde le sait. Il est amoureux de vous et il sait à quel point vous détestez ses semblables, alors il a donné l'ordre à tous les autres vampires du palais de se tenir le plus loin possible de vous. À moins que vous n'ayez envie de leur parler.

Elle soupira.

– Quel gâchis qu'il vous réserve son amour !

– Qu'est-ce que tu essaies de me dire, là ? répondit Evelyn sur un ton étonnamment furieux.

– J'essaie de vous dire que vous ne le méritez pas. Vous ne savez pas le nombre de filles prêtes à tuer pour être à votre place, juste pour qu'il les regarde ne serait-ce qu'un instant ! Vous êtes tellement butée, vous ne vous en rendez pas compte ? Atticus ferait n'importe quoi pour vous si vous le vouliez, pourquoi ne pouvez-vous pas accepter son amour au lieu de le faire souffrir ?

Evelyn se figea, incapable de répondre. La façon dont Scarlet parlait du Roi n'était pas celle d'une servante. Il y avait de la passion et de la frustration dans sa voix. Elle était en colère contre Evelyn, en colère et envieuse des sentiments qu'Atticus lui portait.

– Mais tu es amoureuse de lui !

Evelyn resta bouche bée, mais elle n'était qu'à moitié surprise. En fait, elle se serait bien giflée pour ne pas s'en être aperçue plus tôt, c'était si évident.

– Cela m'étonne que vous ayez mis si longtemps à vous en rendre compte, souffla la servante d'un air sarcastique. Oui, je suis amoureuse d'Atticus, tout comme la plupart des filles dans ce palais, dans cette cité, dans ce monde ! Il semblerait que toutes les femmes qui vivent sur cette planète actuellement soient amoureuses de lui, toutes excepté vous.

Scarlet secoua la tête.

– Mais bientôt il s'apercevra que vous n'en valez pas la peine. Bientôt il se rendra compte que vous n'êtes pas celle qu'il lui faut.

Evelyn déglutit avec difficulté. Ces paroles sonnaient plus comme une menace que comme un conseil. Scarlet semblait fragile vue de l'extérieur, mais il y avait quelque chose d'effrayant chez elle. Un feu aussi flamboyant que ses cheveux écarlates.

– Je suis désolée, dit Evelyn après quelques instants de silence. Je ne devrais pas être ici. Je suis désolée si je vous ai causé de tels soucis, à toi et à tous ces gens qui tiennent vraiment au Roi. Si cela ne tenait qu'à moi, je quitterais cet endroit aussi vite que possible pour ne jamais revenir, je te le promets. Je ferais n'importe quoi pour partir définitivement d'ici, mais je ne peux pas.

Une larme roula sur la joue d'Evelyn.

– Oh, arrêtez votre numéro, dit Scarlet avec mépris. Les hommes veulent toujours ce qu'ils ne peuvent pas avoir, et la façon dont vous traitez Atticus est justement la raison pour laquelle il ne vous lâche pas. Admettez-le, vous jouez la carte de la fille inaccessible, vous aviez tout organisé depuis le début, non ?

– Scarlet… je n'ai pas… vraiment je…

Soudain une forte explosion venant de nulle part fit trembler le sol. La vibration fut ressentie jusqu'au quatrième étage du palais. Des hurlements suraigus résonnèrent dans tout le palais alors qu'une seconde explosion secouait le bâtiment, encore plus forte et plus puissante que la première.

Alice. C'est le premier nom qui vint à l'esprit d'Evelyn. *Oh, mon Dieu, Alice !* Aussitôt, elle courut à la fenêtre pour regarder vers le buisson de roses, l'endroit où elle avait vu Alice pour la dernière fois, mais il n'y avait aucune trace d'elle. *Alice !* Evelyn ne prit même pas la peine de lever la tête pour observer les avions qui arrivaient ni les nuages menaçants dans le lointain. Le tonnerre et les éclairs frappaient aux confins de la cité royale, à peine visibles de là où se trouvait Evelyn, même si elle avait prêté attention à ce qu'il se passait.

– Qu'est-ce que c'est que ça ? hurla Scarlet.

Evelyn ne prit pas la peine de lui répondre. Premièrement parce qu'elle n'en savait rien. Deuxièmement parce que la seule chose qui la préoccupait était Alice et le bébé qu'elle portait.

***

Tandis qu'Evelyn se hâtait dans les couloirs, cherchant le plus court chemin pour accéder aux jardins, de l'autre côté du palais, Atticus et Hansel se tenaient calmement près de la baie vitrée, observant ce qu'il se passait dans le lointain.

– Cela faisait un moment qu'ils n'avaient pas essayé de se rebeller, dit Hansel d'une voix monotone, teintée d'ennui.

Atticus se contenta de rire.

– Pathétique. Ils devraient m'être reconnaissants de les avoir laissé occuper l'Australie quand j'aurais pu les réduire tous en esclavage.

Il leva les yeux au ciel et gravit à toute vitesse la volée de marches qui menait au niveau supérieur de l'immense bibliothèque. Il s'appuya contre la rampe de métal, en souriant à Hansel qui était resté en bas, dix niveaux en dessous.

– Tu sors les anneaux ?

– Pourquoi pas. Si les sorciers et les loups-garous croient pouvoir me supplanter, ils ont du souci à se faire. Je vais leur envoyer un petit avertissement officiel.

Hansel roula les yeux.

– Fais vite, et aussi silencieusement que possible, j'aimerais bien finir cette paperasse en paix.

Atticus émit un petit rire insouciant.

– Oui, Monseigneur.

Sans plus d'explications, il se dirigea vers un livre intitulé *Recette du ragoût de chien et de sorcière aux noisettes*. Il l'ouvrit pour en sortir une petite boîte en or, dissimulée dans un creux aménagé à l'intérieur des pages épaisses.

– Alavir, Venise, Maraji, Duncan, Lyla, Saphera.

Lorsqu'il murmura ces mots, la boîte s'ouvrit instantanément, révélant six anneaux, tous différents les uns des autres. La seule chose qu'ils avaient en commun était les pierres rouge sang qui les ornaient. Atticus les sortit précautionneusement et les glissa à sa main droite.

– À nous de jouer.

***

– Tu es prêt ? demanda Aaran à Ethan.

– Je suis prêt depuis ma naissance.

– Tu es bien conscient des risques que tu prends ? Ça n'a rien à voir avec les jeux auxquels on jouait quand on était gosses, cette fois c'est réel. Des gens vont mourir ce soir, et tu pourrais bien en faire partie.

– C'est le moment idéal pour secourir Evelyn. Tout le palais est en panique, Atticus devra gérer les sorcières, tous les autres suceurs de sang seront occupés par toi et tes copains, je n'aurai pas d'autre occasion.

Aaran soupira.

– Mais tu dois comprendre que ce chaos n'est pas nécessairement une bonne chose ; il y aura beaucoup de victimes innocentes et les gardes vont être sur les dents. Secourir Evelyn au milieu de tout cela pourrait bien se révéler plus dangereux.

– Eh bien, c'est un risque que je suis prêt à courir.

CHAPITRE 38

Il y a certains moments dans l'existence où on est prêt à faire passer la vie des autres avant la nôtre, mais parfois il faut savoir être égoïste et chercher son propre bonheur. C'était peut-être ça le problème d'Evelyn : elle s'inquiétait toujours pour les autres et plaçait leur bonheur avant le sien. Tout ce qu'elle avait accepté d'endurer durant l'année qui venait de s'écouler, elle l'avait fait pour les autres.

Elle avait renoncé à Ethan pour le bien-être et la sécurité de sa famille, puis à sa famille et à sa liberté en échange de la vie et de la liberté d'Ethan. On dit qu'être compatissant et bon nous assure un bon karma. Si le dicton était vrai, alors Evelyn devait s'être assurée une grosse dose de bon karma.

Mais la vie ne fonctionne pas comme ça. Evelyn courut aussi vite qu'elle le pouvait le long des couloirs, se faufilant pour éviter les membres du personnel du palais qui la croisaient dans tous les sens. Les cris et les hurlements constants avaient fait place à un énorme bourdonnement qui enveloppait la jeune fille.

– Alice ! cria Evelyn de toutes ses forces au moment où elle réussit à sortir en titubant sur la pelouse verdoyante.

Il y avait du monde partout courant et criant sans but. Personne ne savait quoi faire, mais tout le monde s'agitait.

– Alice ! appela de nouveau Evelyn, mais dans la confusion qui l'entourait, et le rugissement des bombes, Evelyn ne put entendre la voix d'Alice, ni même distinguer sa silhouette.

– Lady Evelyn, que faites-vous là ? Vous devriez être à l'intérieur !

Une jeune fille qui paraissait quinze ans tout au plus, vêtue de l'uniforme des servantes, attrapa Evelyn par le bras et entreprit de la faire rentrer.

– Le Roi n'aimerait pas vous savoir dehors en ce moment ! Il faut rentrer vous mettre à l'abri.

Malgré le ton suppliant, Evelyn continua de courir aussi vite que possible vers les jardins sans tenir compte de la jeune fille. Elle passa devant plus de gens qu'elle n'aurait pu compter, mais aucun ne fit attention à elle, sauf cette jeune fille.

– Alice ! Où es-tu ? cria-t-elle de toutes ses forces encore et encore. Alice ! Alice Blackburn ! Alice, où es-tu ?

– Lady Evelyn ! Venez ! C'est dangereux ici ! Nous sommes attaqués ! La Barrière magique va peut-être résister aux bombes et aux explosions, mais pas aux sorciers et aux loups ! cria la jeune fille en la serrant plus fort par le bras. Il faut que vous rentriez !

– Non ! Je ne rentrerai pas sans Alice. Je ne suivrai personne et je n'irai nulle part tant que je ne l'aurai pas trouvée.

Elle essaya de se dégager de l'emprise de la servante, mais celle-ci possédait une force peu commune pour une personne si petite.

– Ma chère Lady Evelyn, vous me remercierez plus tard, répliqua la jeune fille après un instant d'hésitation, tout en saisissant vivement les deux bras d'Evelyn pour l'entraîner de force vers le palais.

– Non ! Lâchez-moi ! cria Evelyn en se débattant pour se libérer, sans succès. À l'aide ! Laissez-moi ! Alice ! Alice, où es-tu ?

– Allons, Lady Evelyn, c'est inutile de chercher quelqu'un dans cette confusion, laissez-moi vous emmener à l'abri et je demanderai à un autre vampire de s'occuper de cette Alice !

– Non ! Je dois la trouver ! Laissez-moi !

Evelyn donnait des coups de pied et hurlait, mais rien ne semblait atteindre sa kidnappeuse.

– Elle vous dit de la lâcher ! dit une voix extrêmement familière, et Evelyn s'immobilisa.

Cela faisait plusieurs mois qu'elle n'avait pas entendu cette voix, une voix qui lui avait tellement manqué. Instantanément, Evelyn se dégagea pour regarder Ethan, incrédule, et se mit à courir à toute vitesse vers lui. Ethan. Son Ethan. Son chevalier en armure qui accourait à sa rescousse, exactement comme lorsqu'ils étaient enfants. Chaque fois qu'elle avait des problèmes, il était le premier à arriver en courant pour la défendre.

Depuis près d'un an elle s'était obligée à l'oublier, à éviter tout ce qui pouvait le lui rappeler, à l'effacer de sa vie. Elle avait voulu, non… elle avait dû l'oublier, oublier son amour pour lui, et petit à petit elle avait fini par croire qu'elle pourrait vivre sans lui, que leur amour n'était qu'une histoire d'adolescents. Mais en le voyant là, en chair et en os, elle sentit le barrage qu'elle avait construit pour se protéger s'effondrer en un instant et son amour la submerger de nouveau.

– E-Ethan ! bégaya-t-elle, ébahie.

Elle ne savait pas si elle rêvait ou quoi, mais peu lui importait. La seule chose qui comptait, c'était qu'Ethan soit là, avec elle.

– Oh bon sang, Atticus a intérêt à me filer une grosse récompense, cette fois, gronda la fille qui repoussa Evelyn derrière elle avec tellement de force que la jeune humaine perdit l'équilibre et s'affala au sol. Ne bouge pas, espèce de petite punaise.

Alors, rapide comme l'éclair, la jeune fille se jeta sur Ethan, deux dents acérées comme des rasoirs sortirent de ses gencives comme deux épées miniatures télescopiques. Elle étendit les mains, prête à tordre le cou d'Ethan, mais celui-ci se contenta de sourire. Négligemment, il passa la main sous son blouson de cuir noir pour saisir une chose coincée dans sa ceinture.

– Repose en Paix, murmura-t-il avant de brandir un objet noir et long qu'il plongea dans la poitrine de la fille au moment où elle bondissait sur lui.

Elle le regarda, les yeux écarquillés emplis de surprise et d'horreur.

– Espèce de… commença-t-elle, mais avant qu'elle ne termine sa phrase, toute vie avait disparu de ses yeux.

Immédiatement, la peau de la jeune fille prit une couleur grisâtre avant qu'elle ne tombe en poussière. Ethan soupira.

– De la poussière… elle avait au moins trois cents ans, quel dommage de se faire tuer par un jeunot comme moi, murmura-t-il comme s'il avait honte d'avoir tué son attaquante. Il aurait été plus honorable pour elle de mourir de la main d'un loup-garou.

– Q… quoi ? bredouilla Evelyn en fixant le cadavre, ou ce qui aurait dû en être un, puis Ethan.

– C'était un vampire. Lorsqu'ils meurent, certains gardent la forme d'un cadavre, d'autres d'une flaque de sang, se changent en pierre, ou encore tombent en poussière, comme celle-ci.

Ethan donna un coup de pied dans ce qui restait de la servante vampire.

– C'est normal.

– Que fais-tu ici ? reprit Evelyn avant de se jeter dans ses bras. Ethan, je croyais que je ne te reverrais jamais !

– Moi aussi !

Il posa un baiser sur le somment de sa tête. Ils avaient tous les deux les larmes aux yeux.

– Tu m'as tellement manqué.

– Et à moi donc, si tu savais, ma chérie.

Il serra contre lui son corps frêle et posa sa tête sur la sienne, prenant le temps de savourer ce doux moment de retrouvailles tant attendu. Et alors qu'Ethan et Evelyn s'embrassaient, ils ne remarquèrent pas la paire d'yeux verts qui les observait depuis le dernier étage du palais.

***

Hansel ne put s'empêcher de sourire en voyant Evelyn sourire à Ethan. Ce regard, un regard d'amour qu'il n'avait jamais vu lorsqu'elle était en compagnie d'Atticus ou de lui-même. Ce regard qui lui dit avec certitude qu'Evelyn aimait encore Ethan et qu'elle l'aimerait toujours. Avec un profond soupir il tourna les yeux vers la foule des sorciers qui approchait, un sombre nuage d'orage planant au-dessus d'eux. La bataille allait être rude, il le savait. Les rebelles n'attaquaient jamais au hasard, sans avoir des chances de gagner. Mais les sorciers et les loups-garous ne connaissaient pas toutes les ressources de la Nation Vampire, ni de son Roi, Atticus.

Pourtant, même avec l'aide des anneaux, Atticus allait être suffisamment occupé à défendre le palais pour ne pas remarquer l'absence d'Evelyn avant qu'il ne soit trop tard.

– Bien joué, Redfern, gloussa Hansel. Distraire le dragon pour dérober le trésor… bien joué. Maintenant prends ton trésor et cours, aussi loin que tu pourras, aussi vite que tu pourras, sans te retourner, sans te faire attraper. Tu n'as pas idée de la fureur que tu vas déclencher et de ce qui t'attend si jamais Atticus vous met la main dessus. Sauvez-vous, mes petits agneaux, allez. Ne revenez jamais. Emmène Evelyn loin d'ici.

Hansel aurait dû sauter par la fenêtre à l'instant même où il avait vu Ethan se précipiter vers Evelyn, il aurait dû l'arrêter lorsqu'il avait tué cette servante, et surtout, il ne devrait pas laisser les amoureux s'embrasser comme ça. Non seulement pour Atticus, mais aussi pour lui-même. Mais Hansel n'était pas un vampire comme les autres, il avait de la morale et de la compassion. Il allait laisser Evelyn s'enfuir avec Ethan, parce qu'il l'aimait.

Il ferait même tout ce qui était en son pouvoir pour aider les amants à échapper à Atticus.

CHAPITRE 39

Evelyn avait l'impression que son cœur allait exploser, elle n'arrivait pas y croire. Ethan était là, devant elle, en chair et en os. Après tout ce temps, elle pensait qu'elle ne reverrait jamais l'amour de sa vie, qu'ils seraient à jamais séparés.

– Je n'en reviens pas que tu sois là, murmura-t-elle, tendant vers son visage des doigts hésitants, craignant qu'il ne tombe en poussière comme le vampire qu'il venait de tuer.

Comprenant son hésitation, Ethan sourit et lui prit les mains pour les poser sur son visage.

– Tu n'as pas besoin d'avoir peur, c'est bien moi, je suis là avec toi, à ma place, dit-il à travers des larmes de joie.

– C-c-c-est juste que…

– Que tu n'arrives pas à y croire ? Je sais exactement ce que tu ressens. Tu n'as pas idée combien de fois j'ai rêvé ce moment. Après tout ce temps, toutes ces tortures, toute cette douleur, je ne pouvais toujours pas t'oublier. Mon amour pour toi n'a rien perdu de sa force, et te revoir vaut toutes les tortures que j'ai endurées.

Elle fronça les sourcils.

– Des tortures ? De quoi parles-tu ? Je croyais qu'Atticus t'avait libéré et envoyé en Europe ou sur un continent éloigné.

L'incompréhension d'Evelyn ne surprit pas Ethan. Il n'avait jamais douté qu'Atticus puisse lui mentir pour se faire passer à ses yeux pour une sorte d'homme au grand cœur, alors qu'en réalité il n'était qu'un monstre dépourvu d'âme. Cependant il ne pouvait s'empêcher de grincer des dents en pensant qu'Atticus avait fait croire à Evelyn qu'elle avait consenti tous ces sacrifices pour qu'Ethan soit heureux, alors qu'il était enfermé dans les cachots royaux, battu et harcelé jusqu'à la limite de la mort seulement pour être réanimé avec du sang de vampire.

– Il y a un tas de choses qu'Atticus ne t'a pas dites, Evelyn… mais le moment est mal choisi pour t'expliquer.

Il désigna de la main ce qui les entourait, les bombes qui explosaient au loin, l'ouragan de sorciers qui se rapprochait d'eux. Bien qu'ils soient assez loin des bâtiments, et que tous les serviteurs se soient réfugiés à l'intérieur, Ethan ne doutait pas que bientôt les jardins seraient envahis par des soldats prêts à mener la bataille de leur vie.

– Viens, nous devons nous mettre à l'abri. Je ne tiens pas à ce que nous nous retrouvions pris au milieu d'une bataille entre la Résistance et les Vampires !

Ethan lui passa un bras protecteur autour des épaules.

– Je t'expliquerai tout dès que nous serons à l'abri.

***

Atticus avait eu sa part de conflits au cours des trois millénaires de sa vie, et il avait participé à certaines des plus grandes batailles de l'histoire humaine. Et avant la malédiction et sa transformation en vampire, à l'époque où il n'était qu'un simple humain, il était déjà un stratège aguerri, fort et connu pour son aptitude au combat.

Pendant sa vie humaine, il avait été un soldat se battant pour l'honneur de sa cité, Atlantide. Il avait la guerre dans le sang, et il n'avait jamais manqué une occasion de participer à une grande bataille. Il adorait les sensations que cela lui procurait, se retrouver au sein d'un combat, entouré de la mort et du danger, il n'y avait rien de comparable. C'était la seule chose qui le faisait se sentir normal, cela lui rappelait le passé, le jeune homme d'Atlantide qu'il était alors, sans peur et désireux de donner sa vie pour protéger son peuple.

Atticus sourit en y repensant, debout sur le toit du palais, scrutant les jardins luxuriants qui s'étalaient à ses pieds. Même en ce début d'automne ils semblaient toujours pleins de vie et de couleurs, alors qu'à l'extérieur de l'enceinte royale, la nature avait été affectée par les premiers froids.

Le duel entre les Gardes et la Résistance n'avait pas encore commencé. Les loups se faufilaient dans les jardins, camouflés, se fondant dans le paysage, pour s'approcher le plus possible des bâtiments avant de lancer l'attaque, mais aucun de leurs déplacements n'échappait à la vigilance d'Atticus.

La bataille serait sanglante, les deux côtés allaient subir de lourdes pertes, mais le roi savait que le plus grand nombre de victimes se compterait dans les rangs de la Résistance. Un sourire flottant toujours sur ses lèvres, il jouait avec trois de ses anneaux aux doigts, à sa main gauche il portait le sien, et les deux qui ornaient sa main droite avaient autrefois appartenu à ses vieux amis, Duncan et Alavir.

– Cela fait un bail que nous ne nous sommes pas battu côte à côte, il serait temps de raviver certains souvenirs, vous ne croyez pas ?

Il parlait à voix basse aux anneaux, comme s'ils étaient de vraies personnes, sans pour autant en attendre de réponse.

Atticus avait sous-estimé la Résistance, elle avait envoyé plus de loups qu'il ne l'avait anticipé. Des milliers d'entre eux talonnaient les sorciers, toutes dents dehors, attirés par le goût du sang. Mais cela n'effraya pas Atticus le moins du monde. Ce qui l'inquiétait, en revanche, c'était le fait qu'il y ait déjà des loups à l'intérieur de l'enceinte du château.

Les murs étaient lourdement gardés, même une mouche aurait du mal à entrer sans permission. Ils disposaient forcément de quelqu'un à l'intérieur qui les faisait entrer en douce, d'une façon ou d'une autre.

Atticus jouait avec ses anneaux, se préparant à tuer toutes ces créatures dégoûtantes, mais il s'arrêta en sentant une présence dans son dos. Son sourire s'élargit lorsqu'il reconnut l'intruse.

– Cela fait un moment que tu n'es pas venue me voir de ton plein gré.

– Quelques siècles, si mes souvenirs sont bons, dit une voix féminine, et le sourire d'Atticus s'élargit encore.

– Alors comme ça, tu sors le grand jeu, ce soir, c'est ça ? Tu n'as pas peur d'envoyer tous ces loups à la mort pour rien ?

– Évidemment que j'ai peur, et je pleure pour tous ces guerriers qui vont perdre la vie ce soir, qu'ils soient vampires ou loups-garous, répondit-elle sur un ton attristé. Je regrette que nous devions être ennemis et j'ai fait tout ce qui était en mon pouvoir pour différer cette bataille le plus longtemps possible mais je ne peux pas te laisser continuer à corrompre le monde comme tu le fais.

– Corrompre le monde ?

Atticus se mit à rire.

– Moi, je corromps le monde ? Bien au contraire, je le sauve !

Soudain toute trace d'humour avait disparu de son visage qui se tordait de façon sinistre.

– Tu as perdu toutes tes capacités de jugement ? Venise, rappelle-toi ta vision ! Que serait devenue la planète si je n'étais pas intervenu ? Les humains étaient en passe de la détruire.

– En effet, j'ai vu ce qui aurait pu arriver, répondit la femme d'une voix hésitante. Et cet avenir était sombre, mais j'ai aussi vu au-delà de la destruction. J'ai vu des humains qui avaient retenu la leçon et qui repartaient de zéro ! Les choses se seraient arrangées…

Il ne la laissa pas finir.

– Les humains, retenant la leçon qu'il faut protéger et valoriser notre planète qui est la source de toute vie et toute la magie ? Tes visions sont souvent faussées. Suppose que les humains aient effectivement retenu la leçon un certain temps mais qu'à la fin ils aient recommencé à commettre les mêmes erreurs ? Que se serait-il passé, alors ? Tu pensais vraiment que j'allais rester à ne rien faire alors que notre maison était détruite une nouvelle fois ?

– Oui, répondit-elle froidement. Et tu te rappelles sur quoi notre rébellion a débouché ? Ce que nous sommes devenus ?

– Nous avons été dotés de pouvoirs qui dépassaient notre imagination, répondit Atticus, têtu, en continuant à lui tourner le dos.

– Non ! Nous avons été maudits et damnés ! Et tous ces vampires, là, en bas, ceux qui te servent de gardes ? Ils sont damnés et maudits aussi. Nous sommes des monstres, Atticus, pourquoi refuses-tu de le voir ? Je pensais pouvoir te changer, je pensais que je pouvais changer l'avenir. Mais c'est impossible et je regrette de devoir en arriver là.

Une minuscule boule de lumière se forma dans ses mains.

– Je suis désolée.

CHAPITRE 40

Atticus vit une lumière blanche aveuglante au creux de la main de Venise.

Le visage de la sorcière était dissimulé sous la large capuche de sa cape, mais il aperçut ses lèvres roses serrées l'une contre l'autre, une chose qu'elle faisait souvent lorsqu'elle était effrayée, angoissée ou inquiète. Il ne savait pas si elle était inquiète de ne pas arriver à l'atteindre ou effrayée à l'idée qu'elle pourrait effectivement le tuer.

Au cours des siècles, Atticus avait échappé à de nombreuses tentatives de meurtre. Et si le plus souvent les assassins s'étaient suicidés avant qu'on ne puisse leur extorquer aucune information, il avait une petite idée de la personne qui se trouvait derrière la plupart d'entre eux. Une personne qui croyait tellement qu'il était à la source du mal qu'elle ferait tout pour l'éliminer. Il sourit en observant Venise qui rassemblait encore plus d'énergie et de lumière dans ses mains. Elle était là pour la mise à mort, et il le savait.

Venise descendait d'une longue lignée de sorcières extrêmement puissantes, et après qu'ils eurent été maudits et transformés en vampires, ses pouvoirs s'étaient en quelque sorte accrus, la rendant absolument invincible. Si elle avait vraiment voulu le voir mort, ce serait sans doute déjà fait, malgré les pouvoirs dont il disposait et sa magie. La vérité était que Venise n'était pas prête à le tuer et qu'elle ne le ferait sans doute jamais. Elle n'avait pas le cœur de prendre une vie, même une vie aussi mauvaise que celle d'Atticus.

Peut-être était-ce pour cela qu'il était si calme et si détendu lorsque Venise lança la grosse boule d'énergie sur lui. Aucune peur ne déformait ses traits. Il restait là à sourire avec arrogance, comme si tout cela n'était qu'une plaisanterie. Il regarda la boule d'énergie magique voler vers lui, et en moins de temps qu'il ne faut à un oiseau pour battre des ailes, il leva la main et sans même la toucher arrêta la boule, en utilisant sa propre énergie.

Il ricana doucement, stupéfait par la naïveté de Venise, et désintégra la boule avec un petit sourire amusé. Rapidement, il créa une autre petite boule d'énergie noire et l'envoya par-dessus la capuche de Venise, révélant le visage qu'il n'avait vu que dans ses rêves depuis plusieurs années. Des cheveux d'un blanc pur comme la neige des montagnes, noués en arrière pour dégager son visage. Elle n'avait pas changé, sauf ses yeux. La dernière fois qu'il l'avait vue, les yeux de Venise étaient d'un bleu étincelant, comme un ciel sans nuage, mais à présent ils étaient comme deux globes de glace, presque dénués de couleur. De loin ils auraient pu paraître blancs, comme ses cheveux, si ce n'était les paillettes de bleu clair sur les bords.

– Il semblerait que ta capacité à viser ait disparu avec ta vue.

Atticus poussa un profond soupir.

– Pourquoi ne pas me l'avoir dit ? J'aurais pu t'aider.

– Je n'ai pas besoin d'aide, la nature aime l'équilibre et il serait injuste que je puisse voir l'avenir et le passé aussi bien que le présent. J'ai dû renoncer à l'un des trois.

Venise parla lentement et ensuite un petit sourire demeura sur son visage. À cet instant Atticus se rappela pourquoi il l'avait aimée : son innocence, sa douceur et sa gentillesse. Venise avait été le genre de fille qui avait besoin de quelqu'un pour veiller sur elle. Encore maintenant, avec tous ses pouvoirs et ses atouts magiques, il savait qu'elle avait besoin d'être protégée.

– Tu aurais mieux fait de renoncer au passé, le présent est plus important.

– On m'a dit cela à maintes reprises, mais toi, plus que quiconque, tu devrais savoir que ce n'est pas le cas. Mes souvenirs sont les seules choses qui te maintiennent en vie. Si j'étais débarrassée de mes capacités à voir le passé, je serais peut-être plus indifférente à ton sort aujourd'hui et j'aurais eu le courage de te tuer tout à l'heure.

Venise avait raison. Elle faisait partie des Premiers, tout comme lui. Il n'y avait rien qu'il ne possède naturellement qu'elle ne possède elle aussi. En outre, avec ses dons de voyance et des pouvoirs magiques incommensurables, elle pouvait le tuer. Mais il pouvait en faire de même et, avec un sourire arrogant, il fit tourner les anneaux autour de ses doigts.

– Comment pourrais-je te faire oublier ces visions qui te font croire que je vais nécessairement faire le mal ? Tu m'as manqué, Venise, tout le monde m'a manqué, parfois je regrette que les choses ne soient plus telles qu'elles étaient avant que nous ne soyons transformés, admit Atticus après quelques instants de silence.

Il aurait voulu redevenir ami avec Venise parce qu'elle était la seule qui comprenne vraiment la responsabilité que conférait le pouvoir qu'ils avaient l'un et l'autre. À sa grande surprise, elle sourit, et l'espace d'un instant il faillit croire qu'elle allait accepter son offre, ou du moins la prendre en considération.

– Si tu promettais de changer tes façons de faire, je pourrais sans doute fermer les yeux sur le monstre qui est apparu dans mes visions. Mais j'arrive trop tard. Tu ne le vois pas, Atticus ? Tu es déjà ce monstre. Et j'avais prévu la mort de nos amis.

– Je peux m'expliquer à ce sujet.

– Je t'en prie, dis-moi quelle est ton excuse pour avoir massacré chacun de nos amis ?

– C'était un mal nécessaire, au profit de l'intérêt supérieur du monde.

Elle se mit à rire.

– L'intérêt supérieur du monde ! Tu veux dire le tien ? Atticus, je ne suis pas stupide, je sais que tu les as éliminés uniquement pour t'arroger leurs pouvoirs et pour supprimer la concurrence. La soif de domination te mènera à ta perte. Le pouvoir peut changer n'importe qui, combien de fois les Anciens nous l'ont-ils répété lorsque nous étions jeunes ? Tu as oublié les histoires des Rois déchus, qui ont laissé le pouvoir leur monter à la tête, sacrifiant d'innombrables vies par leurs décisions stupides et égoïstes.

Atticus garda le silence, se contentant de fixer Venise, l'air vengeur.

– J'ai vu ce que tu as fait pour t'approprier ton nouvel amour, les choses méprisables que tu as fait subir à son petit ami. Elle n'est ici qu'à cause de ton chantage et à la première occasion elle s'enfuira.

Atticus ne releva pas son commentaire et préféra déplacer le sujet sur un autre terrain.

– Que penses-tu d'elle ?

– Je pense qu'elle me ressemble comme deux gouttes d'eau se ressemblent, sauf qu'elle a les cheveux bruns et non blancs.

– Elle ressemble à la femme que tu étais avant la malédiction.

– Est-ce pour cette raison que tu la gardes prisonnière ici ? Parce qu'elle me ressemble ? Parce que tu veux quelqu'un qui te rappelles ta vie avant toute cette tragédie et cette noirceur ?

– C'est ce qui a attiré mon attention au début, mais la raison de mon attirance pour elle, c'est qu'elle me rend heureux. Elle est pure, innocente, douce et totalement inconsciente du mal qui l'entoure. C'est la première personne qui me rend heureux depuis un temps infini. Et je l'aime.

– Il n'y a pas de doute qu'elle t'obsède. Mais n'oublie pas que plus tu vas la tenir serrée, plus elle va vouloir te quitter. J'ai vu ton avenir et si tu continues à la traiter comme tu le fais à présent, elle n'apprendra jamais à t'aimer comme tu le voudrais ; au contraire, elle te détestera et te méprisera un peu plus chaque jour.

– C'est exactement ce que Hansel m'a dit. Et c'est exactement ce que je fais.

Elle sourit doucement.

– Je vais te donner un conseil. Si tu veux vraiment qu'elle t'aime, il faut la laisser faire ce qu'elle veut.

Sur ces mots, elle tourna les talons comme pour regarder approcher les sorcières, les loups-garous et les gardes prêts à mener le combat de leur vie.

– Je dois y aller, maintenant. Que le meilleur gagne.

– Attends ! cria Atticus juste au moment où Venise allait s'envoler. Si tu n'avais pas l'intention de me tuer ce soir, alors quelle est ton intention avec cette attaque ?

– Qui a dit que je n'avais pas l'intention de te tuer ? Je ne te tuerai pas moi-même, mais ça ne veut pas dire que quelqu'un d'autre ne va pas le faire. En plus, si je te dévoile mes motivations, ça va gâcher mon plaisir.

***

– Tu veux dire qu'Atticus t'a torturé pendant plusieurs mois ? s'écria Evelyn en suivant Ethan dans les tunnels, les yeux agrandis par le choc.

– Chut, ne fais pas tant de bruit, ces tunnels ont une bonne isolation phonique mais les vampires ont l'ouïe fine.

– Mais comment se fait-il que tu ne sois pas en colère, Ethan ? Il m'a dit qu'il t'avait laissé partir alors qu'en réalité il te gardait ici pour te torturer ! Bon sang, ce que j'aimerais lui mettre mon poing dans la figure !

Il sourit.

– Au début j'étais en colère, mais maintenant il me fait de la peine. Il ne m'a torturé que parce que tu m'aimes, c'était purement par jalousie. Et puis tu es avec moi, maintenant, et c'est tout ce qui compte.

– Alors c'est à cause de moi si tu as été torturé presque à mort ?

Sa voix se brisa et les larmes lui montèrent aux yeux.

– Si mon amour pour toi était la cause de ce qu'on t'a fait subir, alors je préférerais… je préférerais…

Soudain Ethan s'arrêta net, se retourna et planta un baiser sur les lèvres d'Evelyn sans prévenir, la prenant au dépourvu.

– Je t'aime, Evelyn. Alors peu importe la souffrance que j'ai subie, ça en valait la peine. Alors ne dis jamais que tu préférerais ne pas m'aimer, d'accord ?

Il parlait d'une voix rassurante en appuyant son front contre le sien.

– Je suis prêt à tout pour toi.

– Moi aussi, je suis prête à tout pour toi.

Elle lui rendit son baiser.

– Pour toujours ?

– Pour toujours.

Elle entendit soudain une voix inconnue :

– Est-ce que je dérange ?

CHAPITRE 41

Le sang d'Evelyn se glaça lorsqu'elle entendit cette voix inconnue. Toutes sortes de scénarios défilèrent dans son esprit. Et si c'était un des gardes ? Et s'ils avaient découvert que j'essaye de m'évader ? Et s'ils tuent Ethan ? Et s'ils font du mal à Alice ?

Elle avala sa salive nerveusement et embrassa Ethan une dernière fois avant de se détourner de l'amour qu'elle avait passé tant de nuits à regretter, sachant que c'était peut-être la dernière fois qu'ils étaient si proches. Elle se retourna pour faire face à l'inconnu. Il avait les cheveux blonds, la peau d'une blancheur de porcelaine, les yeux bleu foncé et des sourcils qui lui faisaient penser à deux petites chenilles couleur pastel.

Elle agrippa nerveusement la main d'Ethan et le fit vivement passer derrière elle, comme pour lui servir de bouclier, attendant que l'inconnu attaque.

Il ne va pas me faire de mal, à moi, se dit-elle, *Atticus ne le permettrait pas, Atticus voudrait que l'on me capture vivante.* En comprenant son intention, le blond se mit à sourire.

– Tu ne mentais pas en disant qu'elle t'aimait aussi, gloussa-t-il en lançant un coup d'œil à Ethan, qui se contenta de sourire en voyant à quel point Evelyn était protectrice avec lui.

Il posa alors un baiser sur sa joue.

– Détends-toi, chérie. Je te présente Aaran. C'est mon cousin, il ne nous fera pas de mal.

– Et dans le cas contraire, je ne lui pardonnerais jamais, dit une voix féminine, une voix qui fit bondir le cœur d'Evelyn.

– Alice ?

Evelyn poussa un cri étouffé lorsque sa cousine surgit de derrière la large carrure d'Aaran. Les deux cousins sourirent en voyant leurs amours courir l'une vers l'autre.

– Je pensais ne jamais te revoir, dit Alice en riant et en prenant Evelyn dans ses bras.

– Moi non plus. Pourquoi t'es-tu sauvée comme ça lorsque l'attaque a commencé ? Alice, tu attends un enfant, tu aurais dû retourner dans ma chambre, c'était très dangereux là-bas.

– Je sais et je suis désolée de t'avoir inquiétée comme ça, mais je devais courir le risque.

Alice s'écarta et tourna son attention vers l'homme qui la couvait des yeux comme si elle était la plus belle femme du monde.

– Je me suis sauvée parce que je savais qu'il serait là, je ne fuyais pas seulement pour moi-même mais pour l'enfant que j'attends. Il faut que je quitte la Nation Vampire, Evelyn. Je ne peux pas laisser mon bébé grandir comme nous, dépourvu de tout contrôle sur son avenir. Et toi aussi tu dois partir.

Elle prit la main d'Evelyn dans la sienne et la pressa doucement.

– Viens en Australie avec Aaran et moi, nous y serons en sécurité.

– Au-Australie ? bredouilla Evelyn alors que toutes les histoires qu'Ethan lui avait racontées lorsqu'ils étaient plus jeunes lui revenaient brusquement en mémoire.

L'Australie, un endroit sans vampires, où les humains avaient le contrôle de leur vie et pouvaient vivre en paix avec les créatures surnaturelles. Un endroit où elle pourrait vivre avec Ethan, un endroit sans Atticus.

Soudain, Evelyn fut déchirée entre sa soif de liberté et sa culpabilité. Elle voulait plus que tout au monde vivre avec Ethan et échapper à la Nation Vampire, et elle était prête à faire n'importe quoi pour fuir ce palais maudit, et le harcèlement d'Atticus. Mais en même temps elle éprouvait de la peine pour lui.

Il était maudit et il y avait encore de l'humanité en lui, même si elle était enfouie sous toute sa haine et sa colère. Et malgré tous les efforts qu'elle faisait pour le nier, il l'aimait vraiment. Il avait fait preuve de gentillesse et s'était confié à elle comme à personne depuis longtemps. Il l'aimait et elle le croyait quand il disait qu'elle faisait renaître en lui une lumière qu'il avait perdue au cours des siècles.

Tu ne peux pas le quitter comme ça. Imagine ce qui va se passer lorsqu'il découvrira que tu es partie ? Evelyn, ne le provoque pas. Il a peut-être gardé Ethan en vie la dernière fois, mais il ne le fera pas une deuxième fois. Il le tuera sans la moindre hésitation, murmura la petite voix dans sa tête. *Si tu le quittes, il va fondre sur le peuple des humains, sur ta famille, il va passer sa colère sur des innocents et il attaquera l'Australie, pour te retrouver.*

Non, il faut que tu fuies la Nation Vampire, tu as la chance de pouvoir la quitter avant qu'il ne te viole. Si tu ne pars pas maintenant, il ne faudra pas longtemps avant qu'il ne perde patience et ne te prenne de force. Et une fois qu'il aura commencé, il n'arrêtera plus. Il te transformera en vampire pour que tu lui appartiennes éternellement, murmura une autre voix silencieuse. *S'il t'aime vraiment il ne fera pas de mal à ta famille, s'il a réellement un semblant d'âme, il ne te fera pas ça sachant que tu le haïrais pour toujours. Quant à l'Australie, n'y va pas. Il ne manque pas d'îles inhabitées et de fermes abandonnées où aller. Ethan et toi pourrez vivre de la terre. Vous serez heureux. Sois égoïste, pour une fois, fais ça pour toi.*

– Eve, que se passe-t-il ?

La voix apaisante d'Ethan la sortit brutalement de sa transe.

– Il faut y aller maintenant, avant qu'Atticus ne s'aperçoive que tu as disparu.

Il lui prit la main gentiment, avec un sourire rassurant et familier. Le genre de sourire qui lui donnait l'impression que tout allait bien se passer. Mais tout n'allait pas bien se passer, les choses allaient êtres rudes, et bien qu'elle s'efforce de ne pas y penser, Evelyn avait un mauvais pressentiment.

– Ethan, cela ne va pas être facile. Même si nous arrivons à nous évader, nous serons toujours des fugitifs, nous ne pourrons plus jamais revoir nos familles. C'est vraiment ce que tu veux ? lui demanda-t-elle, mais la question s'adressait aussi à elle-même.

– Oui, c'est ce que je veux. Aussi longtemps que nous serons ensemble, je sais que tout ira bien.

Il l'embrassa sur le front avant de se pencher pour lui murmurer à l'oreille.

– Qui plus est, ma famille va quitter la Nation Vampire et emmener la tienne avec eux. Une guerre se prépare et le règne d'Atticus touche à sa fin.

***

– DIS-MOI OÙ IL CACHE LES ANNEAUX !

Hansel ne put réprimer un sourire en voyant le loup-garou de près de deux mètres en train de se métamorphoser et de hurler comme un fou. Son visage déformé était recouvert d'une fourrure grise très sombre qui s'étendait jusque sur ses mains, ou Hansel aurait-il dû les appeler des pattes, et ses griffes labouraient la chemise du vampire au cheveux bouclés.

– Non, répondit simplement Hansel, ce qui lui valut un nouveau coup.

– Dis-le-moi ! gronda le loup-garou. Dis-le-moi ou je te tue !

Le sourire de Hansel s'élargit quand le loup-garou menaça de le tuer. La brute était peut-être imposante, et sans doute d'une grande force, mais Hansel était un combattant accompli et il possédait des pouvoirs extraordinaires. Il fallait plus qu'un loup-garou sauvage pour lui faire peur.

– Du calme, Bryan, susurra une voix féminine.

Une silhouette vêtue d'une cape entra dans la pièce. Son visage était dissimulé par une large capuche, mais des mèches blanches comme neige s'en échappaient.

Hansel sentit son sang se glacer dans ses veines.

– Non, c'est impossible, murmura-t-il quand elle s'approcha de lui, guidée par son compagnon massif.

Il avait entendu les légendes à propos de Venise, la jeune femme qui aurait créé toute seule le premier vampire. On disait que sa magie n'était limitée que par son imagination, car il n'y avait rien qu'elle ne puisse accomplir.

– À en juger par le rythme des battements de ton cœur, je devine que tu sais qui je suis.

Elle parlait d'une voix douce et mélodieuse. Hansel ne put refréner sa surprise en voyant sa petite taille. Chaque fois qu'il pensait à Venise, la sorcière immortelle et toute-puissante, il l'imaginait plus grande, et sans doute plus intimidante, alors que la femme devant lui paraissait jeune et fragile, comme une poupée de porcelaine.

Lentement elle repoussa sa capuche, révélant un visage qui ressemblait trait pour trait à celui qui hantait ses rêves.

– Evelyn ?

Il recula, stupéfait devant la ressemblance entre Venise et Evelyn.

– Nous nous ressemblons beaucoup, non ? Ce n'est pas surprenant. Après toutes ces années, il faut bien que quelqu'un me ressemble.

Elle caressa tendrement ses cheveux blancs.

– Atticus a dit que la seule vraie différence entre nous est la couleur de nos cheveux et celle de nos yeux. Est-ce vrai ?

Alors pour la première fois Hansel regarda Venise dans les yeux et s'aperçut à quel point ils étaient vides. Hansel l'observa attentivement et remarqua toutes les similitudes entre les deux femmes, même si elles dégageaient des auras différentes. Venise avait une grâce qui rayonnait autour d'elle, alors qu'Evelyn avait un don de compassion et une lumière indomptée qui tourbillonnait comme une tornade contenue dans un corps humain.

Hansel posa les yeux sur les deux hommes qui l'entouraient.

– Que voulez-vous ?

– Je veux la paix, le bonheur et que la Terre retrouve sa gloire passée, murmura Venise en parcourant la pièce du regard. Atticus les a emportés, n'est-ce pas ?

Hansel ne dit rien.

– Eh bien, c'était naïf de croire qu'il les laisserait sans protection.

Elle rit doucement. Ses yeux se tournèrent vers la fenêtre. Bien qu'elle ne pût voir, elle sentait la vie qui combattait et périssait de l'autre côté de la fenêtre. Comme pour elle-même, elle murmura :

– Je ne serai pas capable de le désarmer… il est trop fort.

– Vous ne tuerez jamais Atticus, il est trop puissant. Ce n'est pas la chance qui a permis à mon maître de survivre durant tous ces millénaires, il est là parce qu'il est le plus fort et qu'il a toujours dix longueurs d'avance sur les autres.

Venise se tourna vers lui en souriant.

– Tu l'aimes, n'est-ce pas ?

Hansel hocha la tête.

– Tu chéris sa vie et son bonheur par-dessus tout ?

– Oui.

– Très bien, alors j'ai besoin de ton aide.

CHAPITRE 42

Ethan et Evelyn progressaient lentement dans l'eau de la rivière, et cela leur faisait dépenser beaucoup plus d'énergie que sur la terre ferme. Ils avaient au mieux quelques jours d'avance sur Atticus, au pire quelques heures.

Ils ne pouvaient courir le risque de laisser des traces, c'est pour cela qu'ils avaient décidé de se déplacer dans l'eau de la rivière pour ainsi masquer leur odeur et ne pas laisser d'empreintes. Ce n'était pas un plan infaillible mais toutes les idées étaient bonnes à prendre si elles leur permettaient de s'évader de la Nation Vampire.

Pendant cinq heures d'affilée, le couple avait couru, s'enfonçant au plus profond de la forêt, vers le sud. L'itinéraire le plus inattendu. Après s'être consultés très brièvement, ils avaient décidé qu'ils ne pouvaient pas prendre le risque de déclencher la fureur d'Atticus sur l'Australie, même si une guerre se préparait. Ils seraient bien trop culpabilisés s'ils devaient mettre tout le monde en danger à cause de leurs désirs égoïstes, il était donc impensable de partir vers l'est avec Aaran et Alice. Leurs familles vivaient à l'est de la cité royale, donc c'était soit le Nord, soit le Sud. D'un commun accord, ils avaient opté pour le sud. Sans raison particulière. C'était un choix pris au hasard, mais Alice comptait sur le fait qu'Atticus supposerait qu'ils s'étaient enfuis vers l'Australie ou qu'ils étaient retournés dans leurs familles pour se mettre à l'abri, ce qui leur donnerait encore un peu plus d'avance.

– Tu as faim ? demanda Ethan lorsqu'ils décidèrent de faire une pause.

La soirée était bien avancée et l'eau était devenue trop froide pour que les deux humains puissent le supporter.

– Je meurs de faim, tu veux dire.

Evelyn claquait des dents en sortant de l'eau.

– Et j'ai froid, très froid.

– Bon, eh bien je vais aller chercher du bois pour faire du feu. Il y a de la nourriture sous-vide dans mon sac, fais-toi plaisir. Je reviens tout de suite.

Il laissa tomber son sac à dos à ses pieds et partit chercher du bois.

– Attends ! le rappela-t-elle aussitôt. Tu vas geler avec cette veste trempée. Mets ça, tu auras plus chaud.

Elle sortit un blouson molletonné du sac à dos qu'Aaran et Alice lui avaient donné avant qu'ils ne se séparent.

– Merci.

Il échangea son blouson mouillé contre celui qu'elle lui tendait et l'embrassa sur le front.

– Ne pars pas te balader.

– Ça ne risque pas ! Allez, va vite me chercher du bois, je suis complètement gelée.

Elle fouilla dans le sac pour trouver son blouson de rechange. Une fois Ethan hors de vue, Evelyn s'assit par terre, les genoux remontés sous le menton, et elle lâcha prise, s'autorisant à penser à une chose qu'elle avait repoussée de son esprit pendant tout le voyage.

Atticus. *Comment va-t-il réagir en voyant que je ne suis plus là ? Que va-t-il faire ? Est-ce qu'il va s'en vouloir ou me détester ? Va-t-il lancer des gens à ma poursuite ou comprendre qu'il est temps de renoncer à moi ?*

Elle aurait aimé le plaindre, vraiment, mais elle n'arrivait pas à se mettre à sa place. Elle se demandait surtout ce qu'il allait faire quand il découvrirait qu'elle s'était enfuie. Il enverrait certainement des équipes de recherche et la pourchasserait jusqu'au bout, morte ou vivante.

Elle savait avec certitude que les choses ne se passeraient pas bien quand – non, s'il la retrouvait. Il ne la laisserait pas s'en tirer sans punition et l'issue de cette évasion serait probablement plus violente que tout ce qu'elle avait connu jusque-là. Il la ferait payer. Et pas seulement elle.

Une larme roula sur sa joue, puis une autre et encore une autre. Et tout à coup elle se retrouva pleurant à chaudes larmes, de douleur et de peur. Ce n'était pas la première fois aujourd'hui qu'Evelyn regrettait sa décision.

Que va-t-il arriver à Ethan lorsque Atticus nous retrouvera ? Au fond d'elle, elle connaissait la réponse, mais elle ne pouvait pas se résoudre à l'accepter. Elle glissa doucement sur le côté, sur le sol boueux de la forêt, les genoux toujours remontés sous le menton, les bras serrés autour d'elle. *Sois forte, Evelyn. Ethan est une bonne personne, rien de mauvais ne va lui arriver. Son karma va lui porter chance... Son karma va lui porter chance...* Alors qu'elle gémissait, ses paupières se firent de plus en plus lourdes. La journée avait été longue et Evelyn était épuisée. Sans s'en rendre compte, elle plongea dans un profond sommeil.

***

Le lendemain matin, Evelyn fut réveillée par une sorte de balancement et la sensation du vent soufflant sur son visage.

– Enfin réveillée ?

La voix apaisante d'Ethan murmurait à son oreille tandis que le mouvement s'accélérait si brusquement qu'elle faillit perdre l'équilibre. Ce n'est qu'après avoir ouvert les yeux qu'elle comprit ce qu'il se passait.

Ils chevauchaient à cru un cheval noir dont la crinière luisante et soignée volait dans le vent alors qu'il galopait si vite en lisière de la forêt que les arbres à côté d'eux devenaient flous.

– E-Ethan ! Que se passe-t-il ?

Comme il n'y avait pas de rênes, elle s'accrocha de toutes ses forces à la crinière du cheval en s'efforçant de ne pas lui faire mal. La dernière chose qu'elle voulait était d'effrayer ce pauvre animal étant donné que sa vie et celle d'Ethan étaient entre ses mains, ou plutôt ses sabots…

– Nous allons vers le sud, répondit-il.

– Non, je veux dire, pourquoi sommes-nous sur un cheval ?

Ethan resserra son étreinte autour de sa taille lorsque le cheval accéléra encore son allure.

– Je l'ai trouvé hier soir en cherchant du bois, ou plus exactement c'est lui qui m'a trouvé.

Ethan rit comme s'il se rappelait un moment amusant.

– Tout d'abord j'ai pensé qu'il appartenait à un des gardes d'Atticus, et tu n'imagines pas la peur que j'ai eue, mais ensuite j'ai aperçu une marque sur sa jambe droite et j'ai compris qu'il n'appartenait pas à notre ennemi mais à un ami.

– Quelle marque ?

Curieuse, Evelyn tenta de jeter un coup d'œil sur le côté du cheval, mais le mouvement de ses pattes était trop rapide pour qu'elle puisse voir quoi que ce soit. Elle n'eut que la vision floue du sol de la forêt défilant à une vitesse incroyable. Elle sentit son estomac se révulser.

– Je te la montrerai lorsque nous nous arrêterons au prochain village. Il faut que je me procure une selle et de la nourriture pour que nous puissions continuer notre voyage vers le sud. Ce cheval va nous être d'une aide précieuse.

– Tu as dit qu'il appartenait à un ami. Quel ami ?

Elle se demandait qui avait pu les aider en leur envoyant cette monture. Cela ne pouvait pas être Aaran qui, à cette heure, devait se trouver au milieu de l'océan. Alice et lui étaient tout aussi pressés de prendre le large qu'Ethan et elle.

– Il n'appartient à personne. Ce n'est pas un cheval ordinaire, c'est un esprit de la nature, qui ne fait que prendre la forme d'un cheval pour se plier à nos besoins. Il nous a été envoyé par Lady Venise, la sorcière.

– Lady Venise ? J'ai l'impression d'avoir déjà entendu ce nom quelque part.

– C'est très probable. Elle a plus de trois mille ans, je suis sûr que quelqu'un au palais royal doit avoir entendu parler d'elle. En fait, je pourrais même te citer des noms.

– Trois millénaires ? Comment quelqu'un peut-il vivre si longtemps ? À moins…

– À moins qu'elle ne soit un vampire ? Mais comment Lady Venise pourrait-elle être un vampire alors qu'elle est déjà une sorcière ?

Ethan termina sa question alors qu'Evelyn se perdait dans ses pensées, essayant de formuler une théorie qui se tienne.

– Tu as raison, en un sens. On peut être soit un vampire, soit une sorcière, mais pas les deux à la fois. Parce que l'équilibre de la nature n'accepterait jamais qu'une seule personne concentre autant de pouvoirs sur elle-même.

– Eh bien alors, comment Lady Venise peut-elle être sorcière et vampire à la fois ? demanda Evelyn, perdue.

– Parce que c'est elle qui a créé les premiers vampires, alors elle constitue une exception.

– Que veux-tu dire par : « Elle a créé les premiers vampires » ? Si c'est vrai, alors elle doit avoir…

– Transformé Atticus en vampire, oui. Tous les vampires de la première génération ont été transformés par Venise. Il y a environ trois millénaires, Venise a jeté un sortilège sur elle-même et six de ses plus proches amis. On les a ensuite appelés « les Sept ». Ce sort les a rendus plus forts, plus intelligents, et leur a donné la possibilité d'utiliser des pouvoirs extraordinaires pour protéger leur cité contre les Grecs qui essayaient de les envahir. Mais quand les Anciens, furieux, ont découvert ce qu'ils avaient fait, ils les ont maudits. Cette malédiction entra en conflit avec le sort qui leur avait été jeté, et bientôt, les Sept commencèrent à se transformer en êtres beaucoup plus puissants qui échappèrent au contrôle des Anciens. Mais ce pouvoir allait les mener à leur perte parce que leur corps ne pouvait pas supporter autant d'énergie en même temps.

Il s'interrompit en remarquant que leur allure ralentissait et il comprit vite pourquoi. Ils arrivaient en vue d'un village. Le cheval émit un son qui ressemblait beaucoup à un grognement, signe de danger.

– Oh s'il te plaît, continue, j'ai envie d'entendre le reste de l'histoire, supplia Evelyn, curieuse de savoir ce qui était arrivé aux Sept.

– Je ne peux pas pour le moment.

Il regardait avec nervosité le village qu'ils approchaient. Le cheval s'immobilisa à plusieurs centaines de mètres de la bourgade, refusant de faire un pas de plus.

– Je terminerai mon récit après avoir trouvé une selle et de quoi nous restaurer, d'accord ?

Sans attendre la réponse d'Evelyn, il descendit de cheval et sortit de son sac à dos un sweat-shirt à capuche extra large.

– Ne bouge pas d'ici. Ce village n'est pas sûr, si une personne s'approche de toi, prends le cheval et fuis aussi vite que tu pourras.

– Et toi ?

– Ne t'inquiète pas pour moi, si le danger vient des hommes d'Atticus, ils ne me tueront pas tant qu'ils ne t'auront pas trouvée. Il préférera se servir de moi pour te faire chanter. Mais quoi que tu fasses, n'accepte pas de donner ta vie contre la mienne, comme tu l'as déjà fait. C'était une erreur, ne la refais pas. Je ne veux pas que tu recommences à souffrir à cause de moi.

– Non, je t'en prie, on peut aller se ravitailler ailleurs. Tu n'es pas obligé de risquer ta vie !

Elle ne pouvait pas supporter l'idée de le reperdre alors qu'elle venait juste de le retrouver.

– Nous n'avons pas le choix. Je ne sais pas où se trouve le prochain village et nous avons besoin de vivres en assez grande quantité si nous voulons aller au bout de ce voyage. La température baisse et il nous faut une tente, sinon nous allons mourir de froid dans notre sommeil.

Sans attendre d'autres protestations d'Evelyn, il se mit en route.

CHAPITRE 43

Ethan avait toujours été privilégié. Il était né avec une cuillère en argent dans la bouche. Des serviteurs et des nounous étaient là pour répondre à tous ses besoins, et il avait pu garder la tête haute parce qu'il faisait partie d'une des rares familles humaines qui avaient encore un tant soit peu de contrôle sur leur vie. On lui avait appris à être fier de lui et de ses origines. Son père lui disait toujours : « *Ne t'incline jamais devant ceux qui nous terrorisent. Garde la tête haute, nous sommes les vestiges de la dignité de la race humaine.* »

Depuis son enfance, Ethan avait vécu avec ce précepte à l'esprit. C'était la devise des Redfern. Elle affirmait que les représentants de la race humaine n'avait pas perdu toute dignité et que les vampires ne pouvaient pas les maltraiter sous prétexte qu'ils avaient plus de pouvoirs qu'eux.

Pourtant, en parcourant les rues du petit village, Ethan ne put faire autrement que déroger aux préceptes de son père. Il gardait la tête baissée comme un lâche, évitant d'attirer l'attention. Avec sa profonde capuche rabattue sur le visage, il espérait que les vampires ne le reconnaîtraient pas.

Ce n'était pas dans les habitudes des Redfern de prendre une allure aussi veule, et Ethan ne trouvait pas naturel de marcher avec les yeux rivés au sol en évitant les regards. Mais il y avait Evelyn avec lui et pour elle il était prêt à tout accepter. Même à se rabaisser et à passer pour un lâche pusillanime.

Il espérait qu'Atticus ne s'était pas encore rendu compte qu'elle s'était enfuie. Il n'était pas impossible que Venise ait provoqué un tel chaos dans la cité royale que le Roi ait eu trop de choses à l'esprit pour se préoccuper d'Evelyn, mais Ethan en doutait.

C'est lorsqu'il entra dans la petite boutique sur la place du village qu'il comprit avec quelle rapidité le Roi s'était rendu compte de la disparition d'Evelyn, et de la part qu'Ethan y avait prise. Sur une petite télé à écran plat accrochée au mur, derrière la caisse, les visages d'Ethan et d'Evelyn apparaissaient avec le message : « **RECHERCHÉS. UNE RÉCOMPENSE DE $10,000,000 ET LE TITRE DE CHEVALIER PROMIS PAR LE ROI À QUICONQUE LES ATTRAPERA** » écrit en rouge et en gros caractères sous l'image.

Il faillit émettre un sifflement en voyant le montant de la récompense. Dix millions de dollars. C'était énorme, et il ne pouvait qu'imaginer ce que cette récompense pouvait provoquer de convoitise chez des gens moins fortunés que lui.

Silencieusement, Ethan fit le tour de la petite boutique, prenant dans les rayons le maximum de plats préparés froids, quelques fruits, de l'eau en bouteille, et deux sacs à dos extra-larges. Evelyn et lui n'étaient pas près d'atteindre le prochain village, et plus le temps passait, plus il deviendrait dangereux de se montrer. Il leur fallait prendre dès maintenant tout ce qu'ils pouvaient.

Quelques minutes plus tard, Ethan se tenait devant le commerçant, la tête basse, en poussant devant lui deux caddies pleins après avoir presque dévalisé les rayons. Il sortit de son sac deux liasses de billets de cent dollars.

– Cinq mille chaque, dix mille en tout, cela ira pour tout ça ?

Il ne tenait pas à attendre que le commerçant ait scanné chaque article. Il était reconnaissant à Aaran de lui avoir donné tout son argent juste avant qu'ils ne se séparent. « *Tu en auras plus besoin que moi.* » L'épicier ouvrit de grands yeux en bavant presque sur les liasses de billets.

Ethan était certain qu'il n'y en avait pas pour plus de mille dollars, mais il voulait que le vendeur concentre toute son attention sur l'argent et oublie la télé derrière lui. Dans le cas contraire, dix mille dollars ne suffiraient pas à Ethan pour acheter sa liberté.

– Oh oui, bien sûr, dit l'épicier avec un sourire éclatant. Vous voulez un coup de main pour emballer vos achats ?

– Ce n'est pas la peine.

Ethan lança les liasses de billets au vendeur qui les attrapa au vol d'un geste gracieux. C'est tout juste si le signe distinctif du dollar ne se reflétait pas dans ses yeux cupides. Ethan fourra rapidement ses achats dans les énormes sacs à dos.

– Au fait, vous ne sauriez pas où je pourrais trouver une selle ?

– Une selle ? Oh non. C'est une petite ville, ici. C'est à peine si on trouve des pneus, alors vous pensez des selles ! Vous avez l'intention de charger tous ces sacs sur le dos d'un cheval ?

Ethan ne répondit pas.

– Merci, dit-il en sortant de la boutique, un énorme sac de provisions dans chaque main.

En arrivant dans la rue, il sentit son cœur défaillir. Des vampires vêtus d'uniformes rouge sang portant le symbole royal, un croissant de lune et une étoile à cinq branches, étaient déployés sur la place et présentaient à tous les passants des affiches identiques à celle qui était diffusée à la télé, en leur posant des questions.

Son sang ne fit qu'un tour et il se précipita dans l'allée qui jouxtait la boutique, les yeux rivés sur le sol, avant de s'éloigner à grands pas de la place du village. Les mains serrées sur ses sacs, il aperçut l'arche sous laquelle il était passé en entrant dans la petite ville. Evelyn devait se cacher à la lisière de la forêt. Il n'était qu'à quelques centaines de mètres d'elle et l'espace d'un instant il crut qu'il allait s'en sortir sans encombre. C'est alors qu'une main glacée s'abattit brutalement sur son épaule, l'obligeant à s'arrêter.

– Personne ne quitte la ville avant la fin des recherches, siffla une voix agacée en forçant Ethan à se retourner.

Le vampire lui présenta l'affiche.

– Avez-vous vu ces humains ?

L'humain déglutit nerveusement avant d'y jeter un coup d'œil rapide sous le bord de sa capuche.

– Non, répondit-il trop vite.

Le vampire fronça les sourcils. À l'évidence, l'attitude de ce garçon ne lui plaisait pas. Il lui saisit brutalement le menton pour l'obliger à relever la tête.

– Regarde-moi en face quand tu me parles, espèce de saleté d'hum…

Il s'arrêta net, bouche bée, quand il vit le visage sous la capuche. Le coin de ses lèvres se releva.

Se rendant compte qu'il avait été reconnu, Ethan n'eut pas d'autre choix que de laisser tomber ses sacs et de s'enfuir à toutes jambes vers la porte de la ville. Il aurait aimé rester pour se battre, mais c'était impossible. Il était capable de venir à bout d'un ou deux vampires, mais ils étaient au moins cinquante sur la place du village et il y en avait probablement d'autres qu'il ne voyait pas. Il ne pouvait pas courir le risque de se faire prendre ou d'être tué. Il devait vivre pour protéger Evelyn. Alors pour la deuxième fois de la journée il fit passer son amour avant sa fierté et son honneur.

Mais il ne réussit pas à aller bien loin. En réalité, il courut à peine dix mètres avant d'être rattrapé par le vampire.

– Eh bien, eh bien ! C'est que je vais devenir riche, grâce à toi !

Il explosa d'un rire sinistre alors qu'Ethan se débattait.

– Hé ! Je l'ai ! J'ai trouvé ce petit salaud !

Ethan jura en glissant une main dans sa botte pour en sortir un pieu en bois, prêt à défendre chèrement sa vie, mais à ce moment-là une main s'abattit sur l'épaule de son ravisseur.

– Ce n'est pas Ethan Redfern.

L'homme parlait d'une voix autoritaire et sur un ton légèrement agacé.

– Je sais à quoi il ressemble, et ce type n'a rien à voir avec lui.

Le nouveau venu arracha Ethan des griffes du soldat avant de faire un pas en avant et de lui mettre son poing dans la figure. Aussitôt le soldat se mit à genoux.

– Je m'excuse, Lord Hansel.

– Espèce d'imbécile, regarde l'affiche avec attention avant de hurler que tu les as trouvés et de susciter de l'espoir chez tout le monde. Allez, dégage !

D'un air menaçant, le vampire aux cheveux bouclés regarda le soldat qui disparut sans demander son reste. Ce vampire ne portait pas l'uniforme rouge, mais un jean noir, un t-shirt uni et un épais manteau bleu marine. Sans son large anneau orné du sceau royal, et cette aura de puissance qui émanait de lui, Ethan l'aurait pris pour un vampire banal vaquant à ses occupations.

– Continuez vos recherches, je veux les retrouver avant Jonah, ordonna Hansel aux quelques soldats qui s'étaient rassemblés autour d'eux.

Et comme des petits chiens obéissants, ils disparurent sans laisser de trace. Ils ne tenaient pas à traîner dans le coin et à affronter le courroux de Hansel. Celui-ci ramassa les deux sacs de victuailles et les tendit à Ethan.

– Va-t'en, murmura-t-il.

Ethan ne se le fit pas dire deux fois et se mit à courir aussi vite que possible, priant pour que son sauveur ne se rende pas compte de la bourde énorme qu'il venait de commettre. Après cette échappée miraculeuse, il retrouva Evelyn exactement où il l'avait laissée, cachée à la lisière du bois, à proximité du cheval. Ils se précipitèrent dans les bras l'un de l'autre.

– J'ai cru que tu ne reviendrais jamais, gémit-elle en l'embrassant. La prochaine fois je t'accompagne, je ne veux plus que tu me laisses toute seule comme ça.

Il lui rendit son baiser sans répondre à cette dernière demande.

– Je t'aime.

– Je t'aime aussi. Tu sais, j'ai vu une troupe de vampires entrer dans le village, tout à l'heure, j'ai cru que j'allais te perdre.

– Ça a bien failli. Je me suis fait prendre par un des soldats, il m'a reconnu.

– Quoi ? Et comment as-tu pu t'échapper ?

– Un miracle, Evelyn ! Un lord m'a sauvé, il a dit qu'il me connaissait, que je ne ressemblais pas du tout à Ethan Redfern et il m'a laissé partir. C'est un signe que l'univers est de notre côté, j'en suis sûr.

Evelyn se figea.

– Un lord ?

– Oui, il s'appelle Hansel.

– Oh mon Dieu ! Ethan, il faut qu'on…

Elle fut interrompue par un bruit de feuilles froissées et celui d'un moteur presque silencieux lorsqu'une élégante voiture de sport noire dont Evelyn ignorait la marque s'arrêta près d'eux. Hansel était au volant, un sourire satisfait sur les lèvres.

Lorsqu'il sortit de la voiture, Evelyn se mit à trembler et son cœur s'emballa sous l'effet de la peur. Il l'avait retrouvée. Il allait la ramener au palais pour affronter la colère d'Atticus. Une larme roula sur sa joue et elle fit un pas en arrière. S'apercevant de sa peur, Ethan s'avança pour se poster devant elle dans un mouvement protecteur.

– Nous ne sommes pas les personnes que vous recherchez, dit-il d'une voix forte et assurée, dans l'espoir de tromper Hansel.

Il ne pouvait pas savoir que celui-ci aurait reconnu le visage d'Evelyn entre mille.

CHAPITRE 44

Evelyn. Ethan. Hansel.

Ils restèrent silencieux un moment. Evelyn, accrochée au bras d'Ethan, éprouvait des difficultés pour respirer normalement en regardant le visage du vampire aux cheveux bouclés.

Il s'était passé tant de choses depuis la dernière fois qu'ils s'étaient vus. À présent Evelyn était une fugitive. Quant à Hansel… il était lui-même en proie à de grands bouleversements.

– Il va me ramener auprès d'Atticus.

Evelyn serra les paupières pour essayer d'éloigner de son esprit les images des choses horribles qu'il lui ferait subir lorsqu'il la retrouverait, et surtout les images insupportables de ce qu'il ferait à Ethan.

– Vous pouvez m'emmener, finit-elle par dire bravement en s'avançant devant Ethan comme pour le protéger de son corps.

Comme pour essayer de le faire disparaître, bien qu'il soit beaucoup plus grand qu'elle.

– Mais vous devrez laisser partir Ethan. Il n'est pour rien dans tout cela. Il n'a pas mérité d'être puni par Atticus, une fois de plus.

Hansel fronça les sourcils en entendant l'amertume avec laquelle elle avait prononcé ces derniers mots. Il se tourna vers Ethan.

– Tu n'aurais pas dû lui raconter ce qu'Atticus t'a fait endurer, maintenant elle va encore plus le détester. Les choses s'arrangeaient entre eux, tu sais. Lentement mais sûrement. Tu aurais dû attendre d'avoir trouvé refuge quelque part, hors de portée du Roi, pour lui dire. Vous auriez dû partir pour l'Australie.

– Et provoquer une guerre. Mettre en danger des centaines de vie à cause de notre amour ? Non merci. Nous ne voulons pas être les nouveaux Hélène et Pâris. L'amour est une chose pure et précieuse qui ne devrait pas être la source de conflits meurtriers. Lady Venise a passé ces derniers siècles à bâtir l'Australie, en jetant des charmes et des bénédictions pour garder les ennemis à distance. Nous ne voulons pas que tout ce travail soit anéanti.

Hansel leva les yeux au ciel.

– Je sais qu'on dit que l'amour rend invincible, mais je t'en prie, ne me dis pas que tu le crois. Evelyn et toi fuyez pour échapper à Atticus, un vampire qui possède une armée de plusieurs milliers de créatures surnaturelles. Il finira par vous trouver, où que vous alliez. Vous pouvez fuir, mais vous ne pourrez pas vous cacher. Pas de lui en tout cas. L'Australie était votre seul espoir.

– Nous n'aurons pas à nous cacher de lui encore longtemps. Bientôt il aura des choses tellement plus importantes à régler qu'il ne pensera même plus à nous.

– Tu parles de la guerre que Venise prépare ? Ne sois pas stupide, tu crois vraiment qu'elle combattra Atticus ? Après tout ce qu'ils ont vécu ? Ils ont grandi ensemble, ont été amis et amoureux. Ils sont presque de la même famille. Après plus de trois millénaires à se protéger mutuellement, Venise n'aura jamais le courage de le tuer, même si elle pense qu'elle devrait le faire.

– Vous mentez, grogna Ethan.

Il était secoué par les paroles de Hansel et cela le rendait furieux.

– Lady Venise prépare cette attaque sur la Nation Vampire depuis longtemps. Elle est déterminée à libérer les humains et elle va y arriver. Elle va vous faire tomber de votre piédestal, vous et les vôtres.

Hansel secoua la tête en ricanant.

– Tu sais quel est le véritable objectif de cette attaque ?

Ethan ne répondit pas.

– Est-ce que quelqu'un pourrait m'expliquer ce qu'il se passe ? gémit Evelyn qui ne comprenait rien à ce qu'ils disaient.

– Je t'expliquerai plus tard, lui murmura Ethan à l'oreille en lui caressant tendrement le bras.

Un geste qui enflamma la jalousie de Hansel. D'accord, il avait renoncé à gagner le cœur d'Evelyn, sachant qu'il n'avait aucune chance, mais cela ne l'empêchait pas d'être triste en la voyant dans les bras d'un autre.

– Venise voulait récupérer les anneaux contenant l'âme des autres Premiers. Malgré tous ses pouvoirs, elle ne rivalise pas avec Atticus s'il a ces anneaux. Elle n'aurait dû lui déclarer la guerre que si elle les avait, or ce n'est pas le cas. Ils appartiennent à Atticus, tout comme Evelyn, et je te conseille de la lui rendre avant que je ne te brise le cou.

– Jamais, répondit Ethan sans l'ombre d'une hésitation. Guerre ou pas, anneaux ou pas, je ne renoncerai jamais à elle… pas tant que je serai vivant.

Hansel sourit.

– C'est bien.

Il plongea la main dans la poche de son blouson pour en sortir une clef.

– Cette voiture sera plus rapide que Wind. Mais prends-en soin, j'ai un faible pour cette petite mécanique.

Il lui lança la clef.

– Wind ? murmura Evelyn qui ne comprenait rien à ce que faisait Hansel.

– Ouais, Wind.

Hansel émit un sifflement aigu et aussitôt le cheval noir qui les avait transportés sur son dos vint se placer à côté de Hansel, qui le caressa affectueusement.

– Je n'en reviens pas que vous ayez passé la nuit avec lui sans trouver son nom. Je savais que vous seriez assez stupides tous les deux pour essayer de vous enfuir sans aucun moyen de transport.

Evelyn étouffa un petit cri.

– C'est vous qui avez envoyé le cheval ?

– Évidemment. Qui d'autre ?

Il posa un baiser sur le museau de Wind.

– Mais il a le symbole de la fleur à cinq pétales sur la jambe, ce cheval est un esprit de la nature, il appartient aux sorcières ! s'écria Ethan.

Hansel leva les yeux au ciel.

– Mais qu'est-ce que tu lui trouves, à cet idiot, Evelyn ? Comme il n'a pas un physique exceptionnel, je pensais qu'au moins il aurait un cerveau. Les esprits de la nature ne sont pas réservés aux sorcières ! Nous en avons aussi dans la Nation Vampire. Bien que nous ayons plus de mal à les apprivoiser, il n'est pas impossible pour un vampire d'être le maître de l'un d'entre eux. Et Wind en est un parfait exemple.

– Mais pour quelle raison nous aideriez-vous ? demanda l'humain, l'air soupçonneux.

Il n'aimait pas le ton sur lequel Hansel s'adressait à lui.

– Ce n'est pas toi que j'aide, c'est elle, dit Hansel en montrant Evelyn du doigt. Je veux qu'elle soit heureuse, et si c'est toi qui peux faire ça, alors je suis prêt à risquer tout ce que j'ai pour assurer votre sécurité.

Il s'approcha d'Evelyn avec Wind sur les talons. Mais Ethan s'interposa vivement entre eux, regardant Hansel l'air furieux.

– Ne vous approchez pas d'elle.

– Détends-toi, je veux juste cinq minutes seul avec elle en échange de la voiture et du service rendu par mon cheval. Je pense que c'est équitable.

– Qu'est-ce qui me dit que vous n'allez pas lui faire du mal ? siffla Ethan en gardant la main sur la fine lame de bois qu'il portait à la ceinture.

– Jamais je ne lui ferais le moindre mal. Je t'ai déjà sauvé la vie, Ethan, ne l'oublie pas, et c'est moi qui vous ai aidés à vous enfuir tous les deux. Sans moi vous vous seriez fait prendre dès hier soir, ou avant même d'avoir quitté le palais. Je ne lui ferais jamais de mal, même si ma vie en dépendait.

– Détends-toi.

Evelyn posa la main sur le bras d'Ethan et il fit aussitôt ce qu'elle disait. Ses muscles se relâchèrent et sa respiration ralentit.

– Il a raison, nous ne le remercierons jamais assez pour ce qu'il a fait.

Elle se hissa sur la pointe des pieds et l'embrassa sur la joue.

– Cinq minutes, je lui dois bien ça.

Ethan ouvrit la bouche pour protester, mais il se ravisa à l'instant où leurs yeux se croisèrent.

À contrecœur, il acquiesça d'un signe de tête avant de s'éloigner pour aller charger les sacs dans la voiture.

– On peut faire quelques pas ?

En parfait gentleman, Hansel lui proposa son bras et elle le prit sans hésiter.

– Je tiens à vous remercier pour nous avoir prêté votre cheval. Je vous suis très reconnaissante pour votre aide, mais…

Ils marchaient à une certaine distance d'Ethan, mais elle se tut avant qu'ils ne soient à plus de cinquante mètres.

– Mais… ?

– Mais pourquoi nous avoir aidés ? Ce n'est pas comme si vous nous deviez quelque chose. Et en nous aidant vous trahissez votre créateur… je ne comprends pas.

Un sourire passa sur le visage de Hansel. Elle venait de poser la question qu'il se posait à lui-même. Une question dont il ne consentirait jamais à donner la réponse à voix haute.

– J'imagine que je pense que tu as droit à cette chance d'être heureuse. Ta présence au palais tourmentait Atticus autant que toi. Il t'aime, mais il ne sait pas comment exprimer cet amour à cause de la malédiction qui le frappe, et il ne saura probablement jamais. Et entêtée comme tu l'es, je sais que tu ne l'accepteras jamais tant que tu auras des sentiments pour Ethan. Je n'avais pas envie de te voir souffrir.

– Alors vous l'avez trahi parce que vous vouliez que je sois heureuse ?

– Non, je l'ai trahi parce que je suis persuadé que tu vas regretter Atticus, d'une façon ou d'une autre. Et qu'une fois que tu auras compris qu'Ethan n'est pas celui qu'il te faut, tu retourneras vers lui. L'amour qu'il y a entre toi et Ethan est peut-être sincère et pur, mais il est innocent et naïf. Vous êtes trop jeunes pour connaître la vraie signification de l'amour. Dans quelques années, lorsque tu te seras lassée d'Ethan, je sais que tu seras capable d'aimer Atticus.

Hansel prononça ces paroles avec tant d'assurance et sur un ton si raisonnable que même lui commençait à y croire, et il garda pour lui la véritable raison pour laquelle il voulait qu'elle soit heureuse.

– Et si je ne veux pas quitter Ethan dans quelques années ? Et si je voulais être avec lui pour toujours ?

– Alors je ferai tout ce qui sera en mon pouvoir pour vous protéger et vous cacher d'Atticus.

– Merci, bredouilla Evelyn.

Des larmes de joie et de gratitude coulaient sur ses joues. Elle se haussa sur la pointe des pieds pour déposer un petit baiser sur sa joue, un baiser de remerciement, rien de plus. À ses yeux, du moins.

– Vous êtes vraiment le meilleur ami que j'aie jamais eu.

– Et je m'excuse d'avoir fait semblant d'être ton ami. On m'a ordonné de le faire, mais je n'y étais pas forcé. C'était une chose dont j'avais envie, de toute façon… Je t'…

Ils furent interrompus par la voix impatiente d'Ethan.

– Bon, il faudrait qu'on y aille.

Il parla si bas qu'Evelyn ne l'entendit pas, contrairement à Hansel qui remballa son aveu et se contenta de faire un baisemain à Evelyn.

– Je ferai tout ce que je pourrai pour te protéger à l'avenir, mais pour le moment, Ethan et toi, vous devrez vous débrouiller seuls. Je ne peux pas risquer d'éveiller les soupçons d'Atticus.

Discrètement, il lui mit un anneau dans la main.

– Mais si jamais tu as besoin de mon aide, ou que tu veuilles revenir au palais, tiens cet anneau dans ta main et pense à moi. Alors je t'aiderai, quoi qu'il arrive.

– Merci.

Evelyn passa l'anneau à son doigt mais Hansel l'arrêta.

– Garde-le caché. Ne le montre pas à Ethan. Et, je t'en supplie, ne le perds surtout pas.

– Je ne le perdrai pas. Je vais veiller dessus comme la prunelle de mes yeux.

Elle leva les yeux vers lui en souriant et mit l'anneau dans sa poche en attendant de trouver un meilleur endroit.

– Il y a une carte bancaire dans une petite boîte noire dans le coffre de la voiture, des vêtements et d'autres petites choses que j'ai mises à votre intention. Bonne chance, j'espère que tu trouveras un abri sûr, Evelyn.

Il la prit dans ses bras pour une brève accolade avant de disparaître sans prévenir, la plantant là, hébétée, et ressentant un grand vide intérieur.

CHAPITRE 45

De grands arbres squelettiques s'élançaient depuis le sol humide en décomposition de la forêt. Une puanteur de végétaux en putréfaction et la brise froide du matin pénétraient de force dans les poumons d'Evelyn, qui errait sans but dans les bois.

– Ethan ! cria-t-elle désespérément. Ethan !

Son cœur battait à se rompre et la peur lui glaçait le sang alors qu'elle appelait encore et encore le nom de son amoureux, espérant entendre sa voix. Mais elle n'entendit en retour que des murmures étouffés, le bruit des feuilles foulées aux pieds et le bruissement des branches.

– Hello ? appela-t-elle bêtement, sans obtenir de réponse. Hello ? Hello ? reprit-elle encore et encore, mais personne ne lui répondit.

Sans plus hésiter, elle se mit à courir. Aussi vite qu'elle le pouvait. Elle courait sans savoir où elle allait, poussée par le besoin de sortir de cette forêt, d'échapper à son harceleur. Mais quelle que soit la vitesse ou la direction qu'elle prenait, les chuchotements étaient toujours là, derrière elle. Plus elle courait, plus ils étaient forts, si forts qu'elle arrivait à entendre ce qu'ils disaient.

« Tu as rompu le contact » ; « Tu vas être punie » ; « Tu seras responsable de la disparition des humains... » ; « Retourne là-bas ou prépare-toi à affronter les conséquences » ; « Tu l'as trahi... »

Evelyn accéléra l'allure, fuyant à toutes jambes, le visage ruisselant de larmes, les oreilles bourdonnant de milliers de voix qui pénétraient sa conscience comme autant de lames de rasoir.

– Arrêtez ! Arrêtez, ça suffit ! cria-t-elle.

« Prépare-toi à être punie » ; « Dis adieu à tous ceux que tu aimes... » ; « Tu ne lui échapperas jamais » ; « Le pire est à venir ».

Evelyn glissa sur les feuilles mouillées qui jonchaient le sol de la forêt. En tombant sur le sol boueux, elle posa la main sur une rose dont les épines s'enfoncèrent dans sa peau, faisant jaillir son sang. Une. Deux. Trois. Trois petites gouttes de sang qui tombèrent sur le sol de la forêt.

– Tu me détestes vraiment à ce point-là ? lui murmura à l'oreille une voix familière, une voix qu'elle avait entendue des centaines de fois. La voix qui venait la hanter jusque dans ses cauchemars les plus sombres.

– Atticus...

En prononçant son nom, elle leva les yeux et l'aperçut, de dos, à moins de cent mètres d'elle, vêtu d'un costume rouge carmin profond, les mains dans les poches, l'air décontracté. Bien qu'elle ne voie pas son visage, Evelyn fut sensible à sa beauté. Grand, sombre et séduisant, le Roi de la Nation Vampire et l'homme que toutes les filles rêvaient d'avoir, toutes, sauf elle.

– Tu m'as quitté.

Sa voix était aussi basse que le chuintement du vent.

– Tu m'as quitté. Tu avais promis de ne pas me quitter. De rester avec moi.

– Je suis désolée.

Les mains tremblantes, elle essaya de se mettre debout, mais ses jambes, trop faibles, ne la soutenaient pas. Elle retomba, vulnérable, les yeux fixés sur ce vampire caractériel qui avait toutes les raisons de la tuer.

– Désolée ? Ça ne veut rien dire !

En un battement de cils, Atticus fut debout devant elle, les yeux fous de colère, mais aussi de chagrin. Il l'aimait toujours.

– Libérez-moi, s'il vous plaît ! Laissez-moi être heureuse, s'il vous plaît !

– Pourquoi ferais-je cela ? gronda-t-il dans un souffle en la suivant comme un prédateur poursuivant sa proie. Je pourrais te rendre heureuse, te donner la jeunesse éternelle, la puissance, la beauté et la fortune ! Je t'aime, mais tu me brises le cœur encore et encore. Pourquoi te laisserais-je partir pour aller te réfugier dans les bras d'un humain qui ne m'arrive pas à la cheville ?

Il la saisit brutalement par les épaules et se mit à genoux de chaque côté de ses hanches pour la chevaucher. Ses yeux se baladèrent sur ses seins, ses lèvres, son visage, ses yeux, ses cheveux. Il la désirait, il désirait chaque partie de son corps et rien ne l'arrêterait jusqu'à ce qu'elle soit à lui.

Il saisit violemment ses deux poignets, faisant tout son possible pour contenir son excitation charnelle, et il se pencha en avant pour lui murmurer à l'oreille :

– Savoure tes prochaines heures avec Redfern, parce que ce seront les dernières.

Il scella cette promesse par un baiser, et quand elle essaya de se redresser, il la repoussa au sol et l'embrassa avec plus de vigueur. Il l'empêchait de se défendre en tenant ses deux mains dans l'une des siennes, et de l'autre il entreprit de caresser son corps qui se tortillait.

– Tu es à moi, pour l'éternité.

Evelyn fut brusquement réveillée par des mouvements chaotiques et le ronronnement du moteur de la voiture de sport que Hansel leur avait donnée quelques jours auparavant.

– Désolé, ça secoue, mais c'est le chemin le plus court pour atteindre le prochain village, dit Ethan sans détacher son regard de la route.

D'un geste hésitant elle posa une main tremblante sur celle d'Ethan, terrifiée à l'idée qu'il puisse disparaître en fumée au moment où leurs peaux entreraient en contact. Mais il ne se passa rien.

– Tu as fait un cauchemar ?

Ethan rigola en retournant sa main pour serrer la sienne.

– Tu n'imagines pas ! répondit-elle encore sous le choc du réalisme de son rêve.

Ses mains, ses lèvres, son souffle, et même le poids de son corps sur le sien, tout lui avait paru si réel.

– C'est probablement à force de voyager dans cette voiture. Tu n'as pas dormi dans un vrai lit depuis que nous avons quitté le palais. Toujours aucun signe des vampires qui sont à nos trousses depuis que nous avons rencontré Hansel. On pourrait peut-être s'offrir une nuit d'hôtel dans le prochain village ?

C'était juste un rêve, se dit Evelyn avant de répondre à Ethan.

– Bonne idée. J'ai vraiment besoin d'une bonne douche chaude.

– Moi aussi. Et ce sera agréable de dormir dans un vrai lit, pour une fois.

Elle lui sourit.

Quelques heures plus tard, ils arrivèrent dans une minuscule bourgade du sud du Texas. Ils se rapprochaient de la frontière mexicaine. Ils allaient bientôt quitter l'Amérique, où les pouvoirs et l'autorité d'Atticus étaient les plus puissants.

Les jours précédents, ils avaient décidé de se rendre au Brésil, pour ensuite prendre un bateau en partance pour l'Afrique, où la domination de la Nation Vampire était moins prégnante qu'en Amérique du Nord et dans les pays européens. Ils se trouveraient, ou se construiraient, une maison au cœur de la forêt tropicale du Nigeria. Ils vivraient de la terre qu'ils cultiveraient de leurs propres mains. Une vie paisible, à l'écart de tout, loin d'Atticus.

Ils s'arrêtèrent vers deux heures du matin. Evelyn se sentait mieux à l'idée de s'arrêter pour la nuit. Bien qu'elle ait terriblement envie d'une bonne nuit de sommeil, le cauchemar de la veille était toujours présent à son esprit lorsqu'elle se gara dans le petit parking du motel. Ethan dormait paisiblement sur le siège passager, ce qui la fit sourire.

Il était épuisé après avoir conduit sans arrêt durant de longues heures. Elle lui avait souvent proposé de prendre le volant, mais il refusait, disant que c'était sa responsabilité de prendre soin d'elle. Il ne la laissait conduire que lorsqu'il ne pouvait presque plus garder les yeux ouverts.

– Réveille-toi, on est arrivés.

Mais Ethan dormait profondément, et considérant que cela faisait près de trente-huit heures qu'il était éveillé, Evelyn se dit qu'elle pouvait bien le laisser tranquille pendant qu'elle allait demander une chambre. En entrant dans le motel et en voyant l'état délabré de la réception, le papier peint qui se décollait, et les échardes qui pointaient sur le rebord du bureau, elle trouva l'endroit flippant.

Tout était inquiétant et incroyablement silencieux, son cœur battait la chamade alors qu'elle approchait du bureau.

– Je peux vous aider ? demanda un séduisant jeune homme au yeux bleu foncé et aux cheveux noirs, vêtu d'une chemise habillée, comme s'il se rendait à une soirée. Mais à cette heure tardive, Evelyn était trop fatiguée pour se demander ce qu'un type comme lui faisait dans un motel aussi pourri.

– Auriez-vous une chambre ?

– Mais bien sûr, mademoiselle. Pour une personne ? C'est très inhabituel qu'une jeune fille aussi jolie que vous voyage seule sur des routes comme celle-ci. Vous êtes avec votre compagnon ?

Evelyn rougit.

– Oui, il est resté dans la voiture.

– Ah ! Alors je vais vous donner ma meilleure chambre, la suite Lune de Miel. Une très jolie chambre, elle va vous plaire.

Il sortit une clef de sa poche et la posa sur le comptoir.

– Ethan et vous devriez trouver tout ce dont vous avez besoin.

Le jeune homme sourit et une certaine ironie perça dans sa voix. Mais après avoir conduit tout ce temps, Evelyn ne remarqua aucun de ces signaux d'alarme.

– Merci.

Elle se retourna en souriant, rassérénée en voyant que le réceptionniste du motel était si charmant.

– À votre service.

– Oh, j'ai failli oublier de payer, dit-elle en se revenant sur ses pas. C'est combien ?

Le jeune homme s'immobilisa.

– Heu… trente dollars la nuit ?

Ravie, Evelyn mit la main dans sa poche pour en sortir son portefeuille, mais il avait dû rester dans la voiture. Au moment où elle allait s'excuser, une main tendit un billet de cinquante dollars par-dessus le comptoir.

– Gardez la monnaie.

Elle leva les yeux et croisa le regard d'Ethan qui lui souriait affectueusement.

– Mais qu'est-ce que je vais faire de toi ? Tu t'es dit qu'on allait te donner une chambre gratuitement ? Il faut bien payer, tu ne crois pas ? se moqua-t-il.

– Je sais bien qu'il faut payer, c'est juste que j'ai laissé mon portefeuille dans la voiture.

Ethan rigola et passa la main par-dessus le comptoir, où une douzaine de roses rouges dépérissaient dans un vase rouillé, pour en sortir la fleur la plus pimpante. Il se pencha ensuite vers elle pour l'embrasser. Elle lui rendit son baiser avant de baisser les yeux pour admirer la rose.

– Allez, on y va. Il me faut absolument un bain chaud.

Il lui prit la main et l'entraîna hors de la réception.

– Bon séjour, Evelyn, murmura le jeune homme en regardant le couple s'éloigner.

Alors qu'Ethan et elle se dirigeaient vers leur chambre, elle continua à admirer la rose qu'elle tenait à la main. Elle passa le bout des doigts sur les tendres pétales et la fit tourner sur la paume de sa main. En le faisant, elle se piqua sur une épine.

Une. Deux. Trois. Trois petites gouttes de sang tombèrent sur son chemisier.

CHAPITRE 46

On dit qu'on ne voit pas les défauts de la personne qu'on aime. On la croit toujours et on la pare de toutes les qualités. Et c'est ce qui est arrivé à Evelyn.

Ethan avait quelque chose de changé au moment où il la suivit à travers la réception du motel. Sa façon de parler, de la regarder avec à la fois amour et colère, la façon brusque et gourmande dont il l'embrassa lorsqu'ils entrèrent dans leur chambre, c'était une facette d'Ethan qu'elle ne connaissait pas.

– Je t'aime, Evelyn, murmura-t-il en la pressant violemment contre la porte qui se referma par la même occasion. Ne me quitte plus jamais, s'il te plaît.

– Jamais, marmonna-t-elle entre deux baisers fougueux.

Il palpait tout son corps avec une violence inutile, et nouvelle chez lui. D'habitude il l'embrassait avec tendresse et affection. Mais cette fois, il était si brutal qu'il lui faisait mal, en la serrant d'une poigne étrangement possessive. D'une certaine façon, il lui faisait peur. Son attitude lui déplaisait, il se comportait trop comme Atticus. Mais c'était Ethan, elle l'aimait de tout son cœur, et quelque part cela l'excitait aussi qu'il se montre si passionné.

– Tu m'appartiens, murmura-t-il à son oreille avant de déposer une kyrielle de petits baisers dans son cou, suçant et léchant sa peau là où elle était la plus tendre.

Elle sentit une vague de chaleur monter progressivement dans tout son corps. Il lui avait manqué. La dernière fois qu'ils avaient éprouvé tant de passion, c'était lorsque Atticus les avait surpris le jour de son dix-septième anniversaire. Le soir où elle avait failli faire l'amour avec lui, juste avant qu'Atticus n'intervienne pour les séparer.

Evelyn émit un gémissement rauque quand la main d'Ethan s'immisça dans son jean. Elle eut soudain envie de lui, de lui en totalité. Elle allait se donner à lui, elle avait pris sa décision au moment où le jeune homme de la réception lui avait proposé la suite Lune de Miel. Atticus ne renoncerait jamais à les retrouver et ils seraient éternellement des fugitifs, une occasion comme cette nuit ne se représenterait pas de sitôt. Ethan serait le premier, et le seul homme à qui elle se donnerait délibérément. Sans hésiter elle se mit à déboutonner sa chemise.

– Fais-moi l'amour, murmura-t-elle entre deux gémissements.

Lorsque leurs pelvis entrèrent en contact, elle sentit son érection sous son jean, et cette simple pensée lui embrasa les sens.

– S'il te plaît, supplia-t-elle. J'ai envie de toi.

Soudain, Ethan s'arrêta.

– Tu… as envie de moi ?

Il avait l'air stupéfait, comme s'il ne s'attendait pas à ce qu'elle puisse le désirer ou l'aimer.

– Oui, je t'aime tellement…

Elle s'écarta légèrement de lui pour le regarder dans les yeux.

– Tu es le seul homme que j'aie jamais aimé.

Le visage d'Ethan s'illumina comme celui d'un gamin le jour de Noël en découvrant le cadeau qu'il attendait depuis une éternité.

– Je t'aime aussi. Depuis le moment où je t'ai vue pour la première fois, j'ai su que tu étais mon âme sœur, celle avec qui je passerai l'éternité. Mais l'idée qu'un ange comme toi puisse aimer un monstre comme moi me paraissait impossible. Je pensais que tu ne partagerais jamais mes sentiments, Evelyn.

– Ne dis pas ça. Je t'aime, je t'ai toujours aimé et je t'aimerai toujours. Je suis bien ton âme sœur.

Elle posa un baiser sur ses lèvres et immédiatement ils reprirent là où ils s'étaient arrêtés. S'embrassant, se caressant, gémissant, embrasés l'un et l'autre par le désir. Avec une rapidité surnaturelle, Ethan la transporta à travers la chambre et la jeta sur le lit.

– Je t'aime, marmonna-t-il sans cesser de l'embrasser.

D'un mouvement rapide du poignet, il déchira son chemisier avant de faire passer son propre t-shirt par-dessus sa tête, révélant ses abdos ciselés. Sa peau était d'une parfaite couleur dorée. D'un geste déterminé, elle dégrafa son soutien-gorge tandis qu'il lui retirait son jean en même temps que sa culotte, la laissant nue, totalement exposée à sa vue.

L'homme sentit son cœur bondir en admirant son corps. Ce n'était pas la première fois qu'il la voyait ainsi, mais c'était la première fois qu'il n'était pas tapi dans l'ombre, rôdant derrière les murs, dissimulé derrière les écrans de fumée projetés par l'un de ses anneaux.

Pour la première fois, elle était devant lui dans la position dans laquelle il avait toujours rêvé de la voir. Il aurait voulu se pincer pour être sûr que ce n'était pas un rêve. Mais si c'en était un, il préférait ne pas se réveiller.

– Moi aussi je t'aime, Ethan.

Et tout à coup la réalité, si parfaite, vola en éclats. Il s'écarta d'elle. Comme ils étaient torse nu sous la couverture, la seule chose qui séparait Evelyn de son destin funeste était le fin tissu du boxer qu'il n'avait pas encore retiré. Il baissa les yeux sur ses mains, hébété, le cœur brisé.

– Oh, dit-il seulement avant d'émettre un petit rire sans joie, alors qu'une petite larme jaillissait de ses yeux. Tu l'aimes, lui.

– Ethan ?

– Ne prononce pas son nom !

Et soudain, sous ses yeux, le visage qu'elle avait cru être celui d'Ethan se métamorphosa pour être remplacé par celui de l'homme qui hantait ses rêves. Sa peau, ses yeux et ses cheveux devinrent plus foncés.

– Atticus…, souffla-t-elle avec horreur, et instantanément elle ressentit le besoin de se couvrir pour se soustraire à son regard lubrique.

Anticipant son geste, Atticus lui attrapa vivement les poignets et les immobilisa au-dessus de sa tête d'une seule de ses mains énormes.

– Non, murmura-t-il. Je te préfère comme ça. Tu es bien plus belle sans ces vêtements, tu n'as pas besoin de te couvrir.

– Lâchez-moi ! cria-t-elle en se débattant, ce qui fit danser ses seins ronds d'une blancheur laiteuse, attisant encore plus la convoitise d'Atticus dont l'érection enfla dans son boxer alors que son désir atteignait ses limites.

– C'est drôle, il y a deux minutes, tu me suppliais de te faire l'amour, murmura-t-il, impitoyable.

– Vous vous êtes joué de moi en vous faisant passer pour Ethan. Je n'aurai jamais envie de vous.

Ne contrôlant plus sa rage, Atticus gifla Evelyn.

– Pourquoi ne veux-tu pas voir à quel point je t'aime ? Je suis le Roi ! Lui, ce n'est qu'un petit humain indigne de toi !

– Mais c'est lui que j'aime.

Il sourit.

– Pas de bol, c'est à moi que tu appartiens.

Sans tenir compte de ses protestations il reposa brutalement sa main sur les siennes. Evelyn faillit hurler en sentant son autre main lui caresser l'intérieur de la cuisse, se faufiler lentement de plus en plus haut, se rapprochant dangereusement.

Elle le détestait, non, elle le méprisait de toute son âme, mais l'instinct animal de son corps la trahit, et un murmure presque inaudible s'échappa de ses lèvres lorsqu'il glissa de force un doigt entre ses jambes pour la toucher. Il caressa l'intérieur de son intimité pure et innocente. À présent leur contrat était caduc, il n'était plus obligé de tenir parole. Il allait la prendre, la marquer de son sceau, en cédant à ses pulsions charnelles. Elle était à lui, et il ne la laisserait jamais repartir, jamais.

Il l'embrassa sauvagement tout en malaxant ses seins dénudés. Ils étaient d'une douceur divine sous ses doigts, et ses tétons se dressaient sous ses caresses.

Il avait baisé un grand nombre de femmes au cours de sa vie de vampire. Il savait comment réagissait un corps de femme aux caresses d'un homme, et il allait se servir du corps d'Evelyn comme de son arme la plus puissante. Il allait lui faire connaître l'extase, en même temps qu'il l'atteindrait lui-même.

Atticus mordillait la chair tendre de son cou. Le parfum suave de son sang délicieux et enivrant qui battait dans ses veines palpitantes lui donnait envie d'y goûter. Il avait envie de tout lui faire. Il avait envie d'emmener son corps dans un pays merveilleux qui lui était inconnu. Il voulait occuper entièrement son esprit et son corps, enraciner à jamais cette nuit dans sa mémoire. Il voulait sentir son corps gémir et frissonner sous lui, que ses jambes tremblent à force de recevoir ses coups de reins puissants et la dextérité de sa langue.

La respiration d'Evelyn devint saccadée lorsque Atticus accéléra le mouvement de son doigt, en le rendant plus précis. Elle était étroite et réactive. Sa raison le détestait mais son corps en redemandait. Elle mouillait pour lui, prête à le recevoir, et il allait saisir l'occasion et la posséder.

Atticus bandait tellement que c'en était presque douloureux. Il s'imagina pénétrer de force entre ses jambes et être le premier homme à posséder Evelyn. Il gémit. La simple pensée d'être en elle l'excitait follement. Il ne voulait rien tant que la posséder, la déflorer et la baiser jusqu'à ce qu'elle ne soit plus qu'un chiffon gémissant de plaisir divin. Il allait la faire jouir, encore et encore.

– Nous avions un contrat et tu l'as rompu. Tu te rappelles qu'une fois que notre contrat est rompu, je peux te faire ce qu'il me plaît… lui murmura-t-il à l'oreille, en retirant le boxer qui maintenait son sexe captif. Et ce soir, je viens réclamer ce qui m'est dû.

Avant même de pouvoir protester, elle le sentit. Il l'avait pénétrée de force, et elle poussa un cri étouffé en percevant son ampleur. Il était imposant, fort et puissant. Son corps se mit à trembler lorsqu'il commença à bouger en elle.

Elle ferma les yeux et réprima un hurlement lorsqu'il emporta son innocence. Les bras le long du corps, agrippée aux draps, Evelyn faillit gémir et détesta son propre corps qui la trahissait lorsqu'il passa un bras autour de sa taille pour la serrer contre lui en recommençant à se mouvoir en elle.

– Je vous en prie, ne faites pas ça ! supplia-t-elle, en vain.

Atticus était déjà allé trop loin, emporté par son action. Son esprit ne visualisait plus que son amour pour elle, le plaisir qu'il tirait de son pouvoir sur elle, et le paradis que promettait son corps. Une partie infime de lui savait que ce qu'il faisait était mal, mais son côté obscur avait pris le dessus.

– C'est ta première fois, je ne serai pas brutal, promit-il en accélérant son mouvement.

L'odeur de son sang virginal le fit bander encore plus, si c'était possible. Evelyn poussa un gémissement de douleur lorsqu'il se retira, uniquement pour la pénétrer de nouveau. Il continua à bouger en elle d'une façon vigoureuse, tout en embrassant ses lèvres, sa mâchoire, son menton, sa joue, son nez, chaque centimètre de son corps qu'il pouvait atteindre. De la main il continuait à malaxer ses seins, caressant ses tétons du pouce de temps en temps.

Elle sentait les larmes rouler sur son visage. Pas tant à cause de la douleur provoquée par cette violation de son intimité que par la prise de conscience que cet acte n'aurait plus rien d'intime pour elle, et que ce ne serait pas la dernière fois qu'il lui ferait mal de cette façon. Evelyn bloqua ses émotions, mais pendant tout ce temps une seule pensée tournait en boucle dans sa tête. *Je suis désolée, Ethan.*

Il continua le mouvement régulier de ses hanches. Elle avait beau le haïr et être dégoûtée par lui, elle n'échappait pas au pouvoir de séduction d'une créature comme Atticus. Leurs corps étaient biologiquement programmés pour des relations intimes, l'aura sexuelle d'Atticus était indescriptible, de sorte qu'Evelyn sentit quelque chose monter en elle.

Atticus sourit d'un air satisfait en augmentant la vitesse et la force de son mouvement. Cette nuit était sa première nuit de plaisir véritable et de bonheur depuis près de trois mille ans. Sa main sur sa poitrine se fit plus impatiente et ses assauts de plus en plus agressifs. Evelyn émit un geignement et se mit à trembler de tout son corps en sentant exploser cette source de plaisir. Atticus sourit de nouveau en continuant ses coups de boutoir, de plus en plus fort, jusqu'au moment où, finalement, il se répandit en elle.

– Je t'en supplie, ne me quitte plus jamais.

CHAPITRE 47

Trois mille ans.

Atticus avait vécu plus de trois mille ans et au cours de cette vie excessivement longue, il avait commis des erreurs, pris de mauvaises décisions et fait des choses qu'il n'aurait pas dû faire, mais il ne regrettait rien. Jusqu'à ce qu'il rencontre Evelyn.

Son amour pour Evelyn était totalement différent de son amour pour Venise. Il avait aimé Venise à cause de ce qu'elle était. Il avait été aveuglé par ses pouvoirs, ses capacités et son sens de la morale alors que lui avait perdu tout contrôle de ses émotions sous l'effet de la malédiction. Elle était la seule à pouvoir contenir la colère qui le submergeait et il l'avait aimée pour cela.

Mais, allongé dans son lit king size sous les draps en satin rouge, à côté d'Evelyn qu'il serrait contre lui, douillettement enveloppé par son odeur, il se laissait aller à son bonheur. Il n'arrivait pas à se souvenir de la dernière fois où il avait ressenti tant de paix et de joie. Venise avait peut-être été capable de contrôler sa colère, mais Evelyn était celle qui lui donnait une vraie raison de vivre après tout ce temps.

Tendrement, il déposa un baiser sur son épaule. Il l'aimait, il l'aimait vraiment. Son contact la fit réagir dans son sommeil, et sa main agrippée au bord du drap se contracta, une larme coula sur sa joue. Elle allait le haïr pour ce qu'il lui avait fait, et évidemment il culpabilisait. Même s'il avait été consumé par le désir, la jalousie et la haine, il était responsable de ses actes.

À l'avenir, elle aurait du mal à lui faire confiance, à l'apprécier, encore moins à l'aimer. Mais il était prêt à assumer, car il ne regrettait pas ce qu'il avait fait la veille au soir. C'était inévitable, depuis l'instant où il avait posé les yeux sur elle, et il en avait adoré chaque instant. Le plaisir sensuel qu'elle lui avait donné était indescriptible et il adorerait la baiser tous les jours, dix ou vingt fois par jour, qu'elle soit d'accord ou pas.

Evelyn était entêtée. Elle en aimait un autre et il se pourrait qu'Atticus ne prenne jamais la place d'Ethan dans son cœur. C'était lui le méchant dans ce conte de fées, mais il préférait la garder de force que la perdre pour toujours.

Il avait déjà perdu trop de choses dans sa vie pour être privé d'elle aussi. Et s'il ne pouvait pas posséder son cœur, alors il prendrait son corps. Il la rendrait accro à ses caresses et ferait en sorte que jamais aucun autre homme que lui ne la touche.

Il passa le pouce sur sa lèvre inférieure, pleine et légèrement gonflée après la fougue de ses baisers. Atticus avait tenu sa promesse. Il avait été délicat, du moins la première fois. Mais, la nuit passant, son côté obscur avait pris le contrôle. En s'emparant de façon répétée de ce corps autrefois pur et inviolé, il n'avait pensé qu'au plaisir, qu'à la douceur de sa peau, à sa résistance constante, ses appels gémissants à Ethan, et à la rage qu'il avait si désespérément essayé de contenir.

Il aurait préféré que les choses se soient passées différemment entre eux. Dans un monde idéal, Ethan et Evelyn ne se seraient jamais rencontrés, elle ne l'aurait pas aimé et Atticus l'aurait séduite avec tout ce qu'il avait à offrir. Il l'aurait fait voyager à travers le monde, il l'aurait rendue heureuse. Sa première fois aurait été digne de celle d'un conte de fées, il lui aurait fait l'amour à sa demande. Ils s'aimeraient et Atticus n'aurait pas eu besoin de se faire passer pour l'homme qu'il haïssait le plus au monde pour expérimenter la sensation d'être aimé par elle.

Atticus n'avait jamais regretté quoi que ce soit jusqu'à ce qu'il la rencontre, mais à présent il regrettait de ne pas l'avoir connue plus tôt. Si cela avait été le cas, il aurait éliminé Ethan dès le départ, aurait traité Evelyn avec plus de douceur, il ne lui aurait jamais montré son côté obscur, il n'aurait jamais eu besoin de la forcer. Il lui aurait montré ce qu'était le véritable amour, et elle l'aurait accepté.

Il baissa les yeux sur les anneaux qu'il portait aux doigts, et la même pensée qui lui tournait sans arrêt dans la tête revint au premier plan. « *La contrainte.* » Ce n'était pas la première fois que l'idée lui venait à l'esprit, et ce ne serait pas la dernière. Ce serait si facile de la contraindre, de l'obliger à l'aimer et à oublier jusqu'à l'existence d'Ethan. En admirant son beau visage endormi, il était tenté de le faire, terriblement tenté. Mais il ne pouvait pas s'y résoudre.

Parce que s'il le faisait, il la priverait de son libre arbitre, d'une partie d'elle-même, et elle ne serait plus jamais la même. Il voulait qu'elle l'aime de sa propre initiative, et il n'avait pas encore renoncé à cette idée. Au-delà de sa chair, il aimait son âme. Elle était si parfaite, si innocente, et il ne pouvait pas se résoudre à détruire une partie d'elle-même.

Il caressa ses seins délicats sous la couverture, savourant la tendresse de leur peau, écoutant les battements de son cœur, respirant son odeur enivrante. Son corps nu contre le sien. En une seconde il fut excité. Le désir prit possession de lui et il eut envie de la posséder encore. Il avait besoin de la posséder. Son membre viril durcit, et Atticus ressentit immédiatement la douleur qui accompagnait son excitation. Son désir pour elle était une douleur physique. Il caressa son dos nu et engagea son sexe entre les cuisses d'Evelyn, savourant la douceur soyeuse de sa chair se refermant sur lui.

En gémissant il commença à l'embrasser dans le cou avec fougue ; ses lèvres habiles avaient déjà réussi à amener une femme à l'orgasme simplement avec un tendre baiser. Et bien qu'elle le déteste, le corps d'Evelyn ne faisait pas exception. Elle poussa un gémissement érotique dans son sommeil. En souriant il se prépara à la pénétrer de nouveau lorsqu'il sentit une main tremblante se poser sur sa hanche, pour le forcer à reculer avec le peu de force qu'elle avait.

– Non, s'il vous plaît, supplia-t-elle en se débattant pour lui échapper.

– Et pourquoi pas ? siffla-t-il en poussant un peu plus de son pieu palpitant dans sa chair exquise.

En dépit de ses protestations, comme la veille, son corps ne put résister au plaisir donné par un vampire. Sa chair s'étira pour recevoir la queue énorme d'Atticus et elle poussa un gémissement involontaire en le sentant aller et venir en elle. Evelyn le repoussait de toutes ses forces, mais c'était inutile, il la serra plus fort contre lui avec encore plus d'agressivité.

– Tu dirais à Ethan d'arrêter s'il voulait te faire l'amour le matin ? gronda-t-il.

Elle ne répondit pas et il la pénétra un peu plus, les yeux révulsés de plaisir.

– Je vous en prie, arrêtez, Atticus, s'il vous plaît, non ! sanglota-t-elle. Arrêtez, lâchez-moi. Vous aviez promis que vous ne me violeriez jamais ! Je vous en prie.

– Cette promesse a déjà été rompue, alors pourquoi s'arrêter maintenant ? Tu ne manques pas de culot de me parler de promesses ! Tu avais promis de ne jamais me quitter ! Et pourtant tu es partie avec cet humain à la première occasion !

– Je l'aime, gémit Evelyn en renonçant à lutter.

– Mais je t'aime plus que lui.

Après un dernier baiser Atticus se retira, sortit du lit et se dirigea vers la salle de bain pour prendre une douche froide.

– Habille-toi, nous partons bientôt, ordonna-t-il.

– Où ?

Il ne répondit pas.

CHAPITRE 48

Nue sous le jet d'eau bouillante, Evelyn supportait avec obstination cette douloureuse caresse sur sa peau rougie par la brûlure. Elle se frottait énergiquement avec une éponge rugueuse qui laissait des traces rouges tout le long de son corps endolori.

Ses mains se mirent à trembler lorsque les souvenirs lui revinrent brutalement : les caresses, les baisers, le son de sa voix, les gémissements, son pouvoir, la façon dont il l'avait prise, la façon dont il avait su faire réagir son corps, le contrôle qu'il avait exercé sur elle…

– Non, murmura-t-elle, sans arrêter de torturer sa peau délicate dans une tentative désespérée de faire disparaître ces souvenirs.

Mais elle avait beau frotter, elle se sentait toujours aussi sale. Dans un mouvement hésitant, Evelyn replia ses jambes contre elle, appuya la tête sur ses genoux et donna libre cours aux émotions qu'elle avait refoulées. Elle pleura comme elle n'avait jamais pleuré auparavant. La chaleur de l'eau engourdissait son corps mais pas son esprit, qui fit un retour en arrière de vingt-quatre heures.

***

Vingt-quatre heures plus tôt…

Le trajet en voiture depuis le motel fut silencieux, et embarrassant. Evelyn et Atticus occupaient la banquette arrière de l'élégante Bentley noire qui glissait sur l'autoroute à quatre voies. Une épaisse vitre teintée les séparait du chauffeur. Une escorte de motards les précédait, des gyrophares rouge et noir fixés sur leurs motos obligeant les nombreuses automobiles à se rabattre pour les laisser passer.

Elle s'était assise aussi loin que possible de lui. Cela lui soulevait le cœur d'être dans la même voiture que lui, et Dieu merci, il ne l'avait pas contrariée. Néanmoins il insistait pour lui tenir la main, voulant peut-être s'assurer qu'elle n'allait pas sauter de la voiture en marche. Mais elle avait l'impression qu'il lui tenait la main comme un maître tiendrait la laisse de son animal favori. Pour lui signifier sa domination.

Lorsqu'ils avaient quitté la chambre, Evelyn avait espéré que Hansel serait avec Atticus, pour lui prêter une épaule compatissante sur laquelle pleurer, mais il n'était pas là. Le seul visage familier qu'elle avait vu dans la foule de gardes qui accompagnaient Atticus était Jonah, personnage qui la terrorisait avec ses yeux marron impitoyables. Elle ne doutait pas un instant que, si Hansel avait été là, il serait venu à son secours. Il aurait été son ange gardien, son chevalier en armure.

– Tu as faim ? demanda Atticus en brisant le silence qui durait depuis plusieurs heures, interrompu seulement par le roulement feutré des pneus sur l'asphalte. Tu n'as pas pris de petit déjeuner.

Elle secoua la tête, les yeux rivés sur le décor qui défilait de l'autre côté de la vitre.

– Tu as mal ?

Elle sut exactement de quoi il voulait parler et garda le silence, les lèvres résolument serrées. Elle faisait de son mieux pour retenir ses larmes. Elle avait mal, en effet. Son entrejambe était en feu. Il avait été extrêmement violent avec elle la nuit précédente, débordé par son instinct carnassier.

– Réponds ! ordonna-t-il sur un ton qui ne supportait pas la contestation.

Malgré tout, elle garda le silence sans détourner les yeux, perdus sur les arbres qui défilaient à l'extérieur. Elle n'était pas seulement obstinée mais en colère et humiliée. Elle serrait son poing resté libre, frémissant de colère en sentant le corps de son bourreau se rapprocher sur le siège en cuir.

– Ne fais pas cette tête, murmura-t-il à son oreille avant de la prendre par la taille. Au fond de toi tu as des sentiments pour moi. Tu le sais aussi bien que moi. Je ne te ferai jamais de mal.

Elle se mit à rire, il disait toujours ça, et pourtant, il n'arrêtait pas de revenir sur sa parole et de la faire souffrir. Il lui avait tout pris. Pâle reflet de ce qu'elle avait été, elle ne serait plus jamais la fille qu'il avait rencontrée sur le balcon du Shangri-La, lors du bal donné pour son anniversaire.

– Je te promets que je serai plus doux avec toi la prochaine fois, ma chérie. Je ne te ferai plus jamais mal, je te le promets.

Il déposa un petit baiser sur sa joue, mais sa seule réaction fut de s'écarter de lui avec dégoût, ce qui n'eut pour effet que d'attiser sa colère. Il poussa un grognement furieux et la serra plus fort.

– Pourquoi te comportes-tu si différemment avec moi ? Si j'étais Ethan, tu serais sur moi à me chevaucher comme une amazone !

Il s'empara de sa bouche de force et se pencha encore plus sur elle, la coinçant entre le métal de la portière et son corps aussi dur que la pierre.

– Espèce de vermine, hurla-t-elle en levant la main pour le gifler de toute la force qu'il lui restait.

Elle vit le feu brûler dans ses yeux lorsque la paume de sa main s'abattit sur Atticus.

– Ne refais jamais ça ! Tu oublies qui je suis ? Tu ferais bien de faire attention à la façon dont tu te comportes avec moi, Evelyn ! Ma chérie, si tu n'es pas sage, je vais devoir te punir.

Il la saisit violemment par les épaules et la força à s'allonger sur le dos, écrasant son corps sans défense sous le sien, puis l'obligea à écarter les jambes.

– Lâchez-moi ! hurla-t-elle en le frappant de ses poings minuscules.

– Est-ce que tu te laisserais faire si je prenais le visage d'Ethan ? dit-il en souriant.

Dans la seconde qui suivit, ses traits commencèrent à changer, la couleur de sa peau passa d'un hâle profond à une teinte plus dorée, et Evelyn poussa un petit cri en reculant. Là, devant elle, Ethan apparaissait, aussi beau que d'habitude, mais son sourire enfantin et charmant avait été remplacé par un rictus sinistre.

C'était Atticus sous les traits d'Ethan.

– J'ai cru que c'était mon imagination, hier soir… mais vous vous êtes vraiment métamorphosé en Ethan ! murmura-t-elle choquée par ce qu'elle venait de découvrir. Comment est-ce possible ?

– Je te l'ai dit, Evelyn, je suis beaucoup plus puissant que tu ne le crois. J'ai des pouvoirs qui défient l'imagination, ma magie va plus loin que tes rêves les plus fous. C'est inutile de me repousser. Apprends à m'aimer et je te rendrai heureuse. Je te donnerai tout et n'importe quoi en échange de ton amour, tu ne le vois pas ?

– Pourquoi vouloir que je vous aime de mon plein gré alors que vous me forcez déjà à faire tout ce que vous voulez ? Le chantage et les cadeaux n'y feront rien, ce n'est pas comme ça qu'on tombe amoureux. En fait, tout ce que vous avez fait jusque-là n'a fait qu'attiser ma haine, je vous déteste de plus en plus chaque jour.

Le visage d'Atticus reprit son aspect normal, mais la tristesse avait remplacé la colère.

– Tu ne te rends vraiment pas compte à quel point je t'aime, et à quel point tu m'aimes, toi aussi.

Elle ricana.

– Je. Ne. Vous. Aime. Pas.

Elle dit cela lentement en détachant les mots comme si elle s'adressait à un enfant.

– Quand admettrez-vous que je ne partage pas vos sentiments ? J'ai pu éprouver un peu de compassion pour vous. Vous aviez l'air triste et seul dans un monde que vous n'aimiez plus et j'ai voulu vous remonter le moral à ce fameux bal. Mais même ce sentiment de pitié a disparu. Je n'éprouve plus que de la haine pour vous, Atticus.

Sa voix était rauque, faible et brisée, tout comme elle. Qu'elle continue, même dans un moment aussi désespéré, à lui dire qu'elle le haïssait mit Atticus en colère. Il voulait garder le monstre à distance, il ne voulait pas être violent avec elle, et pourtant il avait anéanti toute chance avec elle. Son besoin de possession, d'amour, de contrôle avait libéré la brute qu'il avait toujours combattue. Mais pour la première fois de sa vie, la bête maudite en lui rugissait, et Atticus ne la repoussait pas.

Doucement il se pencha de nouveau sur le corps d'Evelyn, la caressant sans tenir compte de ses poings qui tentaient de s'opposer à lui.

– Tu l'aimes, Ethan ?

Elle cessa de résister en entendant ce nom, et il sourit, sachant qu'il avait touché son point faible. Il l'embrassa passionnément dans le cou et elle le laissa faire.

– Oui, je l'aime, gémit-elle, redoutant ce qui allait suivre.

– Je l'ai tué hier soir, c'est ta punition pour t'être enfuie.

– Espèce de…

Il l'interrompit en appuyant son front contre le sien, plongeant ses yeux bruns dans les siens, et instantanément elle fut dans un état de transe, son corps ne lui obéissait plus.

– Écarte les jambes.

C'était un ordre. Et son corps sans défense obéit.

– Vous mentez, vous n'avez pas fait ça.

Elle tentait désespérément de se défendre mais elle n'avait plus le contrôle de son corps. Il posa un petit baiser sur ses lèvres, glissa la main sous ses vêtements et se mit à caresser son corps immobile, parcourant chaque centimètre de sa peau et les courbes délicates de sa poitrine.

– Oublie Ethan, ordonna-t-il. Embrasse-moi comme si tu m'aimais, caresse-moi comme si tu me désirais, et baise-moi comme si tu ne pouvais pas te passer de moi.

***

Evelyn aurait aimé pouvoir dire qu'elle avait rompu le charme et désobéi. Malheureusement elle avait fait exactement ce qu'il lui avait demandé, et elle se détestait pour cela. Elle aurait voulu être plus forte, avoir des pouvoirs pour le combattre, mais elle n'en avait pas.

Elle avait écarté les jambes pour lui, l'avait laissé la pénétrer, l'avait embrassé, caressé, avait gémi pour lui, murmuré son nom, l'avait supplié de la pénétrer plus fort, plus profondément, de la prendre totalement, et pour cette unique fois, elle avait été à lui, et à lui seulement. Et en dépit de sa haine, elle avait joui, avait atteint un sommet de pur plaisir sous ses caresses, et pour cela il n'avait pas eu besoin de la forcer.

L'eau continuait à la brûler comme du feu. Elle avait réglé le chauffe-eau de la chambre d'hôtel sur le maximum. Atticus avait eu beau retirer tous les objets dangereux, il avait été moins malin qu'elle. Elle sentit une odeur écœurante de chair brûlée. Elle ne sentait plus son corps, tout engourdi, et même sa conscience commençait à lui échapper lentement…

« *Ma chère, ne renonce pas maintenant, ne meurs pas comme ça,* chuchota une voix de femme mélodieuse. *Ne renonce jamais, Evelyn, ne le laisse pas gagner. Tu peux te battre. Si tu ne le fais pas pour toi, fais-le pour Ethan, pour Dara, ta Dara. Je t'aiderai, je te le jure.* »

Qui êtes-vous ?, voulut demander Evelyn, mais elle n'en avait plus la force. Son cœur ralentissait.

Et dans la souffrance où elle était, elle trouvait finalement la paix. Mais la vie n'allait pas la lâcher comme ça.

– Evelyn ! rugit une voix mâle, brisant l'illusion de la voix précédente.

Elle ne sentit pas ses bras puissants la soulever, elle ne sentit même pas la bouffée d'air glacial à l'extérieur de la douche, mais elle entendit un chuchotement.

« *Je suis désolée, mais cela lui briserait le cœur d'apprendre que tu t'es suicidée à cause de lui.* »

CHAPITRE 49

Lorsque Evelyn était entrée dans cette douche, elle n'avait pas l'intention d'en ressortir vivante. Elle voulait tout abandonner derrière elle et rejoindre Ethan dans l'au-delà. Elle n'avait plus rien à quoi se raccrocher, et elle ne pouvait pas supporter l'idée de vivre le reste de son existence comme objet sexuel d'Atticus. Son seul regret serait de ne pas pouvoir dire adieu à sa famille, ni remercier Hansel pour tout ce qu'il avait fait pour elle.

Mais une fois de plus, elle n'obtint pas ce qu'elle voulait. Dans la plupart des histoires, les obstacles se dressaient entre le héros tragique et la vie, mais dans l'histoire tordue d'Evelyn Blackburn, ils se dressaient entre elle et la mort.

– Est-ce que je suis au paradis ? marmonna-t-elle à voix haute, en direction de personne sauf elle-même, lorsqu'elle ouvrit les yeux sur un magnifique plafond blanc.

Mais sa rêverie fut vite brisée par la dure réalité. Alors qu'elle retrouvait ses esprits, elle ne mit pas longtemps à s'apercevoir que c'était le plafond de la suite mansardée qu'Atticus avait choisie lorsqu'ils étaient arrivés à l'hôtel un peu plus tôt dans la soirée. Un super lit à colonnes, des parquets luisants, une baie vitrée donnant sur la ville où ils étaient, quelle qu'elle soit. La chambre était super luxueuse, certains diraient romantique, mais elle s'y sentait mal à l'aise.

– Non, je regrette, tu n'es pas au paradis. Du moins pas encore, murmura une voix familière.

Evelyn reporta son attention sur l'homme assis à côté d'elle.

– Hansel ?

Elle poussa un petit cri de surprise, tout excitée de le voir. Mais cette excitation disparut aussitôt lorsqu'elle parcourut la chambre du regard encore une fois.

– Je… je ne suis pas morte ?

– Non, répondit Hansel tristement en posant délicatement une main sur la sienne. Je suis désolé.

– C'est vous qui m'avez sauvée ?

Elle se sentait trahie par le fait que Hansel puisse encore envisager de l'empêcher de faire ce qu'elle voulait. Il la connaissait très bien maintenant, et il savait à quel point elle voulait partir, recommencer à zéro, vivante ou morte.

Hansel poussa un profond soupir.

– Non, je regrette, ce n'est pas moi, mais je l'aurais fait si j'avais pu. C'est Atticus qui t'a sauvée. Il m'a fait venir ce matin pour discuter d'un truc à propos de ce loup-garou, mais en pleine conversation, il a su que tu avais des ennuis et il s'est précipité comme un fou… Pourquoi te faire ça à toi-même, Evelyn ? Je sais que tu n'aimais pas ta vie lorsque je t'ai sauvée une première fois sur la falaise, mais je croyais qu'on n'en était plus là. Evelyn, il y a des personnes à qui tu dois penser.

Elle gloussa sombrement.

– Quelles personnes ? Ethan est mort. Alice est en sécurité en Australie, je n'ai pas vu mes parents depuis des mois, et même si je les aime, je ne suis pas disposée à rester en vie pour des gens que je ne reverrai jamais. Atticus n'aura plus de raisons de s'en prendre à eux si je suis morte, il ne pourra pas les tenir pour responsables, et tout le monde sera content. Je leur manquerai peut-être, mais je serai plus heureuse là où Atticus n'aura plus de pouvoir sur moi.

Hansel secoua la tête.

– Il t'a dit qu'Ethan était mort ? Écoute-moi, Evelyn. Atticus était furieux que tu l'aies quitté comme ça, il s'est senti trahi, cela l'a rendu dingue. Mais crois-moi, il ne tuerait jamais Ethan en sachant la profondeur de tes sentiments pour lui.

– Qu'essayez-vous de me dire ?

– Ethan est toujours vivant, idiote ! Atticus t'a menti, probablement pour te mettre en colère. Tu lui as vraiment brisé le cœur. Je pensais que ton départ serait un coup de semonce pour lui, et que peut-être il amenderait son comportement, mais il est clair que non. Il s'est mis dans une rage folle lorsqu'il a découvert que tu t'étais enfuie avec Ethan.

– Alors il m'a délibérément menti pour me faire du mal.

Elle avait envie de hurler mais elle n'en avait pas la force. Tout son corps était encore faible et engourdi. Elle vit qu'une partie de son bras était couverte de cloques et brûlée, même si son état s'améliorait de seconde en seconde. Elle savait que sous l'effet du sang de vampire, elle serait vite rétablie.

– De la même façon que tu lui as délibérément fait du mal.

Hansel prenait la défense de son créateur. Il voulait le bonheur d'Evelyn, bien sûr, mais il était aussi loyal à Atticus. Une partie de la raison pour laquelle il avait aidé à la fuite d'Evelyn était qu'il croyait que l'éloignement provoquerait une révélation chez Atticus, que cela lui ferait comprendre que l'amour ne peut pas être obtenu de force. Mais il était clair que ce plan avait capoté.

Il regarda le blouson qu'elle avait laissé sur le sol, et du pouce caressa le bijou qu'il avait dans la poche. C'était l'anneau qu'il lui avait donné dans la forêt quelques jours plus tôt, sur les ordres de Venise. Mais Evelyn étant Evelyn, elle avait complètement oublié cet outil magique. Hansel avait espéré que le pouvoir de l'anneau leur permettrait, à Ethan et elle, de demeurer sous les radars de Jonah et de son équipe jusqu'à ce qu'ils quittent l'Amérique, où la puissance d'Atticus était à son apogée. Mais le Roi était plus fort que Hansel ne l'avait cru. Il possédait des pouvoirs infinis et s'en était servi pour regarder dans l'avenir d'Evelyn.

– Où est ce monstre, à présent ?

– Atticus est dans ma chambre.

Hansel se pencha sur le bord du lit, posa ses coudes sur ses genoux et sa tête dans ses mains.

– Il n'y a pas de mots pour décrire ce qu'il ressent en ce moment. Il s'en veut de ce qu'il t'a fait, tu sais.

– À vous entendre, on pourrait croire que c'est moi qui ai fait quelque chose de mal, répondit Evelyn de mauvaise grâce, refusant d'être tenue pour responsable de ce qu'elle avait fait.

– Ce n'est pas ta faute, je dis juste que tu devrais voir les choses de son point de vue aussi, Evelyn. Il est absolument effondré. Tu étais entre la vie et la mort ! Il a fallu prendre de mon sang en plus du sien pour te ramener ! Tu as passé plusieurs heures dans le coma ! Tu n'as pas l'air de te rendre compte que, si tu meurs, cela affectera d'autres personnes que toi, non seulement ta famille et Ethan, mais Atticus et moi, aussi !

La voix de Hansel était montée petit à petit sans qu'il s'en aperçoive et quand il prononça ce dernier mot, il hurlait presque et son visage était inondé de larmes.

– Je suis désolée, Hansel. Je voulais vous dire adieu en personne, et je suis vraiment désolée, mais…

Elle s'arrêta au moment où des images de ce qu'Atticus lui avait fait subir ces deux derniers jours lui revenaient à l'esprit et elle dut se forcer à retenir ses larmes.

– Il m'a fait des choses horribles, Hansel. Je ne vais pas être son objet sexuel. Non, vraiment, je ne peux pas ! Je sais que ce que j'ai fait vous a contrarié, mais je l'assume et je recommencerais sur-le-champ si je le pouvais.

– Si tu meurs, il tuera Ethan sans hésiter une seconde, tu le sais, ça ? Et qui sait combien de vies innocentes il massacrera ! Ne fais pas ça, Evelyn, ne sois pas si irresponsable !

– Mais Hansel, vous ne voyez pas à quel point je suis fatiguée de tout ça ? Je n'ai plus d'énergie. Atticus m'a volé ma vie. Je ne suis qu'un jouet pour lui.

– Tout le monde n'exprime pas son amour de la même façon, Evelyn.

– Êtes-vous vraiment sûr qu'il m'aime ? Après ce qu'il m'a fait ?

De nouvelles larmes lui montèrent aux yeux. Elle n'avait pas besoin d'entrer dans les détails pour que Hansel sache de quoi elle parlait. Lorsqu'elle était dans le coma, Atticus lui avait déjà expliqué les choses horribles qu'il avait faites, tout en versant d'incontrôlables larmes de remords.

Hansel ne répondit pas tout de suite, il ne voulait pas lui donner l'impression d'être du côté d'Atticus, même s'il était normal qu'il soutienne son créateur.

– Atticus est l'objet d'une malédiction, Eve, tu le sais, et parfois…

– Ne vous avisez pas de me dire qu'il perd le contrôle ! répondit-elle sur un ton tranchant, la colère s'emparant d'elle comme jamais auparavant. Il savait très bien ce qu'il faisait, mais il a choisi de ne pas écouter sa raison et de me prendre de force ! Il ne m'aime pas, Hansel, il n'aime personne. C'est un monstre immoral et sans âme.

– Il t'aime mais il a un passé très lourd. Il a peur de te perdre parce que rien de bon ne dure dans sa vie. Il a besoin de te contrôler parce qu'il croit que c'est la seule condition pour que tu ne le quittes pas. Evelyn, je suis aux côtés d'Atticus depuis des siècles, maintenant, et c'est un mec bien. C'est juste que tu n'as pas encore vu cette facette de sa personnalité.

– Je ne tiens pas à la voir, répliqua-t-elle froidement. Il a dit qu'il voulait que je devienne un vampire, pour devenir comme lui ? Dites-lui que cela n'arrivera jamais, je préfère ne rien avoir que de rester avec lui pour l'éternité.

– Tu es vraiment entêtée.

– Je ne suis pas entêtée. On ne peut simplement pas forcer quelqu'un à vous aimer.

Elle eut un petit rire plein d'amertume.

– Dites-lui de venir me voir, s'il est si désolé. Je veux entendre ses excuses de sa bouche.

– Il ne viendra pas te voir, Evelyn, il sait que ce qu'il a fait était mal et il est trop honteux pour se retrouver face à toi pour le moment.

Hansel la regarda avec un doux sourire.

– Il veut se rattraper.

– J'ai beaucoup de doutes à ce sujet. Tous les diamants du monde ne me conduiront pas à lui pardonner.

– Pas même une semaine dans ta famille ?

– Quoi ?

Elle resta bouche bée. Jamais Atticus ne la laisserait partir une semaine dans sa famille, elle devait avoir mal entendu.

– Atticus t'autorise à rentrer chez toi pour sept jours. Evelyn, tu vas voir ta famille !

CHAPITRE 50

Atticus agrippa la rampe de fer du balcon de sa suite au dernier étage de l'hôtel qui en comptait cent trois et offrait une vue imprenable sur le littoral de Caroline du Nord, et les kilomètres de sable blanc qui s'étiraient le long de l'océan bleu clair, à quelques mètres seulement des portes de l'hôtel.

Mais il ne pouvait apprécier la vue, Evelyn occupant toutes ses pensées. Il la regardait d'un œil aiguisé de prédateur, alors qu'elle montait dans la Bentley noire au pied de l'hôtel, aidée par Hansel. On voyait qu'elle n'était pas complètement rétablie de son petit exploit.

Il éclata d'un rire sinistre. Elle avait été dans le coma plusieurs heures, mais au moment où elle avait compris qu'elle pourrait s'en aller, elle s'était montrée tout excitée, impatiente de partir. Il serra un peu plus les poings sur la barre de métal qui l'empêchait de passer par-dessus le balcon, laissant ses empreintes sur le métal, le marquant à jamais.

– Est-ce que je la répugne à ce point ? marmonna-t-il.

Sa voix était très basse, mais son compagnon n'avait pas de problèmes pour entendre.

– Non, pas autant que tu le crois. En fait, tu ne la répugnes pas du tout. Elle a peur de toi, c'est tout. Elle est pétrifiée. Elle te méprise de toute son âme, mais tu ne la répugnes pas, répondit Venise depuis l'intérieur de la chambre, regardant de ses yeux sans vie droit devant elle.

Elle but une gorgée de thé dans une élégante petite tasse de porcelaine.

– Quelle différence est-ce que ça fait ? Elle a une vision négative de moi dans tous les cas.

– C'est ça, ton problème. Tu ne peux t'empêcher de tout catégoriser en bon et mauvais, sans jamais regarder les subtilités. Si tu avais envisagé les chances que tu avais avec Evelyn au lieu de foncer tête baissée pour l'obliger à venir à tes côtés, tu aurais peut-être gagné son cœur, depuis le temps.

– Qu'est-ce que tu essaies de me dire ?

Venise émit un petit rire, en tournant son visage sans âge vers l'homme qu'elle avait aimé.

– Tu étais très populaire auprès des dames, à l'époque où nous étions humains, si ma mémoire est bonne. Et je ne peux que supposer que ce talent s'est amplifié avec le temps.

Elle rit d'un rire sans joie.

– C’est ton orgueil qui a causé ta perte. Tu es immortel, soit, mais tu ne fais pas exception aux lois de la moralité.

– En trois mille ans, je pensais que tu aurais perdu cette tendance à parler comme une philosophe, par énigmes et charades. Va droit au but, Venise.

– Tu as cru que tu la séduirais avec ton argent et ton pouvoir, non ? Comme tu l’avais fait de nombreuses fois avec d’autres par le passé. Je sais que tu as utilisé mon anneau pour voir ce que l’avenir vous réserve à Evelyn et toi, je me trompe ?

– Non, c’est vrai, répondit-il froidement.

– Et qu’est-ce que tu as vu ?

Il flancha lorsque le souvenir lui revint. La voiture qui transportait Hansel et Evelyn était loin, maintenant. Il l’avait regardée partir, emportant la seule chose qui avait de l’importance à ses yeux.

– Ce n’était pas très beau, n’est-ce pas ? poursuivit Venise au bout d’un moment.

C’était plus une affirmation qu’une question puisqu’elle-même avait vu l’avenir. Venise raconta alors la toute première vision qu’elle avait eue d’Atticus et Evelyn, passant sous silence celles de Dara.

– J’ai vu Evelyn qui souffrait, le visage ruisselant de larmes, il y avait du sang partout. Un vase brisé et des roses auxquelles on avait mis le feu…

Atticus continua :

– Je l’ai vue embrasser un autre type qui la tenait, nue, dans ses bras. Des gémissements de plaisir, elle qui me menaçait d'un couteau, et ce même couteau couvert de sang…

– Ni l'une ni l'autre ne donne une belle image de l'avenir, soupira Venise. Parfois ce que je vois avec mes yeux s'accomplit, et parfois c'est ce qui passe par mon âme dans l'anneau qui devient réalité. Nous ne saurons jamais, ni l'un ni l'autre, ce qu'il va vraiment se passer, si tu ne me redonnes pas mon âme.

Atticus sourit en s'éloignant du balcon.

– C'est la seule chose que tu as trouvée pour que je te donne l'anneau ?

Venise secoua la tête.

– J'ai vécu si longtemps sans âme que j'y suis habituée. La douleur s'est atténuée. D'une certaine façon, c'est plus simple. Les émotions estompées sont plus gérables qu'un cœur plein de compassion. C'est un mal pour un bien, de n'être plus capable de ressentir vraiment d'émotions, quelles qu'elles soient.

Atticus jouait avec le délicat anneau passé au cinquième doigt de sa main droite. Le petit saphir luisait, sensible à la présence de sa propriétaire.

– Je suppose que tu as raison, je ne comprends pas pourquoi j'ai si mal vécu le fait que les Anciens détruisent la mienne.

– Ils ont détruit ton âme parce qu'ils savaient de quoi tu étais capable. Ils se doutaient que tu nous punirais tous en volant la nôtre, pour être à égalité.

Venise tendit le bras et posa sa main sur la sienne.

– Est-ce pour cela que tu t'accroches à ce point à Evelyn ? Parce qu'elle te permet de ressentir quelque chose ?

Atticus ne répondit pas immédiatement, mais comme le silence s'installait, il comprit qu'il était inutile de mentir à Venise. Elle était l'une des rares personnes dans ce monde qui connaissait sa vraie personnalité.

– Je l'aime tellement. Je ne me souviens pas avoir déjà ressenti cela pour quelqu'un. Même avant que les Anciens ne détruisent mon âme, même avant notre malédiction, je n'avais jamais éprouvé ce… besoin de quelqu'un. C'est comme si, sans elle, je ne pouvais plus respirer. J'ai juste besoin qu'elle soit là avec moi pour me sentir vivant.

– C'est comme si, chaque fois qu'elle n'est pas dans les parages, tu avais l'impression que tout est plus terne, mais que lorsqu'elle est là, le monde est coloré, beau et plein de vie ?

– Tu connais cette sensation ?

Atticus se demanda si Venise avait déjà vécu la même expérience que lui. Elle secoua la tête.

– Non, mais je l'ai vue dans mes visions. Et c'est extraordinaire. En théorie, un être dépourvu d'âme ne ressent que des émotions basiques, et encore. L'amour n'est pas quelque chose que tu devrais éprouver.

– Peut-être que cela s'atténue avec le temps ? Lorsque les Anciens ont détruit mon âme, ils en ont peut-être gardé un peu ? Peut-être qu'Evelyn est une descendante de… ?

– Non !

Venise rejeta immédiatement cette théorie. Elle percevait le désespoir dans la voix d'Atticus, et elle savait que cela ne lui ferait pas de bien d'entretenir de faux espoirs.

– Evelyn est humaine, ni plus ni moins. Sa lignée a pris naissance en Angleterre, pas à Atlantide. Et tu sais comment les âmes fonctionnent, on ne peut pas les détruire partiellement…

– Alors comment expliques-tu ce qu'elle me fait ressentir ? Est-elle mon âme sœur ? Est-ce pour cette raison que je ressens cela ? demanda Atticus avidement comme un enfant enthousiaste qui interroge son professeur sur un sujet qui l'intéresse.

– Je ne sais pas. Ce genre de choses ne s'est jamais produit. Les âmes sœurs sont censées n'être que des légendes.

– Mais si elle était vraiment mon âme sœur ? Peut-être que nous étions faits pour nous rencontrer et que l'Univers nous avait rapprochés parce que c'était écrit ? Et si elle était tout simplement aveuglée par son attachement à Ethan ? Et si… ?

Venise lui coupa la parole avant qu'il n'aille au bout de sa liste de spéculations.

– Atticus, il faut que tu comprennes que, quelles qu'aient été tes chances avec elle, elles sont réduites à néant, à présent. Vous ne serez jamais ensemble.

Plus tôt tu le reconnaîtras, plus tu auras de possibilités de changer cet avenir sombre qui se profile.

– Tu disais qu'on ne pouvait pas modifier l'avenir. Que tout est gravé dans le marbre et qu'on ne peut rien y faire. Que le cours de l'univers est une puissance qui nous dépasse.

Venise sourit, les yeux fixés au-delà d'Atticus, sans le voir.

– L'univers peut aller se faire foutre. Les Anciens m'ont appris qu'on ne pouvait pas changer l'avenir, ni notre destin. Mais nous avons changé l'avenir d'Atlantide, non ? Nous avons évolué pour devenir cette grande espèce et tenter d'empêcher la destruction de notre cité…

– Et nous avons été punis pour ça.

Atticus se mit à rire en repensant à leur vie humaine. Tout ce que ses amis et lui – ils étaient sept – voulaient, c'était protéger leur cité. Ils ne cherchaient pas à devenir des héros ni à laisser leur nom dans l'histoire. Tout ce qu'ils voulaient, c'était le bonheur de leur peuple, et ils étaient prêts à donner leur vie pour cela. Lorsque Venise avait eu des visions d'attaques menées par les Grecques, elle fut terrifiée et pensa que cela marquerait la fin de la vie telle qu'ils la connaissaient. Tous les sept sacrifièrent tout ce qu'ils possédaient pour se rebeller, devenir plus forts, non pour eux-mêmes, mais pour protéger leur peuple, leur cité, Atlantide.

Atticus baissa les yeux sur la chair jeune qui recouvrait ses très vieux os.

– Mais ils ne se doutaient pas que cette petite punition se retournerait contre eux et que tes sortilèges feraient de nous la plus formidable espèce qui ait jamais peuplé cette planète.

Venise se mit à rire.

– La plus formidable ? La plus cruelle, sans doute, mais nous ne sommes certainement pas la plus formidable espèce sur cette planète. Nous sommes des démons sous des dehors humains, ni plus ni moins. Notre présence sur cette planète est une malédiction. Nous sommes une abomination allant contre le cours de la vie.

Elle jouait avec la tasse de porcelaine dans sa main. Parfois Venise restait éveillée toute la nuit, se demandant si tout cela en avait réellement valu la peine.

Si elle n'était pas allée contre les avertissements des Anciens et n'avait pas jeté ce sortilège interdit pour transformer le groupe des Sept en quelque chose de plus puissant que tout ce qui avait jamais existé, alors les choses auraient été très différentes, et les humains seraient les seuls dirigeants de la Terre.

Qu'ils la détruisent avec la pollution ou les armes nucléaires, c'était leur problème. Parfois Venise regrettait ce qu'elle avait fait. L'éternité était longue à supporter sans bonheur, et Venise commençait à en avoir assez. Les Anciens avaient vu juste : à partir du moment où ils avaient détruit l'âme d'Atticus, ils avaient mis en œuvre leur propre destruction.

Les souvenirs menaçaient de déborder et Venise serra sa tasse plus fort.

– Elle va me manquer, tu sais. Je ne sais pas si je vais supporter d'être loin d'elle pendant une semaine entière, dit Atticus après un moment de silence, pendant que Venise était perdue dans ses souvenirs, agacée par ses propres démons.

– C'était la meilleure chose à faire. Tu n'as pas le choix, Atticus, si tu veux qu'elle te supporte. Elle a besoin d'espace après ce que tu lui as fait. Elle pourrait ne plus jamais te faire confiance si tu ne lui accordes pas un peu de liberté en compensation.

– Je suis presque sûr qu'il est trop tard, souffla Atticus en retournant sur le balcon. Pourquoi l'as-tu sauvée ? Tu savais qu'elle voulait disparaître et cela me tuerait de la savoir morte. Ce n'est pas ce que tu voulais, assister à ma chute ?

Venise secoua la tête, amusée.

– Atticus, toi et moi sommes les deux uniques rescapés du groupe des Sept. Je désire ardemment que tu changes tes méthodes de gouvernance, mais je ne souhaite pas ta chute. Sinon tu serais déjà mort. Et c'est justement parce que la mort d'Evelyn te détruirait que je l'ai sauvée.

– J'apprécie que tu m'aies tenu informé de ce qu'elle était en train de faire avant qu'il ne soit trop tard.

Les larmes lui montèrent aux yeux. Il n'avait jamais éprouvé une telle passion, et au bout du compte, il préférait savoir Evelyn vivante et en bonne santé à des milliers de kilomètres de lui, plutôt que morte et enterrée.

– Je refuse que tu sois condamné. Bien que mes visions m'aient dit le contraire, je sais qu'elle est la seule à pouvoir te sauver des ténèbres dans lesquelles tu es plongé. Je ne veux pas te perdre dans cette obscurité.

– Tu penses qu'il n'y a qu'elle qui m'empêche de devenir fou et insensible ?

– Je sais qu'elle est la seule qui te retient. Je ne veux pas que tu deviennes comme les autres. Je ne veux pas que la vacuité de ta vie te rende dingue.

– Cela n'arrivera pas. J'ai la Nation Vampire comme raison de vivre, et Evelyn comme raison d'espérer, et je ne laisserai pas mon côté obscur prendre le dessus, promit le Roi, même si Venise n'en croyait pas un mot.

Atticus avait déjà abandonné tellement de lui-même au côté obscur, à la violence et à la malédiction, que chaque jour il sombrait un peu plus profondément dans son destin funeste. Et il n'y avait qu'Evelyn pour le sauver.

La sorcière voulait croire qu'Evelyn finirait par l'aimer comme Atticus l'aimait, mais au fond d'elle, elle savait qu'elle ne ressentirait jamais que de la peur et de la haine pour l'homme qui avait détruit sa vie.

Venise poussa un profond soupir. L'avenir était sombre et lugubre. Elle n'avait aucune idée du moment où les choses se produiraient, mais elle savait qu'il y avait pourtant une lumière au bout du tunnel. Si un *happy end* n'était pas encore exclu pour le conte d'Atticus et Evelyn, il était tout de même plus probable que la fin serait sanglante et horrible.

CHAPITRE 51

– Je n'arrive pas à croire que je vais revoir ma famille, soupira Evelyn, impressionnée, en regardant par la vitre.

La vue depuis l'autoroute n'avait rien de comparable avec la dominante verte à laquelle elle s'était habituée pendant les quelques jours de son voyage avec Ethan. Il y avait beaucoup de voitures autour d'eux, chacune avec une destination et un conducteur ayant une histoire à raconter. Evelyn posa les yeux sur une femme qui ne devait pas être beaucoup plus vieille qu'elle, vêtue d'un tailleur élégant, se rendant vraisemblablement à son bureau. Pendant un instant, Evelyn se demanda quelle était sa vie, si elle avait un mari, un amant, un compagnon ou des enfants. Quelles difficultés avait-elle rencontrées dans sa vie ? Était-elle humaine, ou autre chose ?

– Cela fait un bail que tu n'as pas revu ta famille, non ?

Hansel lui adressa un sourire éclatant, mais l'attention d'Evelyn était totalement accaparée par la femme assise dans la voiture à côté d'eux.

– Qui es-tu le plus impatiente de revoir ?

– Hmm ?

Elle était encore perdue dans ses pensées et il lui fallut un moment pour revenir à la réalité.

– Oh, eh bien, je dois reconnaître que c'est Nora. Bien qu'elle ait été incroyablement froide quand je suis partie, c'est toujours ma sœur, ma meilleure amie et la personne qui me connaît le mieux. Quoi qu'il se soit passé ou se passera, je l'aimerai toujours.

– Je n'aurais pas parié là-dessus, ricana Hansel. J'aurais plutôt pensé à ton père.

– Pourquoi ?

– Une intuition, je pense. Vous sembliez tellement proches tous les deux. Ou du moins c'est ce qu'on m'a dit. At…

Hansel s'arrêta net, juste avant que le nom ne lui échappe, et heureusement, Evelyn ne remarqua pas son bégaiement.

– Je suppose.

Elle détourna les yeux de la femme dans la voiture à côté et regarda ses mains avec le sourire le plus heureux qu'il ait jamais vu sur son visage.

– Mon père et moi nous ressemblons beaucoup. Nous sommes forts, entêtés, et Nora aussi, j'imagine. Mais ce qui nous rapproche, mon père et moi, c'est que j'admire tout ce qu'il fait pour moi, Nora et ma mère. Il refuse de montrer la moindre faiblesse devant nous et m'a toujours donné l'impression que tout était sous contrôle.

Elle sourit en revoyant une scène qui surgissait du fond de sa mémoire. Hansel se réjouissait de voir Evelyn comme ça, parlant volontiers de sa famille, chose qu'elle n'avait pas beaucoup faite au palais royal, à cause de la douleur qu'elle en éprouvait. Il serra les lèvres en pensant au secret énorme qu'il lui avait caché.

« *Annonce-lui la nouvelle avec ménagement. Je ne veux pas gâcher sa visite à sa famille, mais ne t'y prends pas trop tard. Il faut qu'elle sache que j'ai encore un moyen de pression sur elle.* » La voix d'Atticus résonnait dans sa tête. À ce moment-là, Hansel détestait son créateur qui lui avait ordonné d'être son messager, celui qui allait annoncer à Evelyn qu'Atticus avait capturé Alice et Aaran.

Quand comprendras-tu que ce n'est pas par le chantage que tu obtiendras qu'elle t'aime comme tu le voudrais, Atticus ?, pensa le jeune vampire.

– J'aimerais pouvoir le changer.

La douce voix d'Evelyn le ramena brusquement à la réalité.

– Changer quoi ?

L'esprit trop occupé ailleurs, il n'avait pas entendu le début de la phrase.

– Le monde. Vous ne trouvez pas que c'est incroyablement injuste que certains humains vivent dans la rue, sans travail, vendant leur sang et leur corps pour survivre ? Ces inégalités me rendent malade.

Evelyn jeta un regard à Hansel, les yeux pleins de larmes de gravité. Elle voulait que les choses changent, elle voulait que le monde entier soit bon, comme l'Australie.

– Ces gens vivant dans la rue ne sont pas les plus mal lotis, tu sais. Il y a des gens dans ce monde qui ont un sort encore plus cruel que les mendiants. Tu as entendu parler des Cités, non ?

Le sujet des Cités était top secret mais il aurait été très surpris qu'Ethan n'en ait jamais parlé à Evelyn. Les Redfern étant l'une des plus grandes familles humaines dans la Nation Vampire, ils étaient l'une des rares familles à connaître ces cités, cachées dans les zones rurales, loin de la civilisation.

– Oui, Ethan m'en a déjà parlé. Ce sont des endroits où vous les vampires élevez des humains comme du bétail, mais au lieu de les abattre, vous récoltez leur sang.

La simple idée qu'un endroit aussi horrible puisse exister dans le monde lui faisait froid dans le dos. C'était tout simplement écœurant qu'Atticus ne les ait jamais fait fermer. En fait, il pourrait bien être celui qui avait créé ces cités.

Hansel fit un signe de tête affirmatif.

– Les humains qui vivent là-bas sont bien plus malheureux que ceux qui errent dans les rues. Ils ne possèdent rien à leur nom, Ils vivent entassés, dans des conditions d'hygiène innommables, sans instruction, sans liberté, sans une vie digne de ce nom.

Il poussa un profond soupir en se laissant retomber sur le dossier en cuir du siège.

– C'est dégoûtant d'obliger des gens à vivre dans ces conditions, s'écria Evelyn. Sont-ils même au courant qu'il existe un monde à l'extérieur ?

Hansel secoua la tête.

– Pour la plupart d'entre eux, non. Les générations se suivent et sont maintenues dans ces endroits, ne voyant jamais la lumière du soleil à cause des hauts murs qui les empêchent de sortir. Il se peut que certains d'entre eux aient eu des ancêtres qui leur ont transmis cette information. Mais je doute qu'après plus de trois cents ans ils s'en souviennent, ou qu'ils croient encore à un monde extérieur.

– Pourquoi Atticus insiste-t-il pour maintenir ces endroits en activité ? Pourquoi ne les ferme-t-il pas, purement et simplement, libérant ces gens ? C'est tellement cruel et injuste.

Une autre larme roula sur sa joue.

– C'est comme ça, on ne peut rien y faire. Le sang recueilli chez ces gens est vendu dans les magasins pour être consommé par les vampires. C'est mieux qu'ils puissent l'acheter plutôt que d'aller dans les rues pour se le procurer par la violence. Au bout du compte, plus d'humains sont épargnés.

Hansel jeta un coup d'œil à Evelyn qui semblait dégoûtée par son raisonnement.

– Pourquoi les vampires et les humains ne peuvent-ils pas être égaux ? Ou encore mieux, pourquoi les vampires ne peuvent-ils pas retourner dans la clandestinité, comme avant la guerre ?

– Parce que si les vampires retournaient dans la clandestinité et laissaient les humains reprendre là où ils s'étaient arrêtés, ce monde courrait à sa perte. Tu n'as rien lu au sujet de la guerre entre les humains et les vampires ? Nous n'étions pas les mauvais dans cette histoire, Evelyn. C'est nous qui avons sauvé la Terre de la destruction. Sans nous, elle ne serait plus qu'un champ de ruines.

Elle fronça les sourcils.

– Vous n'êtes pas objectif, Hansel.

Il se contenta de rire.

– Ma chère Evelyn, c'est le genre de choses que tu pourrais dire à Atticus, mais pas à moi.

Il lui donna un petit coup de poing affectueux sur l'épaule. Evelyn se mit à rire. C'était vrai. Hansel n'était pas du tout comme son créateur, ils étaient même aux antipodes l'un de l'autre.

– Bon, alors dites-moi, comment les vampires ont-ils sauvé la Terre des humains ?

– Tu as déjà entendu parler de bombes atomiques ?

Elle secoua la tête.

– Qu'est-ce que c'est ?

– C'est bien ce que je pensais. Atticus les a fait interdire et détruire après que nous avons gagné la guerre. Je ne suis pas sûr que même Ethan Redfern en connaisse l'existence… Ces armes, assez puissantes pour détruire des pays entiers, pouvaient contaminer la terre à des centaines de kilomètres de leur point d'impact, tuant et modifiant toute forme de vie alentour, expliqua Hansel. Vers l'année 2018, les relations internationales étaient sous haute tension. Toutes les économies européennes s'effondraient à cause de la concurrence asiatique. L'économie chinoise se développait à une vitesse incontrôlable, et rapidement elle supplanta ses concurrents, à la fois en termes de qualité et de prix.

– Donc les pays d'Europe perdaient de l'argent au profit de la Chine ?

Hansel hocha la tête.

– Pas seulement. L'Amérique aussi. Vers 2018, l'Amérique était au bord de la faillite, les organisations mondiales envisageaient de rétrograder les États-Unis au rang des pays du tiers-monde à cause de son taux de pauvreté. Les écoles et les hôpitaux fermaient, les banques refusaient de leur prêter de l'argent, et très vite, des centaines de groupes de rebelles se sont formés pour essayer de renverser le gouvernement.

– Ont-ils réussi ?

Hansel secoua la tête.

– Non. Le pays avait beau être complètement ruiné, ces groupes rebelles n'étaient rien comparés à l'armée américaine. Et le gouvernement a fait ce que les gouvernements font généralement lorsque la population commence à mettre leurs pouvoirs en doute, ils rejettent la faute sur quelqu'un d'autre et désignent un ennemi commun. La Chine était toute désignée pour jouer ce rôle.

– Alors ils ont attaqué la Chine ?

Hansel se mit à sourire.

– Tu vas continuer à m'interrompre avec tes suppositions ?

– Oui.

Elle sourit aussi, mais décida de laisser Hansel parler.

– L'Amérique n'a pas attaqué la Chine. Ils ont été plus malins en mettant en scène une attaque nucléaire en Floride. Des millions de civils furent tués et en une nuit la Chine devint l'ennemi numéro un de l'Amérique. Pourtant, « au nom de la paix », les États-Unis n'attaquèrent pas la Chine, tout en les avertissant qu'ils recourraient à la force s'ils osaient s'en prendre à nouveau à une ville américaine.

– Et qu'a fait la Chine ? Ont-ils laissé les Américains croire que c'étaient eux qui avaient ordonné cette attaque alors que ce n'était pas vrai ?

– Bien sûr que non, petite idiote, ricana Hansel. Ils ont essayé de se justifier, mais les médias américains présentèrent la Chine comme un pays déviant et impitoyable, ils ont lavé le cerveau de tout le monde. La tension a continué de monter entre les deux pays.

Hansel poussa un soupir comme s'il revivait mentalement cette partie de sa vie.

– Tout le monde avait peur, pas seulement les humains. Les vampires aussi. L'Amérique avait beau être faible à l'époque, elle avait des alliés puissants qui étaient contraints, par traités, de la soutenir. Bientôt, le monde entier trembla, craignant l'arrivée d'une Troisième Guerre mondiale.

– Et c'est ce qui s'est passé ?

– Non, Dieu merci. Atticus eut une vision du futur et des conséquences d'une telle guerre. Des milliards de gens seraient morts et bien d'autres pays seraient entrés dans le conflit. Vers 2030, plus de quatre-vingt-dix pour cent de la Terre auraient été détruits et quatre-vingt pour cent de la population exterminés. Des enfants seraient nés difformes, incapables de vivre plus de quelques années. L'humanité aurait disparu progressivement, suivie par les vampires, ainsi que les loups-garous par manque de nourriture. Les seuls survivants auraient été une poignée de sorcières, mais même elles n'auraient pas été capables de supporter la pollution de la Terre. Si tu trouves que le monde va mal aujourd'hui, celui qu'avait vu Atticus aurait été un enfer.

Evelyn poussa un petit cri d'effroi.

– Alors tu peux remercier Atticus d'avoir pris les choses en main et de s'être révolté contre les humains, parce que sinon, la plus grande partie de ce monde aurait disparu.

– Mais les États-Unis et la Chine sont entrés en conflit en 2018 et la Guerre des Vampires n'a commencé qu'en 2020 ?

– Je t'ai dit que les États-Unis ne voulaient pas se battre contre la Chine. Dans les visions d'Atticus, cette

Troisième Guerre mondiale n'aurait pas commencé avant 2025.

– Pourquoi Atticus ne s'est-il pas révolté plus tôt ? S'il savait que les armes nucléaires mèneraient la planète à sa perte, pourquoi n'est-il pas entré en action avant même le conflit américano-chinois ?

– Parce qu'il ne voulait pas.

– Je ne comprends pas…

– Atticus n'a jamais voulu devenir un leader. Le pouvoir ne l'intéressait pas. S'il n'avait pas été le seul capable de lever une armée assez puissante pour s'opposer aux gouvernements humains, il aurait volontiers laissé le travail à quelqu'un d'autre. Mais Venise et lui étaient les deux seuls vampires au monde capables de transformer les humains en vampires avec cent pour cent de réussite, et la plupart de la population mondiale de vampires descendait de lui. Il était donc le seul à pouvoir empêcher cette guerre.

– Alors vous me dites qu'Atticus ne voulait pas être Roi ?

Hansel secoua la tête.

– Je suis prêt à parier que s'il pouvait abdiquer sans créer de remous dans la Nation Vampire, il le ferait immédiatement. Mais il est le seul sur Terre qui ait une véritable autorité, personne n'est assez stupide pour se rebeller contre lui.

CHAPITRE 52

Evelyn s'était dit que cela allait lui faire bizarre de pénétrer dans le manoir Blackburn après tous ces mois, mais dès qu'elle passa les portes de chêne, elle se sentit chez elle.

De la sensation des sols de marbre polis sous la semelle de ses bottines au doux parfum accueillant de vanille qui flottait dans l'air, en passant par l'odeur appétissante de canard rôti qui parvenait de la cuisine, tout était parfait. Elle était submergée par l'émotion en se retrouvant finalement chez elle après toutes ces nuits sans sommeil à penser à sa mère, son père, sa sœur.

– Eve !

Nora descendait lentement l'escalier en spirale, vêtue d'un jean noir et d'un pull rouge vaporeux. Elle était toujours aussi belle. Sa peau parfaitement lisse et légèrement hâlée, ses cheveux noirs soyeux, et ses grands yeux bleus, semblables à ceux de sa sœur.

Evelyn jeta un coup d'œil au miroir accroché au mur près de l'escalier, et elle fut choquée par son reflet. Il est clair que pendant son séjour au palais royal, elle s'était laissée aller, son apparence n'ayant plus d'importance pour elle. Et si Atticus n'était attiré que par sa beauté, autant ne pas la cultiver. Mais l'image de la jeune femme fragile et maigre que lui renvoyait le miroir aujourd'hui lui semblait étrangère. Sans Hansel qui se tenait derrière elle, l'air protecteur, elle ne se serait jamais reconnue. Les joues creuses, le teint cadavérique, les cheveux sans éclat. Sous les lampes éclairant brillamment la grande entrée, Evelyn vit à quel point elle n'avait pas l'air en forme. Elle n'était plus que l'ombre de la fille qui avait quitté cette maison quelques mois plus tôt.

– Oh mon Dieu ! Ma petite fille !

Lynette Blackburn, contrairement à Nora, était plus que ravie de revoir Evelyn après si longtemps. Elle lâcha l'assiette ancienne qu'elle venait d'acheter au marché. La porcelaine magnifique au superbe décor peint d'un verger en fleur alla s'écraser au sol en se dispersant en mille morceaux. Mais Lynette n'accorda aucune attention à cet incident et elle traversa l'entrée à grands pas pour se précipiter dans les bras de sa plus jeune fille.

– Je n'en reviens pas, tu es là ! Si c'est un rêve, surtout ne me réveille pas.

Evelyn sourit en posant la tête dans le creux du cou de sa mère.

– C'est bien moi, maman, je suis revenue…

En passant les bras autour de la taille de sa mère, Evelyn se rendit compte qu'elle aussi avait perdu du poids et sa silhouette voluptueuse.

– Oh, laisse-moi te regarder, mon bébé.

Lynette s'écarta pour voir le visage d'Evelyn.

– Oh mon Dieu, mais ces vampires ne te donnent pas à manger dans leur palais royal ?

Tendrement, elle passa l'index sur le visage d'Evelyn. Des larmes coulaient de ses yeux bleu sombre exprimant tant d'amour maternel.

– Maman, murmura Evelyn.

Elle n'arrivait pas à réaliser. Sa mère était là, devant elle. Lorsqu'elle était partie quelques mois plus tôt, elle n'avait jamais pensé survivre assez longtemps pour la revoir.

– Evelyn ?

Une voix grave se fit entendre du haut de l'escalier, venant interrompre les embrassades entre la mère et la fille. Celle de Jonathan Blackburn.

– Papa ?

Elle fut choquée en voyant son père. La maigreur de sa mère n'était plus rien comparée à celle de l'homme qui se tenait en haut de l'escalier. Lorsqu'elle avait quitté la maison, au début du mois de septembre, son père était fort et en bonne santé, paraissant plus jeune que son âge. Aujourd'hui, on aurait dit un autre homme. Il avait pris au moins dix ans en quelques mois. Ses cheveux grisonnaient, son visage s'était creusé et il avait perdu plus de poids que sa femme et sa fille réunies.

Il poussa un petit cri et ses yeux s'emplirent de larmes.

– Je n'en reviens pas ! Je pensais que le Roi nous faisait une mauvaise plaisanterie, je n'aurais jamais cru…

Laissant sa phrase en suspens, il se précipita dans les escaliers pour accueillir sa jeune fille, si vite qu'il faillit manquer la dernière marche. Nora le rattrapa par le bras juste avant qu'il ne s'étale au sol.

– Papa…

Jonathan tendit les bras et passa devant Nora sans la voir pour aller vers sa plus jeune fille avec un regard débordant de joie. Comme il se rapprochait d'elle, son visage rajeunit instantanément.

– Je ne pensais plus jamais te revoir, murmura-t-il en la serrant dans ses bras. Ma petite fille, ne repars plus jamais. Tu n'imagines pas à quel point nous nous inquiétions, ta mère et moi.

Il embrassa tendrement le sommet de son crâne.

– Je n'arrive pas à y croire…

Hansel regardait avec un sourire attendri les retrouvailles de la famille Blackburn. Mais la nouvelle qu'Atticus lui avait ordonné d'annoncer continuait de le tracasser. « *N'attends pas trop longtemps* », lui avait dit le Roi. Hansel savait qu'il fallait dire à Evelyn ce qui était arrivé à Alice et Aaran, mais il ne supportait pas l'idée de gâcher une scène aussi parfaite. *Demain*, se dit-il. *Je lui dirai demain. Aujourd'hui, elle a besoin de ce moment de bonheur avec sa famille.*

À cet instant, il remarqua du coin de l'œil la deuxième fille Blackburn toujours au pied de l'escalier. Apparemment, elle n'était pas aussi émue que ses parents du retour de sa sœur et s'était beaucoup moins inquiétée qu'eux de son bien-être dans la cité royale. Hansel vit même un éclair d'envie, de colère et d'agacement passer dans les yeux de la jeune humaine.

Les poings serrés, il se demanda comment Jonathan et Lynette avaient pu élever une fille aussi douce qu'Evelyn et une autre aussi dure et impitoyable que Nora. Il se souvint qu'Evelyn lui avait dit à quel point elle aimait sa sœur, et à quel point elles avaient été proches, avant toute cette histoire avec Atticus.

– Lord Hansel ?

La voix grave de Jonathan Blackburn sortit brutalement Hansel de ses pensées. Après s'être écarté de sa femme et de sa fille, il avait immédiatement reporté son attention sur le vampire royal qui se tenait à sa porte.

– Monseigneur, je suis désolé, je n'avais pas…

Avant que le lord puisse réagir, Jonathan avait mis un genou à terre, comme tout humain était censé le faire pour accueillir un vampire du rang de Hansel. Mais bien sûr, celui-ci ne pouvait pas accepter une forme aussi humiliante de soumission venant du père d'Evelyn.

– Je vous en prie, relevez-vous, monsieur Blackburn, dit Hansel en se précipitant pour l'aider à se relever. Je n'apprécie pas trop ces traditions, de toute façon.

Hansel lui tendit la main, ce qui sembla surprendre Jonathan, qui finit quand même par sourire en serrant la main tendue.

– C'est un plaisir de vous recevoir chez nous, Lord Hansel.

– Je vous en prie, appelez-moi Hansel. Comme je vous l'ai dit, je n'ai guère de goût pour ces formalités.

Il baissa les yeux sur Evelyn et son sourire radieux alors qu'elle regardait son père et sa mère.

– Je pense qu'il est temps pour moi de vous laisser. Vous avez sûrement beaucoup de choses à vous raconter.

Il donna un petit coup de coude à Evelyn pour attirer son attention.

– Sois sage, l'enquiquineuse, ne fais pas de bêtises d'ici à demain matin. S'il t'arrive la moindre chose, Atticus me tuera.

Elle fronça les sourcils.

– Où allez-vous ?

Hansel se retourna en haussant les épaules.

– Le château de Marcus n'est pas loin d'ici, non ? Puisqu'il est en Australie, je vais aller chez lui, cela ne le dérangera pas.

– Non, attendez, s'écria Evelyn. Restez, s'il vous plaît !

Elle lui tendit la main pour le retenir. Lorsqu'il sentit ce contact contre sa peau, Hansel ressentit une sensation étrange.

– Eve a raison, quelle grossièreté de notre part de ne pas vous avoir invité à dîner.

Hansel savait bien que Jonathan ne disait cela que pour se conformer aux usages de l'hospitalité.

– Peut-être demain. Evelyn est là pour une semaine. Cela vous laisse tout le temps de prévoir un dîner sympathique. Je pense que c'est mieux que je vous laisse en famille ce soir, c'est la première fois que vous vous retrouvez tous les quatre depuis le départ d'Evelyn. Comme je le disais, vous devez avoir plein de choses à vous raconter.

Hansel leur sourit poliment avant de se retourner vers le jeune humaine qui n'avait pas lâché sa main. Il lui fit une chiquenaude sur le front.

– Sois sage, enquiquineuse, on se voit demain.

Sur ces mots, le vampire se retira.

Jonathan Blackburn eut un petit sourire en le regardant s'éloigner. Même s'il ne le méprisait pas autant qu'Atticus, l'idée d'avoir un vampire sous son toit le mettait mal à l'aise. À ses yeux, tous les vampires se valaient, cruels et sans pitié. Hansel était peut-être l'un des rares qui se préoccupait un peu du sort des humains, mais cela ne l'empêchait pas d'être un meurtrier, un monstre buveur de sang.

– Allez, viens Eve…

Avec un sourire radieux, Lynette prit sa fille par la taille et l'entraîna vers la cuisine.

– On va te requinquer, on dirait que tu n'as rien mangé depuis des semaines.

Evelyn acquiesça avec joie, et bras dessus bras dessous, elles se dirigèrent vers la cuisine pour un de ces moments mère-fille dont elles avaient l'habitude, avant.

Comme elles s'éloignaient, Jonathan regarda Nora, qu'on avait oubliée depuis quelques minutes. L'amertume se lisait sur son visage et son père poussa un profond soupir.

– Nora, ne sois pas aussi froide avec ta sœur. Tu sais bien qu'elle t'aime. Tu devrais être heureuse qu'elle soit là pour quelques jours. Profite de ces moments, qui sait quand tu la reverras la prochaine fois.

– Vous ne m'aviez pas dit qu'elle revenait, dit-elle avec froideur.

– Je ne l'ai su qu'hier soir, tard. Le Roi m'a dit que c'était une décision de dernière minute. Il a dit qu'Evelyn avait besoin d'un peu de temps avec nous, pour lui remonter le moral. Et si j'en juge par son aspect, je ne doute pas qu'un peu de chaleur humaine dans sa vie ne sera pas du luxe. Tu n'as pas remarqué à quel point ses yeux sont vides ?

Jonathan posa une main sur l'épaule de sa fille pour la réconforter.

– Pourquoi est-ce qu'on parle toujours d'elle, siffla Nora avec rancœur. C'est toujours elle, il n'y en a que pour elle, tout le monde s'inquiète pour elle ! Papa, elle vit dans la cité royale ! Le Roi la regarde comme si elle était la chose la plus précieuse au monde ! Arrête de la traiter comme une victime. Elle est tout, sauf ça !

Jonathan soupira. Parfois il aurait voulu qu'Evelyn et Nora puissent échanger leurs places.

– C'est vrai, Atticus voit effectivement ta sœur comme si elle était la chose la plus importante du monde, mais est-ce que tu sais à quel point les vampires sont vicieux ? Il a sûrement des sentiments pour elle, mais je suis certain qu'il abuse de son pouvoir.

Jonathan frémit en disant ces mots. Cela le tuait de savoir que sa petite fille se faisait maltraiter et qu'il n'y avait rien qu'il puisse y faire. Il aurait tant voulu trouver un moyen d'envoyer Evelyn au loin, quelque part où Atticus ne la retrouverait jamais. Malheureusement, un tel endroit n'existait pas. Si Evelyn s'enfuyait, il n'y avait rien que le Roi ne serait prêt à faire pour la retrouver. Elle ne lui échapperait jamais.

– Je suis sûre qu'elle adore être au centre de toutes les attentions. Que tout le monde s'inquiète pour elle. À tes yeux, le fait que le Roi soit raide amoureux d'elle n'est pas une bonne chose, mais je te parie que c'est ce qu'elle a toujours voulu. Cette pauvre Evelyn ! dit Nora en ricanant.

– Nora ! Je vois bien que tu l'envies, mais je t'en prie, elle n'est là que pour quelques jours, ne la mets pas plus mal à l'aise qu'elle ne l'est déjà. Je te demande de te conduire avec elle comme tu le faisais avant toute cette histoire. Juste pour quelques jours, s'il te plaît.

– Comme tu veux, papa.

CHAPITRE 53

Nora resta silencieuse pendant tout le dîner, regardant avec agacement ses parents aux petits soins pour sa jeune sœur alors que de son point de vue elle avait beaucoup de chance. Aveuglée par sa jalousie et son orgueil, Nora ne voyait pas la frêle jeune fille brisée qui n'avait plus rien à voir avec celle, pleine de vie, qui avait quitté le manoir quelques mois plus tôt.

Au cours des derniers mois, Evelyn avait vieilli prématurément, gagnant une maturité de plusieurs décennies en seulement quelques mois, alors que Nora n'avait rien perdu de son étroitesse d'esprit et de ses ambitions puériles.

On ne parla pas de la vie d'Evelyn au palais royal, ni de ses relations avec le Roi, d'ailleurs personne n'y tenait, à part Nora. Alors qu'Evelyn et ses parents bavardaient à propos de leur famille et d'amis, Nora mourait d'envie de savoir ce qui se passait entre Evelyn et le Roi. Mais son père l'avait prévenue, pas question d'aborder le sujet des vampires.

Par respect pour ses parents, elle ne pouvait poser aucune question, en tout cas pas devant eux. Nora se moquait bien de la santé mentale ou physique de sa sœur, tout ce qui l'intéressait, c'était le Roi et les vampires. Alors, afin de jouer à la sœur parfaite et attentionnée devant ses parents et de soutirer des commérages des lèvres mêmes d'Evelyn, elle proposa quelque chose.

– Eve, si tu dormais dans ma chambre, cette nuit ? demanda-t-elle gentiment avec un sourire angélique qui fit bondir de joie le cœur d'Evelyn. Ce serait sympa d'avoir un moment d'intimité entre sœurs, ça fait tellement longtemps. Je suis certaine qu'on a des tas de choses à se raconter.

C'était une proposition qu'Evelyn ne pouvait pas refuser. En dépit du déplaisir que Nora affichait ostensiblement, Evelyn était trop naïve pour croire que la relation si belle qui avait existé entre elle et sa sœur avait disparu pour toujours. Elle croyait que le sang qui coulait dans leurs veines les liait pour toujours. Elle croyait que Nora lui pardonnerait tout.

Une personne se montra sceptique face à la soudaine gentillesse de Nora. En regardant Evelyn qui acceptait avec enthousiasme, Jonathan s'inquiéta mais ne dit rien. Malgré ses craintes, il devait accorder à Nora le bénéfice du doute.

D'ailleurs, lorsque la famille s'installa autour de la cheminée pour évoquer de vieux souvenirs et jouer à quelques jeux de société démodés, ses doutes s'envolèrent. Nora commençait à montrer plus de chaleur envers Evelyn et il se dit que, peut-être, les deux sœurs allaient se retrouver. Si seulement il avait su ce qui allait se passer…

– Tu m'as manqué, Nora, s'écria Evelyn en suivant sa sœur dans le couloir faiblement éclairé qui menait à sa chambre.

Bien qu'elle soit loin d'être aussi luxueuse que le palais royal, Evelyn aurait de beaucoup préféré vivre derrière les murs rassurants de sa maison natale, entourée des personnes qui l'aimaient.

– Toi aussi, répondit Nora sans enthousiasme en menant sa sœur au troisième et dernier étage de la maison, où se trouvait sa chambre.

C'était l'une des plus grandes de la maison et elle possédait la plus belle vue sur le jardin et la campagne alentour.

Lorsqu'elle était enfant, Evelyn avait toujours admiré cette pièce, avec son parquet magnifique, sa hauteur de plafond, ses grandes fenêtres et la sensation de liberté qui y régnait. Mais Nora, très secrète, ne l'y avait pas souvent conviée, elle n'avait donc que peu de souvenirs ici.

– Oh, la vache !

Evelyn se souvenait quand même de la façon dont la pièce était meublée et décorée avant son départ, et cela n'avait plus rien à voir. Il y avait tant de choses qu'Evelyn ne se souvenait pas d'avoir vues avant. L'élégant lit à colonnes, le nouveau placard dans le coin avec des portes à miroirs, l'énorme écran plat accroché au mur et les couleurs…

– Tu as refait la décoration ? demanda-t-elle impressionnée, en faisant le tour.

– Ah, oui. Après ton départ, Atticus a continué à envoyer des cadeaux. Comme papa et maman n'en voulaient pas, je les ai revendus et avec l'argent j'ai fait refaire ma chambre. J'espère que ça ne t'embête pas.

– Pas du tout, répondit Evelyn sincèrement. Tant que cela te fait plaisir, moi, je m'en fiche. Je n'aurais pas voulu conserver ces cadeaux, de toute manière.

– Tant mieux.

Nora alla jusqu'au placard et en sortit un oreiller.

– Ça va être sympa, toi et moi, bavardant comme on le faisait avant que tu ne partes mener la grande vie au palais.

Evelyn perçut la méchanceté derrière les mots. Nora pensait ce qu'elle disait.

– Nora, tu sais bien que je n'ai pas eu le choix. Papa ne pouvait pas défier le roi et désobéir à ses ordres sans risquer d'être puni, et Ethan…

La gorge d'Evelyn se noua quand elle prononça le nom de son amour, et sa respiration se bloqua. Elle avait fait tout son possible pour ne pas penser à lui depuis sa tentative de suicide. Hansel lui avait assuré qu'Ethan était vivant et en bonne santé, et il fallait qu'elle le croie. Il fallait qu'elle continue à croire qu'il était toujours vivant. Elle ne savait pas s'il affrontait le courroux d'Atticus en ce moment, mais elle espérait qu'il n'oserait pas, après toutes les choses qu'il lui avait déjà fait subir.

Nora leva les yeux au ciel.

– Ne me dis pas que tu as encore des sentiments pour ce Redfern. Vous alliez très bien ensemble à l'époque, mais maintenant qu'il y a le Roi, tu ne peux pas continuer à t'accrocher à cette amourette. Ethan n'est rien à côté du Roi. Atticus est plus puissant, il a plus d'argent, et c'est certainement l'un des plus beaux hommes qu'il nous ait été donné de voir !

Evelyn ne répondit pas tout de suite, elle se posa sur le lit de Nora et prit dans ses bras le coussin que Nora lui tendait.

– Tu n'aimes pas quelqu'un pour ce qu'il a, Nora. Le pouvoir, l'argent et la beauté ne veulent rien dire quand tu n'éprouves rien pour une personne. Tu n'es pas la seule à penser que je devrais arrêter d'aimer Ethan et tomber dans les bras d'Atticus, et peut-être que je pourrais si je n'aimais pas Ethan depuis si longtemps.

Nora la regarda un petit moment, incapable de décider si elle devait la croire.

– Mais pourquoi préférer un humain à quelqu'un comme le Roi ? Qu'a Ethan à t'offrir qu'Atticus n'a pas ?

Evelyn esquissa un sourire triste.

– Nora, tu ne comprends toujours pas, hein ? Les vampires sont beaucoup plus cruels et impitoyables que tu ne le crois…

Un souvenir de la nuit au motel lui passa devant les yeux et elle se recroquevilla.

– Arrête de me baratiner, dit Nora.

Sa voix était froide et il n'y avait aucune trace de tendresse.

– Tu peux jouer les victimes autant que tu veux mais ne compte pas sur moi pour tomber dans le panneau et faire semblant de te plaindre. C'est le Roi qui est tombé amoureux de toi, Evelyn ! C'est une chose dont toutes les filles rêvent ! On m'a répété ce qu'il se dit dans les couloirs du palais, il te met sur un piédestal et t'adore comme une déesse. Alors arrête de faire comme si tu étais malheureuse.

Evelyn tomba des nues en entendant l'agressivité dans le ton de Nora. Un virage à cent quatre-vingts degrés par rapport à la sœur aimante qu'elle avait prétendu être quelques minutes auparavant. Et ces yeux bleus assombris par la colère…

– Nora ! Mais qu'est-ce que je dois faire pour que tu me croies ? Je n'aime pas Atticus, je ne l'ai jamais aimé. J'ai peut-être été touchée par sa solitude à un moment, mais je ne l'ai jamais aimé comme j'aimais Ethan ! Et surtout après qu'il…

Evelyn se tut, laissant sa phrase en suspens.

– Après qu'il quoi ? insista Nora.

Mais Evelyn resta silencieuse. Elle ne voulait pas confier à Nora cette horrible expérience. Sa sœur était différente, elle l'avait toujours été. Elle voulait tomber amoureuse d'un vampire et vivre éternellement. Evelyn ne voulait pas l'effrayer plus que de raison au cas où, un jour, un vampire passerait par là et qu'elle lui tombe dans les bras.

– Qu'est-ce qu'Atticus a fait, Evelyn ? demanda Nora de nouveau, perturbée par le mutisme de sa sœur.

Mais Evelyn garda le silence.

– Je crois que je vais plutôt aller dormir dans ma chambre, s'exclama-t-elle en se levant, les yeux pleins de larmes.

– Non, hurla Nora en obligeant sa sœur à se rasseoir. Tu ne quitteras pas cette chambre avant de m'avoir dit ce que tu as fait à Atticus pour qu'il tombe amoureux de toi.

– Nora, arrête ! Je n'ai rien fait du tout.

– Je ne te crois pas. Qu'est-ce que tu as fait ? Tu as couché avec lui le soir de son anniversaire ? Tu lui as taillé une pipe ? Tu l'as laissé boire ton sang ? Ou les trois ? Dis-le-moi, Ev…

Le bruit de la gifle résonna sur les quatre murs parfaitement repeints. Et cela ne prit qu'une seconde à Evelyn pour réaliser ce qu'elle venait de faire.

– Oh, mon Dieu, Nora, je… je suis désolée ! Je…

Evelyn regarda avec horreur la marque de ses doigts bien visible sur la joue de Nora.

– Je… je suis désolée, je ne sais pas ce qui m'a pris…

Avec un hurlement perçant, Nora lui rendit la monnaie de sa pièce et gifla sa sœur de toutes ses forces, une attaque si violente qu'Evelyn perdit l'équilibre et se retrouva par terre.

– Sors de ma chambre, espèce de sale pute ! Ethan ne te suffisait pas, hein ? Il a fallu que tu séduises le Roi. Tu devrais avoir honte ! Tu n'arrêtes pas de dire que les vampires sont dangereux, mais je parie que tu as couché avec Atticus, hein ? Tu lui as donné ta virginité, c'est ça ?

Evelyn, en larmes, ne répondit pas. Chacun des mots de Nora était comme un poignard s'enfonçant douloureusement dans son cœur déjà brisé.

– Oh, mon Dieu, c'est ça ! Tu l'as fait ! C'est comme ça que tu as réussi à te le mettre dans la poche, espèce de pute ! Tu ne vaux pas mieux que ces prostituées qui vendent leur corps pour de l'argent, sauf que toi tu vends ton corps à un Roi, et pour beaucoup d'argent.

– Nora, non ! Tu ne comprends pas !

– Sors d'ici !

Nora saisit brutalement Evelyn par les cheveux et la tira jusqu'à la porte.

– Je ne veux pas de cette salope dans ma chambre !

– Nora, sanglota Evelyn alors que sa sœur lui claquait la porte à la figure. Nora, ce n'est pas ce que tu crois ! Je… je n'ai pas… Il m'a…, marmonna-t-elle entre deux sanglots.

CHAPITRE 54

En arrivant chez elle, Evelyn s'imaginait qu'elle allait passer ses nuits dans son lit douillet, avec ses peluches de petite fille, plongée dans l'odeur familière des bougies que sa mère lui achetait pour ses anniversaires. Rien que du bonheur. Sa maison était jusque-là le seul endroit où elle pouvait imaginer être heureuse.

Mais c'était fini. Ce que Nora lui avait dit avait détruit la moindre sensation de bonheur qu'elle avait éprouvée pendant ces quelques heures. Au lieu d'être confortablement installée dans son lit, protégée par ses objets préférées, Evelyn était seule dans la clairière, qui, à une époque, avait constitué un refuge pour Ethan et elle, le paradis où ils passaient des heures, satisfaits simplement d'être ensemble.

Depuis qu'Atticus était entré dans sa vie, plus rien n'avait été pareil, et au lieu d'être l'endroit qui la rendait heureuse, la clairière était devenu l'endroit où elle venait pour pleurer. Même au beau milieu de la nuit, avec le vent froid d'hiver qui soufflait autour d'elle, elle préférait être là que dans le manoir. C'était le seul endroit où elle pouvait être seule, où ses parents ne lui poseraient pas de questions sur la raison de ses larmes. Evelyn ne pouvait pas leur répéter les choses que Nora avait dites dans sa chambre.

Premièrement, elle ne voulait pas que ses parents entendent ce que Nora croyait qu'elle avait fait. Rien de tout cela n'était vrai, mais Evelyn ne voulait pas que ces idées puissent ne serait-ce qu'effleurer l'esprit de ses parents. Et risquer qu'ils lui posent des questions sur elle et Atticus, si elle avait couché avec lui ou pas. Elle était incapable de leur mentir et il était inconcevable qu'ils apprennent ces choses horribles.

Deuxièmement, Evelyn ne voulait pas qu'ils voient Nora comme une fille au cœur de pierre, dépourvue de toute compassion envers sa propre sœur, car c'était la seule fille qui leur restait. Après cette semaine, il était peu probable qu'ils revoient Evelyn, Nora serait la seule sur qui ils pourraient compter en vieillissant.

Enfin, Evelyn se posait des questions. Nora pouvait-elle avoir raison sur certaines choses ? Et si elle avait involontairement séduit Atticus ? Et si tout était sa faute ? Elle avait voulu faire preuve d'un peu de gentillesse et de compassion, pour qu'il se sente moins seul. Et s'il avait pris ça pour un encouragement à la poursuivre de ses assiduités ?

– Et si j'étais responsable de tout ça ?

Elle prononça ces paroles si doucement que c'était presque comme un soupir. Avec un nouveau sanglot étouffé, Evelyn serra les bras autour des ses jambes et enfouit sa tête dans ses genoux.

– Ce n'est pas ta faute, dit une voix familière venant d'un peu plus loin.

Une voix qui alluma tous les signaux d'alerte chez Evelyn. *Cette voix... J'ai déjà entendu cette voix, à l'hôtel, quand j'ai failli mourir...* Lentement, Evelyn releva la tête. Sa vision était brouillée par les larmes, mais elle distingua une femme à cheveux blancs debout devant elle, qui la regardait mais de façon imprécise.

Evelyn poussa un petit cri en voyant cette inconnue. Pourtant cette voix était celle qu'elle avait entendue aux portes de la mort et qui l'avait ramenée à la vie…

– Q… qui êtes-vous ?

– On m'appelle Venise, dit-elle en tendant la main à Evelyn. Ne restez pas couchée dans l'herbe, c'est sale et c'est froid. Je ne veux pas que vous tombiez malade.

Venise... Evelyn répéta le nom dans sa tête.

Alors qu'elle se relevait, le visage de la femme aux cheveux blancs lui apparut pleinement. Lorsqu'elle était enfant, Evelyn avait toujours rêvé d'avoir une sœur jumelle, une réplique d'elle-même, quelqu'un qu'elle pourrait accuser lorsqu'elle aurait des ennuis, et cette idée ne l'avait jamais vraiment quittée. Au moment où elle vit le visage de Venise, elle eut l'impression de se retrouver dans un de ces rêves.

– N'aie pas peur.

Venise posa son autre main sur celle d'Evelyn.

– Je ne suis pas ton ennemie, je te le promets.

– Q… qui êtes-vous ? bredouilla l'humaine, le cœur battant à tout rompre.

Cela paraissait tellement irréel. La ressemblance entre cette Venise et elle était sidérante, à part la couleur des yeux et des cheveux. Les traits de leurs visages étaient presque identiques. Même Nora ne lui ressemblait pas autant.

– N'aie pas peur, ma chère, je suis une amie, pas une adversaire, dit Venise sur un ton amical. Je pensais que Hansel ou peut-être Ethan t'auraient parlé de moi.

– Hansel… Ethan… ?

Evelyn prononça les noms des deux personnes les plus importantes dans sa vie d'une voix hésitante, et il lui fallut quelques instants pour que les propos d'Ethan sur la dirigeante de l'Australie lui revienne à l'esprit.

– Vous êtes Lady Venise ?

La dame aux cheveux blancs fit un signe de tête affirmatif. Elle souriait gentiment mais ses yeux n'étaient pas posés sur ceux de la jeune humaine. Ils fixaient un point derrière elle et Evelyn se retourna vivement pour voir si elles étaient bien seules. Sentant sa tension, Venise sourit et posa la main sur la joue d'Evelyn.

– Il n'y a personne derrière toi, ma chère, nous sommes seules. Mes yeux se posent au-delà de toi parce que je ne peux pas voir ton visage.

Evelyn plissa le front.

– Que voulez-vous dire ?

C'est alors qu'elle vit combien les yeux de Venise étaient pâles. Ils étaient comme des glaciers sans la moindre émotion, vides, voilés par une brume tenace.

– Oui, ma chère, je suis aveugle, dit Venise, répondant à la question qu'Evelyn n'avait pas formulée.

– Je… je suis désolée, c… comment… ? bégaya-t-elle, ne sachant quoi dire dans une telle situation.

– Ne t'en fais pas, ma vue a été le prix à payer pour ce que j'ai fait il y a si longtemps à Atlantide. J'ai mis au monde les créatures les plus mauvaises et les plus dangereuses qui soient, et j'ai dû payer un prix considérable pour mes fautes. Comme nous tous.

– Nous ?

– Oui, nous, les Sept, les Premiers, la Première Génération, les Dieux… on nous a donné beaucoup de noms différents au cours des siècles, mais je crois que « les Sept » est celui que tu devrais connaître.

Evelyn hocha la tête et se gifla mentalement pour avoir fait ça.

– Oui, Lady Venise, Ethan m'a un peu parlé des Sept… Vous étiez les premiers vampires, c'est ça ?

– Tu connais toute l'histoire ?

– Non.

– Je te la raconterai un de ces jours, mais pas maintenant. Nous devons parler de choses plus importantes pour l'instant, ma chère.

Venise tira la main d'Evelyn pour lui signifier de marcher.

– Marchons. Cela va te réchauffer et je déteste rester immobile.

– De quoi voulez-vous parler, Lady Venise ?

Evelyn trouvait étrange d'être en présence de quelqu'un d'aussi important que cette sorcière immortelle. D'après ce qu'elle avait entendu dire, Venise était l'un des êtres les plus puissants de cette Terre, avec Atticus. L'humaine était apeurée, intimidée, mais curieuse aussi de savoir pourquoi elles se ressemblaient autant.

– Je t'en prie, appelle-moi Venise, je n'ai jamais aimé ce titre de lady, il me donne l'impression d'être vieille.

Elle se mit à rire en jetant un coup d'œil vers Evelyn. Les deux femmes avaient la même taille et leurs yeux étaient à la même hauteur.

– Je suis venue pour parler, de tout ce que tu veux. Je suppose que tu te poses beaucoup de questions. Des questions à propos de ton passé et de l'avenir, et j'ai la réponse à la plupart.

– De l'avenir ? Vous connaissez l'avenir ?

Venise fit un signe de tête affirmatif.

– C'est l'un de mes nombreux pouvoirs. Lorsque ma vue m'a été ôtée, mon pouvoir de vision a été renforcé et je peux avoir des aperçus de l'avenir, dont le tien.

Evelyn sentit que les battements de son cœur accéléraient. Après tout ce temps, elle mourait d'envie d'avoir des réponses, de connaître ce que le destin lui réservait.

– Vous pouvez me dire ce qui va m'arriver ? Si Atticus me laissera partir un jour ? Si Nora me pardonnera ? Si… ?

Elle s'interrompit en voyant Venise secouer la tête d'un air coupable.

– Une des règles est qu'on ne doit jamais révéler ce que l'on connaît sauf si c'est absolument nécessaire. Selon les lois de la nature, je ne peux pas répondre à ces questions.

Venise lui parlait comme à un enfant à qui on dit qu'il ne pourra pas avoir le cadeau qu'il a attendu toute l'année. Evelyn accusa le coup mais retint ses larmes.

– Ça ne fait rien, je comprends.

– En même temps, tout le monde sait que je n'ai pas pour habitude de suivre les règles.

Venise donna un coup de coude à Evelyn en souriant.

– Alors, voilà ce je peux te dire : le plus gros de la tempête n'est pas encore passé. Bientôt, toutes tes croyances, toutes tes valeurs seront mises à l'épreuve. Les choses vont empirer, mais si tu arrives à tenir le coup pendant cette tempête, de meilleurs jours t'attendent à la fin du tunnel. Je te promets, Evelyn, que si tu restes forte et que tu continues à te battre, un jour tu récolteras les fruits de tous tes efforts.

– Alors il y aura un *happy end* ?

– Tu connaîtras un vrai bonheur dans un avenir proche, mais de grandes difficultés t'attendent aussi. Les choses ne vont pas s'arranger et tu vas devoir prendre de gros risques pour t'en sortir.

Venise pressa la main d'Evelyn.

– Il y a si longtemps que je te regarde grandir, je sais que tu peux le faire, Evelyn, et que tu peux t'en sortir.

– Merci, dit Evelyn en lui serrant la main à son tour. C'était bien votre voix que j'ai entendue il y a quelques jours dans cet hôtel ?

Venise fit oui de la tête.

– Excuse-moi de te le dire, mais c'était vraiment idiot de ta part de risquer ta vie comme ça. Tu es restée sous un jet d'eau bouillante pendant au moins une heure. Tu étais presque cuite lorsque je me suis rendu compte de ce qu'il se passait. Si j'avais tardé à prévenir Atticus, tu serais morte.

– C'est vous qui l'avez appelé ? Pourquoi ?

– Parce que je ne pouvais pas te laisser mourir, petite sotte. Ta mort aurait des conséquences désastreuses, Evelyn. Atticus aurait le cœur brisé et il s'en voudrait et… Si tu avais vu l'avenir comme moi… Ce monde, si tu le trouves cruel aujourd'hui, tu devrais voir ce qu'il deviendrait après ta mort.

Venise secoua la tête, l'air affligé.

– Qu'est-ce que ma mort y changerait ? Atticus n'a jamais eu de cœur, il se moque de tout et de tout le monde, à part de son trône. Il n'écoute personne, répondit Evelyn, d'une voix basse, ne voulant pas offenser Venise, mais les mots sortaient tout seuls.

– Il deviendrait un vrai tyran, sans toi, Evelyn. Il va falloir que tu fasses un choix rapidement entre ce que tu dois faire et ce que tu as envie de faire. Pour le bien de ce monde, j'espère que tu feras le bon.

En soupirant, Venise passa le bras sur les épaules d'Evelyn.

– Je suis désolée que tu te retrouves avec tant de fardeaux à porter, mais c'est la volonté du destin.

– Mais pourquoi est-il amoureux de moi ? gémit Evelyn, alors que de petites larmes froides qu'elle n'avait pas senti venir roulaient sur ses joues. Pourquoi moi, est-ce réellement mon destin de passer l'éternité avec quelqu'un que je ne pourrai jamais aimer ?

Venise soupira.

– Est-ce vraiment ce que tu ressens, Evelyn, ou bien est-ce que tu essaies de t'en persuader ? Tu es jeune et humaine, ta morale est à la fois une bénédiction et une malédiction. J'étais tout à fait comme toi quand j'étais plus jeune. Je faisais passer mes principes avant tout, j'écoutais ma tête plutôt que mon cœur, et c'est la plus grosse erreur que j'ai faite. Ce que tu devrais vouloir et ce que tu veux en réalité sont deux choses différentes, il ne faut pas les confondre…

– Qu'essayez-vous de me dire ?

Evelyn était désorientée par les énigmes de Venise. Elle était trop fatiguée pour les devinettes, et Venise était si profonde. Elle avait l'impression que tout ce que la sorcière disait avait un double sens qui pouvait être soit un avertissement, soit un indice. Sans répondre à la question, Venise détourna la conversation sur un autre sujet.

– Sais-tu pourquoi nous nous ressemblons tant, toi et moi ?

Evelyn secoua la tête.

– Non…

Venise sourit.

– Je vois dans l'avenir, pas dans le passé, à part le mien. Mais j'ai quand même quelques théories sur le sujet, tu veux les entendre ?

Evelyn hocha la tête.

– Eh bien, comme tu le sais peut-être, après qu'Atticus fut transformé en vampire, on lui enleva son âme, le laissant sans émotions, et sans morale, ce qui explique pas mal de choses sur son comportement actuel. Quand il avait encore son âme, il était comme toi, compatissant et bon.

– Mais plus maintenant, soupira Evelyn, regrettant que cet Atticus dépourvu d'âme ait pris la place de l'ancien.

– Il y a eu des cas – très rares – d'âmes capables de se reconstruire après avoir été détruites et de se réincarner après un temps très long…

Venise parlait très lentement dans l'espoir qu'Evelyn comprenne ce qu'elle essayait de lui dire. Celle-ci resta silencieuse un moment avant de poursuivre.

– Êtes-vous en train de me dire que je suis l'âme d'Atticus ?

Venise haussa les épaules.

– C'est juste une hypothèse. Les âmes sont des choses très complexes. Mais si c'était le cas, alors tu ne serais pas son âme, tu détiendrais simplement son âme.

Evelyn secoua la tête en bâillant.

– Il est trop tard pour ce genre de leçons. Je crois que je ne comprends plus rien à ce que vous essayez de me dire, je suis trop fatiguée.

Venise sourit en lâchant les épaules d'Evelyn.

– Si tu es fatiguée, rentre chez toi. Mais rappelle-toi une chose, ne tiens pas compte de ce que te dit ta sœur, elle est tout simplement jalouse.

Evelyn sourit.

– Merci.

Venise l'embrassa sur la joue.

– Sois forte. Tu t'en sortiras. Je te reverrai très bientôt.

CHAPITRE 55

– Vous vous rappelez la dernière fois où nous étions ici tous les deux ?

Evelyn regarda Hansel avec un grand sourire. Assis l'un à côté de l'autre, ils contemplaient le coucher de soleil le soir du sixième jour de ses vacances dans sa famille.

Plus qu'une journée et elle devrait repartir pour la cité royale et, en toute honnêteté, elle ne pouvait dire si elle avait peur ou si elle était impatiente.

– La dernière fois ? chantonna Hansel. Il me semble que la dernière fois que nous étions ici tous les deux c'était lorsque je t'ai sauvée après que tu avais sauté du bord de cette même falaise.

Evelyn hocha la tête. Elle se souvenait de ce jour comme si c'était hier. C'était il y a si longtemps, et pourtant cela lui semblait si proche.

– C'est ironique de penser que, sans vous, j'aurais perdu la vie ce matin-là. Si vous ne m'aviez pas sauvée, je ne serais plus là et toute cette histoire n'aurait pas existé. Tout le monde aurait continué à vivre comme si de rien n'était.

Elle se prit la tête dans les mains et posa les coudes sur ses genoux en se remémorant les mois écoulés. Depuis le moment où Atticus l'avait fait venir au palais jusqu'à aujourd'hui, où, assise avec Hansel, elle regardait le soleil se coucher du bord de la falaise où elle avait failli mourir. Les choses avaient radicalement changé, c'était le moins qu'on puisse dire.

– Tous les jours je remercie ma bonne étoile de m'avoir fait prendre cet itinéraire ce jour-là et de t'avoir entendue crier. Je ne sais pas à quoi ressemblerait le monde, sinon.

À quoi ressemblerait le monde sans moi ?, se demanda-t-elle. « *Si tu avais vu l'avenir comme moi... Ce monde, si tu le trouves cruel aujourd'hui, tu devrais voir ce qu'il deviendrait après ta mort.* » Les paroles de Venise résonnaient encore dans sa tête et Evelyn commençait à se demander si elle était vraiment aussi importante que Venise et Hansel le lui faisaient croire.

À ses propres yeux, elle n'était qu'une fille comme les autres, venue d'une famille humaine. Le sang qui coulait dans ses veines n'avait rien de spécial et elle avait beaucoup de chance d'avoir eu la vie qu'elle avait eue. Elle n'avait pas de talent particulier et parfois elle se demandait elle-même ce qu'Atticus lui trouvait. Mais elle avait déjà eu la réponse à cette question. Son âme.

En souriant, Hansel lui prit la main en un geste d'amitié.

– Tu es contente de tes vacances en famille ? Tout s'est passé comme tu voulais ?

Evelyn ne répondit pas immédiatement. Pendant quelques instants elle se contenta de regarder le soleil couchant, la main posée sur celle de Hansel, avant de la serrer comme pour lui retourner son geste.

– Je ne sais pas trop. J'ai été loin de chez moi si longtemps, ma maison et ma famille me manquaient beaucoup et c'était merveilleux de les revoir mais…

Elle baissa les yeux.

– Je voudrais tellement que les choses redeviennent comme avant, avant que les vampires et les sorcières n'entrent dans ma vie. C'est cette vie-là qui me manque vraiment.

Hansel hocha la tête.

– Tout ce que tu veux, c'est une vie normale, c'est ça ? Tu veux Ethan, tu veux la vie que tu as rêvée ? La vie sans Atticus ? Sans moi ?

Evelyn fit un signe de tête affirmatif.

– Je suis désolée.

– De quoi ?

– De ne pas avoir donné sa chance à Atticus, de n'avoir pas essayé de l'aimer. Je n'ai pas pu lui pardonner les choses horribles qu'il a faites, pas uniquement à moi, mais aussi à ma famille, à Ethan… Je ne sais pas comment je pourrais finir par aimer un homme aussi cruel que lui.

Cette violence, ce besoin de domination, c'était ce qui menait Atticus à sa perte. S'il avait été gentil et aimant, s'il avait été patient, s'il avait essayé de lui faire la cour, peut-être les choses n'auraient-elles pas si mal tourné.

– Tu n'y es pour rien, Eve. Tu n'as que dix-huit ans, tu es tellement jeune par rapport à Atticus et moi. Il a déjà vécu plusieurs millénaires, il ne devrait plus se laisser dominer par sa colère, mais rien n'y a fait. En général, lorsqu'il veut une chose, soit il l'obtient soit il la détruit. Heureusement, ce n'est pas le cas avec toi, dit-il en riant.

Evelyn se mit à rire aussi.

– J'aimerais bien revenir en arrière, à l'époque où Nora m'aimait, où je n'avais pas d'autres soucis que de l'empêcher de prendre les mauvaises décisions et de perpétuer l'héritage des Blackburn.

Hansel secoua la tête, amusé.

– Tu penses toujours à ce que t'a dit Nora ? Pourquoi est-ce que son opinion compte autant pour toi ?

Négligemment, Hansel passa le bras sur les épaules d'Evelyn et la tira contre lui.

– J'imagine que c'est en partie pour cela que cette visite n'a pas été aussi agréable que tu l'avais souhaité.

Evelyn hocha la tête.

– C'était sympa de retrouver la maison et mes parents, de me balader en ville, de voir les gens qui me connaissent depuis que je suis tout petite.

Mais Nora n'était pas seulement ma sœur, elle était ma meilleure amie aussi, en un sens. Je pensais qu'elle ne me quitterait jamais, qu'elle ne me laisserait jamais tomber, jamais…

Sa voix se brisa et elle se mit à pleurer. *Non. Non. Non. Arrête ça tout de suite, Evelyn. Tu ne vas pas recommencer à pleurer, tu dois être forte, tu dois être courageuse, tu n'es plus une gamine !* Elle se serait bien giflée d'être aussi pleurnicharde.

– Tu sais, je ne comprends pas comment tu peux être si sentimentale et émotive alors que ta sœur est si dure, dit Hansel en séchant ses larmes. Parfois je me demande si Atticus et Nora n'iraient pas mieux ensemble, vu qu'ils manquent tous les deux d'empathie.

Evelyn faillit se mettre à rire, étonnée qu'il lui ait quasi ôté les mots de la bouche. Toute cette semaine, elle avait souvent regretté qu'Atticus ne soit pas tombé amoureux de Nora plutôt que d'elle.

– Le monde serait parfait, alors.

En souriant, Hansel la serra plus fort contre lui. Le soleil disparaissait à l'horizon et il sut que le moment était venu.

– Mais j'imagine que les contraires s'attirent. Après tout, tu es exactement ce qui lui manque, une conscience, un cœur compatissant, une âme. Peut-être que la raison pour laquelle tu ressens autant d'émotions, c'est que tu en as emmagasiné des tonnes depuis plus de trois mille ans.

– Qu'avez-vous dit ?

Evelyn leva sur Hansel des yeux confus et embués de larmes.

– Je pense qu'il est l'heure. Je dois t'emmener quelque part, Evelyn. Venise nous attend.

CHAPITRE 56

– Je tiens juste à vous dire que je ne vous remercierai jamais assez pour m'avoir sauvé la vie, dit Ethan. Je n'ose pas imaginer ce qu'Atticus aurait fait de moi si vous ne l'aviez pas convaincu de me laisser vivre.

– Ce n'est pas moi qu'il faut remercier, mon petit Redfern, c'est Evelyn. C'est à cause d'elle que votre vie est si importante pour moi et Hansel, répondit Venise, ses yeux fixant un point au-delà des épaules d'Ethan.

Ethan et Venise étaient assis sur des fauteuils devant la cheminée d'une petite cabane en bois à cinq ou six kilomètres de la ville où Ethan et Evelyn avaient grandi. Il n'y avait pas l'électricité. Le seul éclairage venait du feu qui crépitait à quelques centimètres d'eux.

Ethan frissonna tandis que la température baissait progressivement avec la nuit qui tombait. Il resserra son pull de laine autour de lui et jeta un coup d'œil à Venise. Il se demandait comment elle faisait pour supporter le froid, vêtue comme elle l'était d'une simple robe blanche sans manches qui lui tombait aux chevilles.

– Vous n'avez pas froid, Lady Venise ? demanda Ethan avec audace.

Elle secoua la tête en souriant.

– Je suis un vampire, au cas où vous l'auriez oublié.

Elle leva une main vers le feu et instantanément la flamme monta.

– Mais je suis désolée si vous n'êtes pas à votre aise. Après ces milliers d'années, j'ai tendance à oublier combien vous pouvez être fragiles, vous les humains.

Ethan sourit à son tour.

– Merci, Lady Venise. Excusez-moi de vous poser la question, mais qu'est-ce que je fais ici ?

Il parcourut la cabane du regard avec curiosité. Il n'y avait personne d'autre qu'eux et cela faisait plus d'une demi-heure que Venise et lui étaient assis sans parler. Il avait l'impression qu'ils attendaient quelqu'un, mais qui ?

Elle répondit à son sourire.

– J'ai passé un marché avec Atticus, en lui promettant de ne pas attaquer la Nation Vampire s'il ne vous tuait pas. Savez-vous pourquoi ?

– Non.

– Je vous ai protégé pour Evelyn. Vous ne vous en êtes peut-être pas rendu compte encore, mais la vie d'Evelyn a beaucoup de valeur. Elle possède quelque chose que personne d'autre n'a.

– Qu'est-ce que c'est ?

– Le cœur du Roi. Et je sais aussi de façon certaine que, sans vous, elle ne serait pas capable de continuer. Ethan, savez-vous pourquoi je me révolte contre la Nation Vampire ?

– Parce que vous voulez protéger les humains, défendre nos droits autant que ceux de tous les autres êtres surnaturels.

Venise prit une expression amusée.

– Vous n'êtes pas bête, savez-vous, Ethan ? Oui, c'est exactement pour cela que l'Australie existe. Pour servir de refuge aux humains et aux autres êtres surnaturels qui pour Atticus ne sont pas dignes de vivre sur les territoires qu'il gouverne.

– Et vous pensez qu'Evelyn pourrait changer quelque chose à tout ça ?

– Je ne sais pas, mais si quelque chose de grave lui arrivait, les choses tourneraient encore plus mal. Sa vie est la seule chose qui retient Atticus de céder aux ténèbres de son âme. Elle est la seule à pouvoir le sauver. Même si je crains qu'elle ne risque d'y laisser la vie.

– Vous ne pouvez pas la protéger ? Lui jeter un sortilège qui la maintiendrait loin d'Atticus, loin de tout ça, quelque part où personne ne la connaîtrait ? Quelque part où elle pourrait être heureuse et ne pas vivre constamment dans la peur ?

Venise secoua la tête.

– Vous ne comprenez pas, Ethan. Je ne peux pas faire ça. Quoi que je fasse, Atticus n'arrêtera jamais de la pourchasser, et il la retrouvera tôt ou tard. Elle est tout pour lui. La seule façon pour elle de se libérer, c'est de lui apprendre à lâcher prise.

– Ce qui n'arrivera jamais.

Ethan émit un petit rire sans joie et posa ses coudes sur ses genoux en baissant la tête, honteux.

– Il ne la laissera jamais partir. Elle ne lui échappera jamais. Quoi que je fasse, je ne serai jamais capable de la sauver.

Venise ne répondit pas. Elle sentait le chagrin d'Ethan, perceptible dans l'air. Elle sentait à quel point il aimait la jeune humaine et la douleur que lui procurait la sensation de n'être pas assez fort pour la soustraire à l'influence d'Atticus.

Soudain, on frappa à la porte. Instinctivement Ethan se leva d'un bond, s'empara d'une bûche posée devant la cheminée et se faufila jusqu'à la porte.

– Ne bougez pas, murmura-t-il à Venise, qui se contenta de sourire.

– Vous n'avez pas besoin de vous croire obligé de me protéger comme si j'étais une poupée de porcelaine.

Elle se leva et prit la canne appuyée contre son fauteuil.

– Entre, Hansel, c'est ouvert !

La porte s'ouvrit lentement et un vampire qu'Ethan connaissait déjà entra. Mais ce n'est pas lui qui attira son attention, la jeune femme qui l'accompagnait fit battre le cœur d'Ethan un peu plus vite.

– Evelyn ?

Il prononça son nom d'une voix tremblante alors qu'elle passait la porte de la cabane, frissonnante et les joues rosies par le froid.

– Ethan ?

Aussitôt Evelyn courut vers lui et se jeta dans ses bras.

– Oh mon Dieu, je n'y crois pas. Hansel disait la vérité, tu es vivant !

– Eve, murmura-t-il en enfouissant son visage dans ses cheveux, au bord des larmes. Moi qui pensais ne jamais te revoir !

– Que s'est-il passé ? s'écria Evelyn, le visage ruisselant de larmes. Au motel, que t'est-il arrivé ? Où étais-tu passé ? J'ai cru qu'Atticus t'avait tué !

Ses mains se mirent à trembler lorsqu'elle se rappela cette nuit-là, où Atticus l'avait prise de force. Elle ne pourrait jamais oublier avec quelle violence il s'était comporté avec elle. Elle secoua frénétiquement la tête pour essayer de chasser ces images.

– Je ne me souviens pas de grand-chose, mais je me rappelle les gardes d'Atticus. Ils m'ont emmené et enfermé à l'arrière d'un van. Je me demandais ce qui se passait et où tu étais. J'avais tellement peur. Je pensais qu'il…

Ethan s'interrompit sans finir sa phrase.

– Je suis tellement heureux que tu sois là, saine et sauve.

– Ethan…

Elle aurait voulu lui dire ce qui était arrivé au motel mais les mots ne sortaient pas de sa bouche.

– Je pense qu'il est temps de nous retirer et de laisser un peu d'intimité aux amoureux.

Avec un petit rire, Hansel se dirigea vers Venise et l'aida à sortir de la cabane.

– Attendez ! s'écria Evelyn alors qu'ils étaient sur le point de sortir. Merci, merci de nous avoir réunis.

Venise sourit.

– Ce n'est rien. Je suis contente d'avoir pu faire quelque chose pour vous. Je regrette de ne pas pouvoir vous épargner les souffrances que vous endurerez dans l'avenir. Mais attention, c'est seulement pour une nuit. N'essayez pas de partir avant le matin. Evelyn, si tu tiens à Ethan et à sa vie, n'essaie pas de t'enfuir. Si tu le fais, Atticus te rattrapera.

Evelyn acquiesça.

– Je comprends.

Sans ajouter un mot, Venise et Hansel sortirent de la cabane en refermant la porte derrière eux.

– Bon sang, ce que tu m'as manqué, dit Ethan avant d'écraser ses lèvres sur les siennes.

Il passa un bras autour de sa taille et l'attira vers lui, leurs bouches toujours soudées. Evelyn retrouvait avec bonheur le goût des lèvres d'Ethan, et la sensation de ses mains sur son corps. Elle sentait la chaleur monter en elle à mesure que leur baiser se prolongeait. C'était comme si son contact était le déclencheur de ses désirs les plus profonds et les plus troubles.

– Ethan, murmura-t-elle alors qu'il passait une main sous son t-shirt pour caresser un de ses seins.

Tout à coup, un frisson glacial courut le long de sa colonne vertébrale et elle se rappela la nuit au motel, et Atticus. La façon dont il avait pris le visage d'Ethan pour la tromper et la mettre dans son lit. La violence avec laquelle il lui avait pris sa virginité lorsqu'elle s'était rendu compte de qui il était en réalité. Aussitôt, Evelyn s'écarta d'Ethan et le regarda avec horreur. Les doux yeux bleus du jeune homme s'assombrirent.

– Qu'est-ce qu'il y a ?

Evelyn recula, se demandant si l'homme qui était devant elle était Ethan ou Atticus.

– Qui êtes-vous ?

En trébuchant, elle recula jusqu'au moment où elle se cogna dans le mur.

– C'est moi, Ethan ! Qui veux-tu que ce soit ? répondit-il ingénument.

Puis il essaya de traverser la pièce pour la rejoindre.

– Non ! Restez où vous êtes ! Si vous êtes vraiment Ethan, prouvez-le.

– Evelyn, qu'est-ce qui se passe ?

– Êtes-vous Ethan ou Atticus ?

– Ethan, évidemment ! Je suis Ethan, pourquoi serais-je quelqu'un d'autre ? dit-il en riant presque. Si je n'étais pas Ethan, comment est-ce que je pourrais savoir que jusqu'à l'âge de douze ans tu refusais de porter des robes parce que tu trouvais que cela faisait trop fille ? Que la première fois que je t'ai dit que je t'aimais, c'était sous notre cerisier en fleur derrière ta maison ? Que pour tes seize ans, le seul cadeau que tu as voulu était que je t'écrive cent lettres d'amour pendant un an ?

Ethan continua à égrener des souvenirs de leur passé tout en avançant pas à pas vers elle.

– Si je n'étais pas Ethan, comment saurais-je tout cela ? Je t'aime. Maintenant dis-moi ce qui s'est passé.

Evelyn se laissa glisser sur le sol, en larmes.

– C'est Atticus, c'est ça ? dit-il après quelques secondes de silence en s'agenouillant à côté d'elle. Que t'a-t-il fait ?

– Il… il… bégaya Evelyn. Cette nuit-là… au motel… il…

Ethan n'eut pas besoin qu'elle termine sa phrase, son imagination lui suffit pour assembler les pièces du puzzle. Sans un moment d'hésitation, il la prit dans ses bras.

– Je suis désolé, murmura-t-il, je m'en veux tellement de n'avoir pas été là pour te protéger.

– Ethan, est-ce que tu m'aimes toujours, après…

Il ne la laissa pas achever sa question.

– Bien sûr que je t'aime toujours, idiote ! Je t'ai toujours aimée et je t'aimerai toujours. Tu es l'amour de ma vie, Evelyn.

– Mais Ethan, j'ai couché avec Atticus !

Ethan hocha la tête et l'embrassa sur le front.

– Tu n'es pas en faute ! C'est lui ! Il t'a prise de force.

– Tu veux toujours de moi, après tout ça ? demanda-t-elle, les mains tremblantes.

Elle avait eu peur qu'Ethan n'arrête de l'aimer s'il découvrait ce qu'il s'était passé entre Atticus et elle.

– Évidemment que je veux toujours de toi. Je voudrai toujours de toi. Mais on n'est pas obligés de faire quoi que ce soit… Si tu te sens mal à cause de ce qui s'est passé, ne t'inquiète pas.

Evelyn secoua la tête.

– Non. Ethan, j'ai envie de toi. Nous n'aurons peut-être jamais d'autre occasion. Je ne veux pas que le temps me glisse entre les doigts.

Elle l'attira vers elle et l'embrassa avec une passion inconditionnelle, s'allongeant sur le sol et retirant son t-shirt dans des gestes maladroits. Elle le sentit durcir du fait de cette position compromettante.

– Tu es sûre que c'est ce que tu veux ? demanda-t-il de nouveau.

Evelyn ne répondit pas par des mots, mais par des actes, en l'embrassant plus fougueusement et en entreprenant de lui retirer son pull de laine.

– Je t'aime, gémit-elle.

Ethan sourit en l'aidant à retirer son pull. Le cœur d'Evelyn s'arrêta presque de battre en voyant les abdos bien dessinés et les biceps saillants d'Ethan. Il était tout ce qu'elle avait toujours voulu et même plus. Il dégrafa son soutien-gorge. Les doux baisers se firent de plus en plus passionnés, et leurs deux corps s'échauffèrent. Ethan la serra contre lui, leurs hanches se rencontrant avec passion. Lorsqu'elle lui entoura la taille de ses cuisses frémissantes, elle sentit une onde de plaisir humide se répandre en elle. Avec douceur il déboutonna son jean avant de retirer le sien. Bientôt leurs sous-vêtements allèrent les rejoindre sur le sol.

Leurs deux corps nus étaient allongés près du feu qui éclairait faiblement la pièce. Alors que ses bras puissants la serraient plus fort, elle sentit tout son être frémir en anticipation. Toute sa vie elle l'avait désiré, et il y avait longtemps qu'elle se préparait à se donner à lui. Elle aurait tant voulu qu'il soit le premier.

Il attrapa ses seins à pleines mains et serra, elle s'arcbouta pour lui et l'embrassa dans le cou avec fougue. Elle tendit la main pour le toucher doucement, sentant son membre durcir sous sa caresse sans perdre sa douceur. Il gémit et elle le sentit se déployer dans sa main. Elle le caressa doucement tandis qu'il posait ses lèvres sur ses seins et les mordillait. Elle gémit et sa respiration se fit haletante.

– Tu es vraiment sûre ? demanda Ethan encore une fois pour s'assurer qu'ils prenaient ensemble la décision d'aller jusqu'au bout.

– Oui.

Lentement il la pénétra, et Evelyn sentit tout son corps parcouru d'une pluie d'étincelles de plaisir. En s'enfonçant en elle, il mit le feu à ses désirs les plus troubles et les plus divins. Elle se serra contre lui et se mit à balancer les hanches en rythme avec ses puissantes poussées.

– Je t'aime, murmura-t-elle.

Aussitôt, il accéléra ses coups de boutoir. La friction de son corps contre le sien était surnaturelle. À cet instant, elle se rendit compte qu'ils étaient vraiment faits l'un pour l'autre. Leurs corps s'ajustaient l'un à l'autre à la perfection, comme deux pièces d'un puzzle. Elle rejeta la tête en arrière et s'abandonna au plaisir. Elle poussa ses seins en avant et il prit un de ses tétons entre ses lèvres pour le sucer doucement. Il allait et venait en elle de plus en plus vite, la pénétrant avec plus d'agressivité, faisant bondir son corps à chacune de ses poussées. Elle geignit.

– Je t'aime aussi, dit-il, d'une voix haletante.

Elle s'accrocha à lui, son corps serré contre le sien, et le plaisir les submergeant sous une même vague, ils jouirent tous les deux en même temps.

CHAPITRE 57

– Prends bien soin de toi, Eve, murmura Jonathan Blackburn à l'oreille de sa fille.

– Eve, il faut y aller, pressa Hansel en souriant poliment à ses parents.

Nora n'était pas venue dire au revoir à Evelyn qui, pour la deuxième fois cette année, prenait la route de la cité royale.

– Je t'en prie, ne fais rien qui puisse provoquer la colère du Roi, murmura Lynette à sa fille. J'ai toujours peur qu'à force d'entêtement tu ne finisses par te faire tuer.

Evelyn sourit. Si elle ne leur avait rien dit des diverses agressions d'Atticus, c'était justement pour éviter que sa mère ne s'inquiète pour elle. Du coin de l'œil, elle vit le petit sourire de Hansel. Elle savait qu'il pensait la même chose qu'elle. *Cela m'arrive-t-il de ne pas provoquer la colère du Roi ?*

– Je te le promets.

Evelyn embrassa sa mère sur la joue avant de se poster devant son père.

– On se voit bientôt. D'ici là, je compte sur vous pour veiller à ce que Nora ne fasse pas de bêtises.

Son père soupira.

– Arrête de t'en faire pour ta sœur. Toute cette semaine, à quel moment s'est-elle montrée gentille avec toi ?

Evelyn pressa la main de son père dans la sienne.

– Ce n'est pas ce qu'elle me dit qui compte. C'est ma sœur quoi qu'il arrive, et c'est mon devoir de m'inquiéter pour elle. S'il te plaît, veille bien à ce qu'elle ne s'attire pas d'ennuis. Je la connais. Elle continue à rêver qu'un vampire tombe amoureux d'elle, et j'ai toujours peur que ce rêve ne se réalise. Je n'ai pas envie qu'elle rencontre un autre Marcus ou Atticus. Il y a déjà bien assez d'histoires d'amour tordues avec des vampires dans la famille.

Jonathan secoua la tête, perplexe.

– Celle qui veut un vampire n'en a pas et celle qui n'en veut pas… À quel jeu l'Univers joue-t-il ?

– Un jeu obscur et dangereux, en effet.

– Allez, il faut vraiment qu'on y aille, maintenant, Evelyn, répéta Hansel en regardant le ciel qui s'assombrissait.

Il avait promis à Atticus de ramener Evelyn au palais avant le coucher du soleil, et ils étaient déjà en retard sur l'horaire prévu.

– Je vous aime.

Evelyn serra ses parents dans ses bras une dernière fois avant de monter dans la voiture qui les attendait. Alors que l'élégant véhicule noir s'éloignait du manoir Blackburn, Evelyn se retourna encore une fois vers ses parents, les yeux pleins de larmes.

– Tu leur as parlé de la nuit dernière ? demanda Hansel lorsque le manoir fut hors de vue.

Elle fit non de la tête en essuyant ses larmes.

– Je n'en ai parlé à personne. Autant que je sache, les seules personnes au courant sont vous, Venise, Ethan et moi.

Hansel ébaucha un sourire avant de ramasser un magazine posé sur le siège arrière.

– Parfait.

Elle lui lança un regard interrogatif. Une question lui vint à l'esprit que le chamboulement causé par la présence d'Ethan, la veille, avait totalement occultée.

– Si tu as une question à me poser, ne te gêne pas, dit Hansel sans lever les yeux de son magazine.

Evelyn hésita une seconde pour réfléchir avant de se lancer.

– Pourquoi avez-vous fait ça ?

– Pourquoi est-ce que j'ai fait quoi ?

Hansel referma délicatement le magazine avant de le replacer dans le vide-poches de sa portière, puis il appuya sur un bouton situé à côté. Une vitre teintée descendit du toit de la voiture, les séparant du chauffeur.

– Insonorisation ?

Hansel se contenta d'un signe de tête affirmatif.

– Pourquoi avez-vous organisé cette rencontre entre Ethan et moi, hier soir ? Je pensais qu'Atticus étant votre créateur, vous lui seriez éternellement loyal. Pourquoi m'aider maintenant ? Vous ne trahissez pas votre maître en nous aidant en secret ?

Cela faisait un moment que Hansel s'attendait à cette question.

– En un sens, c'est possible que je le trahisse. Mais j'envisage les choses sur le long terme, Evelyn. Vous laisser vous rencontrer, Ethan et toi, hier soir, pourrait avoir des résultats bénéfiques aussi bien pour toi que pour Atticus.

– Que voulez-vous dire ?

– Tu aimes Ethan, c'est indiscutable, et c'est cet amour qui t'empêche d'apprendre à apprécier Atticus. Tu as l'impression que notre Roi t'a privée de ton avenir, et chaque jour, tu te demandes comment serait ta vie s'il n'avait pas jeté son dévolu sur toi. Avant de tomber amoureuse, il te faut dépasser ton premier amour.

– Et faire l'amour avec Ethan est censé m'aider à dépasser ça ?

Evelyn faillit se mettre à rire. Avoir fait l'amour avec Ethan pour la première fois n'avait fait que renforcer son amour pour lui, et il lui manquait encore plus qu'avant.

– Cela va t'aider à répondre à la fameuse question « Et si… ». Si tu n'avais jamais couché avec Ethan, tu te serais toujours interrogée sur ce que tu avais manqué.

Evelyn sourit.

– La raison pour laquelle je n'accepte pas les sentiments d'Atticus à mon égard, c'est que je ne ressens rien pour lui. Ce n'est pas parce que je suis toujours amoureuse d'Ethan. En plus je n'arrêterai jamais de l'aimer.

– Tu n'arrêteras peut-être pas de l'aimer, mais tu auras plus de chance d'apprendre à aimer Atticus, avec le temps. Dis-moi, Evelyn, est-ce qu'il t'a manqué, cette semaine ?

Hansel la regarda, le visage impassible. Elle se figea, n'étant pas préparée à cette question. En vérité, elle avait pensé à lui de temps en temps, mais il ne lui avait pas manqué.

– Comment se fait-il que vous étiez avec Venise, hier soir ? demanda-t-elle pour changer de sujet. Je croyais que vous étiez ennemis ? Pourquoi vous liguez-vous avec elle ?

Hansel leva les yeux au ciel en lui donnant un petit coup de poing.

– Tête de linotte ! Ethan ne t'a pas raconté l'histoire des Sept ? Comment Venise s'est elle-même transformée, ainsi que six de ses amis, en vampires, les premiers qui aient jamais existé ? Atticus et Venise ne sont pas ennemis. En fait, il y a très longtemps, ils étaient même très proches. Ils s'aimaient comme tu aimes Ethan.

Evelyn resta bouche bée et écarquilla les yeux.

– Atticus et Lady Venise ont été amoureux ?

Elle savait que Venise avait créé la race des vampires et qu'Atticus faisait partie des Sept, mais elle n'aurait jamais pensé qu'ils avaient été amoureux l'un de l'autre.

Hansel hocha la tête.

– Apparemment, Redfern ne t'a pas raconté toute l'histoire. Il ne faut jamais faire confiance à un gamin.

Evelyn s'apprêtait à défendre Ethan qui n'avait simplement pas eu le temps de lui raconter toute l'histoire, mais Hansel l'interrompit.

– Venise et Atticus étaient proches il y a très longtemps. Venise était une sorcière puissante et ambitieuse, et Atticus un soldat reconnu et réputé. Atlantide, la cité où ils vivaient, était prospère mais faisait l'objet de nombreuses convoitises. Les Grecs voulaient s'accaparer ses richesses et sa technologie avancée. En tant que soldat et défenseur de sa patrie, Atticus ne pouvait laisser faire cela. Mais Atlantide n'était qu'une petite cité, faible face aux Grecs. Alors Atticus eut l'idée d'utiliser la magie pour créer des super soldats qui pourraient protéger leur patrie. Après de longues négociations, il finit par persuader Venise de le suivre. Elle mit longtemps à créer des sortilèges, qu'elle testa donc sur Atticus, elle et leurs amis qui s'étaient portés volontaires en l'honneur de leur amour pour Atlantide. Ils le firent en cachette des Anciens de la Cité qui ne le découvrirent qu'après que le sortilège et la transformation eurent été accomplis. Il était trop tard, les Sept étaient nés et ils s'avérèrent plus puissants que tout ce qui avait été anticipé. Ils possédaient une vitesse, une force, une agilité et des sens surhumains. Et pour compléter le tout, Venise dota chacun d'entre eux d'un pouvoir particulier. L'un pouvait contrôler les éléments, un avait la capacité de téléportation et télékinésie, un de transformer son visage, un de voir le présent mais dans des lieux différents, un le pouvoir de contraindre. Atticus avait le pouvoir d'absorber l'énergie et Venise celui de voir l'avenir.

– Qu'est-il arrivé aux cinq autres ? Est-ce que j'en connais, à part Venise et Atticus ?

Hansel secoua la tête.

– Tu ne peux pas les connaître, ils sont tous morts.

Evelyn sentit son estomac se nouer et des frissons lui parcourir le dos.

– Comment ça, ils sont morts ?

En réalité, elle connaissait déjà la réponse.

– Atticus les a tués un par un au fil du temps, jusqu'à ce qu'il ne reste plus que Venise et lui.

Hansel avait l'air triste. Elle se demanda s'il pensait la même chose qu'elle.

Comment Atticus avait-il pu tuer ses propres amis ? Elle avait vu Atticus commettre des choses horribles, sur elle en particulier, mais il s'était toujours montré gentil avec Marcus, Jonah et Hansel, qui étaient ses amis, ses compagnons d'armes. Comment avait-il pu tuer ses plus anciens amis ? Et pourquoi ?

Comme s'il lisait dans ses pensées, Hansel poursuivit.

– Vois-tu, lorsque les Anciens découvrirent ce que les Sept avaient fait, ils devinrent furieux. Ils considérèrent que ce qui était censé sauver Atlantide allait en réalité détruire l'équilibre de la nature. Ils voulurent supprimer les Sept, mais ils n'en avaient pas le droit, du moins pas directement. Ils décidèrent donc de leur jeter un sort.

– Quel était-il ?

– Les Anciens étaient subtils, ils déguisèrent cela en don. Ils se dirent que puisque les Sept voulaient de la puissance afin de protéger Atlantide, ils allaient leur en donner encore plus en récompense de leur courage. Mais ils leur donnèrent plus de force que les Sept ne pouvaient en supporter. Lentement, les Sept commencèrent à périr parce que leurs organismes ne pouvaient absorber autant d'énergie. La seule façon pour eux de survivre fut d'invoquer un autre sortilège et de boire du sang. Et la suite, tu la connais, ce sort a fait de nous des vampires immortels, qui ne vieillissent jamais.

– Mais pourquoi Atticus a-t-il tué ses amis ?

– En fait le prix à payer pour la survie et l'immortalité des Premiers était très lourd. Les ténèbres ont petit à petit pénétré leur âme. Ironiquement, c'est la malédiction des Anciens qui a conduit les Premiers à devenir mauvais et Atticus, leur leader, à perdre son âme, le rendant incapable d'aimer ou d'être heureux. Cela amplifia son côté obscur…

– C'est ce qu'il m'a dit. Cela explique qu'il soit si mauvais, c'est à cause de cette malédiction.

Hansel acquiesça.

– Depuis des millénaires, Atticus fait tout pour garder son côté obscur sous contrôle. Si tu penses qu'il est mauvais, alors je ne te souhaite pas de le rencontrer lorsqu'il est totalement submergé par les ténèbres. Si cela devait arriver un jour, je craindrais pour ta vie.

D'un geste affectueux, Hansel passa la main sur la joue d'Evelyn avant de poursuivre.

– C'est durant ces moments sombres qu'il a tué les autres Premiers. Il a pris leurs âmes pour qu'ils endurent la même souffrance que lui avant d'absorber leurs pouvoirs et de finalement les tuer.

– Est-ce qu'il le regrette ?

Evelyn aurait dû avoir encore plus peur d'Atticus après avoir entendu ce qu'il était potentiellement capable de faire, mais curieusement, elle le plaignait. Cela avait dû être difficile de vivre, jour après jour, un combat perpétuel avec soi-même pour s'empêcher de basculer du côté obscur.

– Je n'en sais rien, soupira Hansel. Nous ne parlons jamais de ça. Mais n'oublie pas une chose, Evelyn : tu devras être très prudente une fois de retour au palais. Il a beau t'aimer énormément, si jamais il découvre ce qui s'est passé entre Ethan et toi, il sera absolument incapable de maîtriser sa fureur.

À SUIVRE

Hugo Poche

LA NOUVELLE COLLECTION
PETIT FORMAT,
GRANDES ÉMOTIONS.

Hugo Poche

HugoNewRomance-Poche PocheNewRomance

Hugo Poche

LA NOUVELLE COLLECTION

PETIT FORMAT,
GRANDES ÉMOTIONS.

Hugo Poche

HugoNewRomance-Poche PocheNewRomance

Hugo Poche

LA NOUVELLE COLLECTION

PETIT FORMAT,
GRANDES ÉMOTIONS.

Hugo Poche

HugoNewRomance-Poche PocheNewRomance

Hugo
Poche

LA NOUVELLE COLLECTION
PETIT FORMAT,
GRANDES ÉMOTIONS.

Hugo
Poche

HugoNewRomance-Poche PocheNewRomance

Hugo
Poche

LA NOUVELLE COLLECTION

PETIT FORMAT,
GRANDES ÉMOTIONS.

Hugo
Poche

HugoNewRomance-Poche PocheNewRomance

Fyctia

DES MILLIERS DE SÉRIES NEW ROMANCE
DISPONIBLES GRATUITEMENT !

+ DE 15.000 SERIES ACCESSIBLES GRATUITEMENT

LA POSSIBILITÉ D'ÊTRE REPÉRÉ ET ÉDITÉ

LA PLATEFORME DE BEST-SELLERS PAPIER :
MY ESCORT LOVE, LE CONTRAT, MAKE ME BAD

APPLICATION DISPONIBLE SUR ET
WWW.FYCTIA.COM

Composition et mise en pages
Nord Compo à Villeneuve-d'Ascq